천재

제1권. 하늘의 경고를 듣다

ⓒ 이기승, 2024

초판 1쇄 발행 2024년 3월 11일

지은이   이기승
펴낸이   이기봉
편집   좋은땅 편집팀
펴낸곳   도서출판 좋은땅
주소   서울특별시 마포구 양화로12길 26 지월드빌딩 (서교동 395-7)
전화   02)374-8616~7
팩스   02)374-8614
이메일   gworldbook@naver.com
홈페이지   www.g-world.co.kr

ISBN   979-11-388-2837-6 (04810)
ISBN   979-11-388-2836-9 (세트)

천재

제1권. 하늘의 경고를 듣다

이기승 지음

좋은땅

책머리에

어렸을 적 아무 생각 없이 이 책 저 책 닥치는 대로 읽으면서 많은 과학 서적, 특히 원자핵 에너지를 다루는 유기화학 서적을 호기심에 관심 있게 탐독한 뒤부터 내 머릿속 우리의 천재는 내게 자꾸 물었다.

> (네가 숨 쉬면서 사는 지구의 흙과 물, 그리고 공기가 이렇게 자꾸 오염되고 망가져서 아무 쓸모가 없어지면 어떻게 할 거야?)

'내가 사는 동안에야 무슨 일이 있겠어?'라고 아무 개념 없이 생각할라치면 천재는 곧바로 반박했었다.

> (바보야! 이렇게 망가트리면 네가 사는 지구의 종말의 날이 10년 후가 될지, 백 년 후가 될지. 미치광이 네로나 히틀러 같은 전쟁광이 다시 나타나면 바로 내일일지도 몰라.)

아둔한 내 머리로는 천재의 극단적인 말이 바로 실감되지 않아서 그런 복잡한 문제는 핑계 대기 만만한 운명에 맡기는 수밖에 없다는 안이한 생각이 들면서 인간이 짊어지고 사는 운명과 인연을 파고들게 되었다.

운명과 인연이라는 끈은 인간의 영육과 함께 탄생부터 죽음을 맞는 순간까지의 삶을 좌지우지하고, 영혼은 육이 명을 다한 후에도 죽지 않고, 다시 육을 입어 소생하고 소멸하는 과정이 전생과 똑같은 모양으로 수레바퀴처럼 반복되는 것을 윤회라고 배웠다.

　그 윤회의 굴레 속에 살아온 이력이 지워지지 않고, 덕지덕지 혹부리처럼 매달려 영을 입은 육의 몸통을 부여잡고 앞길을 가로막는 것을 업보라고 한다.

　한 인간의 인생 항로에 질기게 매달리는 이 업보의 굴레는 인과응보로 보상된다는 준엄한 사실은 한 인간뿐만이 아니라 만물이 공존해야 하는 온 우주와 이 땅에서 전개되고 있는 모든 역사에도 어김없이 적용된다는 사실을 우리 인류는 절대로 외면하면 안 된다.

　만물의 영장인 인간이 일궈 낸 과학이란 첨단 기술로 삶이 풍요로워지고 기계를 부려 육신이 편해짐은 물론, 더 나가 그 위세가 극에 달해 신의 영역까지 넘보고 있지만, 그 재주가 발전할수록 그 과정에서 만들어질 수밖에 없는 원치 않는 부산물로 인해 인간의 영육을 극도의 위험 속에 노출시키고 있다. 그 좋은 예로 예측 불가한 극심한 기후 변화와 함께 어떻게 왔는지 모를 과학 문명의 찌꺼기인 바이러스가 교묘한 살상 무기가 되어 온 인류가 세계 대전에 맞먹는 대재앙을 치르고 있는 것도 당연히 인과응보의 보상인 것이다.

　이런 현세를 사는 여기 풀잎처럼 약한 한 인간의 파란만장한 삶 속에 업보를 줄줄이 매단 인연과 운명의 끈이 윤회하면서까지 얼마나 집요하게 옥죄고 있는지 알아보고자 모든 면에 부족한 필자가 서투른 펜을 잡았던 것은 사십여 년 전이었으나 가지고 있는 나름의 사고를 부족한 문장력으로 제대로 표현할 수가 없어 중간에 덮어 두기도 하고 수정을 반복하는 동안 이렇게 오랜 세월이 흘러가 버리고 말았다.

다행히 옆에서 격려해 주고 용기를 북돋아 준 여러 지인이 있어 뒤늦게 이 책을 내놓게 되었다.

이 글을 시작할 수 있도록 어린 시절에 은연중 영감을 불어넣어 준 진짜 천재였던 사랑하는 중학 후배와 이 기쁨을 나누고 싶다.

차례

서울 샌님

현도가 어린 시절, 수덕이를 처음 만난 것은 1960년 초가을 무렵이었다. 서울에서 고교 평교사로 교편을 잡고 있던 아버지께서 고향에 있는 고등학교 교감으로 영전해서 내려가시는 바람에 부여읍에 있는 중학교에 전학했던 중2 때였다.

등교 첫날,
서먹서먹한 첫째 시간이 끝나고 우두커니 앉아 있는 현도 앞에 살금살금 다가와서 떡 버티고 선 조그만 악동을 발견하고 섬찟 놀란 눈으로 바라보는 순간, 그의 눈빛이 상대방을 압도해 오고 정신마저 몽땅 그에게 끌려가는 듯한 묘한 기분이 번개처럼 머릿속을 스치면서 자기도 모르게 볼이 발갛게 달아올랐다.
수덕이는 그런 현도의 붉어진 볼에 살그머니 손바닥을 대 보고서 싱긋 웃었다.
"아주 내성적인 동무가 서울에서 왔고만."
악의 없이 장난기 서린 말투 같았지만, 왠지 마음속 밑바닥까지 속속들이 들켜 버린 느낌이 들어 썩 기분이 좋지 않았다.
"그림 그리는 거 아주 좋아하는구나. 내 말이 맞지?"
현도의 노트 쪽에 몇 개 끄적거린 낙서들을 내려다보더니 엉뚱한 질문을 던지고는 얄미울 정도로 총명하게 생긴 까무잡잡한 얼굴을 현도의 얼굴 가까이 다가왔다가 멀어졌다.

현도는 얼떨결에 끄덕이고는 바로 고개를 떨구고 '미술 좋아하는 것을 어떻게 알았을까!' 마음속으로 되뇌었다.

수업 시간 내내 너무 당돌해 보일 정도로 거침없던 그 아이에 대해서 거부감이 없는 것도 아니었지만 아직 경험하지 못한 묘한 감정에 사로잡혀 몇 번이나 수덕이 자리로 시선이 가는 것을 어쩌지 못했다.

점심시간에 낯선 교정을 건성으로 빙− 둘러보고 교실로 돌아온 현도는 신기한 광경을 목격하고 말았다.

모두 밖에 나간 빈 교실, 햇빛이 잘 든 뒤편에 네댓 명의 아이들이 벽을 향해 둘러서서 무엇이 그리 재미있는지 시끄럽게 떠들고 있는 것이 보였다.

"이제 천천히 조금씩 부어 봐."

그 무리 속에서 들려오는 목소리는 뜻밖에 그 아이, 수덕이었다.

현도가 그들에게 다가갔을 때 벽에 기대어 부처처럼 반듯이 앉아 묵상하듯이 눈을 내리깔고 두 손을 가지런히 무릎에 모으고 있는 수덕이의 모습이 눈에 들어왔다.

그중에 제일 큰 아이가 들고 있는 커다란 노란색 알루미늄 주전자에서 조금씩 흘러나온 물줄기가 그의 정수리에 곧바로 쏟아져 이마를 적시고 꼭 감은 눈언저리를 타고 흘러내려 매끈한 콧잔등을 감돌아서 붉은 입술을 적시고는 턱 아래로 감아 내리고 있었다.

모두 숨을 죽인 듯 잠잠해졌고 현도는 침을 꿀꺽 삼키며 한 걸음 다가가 보니, 물줄기는 가슴을 타고 흘러내려서 하얀 교복 셔츠를 흥건하게 적셔 드는데도 아이는 돌처럼 굳은 듯이 꼼짝하지 않고 있었다.

"야, 그만해."

누군가 소리쳤을 때 수덕이의 아주 낮은 음성이 들려왔다.

"박재욱, 제발 방해하지 말아 줘."

어쩌면 애원하는 듯 현도의 귓전을 따갑게 울려 왔다.

수덕이의 몸뚱이를 감싸고 나온 물 자욱이 마룻바닥을 흥건히 적시고도 한참이 지난 후에 주전자 물은 다 비워졌다.

눈을 꼭 감은 채 꼼짝하지 않고 물기에 젖어 매끄러운 수덕이 얼굴 위로 눈부신 초가을 햇살이 비치어 황홀하게 빛나 보이고 검고 긴 눈썹이 가늘게 떨리고 있는 것을 유심히 바라보던 현도는 알 수 없는 신비감과 함께 괴이한 생각이 섬찟 들어 뒤돌아 밖으로 나와 가을 기운이 감돌기 시작한 낯선 정원 가에 앉아 공연히 깊은 생각에 잠겨 있었다.

학교 교사 전면을 온통 뒤덮은 짙푸른 담쟁이 넝쿨에 누런빛을 띄워 가는 이파리들은 햇빛을 받아 빛나 보였고, 후원 가운데 천정에 도르래가 매달려 있는 우물가에 울창하게 줄지어 서 있는 수양 버드나무들의 수려하고 웅장한 정경에 온 마음이 사로잡혀 있을 때 수업 종이 울리고 있었다.

수업이 시작되고 나서 어쩌다 수덕이 자리에 눈길이 갔을 때 자리는 텅 빈 채 교실 어디에도 그 아이가 보이지 않는 것이 의아해서 수업 시간마다 의식적으로 둘러봤지만 끝내 나타나지 않았다. 더 이상한 것은 누구도 수덕이가 없는 것을 의식하지 못하는 것처럼 보였고, 출석을 확인하는 선생님들도 그 애를 찾지 않았다. 수업이 모두 끝나서 종례를 마쳤을 때까지 수덕인 교실에서 모습을 볼 수가 없었다.

종례를 마친 담임의 호출로 교무실에서 몇 가지 형식적인 상담을 하고, 장독보다 큰 백제 시대 질항아리가 파손된 귀퉁이 부분 조각들이 한지로 덕지덕지 붙여져 맨 중앙에 전시되어 있고, 벽에는 전인(全人)이라고 쓴 오래된 서화와 선배들의 수채화가 반듯하게 걸려 있는 청동빛 숙연한 공기가 무겁게 누르는 것 같은 교무실 현관을 나오면서 서늘한 새벽 우물가 같다고 현도는 느끼고 있었다.

길 양옆으로 하늘을 찌를 듯이 치솟아 오른 아름드리 플라타너스가 줄지어 늘어선 긴 교문 통로 길을 혼자 타박타박 걸어 나오고 있을 때 그를 부르는 목소리와 함께 어디서 나타났는지 번개처럼 달려와서 어깨에 팔을 얹은 것은 그 악동 수덕이였다.

"너 지금 교무실에서 나오던데 담임이 보자고 했구나?"

현도는 아무 말 없이 고개만 끄덕이고 말았다.

"학교 선생님들 가운데 우리 담임 맘이 제일 좋아! 여자처럼 꽁할 때만 빼고."

자기가 말해 놓고 자지러지게 웃는 수덕이를 보면서 지금까지 몇 시간 동안 어디서 무엇을 하다 이제 나타났는지 묻고 싶었지만, 말을 못 하고 빤히 쳐다보기만 하자 수덕인 아무렇지도 않게 심드렁한 말투로 지껄였다.

"나는 말야. 젖은 옷 입고 수업받기 싫어서 몸이 안 좋다는 핑계로 양호실에 잠깐 드러누워 있다가 깜박 잠이 들었지 뭐야. 그리고 젖은 옷은 양호 선생님이 친절하게 다리미로 다 말려 줬어."

현도가 반응이 없자 얘기를 계속하려던 수덕이는 말을 멈추고 예상 밖이라는 듯 쏘아봤다.

"너 지금까지 그게 궁금했던 거 아냐?"

현도가 가던 걸음을 멈추고 얼굴을 빤히 바라보자 수덕이는 오히려 의외라는 눈빛으로 고개를 갸웃거리다 빙긋이 미소 지었다.

"너는 처음이라 놀랬을지 몰라. 그래서 아직 그 이상의 상상은 더군다나 어렵겠지. 예를 들어, 음— 아니다. 서울 샌님한테는 무리지. 다만 내 관심 속에 들어오게 된 이상 너는 내 관심 속에서 빠져나갈 생각은 꿈도 꾸지 말란 거지. 한마디로 쉽게 말하면 너는 나한테 잡혔다는 거야."

수덕이는 팔을 크게 내저어 흔들며 앞서가다 이번에는 휙— 뒤돌아보고 외치듯 소리쳤다.

"임현도! 놀랍지 않니? 너한테 꼭 맞는 별명이 내 입에서 '서울 샌님' 하고 바로 쉽게 튀어나오니 말씀이야."

수덕이와 헤어져 집에 돌아와서도 괜히 기이한 생각을 떨치지 못해서 시무룩해 있는 아들을 보며 강 여사는 영문도 모른 채 걱정스럽게 물었다.

"왜 학교 분위기가 서울 같지 않지?"

고개만 흔드는 현도는 수덕이가 헤어질 때 장난스럽게 던진 말이 또 마음에 걸렸다.

"우리, 오늘 밤 꿈속에서 또 만나자!"

손을 모아 뻗으며 기합을 넣는 시늉을 해 보이고 멀어져 갔었지만, 그날 밤 그 애 말처럼 꿈에는 나타나지 않았다.

다음 날, 현도가 등교하자마자 수덕이가 먼저 달려와 꿈 얘기를 물어 왔었다.

"그랬을 거야. 왠지 아니? 네가 내 꿈에 놀러 왔으니 당연히 내가 네 꿈속에 찾아가지 못한 것이 뻔하지. 안 그래?"

엉뚱한 해몽에 멋쩍게 따라 웃고 말았는데 수덕이는 현도가 볼 때 특이한 것은 도대체 공부에는 별 관심이 없어 보였고 더구나 수업 중 가끔 간헐적인 웃음소리가 들려와서 쳐다볼라치면 엉뚱한 짓을 하는 것을 볼 수 있었는데 그럴 때마다 선생님의 느긋한 음성이 들리곤 했다.

"진수덕! 그건 너무 심하다."

선생님들은 점잖게 나무라기는 했지만 딴 아이들에게 하는 것과는 판이한 반응이었다. 그래서인지 수덕이의 짓궂은 장난은 계속 이어지고 어떤 때는 조용하다 싶어 건네보면 수업과는 관계없이 눈을 내리깔고 묵상에 잠긴 듯한 모습일 때도 있어 도대체 이해할 수 없는 아이라고 생각할 수밖에 없었다.

현도네가 서울에서 내려와 부여읍에 이사한 사택은 유리창이 많이 달린 일본식 고옥으로 차가운 나무 마룻바닥의 감촉과 다다미가 깔린 방 안이 좀 낯선 느낌도 들었지만, 오랫동안 공들여서 얌전하게 늙은 듯한 집 안팎 매무새가 그리 싫지 않았다.

특히 현도로써는 처음 보는 집 후원의 울창하게 들어선 대나무 숲을 헤치고 언덕을 오르면 백제 부소산성과 이어지는 노송들이 빽빽하게 들어찬 산기슭의 서늘한 정기는 어린 현도가 넋을 잃기에 십상이었다. 아직 친구가 없던 그 무렵 하교 후에는 으레 오후 내내 혼자 노송의 짙은 솔 내음에 젖어 다람쥐를 쫓거나 햇빛이 잘 든 곳에 드러난 빨간 황토로 혼자만의 성을 쌓기도 하다 저녁 늦게 내려오고는 했었다.

늦은 가을에 접어들던 어느 날 수덕이와 더욱 가까워지는 계기가 생겼던 것도 그 소나무 숲속이었다.

그날은 송림 사이로 드러난 하늘이 유난히 희뿌옇게 흐려 있어 나무 그늘 밑은 여느 때 보다 더 어두워 보였다.

현도는 읽다 만 헤르만 헤세의 『데미안』을 들고 나름대로 깊은 고민에 빠져 있었다.

이곳에 내려오면서 떠난다는 말도 제대로 하지 못하고 헤어진, 서로 그리 말은 없었어도 많은 것을 느끼게 했던 이웃에 살던 국민학교 때 짝꿍 은영이 생각 때문이었다.

처음에는 그저 왠지 서운하고 아쉬웠던 마음이 날이 갈수록 아직 어린 가슴에 아픔 같은 것이 느껴질 줄은 몰랐었다.

'한번 꼭 편지를 써야겠다.' 생각하며 천천히 산등성이를 내려오는데 저만치 군계일학처럼 주위에서 유난히 커다란 아름드리 노송에 기대여 서 있는 아이가 있어 찬찬히 살펴보니 뜻밖에도 수덕이였다.

바로 앞까지 가까이 다가가도 꼼짝하지 않고 고개를 숙인 채 뭔가에 골똘해 있는 것처럼 보였다.

"여기까지 웬일이니?"

현도가 바로 앞까지 정면으로 다가섰을 때야 비로소 고개를 들고 힐끗 보았다.

"누가 이렇게 흐린 날에 산속에서 왔다 갔다 하나 했더니 서울 샌님, 너였구나?"

수덕인 힐끔 한 번 쳐다볼 뿐 대수롭지 않다는 듯 다시 고개를 떨구는 것이 다른 때 볼 수 없었던 모습이고 언뜻 보기에도 눈 주위가 충혈된 것이 분명히 울고 있었다는 생각이 들었다.

어느 사이 안개 같은 옅은 이슬갱이가 내리기 시작해 수덕이의 얼굴은 더욱 어둡게 보였고 몇 번이나 고개를 숙인 채 감정을 억제하지 못하고 어깨까지 들먹이고 있었다.

"무슨 일이 있었길래 너답지 않게 그러고 있어?"

말이 채 끝나기도 전에 수덕이의 날카로운 시선이 현도를 쏘아보았다.

"뭐, 나답지 않게? 나를 얼마나 안다고 그런 소리를 하는 거야?"

퉁명스럽게 쏘아붙이고는 화가 잔뜩 난 얼굴을 그대로 돌려서 현도는 그때까지만 해도 소심한 성격에 돌발적인 상황에 대처할 만한 재치는 생각하지 못하고 급작스러운 냉담한 반응에 얼굴이 붉어지고 가슴이 콩닥거려 어찌할 바를 모르고 '괜한 말을 했구나.' 하고 후회하고 있었다.

사실 수덕이에 대해서 아무것도 알고 있지 못했다.

나중에 알았지만, 현도뿐만이 아니라 학교 아이들 대부분 백마강가 배다리에 산다는 것 외에는 아무도 모르고 있었다.

괴로워 울적해 있는 아이에게 쓸데없는 참견을 했구나! 현도가 자책하면서 무안한 마음이 되어 돌아서려니까 수덕이 팔을 뻗어 잡았다.

"샌님 미안해. 그렇다고 지금 그냥 내려가면 어떡해?"

어느새 밝아진 것처럼 잡은 팔을 흔들었다.

"너한테 괜히 쓸데없는 말을 한 것 같아서 후회하고 있었어."

"아냐! 내가 한번 너를 놀려 주려고 과민 반응하는 척해 본 거야. 사실은 아버지한테 괜히 투정 부리다 된통 혼나고 여기로 뛰어 올라와 조금 전까지 속상한 기분이 안 풀려 울적했는데. 너도 가끔 그런 적 있지 않니?"

수덕이는 현도의 어깨를 툭툭 쳤다.

"너희 집도 이 근방이니?"

현도가 조심스럽게 묻자. 수덕이는 손을 들어 소나무 숲 끝자락에서 시작되는 뽀얀 백사장 끝 강가 바로 옆 모래 언덕 위에 자리한 서너 채의 까만 집이 조그맣게 보이는 곳을 손가락으로 가리켰다.

"서울 샌님이 미술 말고 문학도 좋아하는구나? 나도 한번 봐도 될까?"

현도의 손에서 빼앗듯이 『데미안』을 가로채 책장을 처음부터 넘겨 끝장까지 건성으로 한동안 훑어보고 돌려주면서 의구심이 든다는 시선으로 건네보며 나직하게 속삭였다.

"아직 이 책 내용을 이해하기 쉽지 않을 텐데."

현도는 자기를 깔보는 듯한 말투가 거슬렸지만 태연하게 말했다.

"사실 이해되지 않는 부분도 많지만, 그냥 읽고 있으면 문장들이 신비스러워……!"

현도는 대충 얼버무리고 책을 말아 쥐었다.

"너뿐만이 아니라 아직 우리 또래에게 어려운 수준이라 잘 이해 안 되는 게 당연하지. 친구 엄마를 연모하게 되는 것도 그렇지만 데미안이라는 카리스마적인 인물 설정, 헤세 특유의 종교관이라든가 신의 해석이 밑바닥에 깔린 소설이야."

일부러인 것처럼 과장된 제스처를 하면서 현도의 어깨를 잡고 흔들었다.

"너 그럼, 벌써 이 책을 다 읽어 본 거구나?"

현도가 반색하며 묻는 말에 이내 정색을 했다.

"바로 지금 네가 보여 줘서 읽어 봤잖아?"

수덕이는 어리둥절해 있는 현도에게 바싹 다가와서 팔을 잡았다.

"샌님은 아직 속독을 이해 못 하는구나! 그건 그렇고, 오늘 샌님을 만날 거라고 생각하지 못했다가 이렇게 만나니까 기분이 갑자기 풀리는 걸 보면 우리는 아주 가까운 친구가 될 것 같은데. 너도 그런 생각이 안 드니?"

수덕이 윽박지르듯 말해도 현도는 멍하니 쳐다보기만 했다.

"데미안과 싱클레어 이상으로 말야! 나는 처음 너 샌님을 보는 순간 그런 생각이 들었는데 어떤 신비스러운 끈 같은 것이 우리 둘을 운명적으로 엮기 위해 천천히 다가오는 것 같은 예감이 너는 느껴지지 않아?"

수덕이는 현도의 표정을 유심히 살피며 파안대소하고 팔을 어깨에 얹고서 마구 흔들었다.

"너도 머지않아 그 끈을 느끼게 될 거야."

사실 현도 자신도 자각하지 못하는 사이 점점 마음속에 수덕이의 존재가 예사롭지 않게 자리 잡아 오고 있는 것을 은연중 느낄 수 있었다.

"나를 믿고 지켜봐도 좋아. 하여튼 너는 내 최초이자 최후의 친구가 될 테니까."

제법 비장한 말투로 말하고 짙고 맑은 수덕이의 눈빛이 현도 얼굴 가까이 다가오는가 싶더니 이마끼리 가볍게 부딪치고 이내 멀어져 갔다.

"어! 비가 제법 굵어지네! 이제 내려가야겠다. 아마 우리 아버지도 나만큼 속이 상해서 그 핑계로 벌써 또 술 한잔하시겠다."

걱정스러운 얼굴이 되어 현도의 손을 꼭 잡았다가 놓고는 송림 사이 내리막길을 쏜살같이 내달려 갔다. 현도는 누구한테 홀렸던 것처럼 한동안 그 자리에 선 채 수덕이가 사라진 어두운 숲속을 응시하고 있노라니, 조금 지나서 허연 백사장 위에 힘차게 달려가고 있는 조그만 모습이 가물가물 멀어져 바라보는 현도의 입가에 엷은 미소가 번져 왔다.

다음 날 등굣길에서 어제와 달리 쾌활해진 수덕이를 볼 수 있었는데, 버릇처럼 현도의 어깨에 팔을 얹었다.

"어제 내 모습은 다른 애들한테는 비밀이다."

말하고 나서 킥킥, 특유의 웃음을 웃었다.

그들의 밀착된 우정은 깊어지고 차츰 서로의 생활 속에 파고들기 시작해서 수덕이가 이끄는 대로 소심하고 말수 적은 현도는 차분하게 쫓아갔다.

현도가 전학 후, 첫 시험인 기말고사 때 전에 다닌 학교와 학습 진도가 조금 달라서 걱정하는 것을 보고 수덕이는 희한한 제안을 해 왔다.

"샌님이 받아만 준다면 어느 정도 네 고민을 해결해 줄 수도 있는데. 어떻게 하나!"

수덕이 특유의 눈빛으로 심각해 보이는 표정을 짓는데 어른처럼 차분하게 보이기도 하지만 상대를 아주 심하게 얕잡아 보는 듯도 하고 어쩌면 시험하는 것 같은 유혹의 눈빛 같기도 해서 현도가 선뜻 대답을 못 하자, 답답하다는 듯 등을 토닥이며 말했다.

"하여튼 네가 시험 시간에 정 막히는 문제가 있거든 속는 셈 치고 나를 한번 쳐다보기만 해 봐."

"아니, 우리 둘 사이 자리가 아주 멀리 떨어져 있는데 어떻게 가르쳐 줄 수 있다는 거야?"

캐묻는 현도로서는 그때까지 첫 번째 시험이어서 수덕이가 공부에 별 관심이 없는 아이로 지켜보고 있었던 터라 그의 제의가 받아들일 만큼 신빙성이 있는 것인지 모호한 기분이면서도 마음 한구석에는 은근히 기대하는 심정이기도 해서 갈등하고 있었다.

"절대로 부정을 저지르는 방법은 아니더라도 남의 도움을 받는 것이 너에게 정당하다고 할 수 없지만 네가 지금 걱정하는 것이 하늘이 무너질 것 같아서 이 엉아가 공범이 되어 도와주겠다는 거지."

또다시 어깨를 치는 수덕이에게 알 수 없는 불가사의한 능력이 있음직하기도 하고 공연히 놀리려고 한번 해 보는 말이란 생각도 들어 모호한 상태였는데 그 의문은 다음 날 분명히 증명됐었다.

수학 시험이 시작된 2교시,

현도는 복잡한 인수분해 응용문제 풀이 때문에 애를 먹고 있어 궁여지책까지 동원될 즈음 어제 했던 말이 떠올라서 고개를 들고 수덕이 쪽으로 눈길을 돌리니 시험을 다 마친 듯 팔짱을 끼고 난감한 현도 모습을 계속 지켜보고 있었던 것처럼 미소를 머금은 채 빤히 쳐다보고 있었다.

계면쩍게 따라 웃다가 고개를 떨구고 다시 시험지에 눈을 돌렸을 때 지금까지 대입시켰던 공식이 엉뚱한 것이었다는 생각이 불현듯 번개처럼 드는 것이 아닌가!

깜짝 놀란 눈으로 고개를 들어 수덕이를 다시 쳐다봤을 때는 벌써 답안지를 내고 밖으로 나가고 있었다.

현도는 참 희한한 아이가 다 있다고 가볍게 넘겼었는데 바로 얼마 후에 발표된 기말고사 결과에서 수덕이 전교 학생 중에서 월등한 차이로 수석을 고수하고 있어 현도의 심중에 결코 범접할 수 없는 존재라는 생각이 굳어져 갔다.

배다리 나루

수덕이가 처음으로 현도를 자기 집으로 데리고 간 것은 늦가을 햇살이 따스하게 내리쬐는 토요일 오후였다.

학교 친구 누구도 모르는 숨겨진 자기의 생활을 최초로 현도에게 보여 주는 날이기도 했다.

노송이 빽빽하게 우거진 읍내 서편 산모퉁이를 돌아 강가 모래 벌판을 가로질러 버스 통행로가 빤히 나 있어 사람들을 가득 실은 버스가 지날 때마다 모래 먼지가 날려서 둘은 흙먼지 바람을 피해 백사장을 허겁지겁 뛰어야 했다.

잔모래가 푹―푹― 검은 운동화 속으로 기어들어 현도는 아예 신발을 벗어들고 수덕이 뒤를 열심히 따라갔다.

강가 모래 둔덕 위에 네 채의 검은 콜타르를 바른 누―뻥 천막 집들이 버스 길을 사이에 두고 나란히 마주 보고 늘어서 있었다.

버스 길 끝에는 강을 가로질러 나무 가교가 길게 놓여 있는 것을 수덕이는 목재로 배처럼 길게 이어 붙여서 만든 배다리라고 가르쳐 줬다. 그래서인지 가교가 물 위에 떠 있어 버스에서 내린 사람들이 건널 때마다 다리 전체가 움찔움찔, 출렁대는 것이 멀리에서도 보였다.

승객들을 모두 하차시킨 버스는 배다리 옆으로 넓은 판자처럼 생긴 뗏마 위에 실려서 사공이 노를 저어 천천히 미끄러지듯 강물 위를 건너가는 신기한 광경에 현도는 넋이 빠져 있었다. 배다리로 건너간 사람들은 버스가 건너오기를 기다리고 있었다.

그곳에 있는 가게들은 이곳을 지나는 사람들이 쉬어 가는 주막과 잡다한 생활용품, 특히 이 지방 토산품과 울긋불긋한 백제 유적지 관광 민예품들로 좌판을 대부분 채우고 있었다.

좌판 앞에 여러 사람이 둘러앉을 수 있는 비취 파라솔들이 즐비하게 놓여 있었다.

수덕이는 갑자기 침울한 표정이 되어 그중 한 파라솔 아래 술에 취한 듯 머리를 숙인 채 앞뒤로 주억이고 있는 아저씨 앞에 다가갔다가 휙– 곧바로 돌아서서 현도를 끌고 가게 뒤편 두꺼운 천막 천에 검은 콜타르를 바른 벽을 따라가 문을 열고 들어갔다.

"우리 집이 이렇게 지저분하고 냄새도 나지만 오래 살다 보니 그런대로 살 만해."

수덕이가 너저분한 살림살이들이 어지럽게 놓인 부엌을 지나 방문을 열고 들어가 조그만 들창을 밀어 올리고 대낮인데도 컴컴한 방 안에 호롱불을 켰다.

신문지로 도배된 벽과 거친 삿자리가 깔린 방바닥이 현도 눈에 신기하게 들어왔다.

윗목에는 정돈되지 않은 이부자리가 그대로 깔려있고 옆에 낡고 조그만 책상이 덩그러니 놓여 있었다.

"집 꼴이 우습지도 않지? 그래도 나는 어렸을 때부터 지금까지 하나도 불편한 적이 없었어. 그러면 된 거 아냐? 그리고 이렇게 생긴 우리 집을 보여 주는 것은 샌님, 네가 처음인 만큼 내가 너를 믿는다는 증거로 받아 줘! 친구는 이 믿음이 중요한 거야. 알 았지?"

수덕이는 이부자리를 대충 개어 얹으며 조심스럽게 현도의 표 정을 살폈다.

송판 두 쪽을 엉성하게 이어 붙이고 다리를 단 너무 작은 책상 이 신경이 쓰이는 현도의 마음을 읽은 듯이 말했다.

"난 공부는 학교에서 하는 거로 충분하니까 집에서는 그냥 마 음공부만 하지."

"내가 보기에 넌 학교에서도 공부에는 별로 관심이 없어 보이 던데. 그러면 진짜 공부는 언제 하는 거야?"

현도가 퉁명스럽게 대꾸하면서 바라보자 수덕인 진지하게 말했 다.

"학교 공부는 그렇게 많은 시간이 필요한 것이 아니야! 되도록 짧은 시간 동안 단 한 번에 머릿속에 집어넣고 절대로 다시 놓치 지 않는 집념만 있으면 돼! 수업 시간에 선생님들 말씀을 유심히 들어보면 한 가지 요점을 학생들에게 주입시키기 위해 끊임없이 여러 번 되풀이하는 것을 볼 수 있을 거야! 그것도 모자라서 보충 까지 하는데 나는 무슨 수가 있어도 처음 한마디에 내 머릿속에 입력 끝! 그러니 내게는 빈틈이 많아서 하릴없는 그 시간에 놀고 있는 나를 네가 본 거지. 그래서 모르는 사람들은 뭐 하려고 학교 에 가느냐고 하겠지?"

수덕이는 잠시 음흉한 눈빛을 띠웠다.

"내 대답은 일등 하려고……. 흐흐!"

자기가 말해 놓고도 우스웠던지 잠깐 웃고 나서 심각한 표정이 되었다.

"진짜는 샌님 같은 조용하고 착한 친구도 만나고, 특히 훌륭한 선생님들의 뼈와 살이 되는 말씀을 듣는 것이 중요해. 머릿속에 집어넣는 지식은 그냥 일등 하는 데는 꼭 필요할는지 모르지! 이건 말이 안 되나?"

수덕이는 또 실없이 웃고 나서 심각한 표정으로 말을 이어 갔다.

"아이들이 제일 힘들어하는 것 중에 기억하려고 외우는 것도 한 번 제대로 정돈해서 머릿속에 집어넣고 그 기억을 의심하지 않는 것이 중요해! 자기 자신을 못 믿고 다시 확인하고 그것도 부족해 재확인해 집어넣는 사이에 그 기억이 뚜렷해지는 게 아니라 다른 기억과 겹쳐져서 머릿속은 온통 뒤죽박죽되어 기억했어도 나중에 필요할 때 빼내 쓸 수 없는 잡동사니 기억들이 가득 차게 되는 거야. 우선 자기를 믿는 것이 제일 중요해! 자신이 자기를 못 믿으면 볼 장 다 본 거지. 안 그래?"

수덕이의 기억에 대한 열띤 강론이 계속되고 있을 때 방문이 휙 열렸다.

"못된 아들놈 이래 학교 다녀왔네?"

광목천을 찢는 듯한 잔뜩 쉰 목소리와 함께 술에 취해 검붉어진 얼굴로 비취 파라솔에 앉아 졸고 있던 그 아저씨의 얼굴이 쓱, 들어오는 바람에 현도는 놀라서 부리나케 일어나 꾸벅 인사를 하는데 수덕이는 꼼짝하지 않고 앉아 있었다.

"내래 어드레 되서 아바이한테 학교에 갔다 온 보고도 안 할 거네? 이제는 아주 막 가겠다는 거구만! 기래, 아바이레 술을 좀 마셨다야. 강 건너 김 씨 아즈바이가 오랜만에 와개지구 한잔한 것 갖고서리 그러면 쓰네?"

이북 말투인 아버지의 목소리가 높아지자 수덕이는 아버지를 흉내 내서 갑자기 퉁퉁 부은 목소리가 되었다.

"어제는 박 씨 아즈바이, 오늘은 김 씨, 내일은 강 건너서 어느 아즈바이가 또 올겁네까?"

화살같이 내뱉고 쏘아보듯 돌아다보자 수덕이 아버지 태보 씨는 눈을 크게 뜨고 펄쩍 뛰었다.

"아, 저 아새끼레 보라! 공분가 씨알 껍데기쯤 하는 거 개지고 이젠 아주 아바이 상투 잡고 놀갔구만! 그래, 학교 갔다 와서리 아바이가 깜박 졸고 있을라치면 깨워 개지고 동무 인사시켜 주는 게 아이고, 이제 쪼매 있으면 아바이 죽어 있어도 내박치겠구나야! 거럼. 그러고도 남디."

태보 씨는 긴장되어 뻘쭘하게 서 있는 현도 명찰을 올려다보며 좀 가라앉은 목소리가 되었다.

"임현도, 참해 보이누만 그래. 하지만 내래 동무 하나 잘못 잡았다야. 수덕이 저놈이레 상대 못 할 놈이 아이겠니! 별일이다. 어드레 된 변덕으로 동무를 다 집에 데리고 올 줄도 알고."

태보 씨가 다시 아들을 노려보자 아버지 주사가 귀찮아진 수덕이는 어두워진 얼굴로 일어서며 현도 손을 잡았다.

"안 되겠다. 우리 밖으로 나가자!"

수덕이는 아버지가 매일 술에 취해 있는 것도 그렇지만 술만 먹으면 잔소리가 끝이 없어서 심란해져 있었다.

"와! 아바이레 술 마셔 개지구 동무 앞에서 주책 떤다고 챙피해서 그러네? 잘난 네 말대로 이런 상황이레 이미 짐작했던 상황 아닌가요? 우리 상전 아드님."

태보 씨가 팔을 길게 뻗어 돌아선 옆구리를 쿡— 치자 수덕이는 할 수 없다는 듯이 피식— 웃으며 도로 주저앉았다. 태보 씨는 돌아서 밖으로 나가며 힘없이 말했다.

"구차시런 아바이레 그만 나가 주마! 찬장에 밥 있다."

수덕이는 나가는 아버지를 어이없다는 듯 바라보다 맥없이 일어나 부엌으로 나갔다.

"우리 아버지 저렇게 매일 술로 사셔도 마음은 넓은 분이야."

수덕의 말이 채 끝나기도 전에 어떻게 들었는지 밖에서 태보 씨의 맥 빠진 듯한 목소리가 들려왔다.

"아바이레 그런 종이비행기는 싫어야? 거럼!"

둘은 까르르 웃고 말았다. 수덕이가 차려 들고 온 밥상에는 덩그러니 김치 종지와 무말랭이 조림이 전부였다.

"우리 이렇게 산다. 한번 먹어 봐. 이 무말랭이는 내가 만들어 본 요리야."

엉거주춤 앉아 있는 현도를 끌어당길 때 문이 열리며 태보 씨가 부엌으로 다시 들어섰다.

"내래 생전 처음 동무라고 데리고 왔는데 찬이 이래서 되겠나."

옆집에서 퍼 온 어묵 국물과 금방 구운 김을 들이밀고 아들을 쏘아봤다.

"아새끼래 동무 데리고 올 요량이면 아바이한테 아침에 귀띔이라도 했으면 이렇지는 않지? 내래 혼자 약은 척해도 참 헛똑똑이라. 니 알간?"

태보 씨는 또다시 찬장에서 간장을 떠다 주었다.

"현도야! 맨김 먹는 맛도 별미란다. 다음엔 괴기반찬 해 주마. 미안타!"

현도의 등을 두툼한 손으로 토닥여 주고 나갔다.

현도는 밥을 먹으며 '수덕이네는 왜 어머니가 안 계실까!' 하는 궁금증이 머리를 맴돌고 있었지만 묻지 못하고 있었는데 수덕이는 모르는 척 지난여름 장마 때 당했던 수해 얘기와 아버지가 술에 취해서 손님과 시비가 붙었을 때 자기가 나서서 해결했다는 것 등 다른 이야기들만 늘어놓고 있었다.

저녁나절 가을바람이 불어오는 강가를 거닐면서도 현도는 수덕이 어머니에 대한 생각이 끊이지 않고 났지만 '언젠가 수덕이가 스스로 밝히겠지!' 하며 묻지 않고 있었다.

해가 뉘엿뉘엿 져 가는 강물 위로 황금빛 노을이 황홀하게 출렁이고 그 위에 놓인 배다리 위로 사람들이 황혼을 등지고 많이 오가고 있었다.

배다리에서 강물을 위쪽으로 거슬러 올라가면 건너편에 바위가 위엄 있게 높이 치솟아 절벽을 이루고 그 위 수목 사이로 커다란 누각이 드러나 보이는 곳이 수북정이라면서 봄이 되면 정자 주위로 우거진 벚나무에 벚꽃이 만발하면 아주 멋진 절경이 된다고 했다.

위로 조금 더 거슬러 올라가면 비슷한 암벽이 또 있는데 백제 의자왕이 행차하기 전 신하들이 앉을 자리를 불을 피워서 데워 놓고 바위가 임금님이 지날 걸 알고 스스로 따스해졌다고 아부했다는 자온대에 대해서도 수덕이는 열심히 설명해 줬다. 강가 모래톱에 쪼그리고 앉아 손바닥으로 물을 토닥이고 있던 수덕이가 현도를 돌아보며 말했다.

"우리 다음 달에 읍내로 이사 갈 거다. 나는 여기도 그리 싫지 않은데 올여름 홍수 때 아버지가 엄청 혼나셔서 읍내로 들어가기로 했어. 마침 읍내에 연로한 노파가 하던 구멍가게가 싸게 나와서 아버지가 재빨리 인수했지. 내가 빨리 커서 아버지를 편하게 해 드려야 하는데…….”

말을 흐리고 노을 진 하늘에 눈길을 돌리는 수덕의 옆얼굴에 쓸쓸한 바람이 한 줄기 실없이 지나가는 것을 느낄 수 있었다.

그 뒤로 둘은 뻔질나게 서로의 집을 오가며 우정이 굳어져 갔는데 현도 어머니 강 여사는 명랑하고 활기 있는 수덕이보다 항상 말수가 적고 내성적인 아들이 내심 걱정스러웠던 터라 둘이 가까이 지내는 걸 늘 흐뭇하게 지켜보고 있었던 것은 수덕이의 비상한 학교 성적과 천재성이 온 읍내에 파다했던 것도 한 이유이기도 했다.

수덕이네가 읍내로 이사한 첫눈이 펑펑 쏟아지는 초겨울 어느 휴일에 현도는 이른 아침부터 배다리 집으로 가 이사를 도왔었다. 자잘한 살림살이를 큰 손수레에 싣고 태보 씨가 앞에서 끌고 아이들 둘이 뒤에서 밀어 읍내까지 서너 차례 옮겼다.

이사한 수덕이 방은 별도로 아버지 구멍가게에서 얼마 떨어지지 않은 곳에 자리 잡은 시장골목 끝머리 선술집들이 즐비한 오르막길 중턱에 있는 낡은 이층집이었다.

수덕이는 자기 고집으로 2층에 자기 방을 잡았다고 자랑이 대단했는데 사실은 외부로 드러나 있는 삐걱거리는 철제 계단을 오르면 일층 옥상에 방을 드린 옥탑방이었다.

그래도 배다리 루-삥 집과는 비교가 안 되는 넓은 방에 창문을 열면 정면에 수려한 백제고도 부소산성이 마주 보이는 전망이 무척 좋아 보였다.

대부분 짐은 태보 씨가 인수한 술집 골목 어귀에 있는 구멍가게에 내리고 이부자리와 책들만 이층 방으로 옮겼다.

"수덕이 너한테 안성맞춤이라 공부가 훨씬 더 잘되겠는데."

현도의 말에 수덕이는 흐뭇한 미소를 지었다.

"서울에서 살던 집도 이렇게 전망은 좋았는데 사람들이 까치집이라고 불렀어."

조금 시무룩해져 혼잣말처럼 되뇌고는 창문 밖으로 시선을 돌리는데 현도는 까치집이란 말이 신기하게 들렸다.

"까치집! 참 좋은 이름 같은데?"

"응."

"왜 서울에서 여기까지 온 거야?"

"그렇게 묻는 샌님, 너는?"

"나는 서울에서 역사를 가르치는 평교사였던 아빠가 시골 고등학교 교감으로 영전해서 내려오는 바람에 얼떨결에 친구들 다 버리고 따라올 수밖에 없었어."

현도의 말에 수덕이는 어두운 표정이 되어 힘없이 말했다.

"내가 아주 어릴 때 여기 부여가 인심도 좋고 살기가 편한 곳이라고 말하는 아버지 군대 졸병 따라 무작정 왔어."

수덕이가 대수롭지 않게 말하고 나서 현도와 함께 밖으로 나오니 첫눈인데도 앞이 안 보일 정도로 함박눈이 쏟아져 쌓이고 있었다. 길거리를 걸을 때 하얀 눈이 풀풀 날리는 것이 신기해 털썩털썩 걷는 그들의 머리며 어깨 위로도 덮여 왔다.

까치집

이사를 하고 며칠이 지난 어느 날, 수덕이는 자기 방에서 까치집의 전설을 이야기해 줬다.

수덕이 아버지 진태보 씨는 아직 어릴 때 노모와 단둘이 이북에서 내려와서 갖은 고초를 겪으면서 어린 시절을 보냈다.

군에 입대할 무렵 어머니마저 여의고 몇 년간의 부사관 생활을 거친 후에 전역하면서 공무원으로 임용돼 서울 철도역에서 근무하다 인연이 되어 생활력이 강한 부인을 만나 결혼을 해서 수덕이를 낳을 때까지만 해도 생활도 안정되고 가정의 행복을 느낄수 있었다.

부인 박 씨는 칼날같이 정확하고 다혈질적이며 적극적인 성격인데, 반해 낙천적이고 정에 목말라 그냥 사람만 좋은 태보 씨가 생활이 어려워지면서 부딪히기 시작해 편안해지는가 싶던 가정이 흔들리기 시작했다.

그나마 웬만큼 마련했던 살림이 박 씨가 운영하던 동대문시장 주단 포목점이 대형 화재로 잿더미가 되고, 엎친 데 덮친 격으로 마가 낀 해였는지 태보 씨가 정에 약해 직장 동료의 빚보증을 잘못 서주는 바람에 어렵게 마련한 집마저 날아갈 판국에 이르자 수덕이는 잦은 부모의 육박전에 가까운 싸움으로 불안한 나날을 보내야만 했었다.

그런 가정에 최후의 비극이 찾아온 것은 장마가 지루하게 오래 계속되던 어느 여름밤으로 수덕이는 기억하고 있었다.

한밤중에 우지직— 무엇이 부서지는 소리와 아빠의 외마디 비명에 놀라 눈을 떴을 때 누군가 심하게 문을 두드리는 소리가 나고 한참이 지난 뒤 억수 같은 비바람 소리 속에 명멸하는 불빛과 함께 경찰 사이렌 소리가 날카롭게 들려왔다. 태보 씨가 목에 둔기에 찔려 피투성이가 돼 병원 구급차에 급히 실려 가고, 부인은 피 묻은 잠옷 바람에 단발마의 비명을 질러대며 우락부락한 경찰들에게 사정없이 끌려갔다.

수덕이가 본 어머니의 마지막 기억이었다.

사람들이 썰물처럼 빠져나간 빈집에 수덕이 혼자만 남겨져 꼬박 하루가 지난 뒤까지 집 안은 쥐 죽은 듯 정적이 감돌았다. 수덕이는 저녁 늦게 외삼촌 손에 이끌려 외갓집으로 들어갔다.

외갓집 식구 모두 측은함과 혹은 경멸의 시선으로 바라보는 것이 싫어서 여러 번 살그머니 집을 나와서 거리를 방황하곤 했었다.

어린 수덕이의 가슴에 슬픔과 외로움의 그늘이 그렇게 일찍부터 짙게 드리워졌었다.

몇 달이 지난 후 태보 씨가 초라한 모습으로 나타나 외갓집 식구들과 대판 언쟁이 있는 후 수덕이를 데리고 나와 서울역 주변 염천교 다리 근처 초라한 하숙집에 거처를 정했다.

네댓 살 철없는 수덕이는 옛날에 살던 집으로 가자고 태보 씨를 졸랐지만, 그 집은 이미 잘못 보증을 서서 떠넘겨 받게 된 채

무로 벌써 남에게 넘어간 후였다.

태보 씨는 삶의 모든 것을 자포자기한 상황이어서 다니던 직장마저 내팽개친 채 매일 아침에서 저녁까지 술에 절어 있어 어린 수덕이가 봐도 옛날의 아버지가 아니었지만 그렇게 정신없는 상황에서도 어린 아들은 열심히 챙기고 있었다.

그해가 저물어 가던 겨울날 용산역 뒤편 큰 도로 옆 용산시장 한가운데 길게 늘어선 청과물 도매시장 건물 옥상에 까치집 같은 엉성한 움막으로 거처를 옮겼다.

수중에 돈이 몽땅 떨어진 태보 씨로서는 어쩔 수 없는 막바지에 포장마차에서 만나 술친구가 된 시장 잡역부 아저씨의 주선으로 그곳이나마 얻게 된 것이었다.

시장 잡역부들의 손수레가 겹겹이 세워진 넓은 옥상 귀퉁이 커다란 물탱크 옆에 철삿줄로 베니어 판자 쪽을 얽어매고 사이사이 종이 상자로 바람구멍을 막은 뒤 비닐을 덮어씌운 두어 평쯤 됨 직한 움막에서 두 부자는 일 년 가까이 버텼다.

까치집에서 태보 씨는 어린 수덕이를 앞에 두고 이제는 술을 마시지 않겠다고 약속을 했었다. 잔뜩 취해서 한 그 말이 꼭 지켜진 것은 아니지만 전처럼 정신없이 퍼마시지 않고 매일 시장 안에서 큰 손수레를 끌고 쉬지 않고 일을 했다.

채소 둥치나 과일 상자들을 산더미처럼 싣고 다니는 아버지를 수덕이는 늘 쫓아다녔다. 물건을 모두 내리고 나면 아빠가 끄는 빈 수레를 타고 다니는 재미가 좋아서였다.

해가 뉘엿뉘엿 건물 사이로 저무는 저녁이면 수덕이는 왈칵 엄마 생각이 나서 울기도 했지만, 아빠에게 남자는 약해져서는 안 된다고 호되게 야단맞은 다음부터 내색하지 못했다.

까치집에서의 또 다른 재미는 움막에 누워 아빠와 함께 깜깜한 하늘을 보며 수없이 돋아난 별을 세는 것이었다.

방 안에 누우면 아빠와 꼭 부둥켜안고 잠이 들어야 하는 비좁은 까치집이지만 아빠가 술을 덜 마셔서 조금은 안심이 됐었다.

시장 사람들은 수덕이 생각으론 모두 마음이 따뜻했다.

수덕이가 태보 씨하고 지나가면 머리를 툭툭 치며 작은 태보, 작은 태보 하며 놀리기도 했지만 먹으라고 과일도 집어 주고 가끔 어떤 가게 아주머니는 아버지에게 손수레 품삯을 주면서 수덕이에게 과자 사 먹으라고 동전 몇 잎을 쥐여 주기도 했었다.

식사는 태보 씨가 직접 해서 먹을 때도 있었지만 대부분은 시장 안 난전에 큰 솥을 걸어 놓고 시장 사람들 상대로 국밥을 말아 파는 뚱뚱이 할머니 국밥집에서 해결했었다.

어린 수덕이가 혼자 찾아가도 두꺼운 입술의 퉁명스러워 보이는 얼굴에 잔 미소를 띠며 맞아 주었다.

"까치집 작은 태보가 왔구먼."

따뜻한 자리에 앉히고 엉덩이를 토닥여 주고는 혀를 끌끌 차곤 했다.

"너희 아버지도 얼른 돈을 모아서 까치집 신세를 면해야 어린 너도 고생을 덜할 텐데!"

김이 무럭무럭 나는 국밥을 듬뿍 퍼 주고 나서 안쓰럽게 바라보곤 했었다.

수덕이네가 낯선 시골 강가로 이사 온 것은 수덕이가 여섯 살 되던 설 다음 날이었다. 대목 경기로 흥청거리던 시장 거리는 연

휴가 되어 쥐 죽은 듯 조용했고 휴지며 쓰레기들만 겨울 찬바람에 날리고 있었다.

전날 시장통에서 우연히 수덕이 외삼촌과 마주친 뒤 태보 씨는 마음이 심란해 있었다.

아침나절 수덕이에게 어디 잠깐 다녀오마고 나갔던 태보 씨가 늦은 저녁, 술에 조금 취해서 낯선 아저씨와 함께 돌아왔다. 수덕이는 저녁도 못 먹고 이제나저제나 아버지가 돌아오길 기다리다 지쳐 깜박 잠이 들어 있을 무렵이었다.

"아바이레 군대 있을 적에 데리고 있던 졸병이다. 인사나 해라."

덜 깬 눈으로 수덕이가 올려다본 젊은 아저씨는 첫눈에도 맘이 좋아 보였고, 아빠도 오랜만에 얼굴에 홍조를 띠고 있었다.

"네가 수덕이구나?"

"……."

"아빠보다 미남으로 잘생겼군."

볼을 쓸어 주는 손끝에서 따스한 온기가 느껴져 기분이 싫지 않았다. 수덕이의 몸과 마음에 많은 영향을 미치고 어쩌면 인생의 항로마저도 돌려놓은 연선과 수덕의 만남이 그날 그렇게 이루어지고 있었다.

어린 수덕이는 처음 보는 아저씨가 사 들고 온 만두와 찐빵으로 저녁을 대신했고, 아빠와 아저씨는 비좁은 움막 안에서 밤늦게까지 이야기가 끝이 없었다.

이튿날 오후에 수덕이는 아빠와 함께 연선을 따라 덜컥거리는 시외버스를 타고 날이 저물어서야 부여에 도착했다.

버스에서 내려 연선이 이끄는 대로 한참을 걸어 강가 백사장 위에서 두 부자는 처음 보는 검고 칙칙한 강물을 내려다보고 서 있었다.

하늘 소리를 듣다

현도는 부여에 내려와서 첫 겨울 방학을 맞아 매일 서로의 집을 오가면서 눈만 뜨면 수덕이와 함께 지냈다.

"어머니, 저 수덕이 왔어요."

이른 아침, 집 안이 떠들썩하게 외쳐대면 부엌에서 아침 준비를 하던 강 여사가 반갑게 맞았다.

"어서 와. 수덕이가 와서 깨워야 집 안이 겨우 눈을 뜨는 것 같군. 현도 얘는 아직도 꿈속에서 헤매는 모양이야! 얼른 들어가 깨워!"

임 교감도 안방 문을 열고 대청으로 나와 수덕이 인사를 받는다.

"천재는 역시 늘 부지런해!"

수덕이는 현도 방에 들어가자마자 어제 끝맺지 못한 얘기들을 이어 간다.

현도가 이해하기 어려워 허황하게 들리는 우주 공상과학 얘기에서부터 그 나름의 인생철학까지. 대부분 책에서 읽은 것도 있고 현도는 그때까지 존재조차 모르고 있던 수덕이의 사부, 연선에게 들은 불교 철학을 기반으로 한 이론들이니 현도는 그저 건성으로 들을 때도 있고 꼬치꼬치 캐묻기도 하지만 이해하지 못하는 경우가 대부분이었다.

수덕이는 어떤 때는 자신의 운명에 대한 절망을 이야기할 때도 있고 전혀 정반대의 이론을 펼쳐 보이면서 들떠 있을 때도 있었다.

긴 겨울 방학이 끝나고 새 학기가 시작되자 현도는 전학 오면서 중단되었던 미술 실기를 위해서 미술실에 머무는 시간이 많아지면서 수덕이와의 만남이 조금은 뜸해졌었다.

가끔 수덕이가 미술실로 찾아오기도 했고 현도가 그림 작업을 마치고 수덕이 방에 들르기도 했었다.

수덕이의 이상한 방황을 현도가 감지한 것은 그 무렵이었다.

어느 날 현도가 미술실에서 늦게까지 정물화 채색을 마치고 가로등 불빛이 희미한 골목길을 돌아서 철제 계단을 올라가 문을 열고 들어갔다. 방 안은 불이 꺼져 있어 컴컴했지만, 인기척과 함께 확ㅡ 술 냄새가 진동해서 '수덕이 아버지가 계신 건가.' 생각하며 전등 스위치를 올리고 주위를 둘러보았다.

태보 씨는 보이지 않고 웃통을 벗어젖힌 수덕이의 시뻘겋게 상기된 얼굴이 환하게 들어왔다.

너무 의외의 모습이어서 어떤 두려움까지 느껴 옆에 조심스레 엉거주춤 앉았다.

"아니 너 무슨 일이 있었는지 몰라도 아버지가 보시면 어쩌려고. 또 잘못하면 죽을지도 모르는데 겁도 없이 술을 다 마시고 그래?"

현도가 흔들어서야 수덕인 나른한 시선으로 올려다보고는 도로 눈을 감고 고개를 돌렸다가 근심스럽게 내려다보는 친구를 의식해선지 실없이 웃으며 일어나 앉았다.

"술을 한잔 마시니까 기분은 날아갈 것 같은데 말야. 가슴이 너무 답답해서 이렇게 홀랑 벗어 버렸더니 아주 시원해서 너무 좋다. 샌님! 너도 한번 마셔 볼래?"

수덕이 먹다 만 소주병을 들어 내밀자 현도는 기겁한 표정으로 손을 내저으며 뒷걸음질 쳤다.

"안 돼. 엄마한테 혼나."

"그렇지. 우리 샌님은 엄마한테 어린 아기라 아직 술은 안 되지. 나는 혼내 줄 엄마가 없어서 다행이다. 그치 다행이야."

술병은 도로 놓고 이불자락을 끌어당겨 목까지 덮어 얼굴만 내놓고 엎드리더니 혼잣말처럼 뇌까리고는 울먹이기 시작했다.

"샌님! 엄마조차 없는 바보 같은 내가 정말 너무 한심해서 술을 마셨단다. 괜히 쓸데없는 것에 매달려서 가슴이나 태우는 멍청이가 공부 좀 한답시고 잘난 척하는 꼴이 끝내 세상에서 하나도 쓸모없는 쓰레기가 될 것만 같아서 정말로 한심해 죽고 싶어."

아직 어린 나이에 어울리지 않는 절망과 어떤 허무 속에 빠진 듯도 하고 뭔가 자신의 장래를 예지하는 듯한 말 같은데 현도는 항상 들었던 것처럼 무슨 얘기를 하는 건지 이해하지 못한 채 안타깝게 괴로운 표정을 짓고 있는 수덕이를 내려다보고만 있었다.

수덕이는 입술이 마르고 목이 타서 조금 남아 있던 술마저 겁없이 벌컥벌컥 마시더니 이불을 휙 거두어 버리고 벌떡 일어나 앉았다.

"이 쓸모없는 짐승 같은 불쌍한 수덕이 꼴 좀 봐!"

엉엉— 소리 내어 울기 시작하는 수덕이는 얼굴뿐이 아니라 온몸이 홍시처럼 달아올라 있었고 계속 현도로써는 도무지 알 수 없는 말을 중얼거렸다.

"내 맘대로 되는 게 하나도 없이 모두 달아나기만 한단 말야."

무엇이 달아난다는 건지 수덕이 술 취해서 알 수 없는 헛소리만 하는 것 같아 현도는 아무 대꾸도 못 하고 한참을 멍하니 지켜보고 있다가 고개를 주억이는 수덕이를 그대로 눕혀서 이불로 감싸 주고 잠들기를 기다렸다가 겨우 집에 돌아올 수 있었다.

수덕이에게 더욱 심한 정신적 변화가 온 것은 현도가 서울에 올라와 이모 댁에 머물며 미술 학원에 다닌 3학년 여름 방학 때였다.

혼자서 가슴앓이하듯 보고 싶어 하던 은영이도 만나고 그런대로 뜻 있고 즐거운 방학을 보낸 셈인데 수덕이하고는 한 달여 동안 헤어져 있어야 했다.

개학 날에 맞춰 서울에서 내려와 수덕이 방을 찾았을 때 그 애 모습은 어디에도 보이지 않았고 태보 씨도 어디 갔는지 모른다고 했다.

"아새끼레 어드메 쏘다니는지 한시도 집에는 안 붙어 있지비. 며칠 전 땡초레 왔었으니 같이 어드메 갔는지 모르겠다."

땡초란 말에 의아해하는 현도를 보고 태보 씨는 껄껄 웃으면서 말한다.

"내래 수덕이 사부라 하는 고진수 못 봤나?"

"연선 사부라고 하는 스님 말씀입니까?"

"오냐!"

"몇 달 전에 만났었죠! 그런데 왜 땡초라 합니까?"

"수덕이레 들으라티면 그리 부르디 말라고 펄펄 뛰지 않겠니? 연선 사부라 하는 진수 그놈아래 군대 있을 때 내 데리고 있던 아인데 절밥 먹고 컸다 하고, 그놈아 하는 짓거리가 하도 유별나서 군대 있을 때 모두 땡초라고 하지 안 하겠니? 수덕이레 배다리에서 십 년 가까이 그 아 밑에서 커서 아바이 말보다 그놈아 땡초 말이라면 껌뻑한다 아이겠니."

태보 씨가 입맛을 다시는 품이 조금 소외감을 느끼는 듯도 했다.

현도가 수덕이 사부, 연선을 처음 만난 것은 몇 달 전 늦봄, 어느 일요일 오후였다. 어머니의 심부름으로 시장에 가던 길에 부소산에서 박물관 옆길로 내려오는 수덕이와 먼발치에서 마주쳤는데 옆에는 잿빛 승복 차림의 젊은 스님과 함께 있었다.

수덕이 뭔가 들킨 사람처럼 멈칫하다가 어색하게 손을 흔들며 다가왔다. 처음 보는 낯선 스님 앞이라 쭈빗쭈빗 서 있는 현도를 보며 수덕이 소개를 했다.

"내가 얘기했던 서울에서 전학 온 친구, 임현도예요. 공부도 열심히 하고 참 착해요."

수덕이는 연선에게 소개하고 나서 현도를 잡아끌었다.

"인사드려! 여러 면에서 해박한 지식을 가지고 계셔서 어려서부터 내게 많은 도움을 주고 계신 연선 사부님이야."

현도가 허리를 굽혀 인사를 했다.

"수덕이가 그림을 아주 잘 그린다고 했던 서울 샌님이군."

합장하며 미소 짓는 연선의 모습이 태보 씨보다 십 년 넘게 젊어 보이고 반듯한 매무새며 검고 빛나는 눈빛, 차분해 보이는 이지적인 인상이 어쩐지 수덕이와 많이 닮아 보였다.

"현도야! 사부님하고 빵집에 갈 건데 너도 같이 가자!"

수덕이 현도를 잡아끌고 앞장서서 근처 크로바 제과점에 들어가니 군침이 저절로 도는 고소한 냄새가 가득한데 안에는 사람들이 별로 보이지 않았다.

"사부님하고 고란사에 갔다 오면서 빵 내기를 계속했는데 결국 내가 이겼으니까 네가 좋아하는 거로 골라 봐!"

수덕이는 빵을 연선 앞에 수북하게 골라다 놓고 들떠 보일 정도로 기분이 좋아 보여 현도는 무슨 내기를 했는지 궁금해 물었다.

"고란사에서 올라오면서 돌계단 오르기 게임에서 내가 이기고 삼천 궁녀가 몸을 던졌다는 낙화암 절벽에서 백마강에 돌멩이 멀리 던지기에서는 졌는데 내려오다 땟재골에서……."

"흐흠–."

수덕이 빵을 먹으면서 신이 나서 중얼거리는 중에 갑자기 연선이 기침 소리로 무겁게 말하는 것을 막자 항상 언행에 거침이 없던 수덕이가 흠칫하는 것이 평소 같지 않다고 생각하는데 수덕이는 연선에게 애원하듯 말했다.

"샌님이랑은 비밀 같은 거 없어요."

"그래도 네가 나하고 한 약속은 지켜야지 않겠어?"

연선의 설득에 고개를 끄덕이면서도 다시 얘기를 이어 갔다.

"땟재골에서 사부님 옛 제자들과 무술 대련을 하면서……!"

"허음–."

연선이 또다시 빙그레 웃으며 말을 막자 수덕이는 까르르– 따라 웃고 사부를 향해 다시 끄덕끄덕, 고개를 숙여 둘만의 약속을 깨지 않겠다는 눈빛을 해 보였다.

현도가 보기에 수덕이는 사부 앞에서인지 평소보다 말과 행동이 한참 어려 보이는 것이 이상해 보일 정도였다.

맛있게 빵을 먹으면서도 알 수 없이 들떠 있는 모습으로 떠들고 있는 수덕이를 지켜보던 연선이 넌지시 한마디 했다.

"이제 기분이 좀 풀렸어?"

수덕이 정색이 되어 고개를 까닥까닥하는 품이 현도가 보기에는 천진한 어린애 모습이다.

"네가 원하는 대로 이 사부가 다 해 줬으니……."

연선은 하던 말을 뚝 끊고 주위를 한 번 둘러본 다음 엄한 표정이 되었다.

"공부 때려치우고 힘들게 수행하는 나를 쫓아 나선다는 말은 이제는 절대로 안 하는 거다. 네 친구도 지켜보는 자리에서 확실하게 다짐해 두는 거야. 아시겠어요? 천재! 코흘리개 어린애처럼 몇 번을 다짐해야 하나?"

연선이 아주 속사포로 말하다가 끝내는 짜증스럽다는 듯이 언성이 높아지고 사뭇 단호한 말투에 수덕이는 먹는 걸 멈추고 고개를 떨군 채 끄덕이고 한동안 있다가 고개를 들었을 때 어느새 눈자위가 벌게졌고 금방 눈물방울이 쏟아지고 있는 것이 현도 눈에 보였다.

연선도 숙연해진 얼굴로 주머니에서 손수건을 꺼내 수덕이를 끌어당겨 얼굴을 훔쳐 주었다.

"또 우냐? 사내가 친구 앞에서 못나게."

연선은 덩달아 이상한 감정에 사로잡혀 있는 현도를 건네보며 빙긋이 웃었다.

수덕이 빵을 더 먹지 못하고 밖으로 나와 고개를 숙인 채 땅바닥을 툭툭 차며 걷고 있는 게 연선은 맘에 걸렸는지 다가가 수덕이 어깨를 잡고 흔들었다.

"그 대신 약속한 대로 자주 찾아올 테니 걱정하지 마라."

수덕이는 알았다는 듯 고개를 끄덕인다.

그날 이후, 수덕이와 같이 있는 연선을 여러 번 볼 수 있었다.

현도는 수덕일 만나지 못하고 빈방만 지키다 돌아왔었다.

수덕이는 다음 날 현도가 서울에서 왔다는 말을 아버지한테 듣고 아침 일찍 초라한 모습으로 현도네 집에 찾아왔다.

검은 얼굴은 더욱 까맣게 까칠해졌고 아무렇게 걸친 옷이며 길게 자란 머리는 헝클어져 있었지만 초롱초롱한 눈망울만은 여전히 빛나고 있었다.

수덕이는 현도를 보자마자 달려들어 덥석 안겼다.

"이 못된 샌님아! 나 버려두고 혼자만 서울로 달아나는 바람에 이 수덕이는 외로워 죽는 줄 알았잖아. 넌 서울에서 여자 친구 만나서 신났었지?"

너스레를 떨다 정색이 되어 의자에 걸터앉았다.

"그 대신 이번 방학은 이 수덕이에게도 일생일대 아주 중요한 것을 깨달은 좋은 기회가 됐어."

수덕이의 온몸이 긴장감으로 흥분된 걸 현도는 느낄 수가 있었다.

"그동안 무슨 일이 있었는데 그렇게 난리야?"

궁금해하는 현도의 얼굴을 바라보는 수덕이는 다시 초연한 표정이 되었다.

"샌님이 믿을지 모르겠지만 내가 이번 방학 동안에 사람들이 그렇게 만나고 싶어 하는 온 우주를 창조한 위대한 하느님을 만났다는 거 아냐!"

하느님이란 말에 현도는 맥이 빠져서 수덕이 어깨를 쳤다.

"에이! 너 교회에 갔었구나. 그렇지?"

현도가 재밌어하는 표정을 짓자 펄쩍 뛰며 일어섰다.

"아니야! 거기에 있는 하느님이 아니야. 나는 사람들이 쉽게 말하는 하나님이 아닌 진짜 온 우주를 창조하고 주관하는 하느님을 만났다니까! 지금까지 사람들이 신을 잘못 알고 있었다는 것도 알았고 그런 기도나 받아먹는 하나님이 아니었단 말야."

현도는 수덕이 말이 갑자기 신이라는 어렵고 어쩌면 두려운 얘기를 하는 것이 종잡을 수 없고 허황하기도 해서 수덕이 얼굴을 찬찬히 보았다.

"너 괜히 또 술 마시고 허무맹랑한 환상 속에서 헤매다 뭔가 잘못 본 거 아냐?"

수덕은 고개를 절레절레 흔들었다.

"샌님 너는 아직 이해하지 못할 거야. 너뿐만이 아니라 아마 세상 사람 누구도 내 말을 들으면 미쳤다고 할지도 몰라."

수덕은 심각한 표정으로 지그시 눈을 감았다가 정색이 되면서 혼잣말처럼 속삭였다.

"나는 지금까지 쓸데없는 것에 아까운 시간을 허비하고 있었어. 그런데 이제부터 뭔가 하기는 해야 하는데 무엇부터 시작해야 하는 건지 도대체 모르겠다."

현도는 아무래도 수덕이의 생각에 쉽게 수긍할 수 없어 갈피를 잡지 못하고 되물었다.

"너 진짜 그동안 어디서 무얼 하다가 온 거야?"

"너마저 서울로 달아나 버리고 나니 함께할 녀석이 아무도 없어서 그냥 마구 돌아다녔지. 어젯밤에도 배다리 백사장에서 밤을 꼬박 새우고 왔어."

아무렇지도 않게 말하고 나서 방바닥에 벌렁 드러눕더니 이내 곯아떨어져 버렸다.

수덕이는 방학이 되자 말 상대할 현도마저 서울로 올라가 버린 후 너무 무료하고 외로워 마음의 갈등이 고조되고 있었다. 지난번 술을 마시고 횡설수설한 것은 현도에게 말하지 못했지만 오랜만에 연선이 찾아와서 방학 동안만이라도 따라가겠다고 억지를 부리자 수덕이의 고집을 쉽게 꺾을 수 없단 걸 아는 연선이 눈물이 쑥— 빠지게 야단만 치고 훌쩍 떠나 버려 홧김에 아버지가 마시던 소주를 생전 처음 마셔 버린 것이었다.

방학이 되어 혼자가 된 수덕이는 낮에는 여기저기 가까운 산야를 찾았고, 밤이 되면 그전에 살던 강변에 나가서 사부와 함께 항상 하던 대로 깊은 묵상에 빠져 있다가 새벽녘에 집으로 돌아오기도 했다.

그때 뭔지 모를 것이 수덕이가 잠시도 가만히 있을 수 없게 했었다.

어렸을 적, 하얀 백사장 위로 휘영청, 밝은 달이 떠오를 때는 그곳에 우뚝 서 있는 자신은 동떨어진 외톨이가 아닌 전혀 다른 세상에 자기만의 왕국 속 주인이 된 듯이 홀가분한 자유로움에 활개를 치며 온 백사장을 누비며 뛰어다니곤 했었다.

그날도 밝은 달빛이 온 백사장을 비추고 강물 위에는 별 무리가 쏟아져 내려 보석을 뿌려 놓은 듯 찬란하게 보이고 주위에서는 아름다운 음악 소리처럼 풀벌레 소리가 쟁쟁하게 들려오고 있었다.

밤이 깊어 갈수록 시간이 멈춰 버린 것처럼 머릿속은 깊은 심연에 잠긴 것 같이 먹먹한데, 가슴속에서는 무엇인지 커다란 것이 꿈틀거리며 잠시도 가만히 서 있지 못하게 하고 있었다.

한동안 외로움이나 쓸데없는 집착도 모두 지워 버리려고 정신없이 쏘다녔는데도 왠지 마음 한구석은 눈물을 머금은 듯 절여 왔다. 아주 어릴 적 기억뿐인 어머니를 향한 그리움도 모두 삭아지고 퇴색되어 흔적조차 없던 때인데 알 수 없는 그리움이 덕지덕지 쌓여 있었단 말인가!

발길을 멈추고 가만히 생각을 되뇌어 보자 울컥 또 밀려오는 외로움과 함께 눈물이 솟을 것 같아서 설레설레 도리질하며 백사장을 정신없이 뛰다가 다시 걷기를 한참 동안. 그렇게 몇 시간이 흐른 걸까!

어느새 마음이 잔잔한 호수처럼 흔들림 없이 낮게 가라앉고 주위에 울어대던 풀벌레 소리마저 점점 희미해진 것을 느꼈을 무렵, 먹먹해진 머릿속에서인지 아니면 누군가 알 수 없는 어딘가에서 자기 이름을 쉬지 않고 부르고 있음을 느낀 순간, 발걸음을 멈추고 백사장 위에 우뚝 서고 말았다.

사방을 둘러 살펴보아도 아무것도 보이지 않았지만, 그의 이름, 수덕이를 나직이 속삭이듯 부르는 것은 끊이지 않고 계속되었다.

한참을 지났는데도 끊임없이 들려와 괴이한 생각이 전신을 싸고돌아 섬뜩한 마음에 소름이 돋았는데도 입에서 맥없이 대답이 튀어나오고 말았다.

"네!"

무심결에 대답하는 순간, 그를 부르는 소리가 멈춰지면서 어떤 누가 하는 건지 모를 말이 귓전을 때리듯 커다랗게 들려오기 시작했다.

（나는 나무라 해도 좋고, 돌이라 불러도, 아니면 한 점 먼
지라 해도 상관은 없다! 다만, 우주 만물 중 어느 것도 나
보다 높을 수도, 그렇다고 낮을 수도 없고, 그 무엇도 나보
다 전능할 수가 없다.）

수덕이는 '도대체 지금 무슨 소리를 듣고 있는 건가?' 하는 생
각이 스치는 순간, 말소리는 이어졌다.

（나를 네가 무어라 부르건 상관없다고 한 만큼 나는 무엇
과도 구별되길 원하지 않으며 분별될 수 없는 전부이기 때
문에 이름 지어질 수 없다. 그처럼 나는 크고 또 작아서 온
우주 만물 중에 나보다 큰 것도 나보다 작은 것도 있을 수
가 없다.）

갑자기 생각이 들기를 '그렇다면 우주를 지배하는 신, 즉 사람
들이 말하는 하나님의 말을 듣고 있단 말인가!' 하며 긴장이 되어
온몸에 소름이 돋았다.

（너희 눈에 보이는 우주는 온 우주의 한 점이라면 너는 믿
겠느냐? 그걸 모르는 너희들의 오만한 발상이 언제부턴
가 온 우주의 순환에 걸림돌이 될 수도 있어서 이를 경고
하기 위해 너를 찾은 것이다.）

이런 엄청난 얘기를 하필 나한테 하는지 반문하고 싶다고 생각이 드는 찰나, 나직한 음성이 귓전을 울려 왔다.

(너라는 미물을 택한 것은 네가 똑똑해서도 아니고 더욱이 내게 합당한 인간이어서도 아니며 내가 선택한 것이 바로 너이기 때문이고 너 또한, 너희 땅을 망치기에 십상인 그런 오만과 허세를 가진 인간이다. 내가 너를 찾은 것은 너를 비롯한 모든 인간이 내세우는 '만물의 영장'이란 우쭐하고 오만함이 하늘을 찌를 듯 근세기에 들어 부쩍 두드러지고 있어 심히 염려하는 지경에 이르러 이를 알리기 위함이다.)

수덕이 자신에 대한 평가는 어느 정도 인정하지만 인간의 능력이 우주 생명체 중에 뛰어났다고 자부하는 만물의 영장이 아니라는 것은 동의할 수 없다는 생각이 드는 순간, 또다시 질타하는 소리가 크게 들려왔다.

(너는 나를 감히 의심하지 마라! 너희는 의심할 이유도 또한 그럴 만한 여유조차 없다. 너희가 만물 중에 빼어났다는 그 오만 자체가 착각일뿐만 아니라 그 기준이 애초부터 너희 기준대로 변질되면서 온 우주 본성에서 역행하기 시작해 오늘날과 같은 최악의 상황에 이른 것이다. 너희가 자랑하는 것 중에서 오감을 가졌다고 내세우는 것이 얼마나 우스운 것인가 하면 한마디로 그것을 가져야 하는 것이 가장 하류란 말이다! 감정을 쏴야 의사가 전달되는

자체가 미생이라는 증거가 된다. 너희 삶이 불합리해서 슬픔을 드러내야 하고 그에 반하는 기쁨을 나타내는 거추장스러운 과정을 갖는 것이 무슨 자랑거리가 되느냐? 너희는 종종 저지르는 실수가 있을 수 있다고 인정하고 스스로 위로하지만 온 우주 어느 것도 실수하는 멍청한 것은 없다. 어디 한번 둘러보라! 너희 인간 말고 중심을 잃고 실족해서 자빠져 있는 것이 있는지! 성한 것은 성한 대로, 상한 것은 상한 그대로 제자리를 충실히 지키고 있지 않은가.

그리고 너희 뿌리를 찾아 올라가면 한 조상 한 핏줄인데 너희 인간처럼 같은 족속끼리 망치고, 부수고, 죽이는 것이 만물 중에 있는지. 더구나, 어린 영혼들을 집단으로 모아 놓고 살인을 가르치는 족속이 우주 만물 중에 어디 있는지 다시 한번 둘러보라! 만물 중에 너희가 불을 사용할 줄 아는 것이 자랑이지만 그 불장난이 너희 땅 껍질을 태우고, 그 속에서 나온 연기와 먼지가 휘돌아다니면서 생명 가진 것을 망칠 만큼 망치고 더 뛰어올라 내가 애초에 마련해 준 보호막마저 찢고 부숴 버려, 그 틈새로 들어가지 말아야 할 걸러지지 않은 독한 태양열과 같은 외부 독소가 곧바로 내리쏘는 바람에 너희에게 독이 될 뿐만 아니라 온난화로 인해 마침내 기후 흐름이 걷잡을 수 없게 되어 가는 것이 바로 너희들이 자랑하는 과도한 불장난 탓이란 말이다. 또한, 과학이라는 너희 꼭두각시 재주가 늘면 늘수록 부리는 것도 많아져 육신이 편해진 만큼 몸뚱인 축, 쳐지고 있는 형편에서 어느 순간, 너희가 부린 모든 것들로부터 만들어진 아주 미세한 치명적인 벌레들이 너희를 먹잇감으로 노리는 심각한 형국에까지 이르러 끝내 서로를 파괴하기 위해 만든 불 에너지 무기들을 자랑할 겨를도 없이 함께 괴멸될 것을 미련한 너희는 모르고 있다.

너희들 중에서도 육체보다 정신이 황폐한 하류가 너희에게 거추장스럽듯이 온 우주에 걸림돌 되는 것도 너희 땅을 지배하는 인간의 정신적 퇴락일 수밖에 없다. 원래 인간도 우주 만물의 생성 원칙에 의해 만들어진 것인데 전혀 다른 기형으로 변한 꼬락서니에 나는 탄식한다! 너희 외형적인 것보다 본질적인 정신이 더욱 그렇다는 말이다.)

수덕이는 듣고 싶지 않은 말들이라서 불쾌한 감정이 동했다.

(너는 아직도 내 말에 동의하지 못하는구나! 너희 몸이 물, 흙, 공기로 이루어진 것과 같이 너희들의 정신, 즉 영혼도 마찬가지라는 것을 알아야 한다.

서로를 죽이려고 앞다퉈 만든 가공할 '불 에너지'를 너희를 포함한 지구상에 있는 숨 쉬는 모든 것을 두 번, 세 번 죽일 만큼 만들어 쌓으면서 그것들을 실험하는 사이 쏟아져서 뿌려진 먼지가 층을 이루어 땅 껍질 위를 수십 년 떠돌다 쌓이고 스며들어 마실 물과 호흡, 또 먹잇감에 보이지 않게 파고 들어가 너희 몸과 영혼을 빠르게 망가트려 왔다. 이미 늦은 줄 알지만, 너희가 속한 온 우주의 규범에 대해서 다시 말해 주마. 너희에게 전하는 마지막 경고다.

태우지 마라! 너희가 태워진다.

넘보지 마라! 패륜은 용서가 없다.

죽이지 마라! 끝내는 너희가 사망하리라.

갖지 마라! 무엇도 네 것이 아니다.

상상하지 마라! 나쁜 것은 반드시 이뤄진다.

특히, 너 같은 영악한 미물의 상상이 불을 만났을 때는 엄청난 재앙으로 너희 땅의 종말을 앞당길 것이니, 부디 명심하라! 이 오계명은 서로 보이지 않는 끈으로 연결되어 있어 한길로 운행하고 부서짐도 같은 방향으로 이어져 있다. 너는 하늘을 가로지르는 별똥별이 왜 소멸해 우주에서 사라지는지 생각해 본 적이 있느냐? 그것들은 맡겨진 사명을 다해서 없어지는 작은 것도 있지만 너희 땅보다 몇 배 큰 행성이 가슴 깊이 뜨거운 마그마를 품고 더 큰 행성의 괴에 맞춰 돌다가 온 우주의 순환에 걸림돌이 되는 순간 도태되어 떠돌며 긁히고 닳아져 그 뜨겁던 열정도 새카맣게 식어 한 개의 작은 운석인 별똥별로 긴 꼬리를 그리며 떨어져 나가 우주 궤도에서 영원히 사라지는 수효가 온 우주에서 일각에도 헤아릴 수 없다는 것은 곧 너희 땅도 예외일 수 없다는 사실이다. 이 엄청난 재난과 비극을 너희는 왜 모르고 낭만이나 환상으로 별똥별을 바라보고만 있는가?)

수덕이는 웬만큼 설득되어 가고 있었다.

(이제야 내 말이 들리기 시작했구나. 내 경고를 얌전히 들

어 준 보답으로 네가 궁금해하는 것을 가르쳐 주마.)

수덕이가 알고 싶은 것은 '지금 들려오는 소리의 존재였고 왜 지금도 그 모습을 보이지 않고 말로만 전하는 건가.' 하는 것이었는데 역시 그 목소리는 수덕이의 마음을 읽고 있었다.

(나는 완전한 것이다. 조금도 빈틈이 없는 온전한 전부가 바로 나여서 내 속에 있는 너는 나를 볼 수 없다. 어미 배 속에 있는 아기가 어미를 볼 수도, 알 수도 없듯이 너는 지금도, 전에도, 또 후에도 내 속에서 숨 쉬고 살면서도 나를 듣지도, 보지도, 완전하게 알지 못하고 살 수밖에 없었다.)

수덕이는 이제야 어렴풋이 뭔가 느낌이 전해져 오는 것 같아 나직한 목소리로 말을 했다.
"그러면 인간을 창조한 신을 봤다고 우기는 사람은 다 거짓말쟁이군요?"

(신! 내 성품대로 온전하게 지어진 너희가 달리 나를 정하여 믿고 배우려 함은 극히 어리석은 짓이다. 지어진 대로란 순리대로 사는 것이 너희 삶의 기본이요, 내 뜻이다. 너와 똑같이 내 속에 있는 거짓 선생들은 거꾸로 내가 그들 속에 있는 것처럼 어리석게 가르치지만 온 우주 어느 것도 내 속에 있지 않은 것이 없다는 걸 잊지 말아야 한다. 가장 중요한 것은 너희끼리 완전히 하나가 되지 못해 내 땅에 빌려 살면서 그 안에 울타리를 만들고 제 안에 들면

내 것이니 옳고 밖에 있으면 남이니 그르다는 이기적인 엉터리 논리로 옳고 그름을 멋대로 나누어 서로를 망치는 다툼으로 커진 것이 너희들 삶은 물론 온 우주 순환을 힘들게 하는 근본적 원인이 거기에 있다. 온 우주에는 원래 선도 악도 없고 그저 서로 생존한다는 하나밖에 없는데 그 하나 속에 처음 시작부터 마지막 끝까지 너희가 미처 깨우치지 못한 높은 가치가 있다.)

그 말은 어느 정도 이해될 듯하면서도 막상 선과 악이 없다는 말엔 쉽게 수긍할 수 없어 고개를 갸웃하자 이야기는 계속 이어졌다.

(너희가 파 놓은 그 함정의 근원은 너희 거짓 선생들이 그어 놓은 기준에 의한 것으로 온전한 우주 순리와 너무 동떨어진 것들이 은연중 끼어 흠결이 있다. 이 흠결이 있는 것은 아무리 좋은 것도 아예 나쁜 것보다 못하다는 말이다. 한마디로 얼룩이 있는 것은 아주 검은 것만 못하다는 거다.

온 우주의 순리대로라면 온 세상의 기본은 모두 하나로써 둘로 갈라진 생각들은 이제는 너희가 부셔야 할 벽이다. 너희 생각에서 그 벽을 허물지 못하면 어지러운 혼돈에 빠져 영원히 고통에서 벗어나지 못할 것이다. 올바른 기준 없이 욕심으로 덧칠된 자신을 벗지 못하고 서로를 악이라 손가락질하며 치열하게 다툼에 골몰하여 우주 순환에 걸림돌이 되는 너희를 단죄하기 위한 도구 또한 너희

가 만든 너희들 세상을 망치는 무참한 흉물인 불의 힘일
수밖에 없다.
어쩌면 네 간교한 상상이 지금까지의 많은 이들의 수고
가 헛되어 버리는 한 방이 되어 너희 땅 자멸의 시기를 앞
당길 수도 있겠다! 그 한 방이란 누구도 상상하지 못한 위
단계 '불'일 수……!)

　여기까지 말했을 때 돌연 소리가 멈춰지고 갑자기 강 건너에서
사공들의 고함치는 소리와 함께 수덕이의 정신이 흩어지는 사이
목소리는 영영 다시는 들려오지 않았다.
　주위를 둘러보니. 이미 먼동이 터 강변 이쪽저쪽에서 사람들이
부지런히 움직이고 풀벌레 소리 대신 아침 새들의 울음소리가 여
기저기서 들려왔다.
　수덕이의 몸뚱이는 새벽이슬에 흠뻑 젖은 채 흰 모래 위에 큰
대자로 널브러져 있는 상태로 기력은 완전히 빠져나가 해가 내리
쬐는 모래 언덕 위에 움직이지 못하고 그대로 한나절을 보낼 수
밖에 없었다.

　그 뒤로 방학 내내 모래벌판 위에서 온밤을 지새워도 다시는
그 목소리를 들을 수 없었지만, 그는 쉽게 포기할 수 없어 식음을
전폐하다시피하고 강가를 떠나지 못했으니 작은 몸은 더욱 쇠약
해져 큰 눈이 퀭하니 커져 있었다.
　그 목소리를 끝내 다시는 듣지 못한 채 방학이 끝나 개학한 후
에 학교 안에서 수덕이 때문에 일어난 걷잡을 수 없는 소동으로
떠들썩했다.

처음엔 평상시 있었던 짓궂은 장난이려니 모두 대수롭지 않게 생각했지만, 점점 더해 가는 수덕의 행동은 도가 지나쳐서 심각한 사태로 이어져 갔다.

드디어 어느 날 정배운 교감이 수업 시간에 화가 잔뜩 난 시뻘건 얼굴로 교실에까지 들어와서 수덕이를 호출해 나간 뒤 갑자기 복도에서 와자지껄하는 소리와 함께 대소동이 벌어졌다.

뚱뚱한 정 교감은 고래고래 고함을 치고 있고 수덕이는 싱글싱글 웃으며 신의 존재에 대해 뭔가를 열심히 설명하고 있었다. 정 교감은 원래 부여 지역의 대표적인 교회에서 장로 칭호를 받을 정도로 신심이 돈독한데 방학이 끝나자마자 수덕이가 그 교회에 나가는 아이들을 붙잡고 자기가 들은 신의 정의에 대해 논쟁을 하고 다닌다는 얘기가 교회 학생회장의 귀에 들어가게 되었다. 드디어 교회의 탄원이 정 교감에게 들어와 경위를 확인하는 순간까지 수덕이가 신의 존재에 대해서 꼬치꼬치 설득하려 하니 머리 끝까지 열을 받을 수밖에 없었다.

그 소동에 이쪽저쪽 교실에서 교사들이 수업을 중단하고 뛰쳐나오고 창가에 아이들이 매달려 와글와글 난리가 났다.

수덕이는 자기가 들은 온 우주의 이론이 틀림없다고 굳게 확신하고 그 소신을 굽히지 않고 있었다.

항상 영특한 수덕이를 대견해하고 무척 예뻐했던 정 교감은 전혀 예상하지 못한 수덕이의 돌출 언행을 직접 확인하는 순간, 배신감과 당혹감으로 어쩔 줄 몰라 했다.

그런 소동이 있고 며칠 안 돼 다시 담임이 노발대발하는 난리가 또 벌어졌다.

항상 만점에 가깝던 수덕이의 성적이 중간고사에서 시험을 보지 않은 것도 아닌데 전 과목이 거의 영점에 가깝게 처리되는 희한한 일이 벌어진 것이다.

수덕이의 생각에는 사람의 능력을 비교하는 시험 자체가 우리 사는 세상, 더 나가 이 광활한 우주에서 아무 의미가 없다는 판단으로 벌린 일종의 스트라이크였다.

시험지에는 사람들의 상식을 초월하는 [온 우주론]이 황당하게 전개되어 있을 뿐만이 아니라 시험 문항과는 전혀 관계없는 인간에게 닥칠 위험에 대한 경고들이 장황하게 적혀 있어 일시적인 객기라고 생각할 수 없는 행동이었다.

수덕이는 담임의 집요한 설득과 회유에도 요지부동으로 확고하게 세워진 이론을 포기하기는커녕 노소를 가리지 않고 만나는 사람을 붙잡고 지금까지 가지고 있는 우리 인식이 잘못된 것이고 그것을 바로잡아야 지구를 구할 수 있다는 일반인이 보기에 너무도 허무맹랑한 [온 우주론]을 떠벌리고 다녀서 학교 안팎에서는 천재의 머리가 너무 비상해 그 한계를 지나쳐 결국 정신 이상이 됐다는 소문이 퍼지기 시작했다. 어떤 사람들은 그런 정신 이상 기가 벌써 있어서 머리가 좋았던 거라고 쑥덕거리는 사람도 있었다.

수덕이의 가장 가까이 있는 현도마저 그의 심중을 이해하기 힘들어 그저 안타깝게 지켜볼 수밖에 없었지만, 당사자인 수덕인 태연한 모습으로 변함없이 다정하게 가까이에 있었다.

얼마 되지 않아 드디어 학교 측에서 볼 때 안하무인격인 수덕이의 행동을 더는 그대로 지나칠 수 없어 무기정학이라는 중징계를 내리고 말았다.

사실 그의 머릿속에 어쩌다 주입되어 버린 변칙적으로 보이는 그 이론이 문제였지 그의 행동에서 그런 처분을 받을 만큼 학칙에 어긋난 것은 없었다.

수덕이는 학교에서 그에게 내린 징계에도 태연히 받아들이고 미련이 없다는 듯 학교를 떠나 버려 걱정된 현도는 하교 후에 몇 번이나 그의 방에 찾아갔지만, 방 안은 늘 텅 비어 있어 힘없이 돌아올 수밖에 없었다.

수덕이의 갑작스러운 변화로 현도마저 맥이 빠지고 매사가 심드렁해져 일주일쯤 지난 저녁 무렵 후원 장독대 앞 의자에 앉아 바람에 흔들리는 대나무 숲을 바라보며 나름대로 심각한 생각에 골몰하고 있었다.

아무리 좋게 이해하려 해도 도대체 수덕이의 마음을 알 수가 없고 어쩌면 이대로 모든 것을 포기하고 다시 돌아오지 않을 수도 있다는 생각이 들기도 해서 안타까움에 가슴이 아프다.

그렇게 생각하는 것은 수덕이는 보통 사람과는 유별나서 모든 생각이 자유롭고 그 자유로운 생각이 자칫 위태로운 공상의 세계 속에 몰입돼 버려 방황하고 정신적으로 혼란을 불러온 것이란 생각이 들어 보통 사람이 이해하지 못하는 기이한 세계 속에 흠뻑 빠져 있으므로 쉽게 헤어 나올지 의심스럽기 때문이었다.

현도는 많은 생각이 한꺼번에 뒤엉켜서 도무지 정신을 차릴 수가 없어 도리질하며 눈을 감았다가 뜨고 앞을 바라보았다. 붉은 저녁노을을 등에 진 산언덕에서 불어오는 서늘한 바람에 댓잎들이 소리를 내어 흔들리고 그 대나무들 사이로 언뜻 뭔가 움직이는 것이 보여 벌떡 일어나 자세히 살펴보니 뜻밖에도 수덕이가 멀찍이 서 있는 것이 아닌가!

대나무 숲 저편에서 서성이다 현도를 지켜보고 있었던 듯 조용히 웃음을 던지고 서 있는 수덕이의 유난히 하얀 이가 어둠 속에 빛나 보였다. 현도가 반가움에 부리나케 달려가니 밝은 표정으로 손을 잡았다.

"너희 집에서도 모두 나를 미친놈으로 보고 계시지?"

"미친놈이라고 하긴 그냥 태산같이 걱정만 하시지. 뭐."

"너희 부모님도 이해하지 못하실 거야. 지금까지 어떤 누구도 내 말을 믿어 주는 사람이 안타깝게 하나도 없었어! 너도 마찬가지잖아? 나는 그게 걱정됐어."

현도는 오히려 자기를 염려하는 수덕이를 멍하니 바라보고 있었다.

"너는 내가 학교를 그만둔 것을 걱정하지만 그건 염려하지 마! 나는 학교 공부 같은 것은 이제 필요 없게 됐어."

수덕인 정색이 되어 현도 얼굴을 빤히 바라봤다.

"지금 공부가 필요 없다니 말이 돼? 그리고 도대체 무슨 생각으로 집에도 안 들어가고 어디서 뭐 하고 있는지 몰라서 답답했어. 내가 집에 갔더니 아버지가 무척 걱정하고 계시더라."

현도의 걱정하는 말에는 수덕인 실없이 웃었다.

"네가 친구로서 걱정하는 건 당연하지만 사실은 지금이 내게 아주 중요한 시기라 바빴어. 이젠 아버지한테 짐이 되기도 싫고."

현도는 왠지 허황하게만 들려서 옳지 않다는 생각이 들었다.

"너는 그런 말을 함부로 해! 네게는 아버지가 남이야?"

"남은 아니지. 공연한 사슬이자 구차스러운 끈이란 말야."

"사슬이라니?"

"응. 정이라는 사슬은 어찌 보면 좋은 것 같으면서도 서로 얽매

게 하고 혼자 감당해도 충분한 어려움을 서로 나눠 갖는 쓸데없는 요물이야."

수덕인 주문을 외듯이 중얼거리고 나서 현도의 등을 두드렸다.

"샌님은 사슬의 속박도 모를 정도로 아주 마음 편하게 사는데 나는 너무 일찍부터 모든 것을 알아 버렸단 말야."

수덕이가 말을 끊고 긴 한숨을 쉬는 사이 대나무 잎을 얽히며 스쳐 가는 바람 소리가 요란스럽게 들린다.

"이 수덕이가 어느 시점에서 모든 것이 멈춰 버릴지 알고 말았어."

수북수북 쌓여 가는 어둠 속에서 수덕이의 눈빛은 깊은 고뇌에 젖은 슬픈 눈으로 현도를 바라보고 있었다.

현도가 그런 수덕이의 팔을 잡아끌고 집 안에 들어가자, 마침 임 교감이 퇴근해 현관에서 수덕이를 보고 반갑게 맞아 주었다. 임 교감은 수덕이가 계면쩍은 웃음을 지으며 앞에 앉자 아침에도 수덕이 소문이 고등학교에까지 퍼져 논란이 되고 있다며 걱정했던 터라 겉옷도 벗을 겨를도 없이 소파에 앉아 근심스럽게 건네 봤다.

"천재! 너희 학교에서 너를 좀 더 설득하지 못하고 성급하게 내린 결정이 합당하다고 할 수 없어서 오늘 문팔호 교장을 직접 만나 자세한 이야기를 들어 봤더니 천재가 워낙 감당하지 못할 행동을 하는 바람에 학교에서도 어쩔 수 없었다고 하더군. 이제 결정은 천재 혼자의 몫이 되고 말았는데, 앞으로 어떻게 할 작정인가?"

임 교감의 말에는 수덕이는 말없이 고개를 끄덕여 사실을 인정했다.

"너는 무슨 생각을 하고 있는지 모르지만 조금 있으면 졸업인데 이대로 학교를 그만둘 수는 없잖아?"

수덕은 지켜보던 현도의 다그침에 조금은 긴장한 듯 정색이 되어 임 교감을 바라보며 속마음을 털어놓았다.

"지난 후에 생각하니 선생님들이 제 말을 이해 못 하시는 게 당연하다는 생각이 들지만 제 주장도 결코 틀린 것이 없어 한동안 제게 학교 수업이 큰 의미가 없다고 판단했어요."

"쓸데없는 일로 많은 사람에게 충격을 주고 입에 오르내리는 것은 별로 좋은 처사가 아니야! 성적이 뛰어난 것만으로 충분한 것 아냐? 그 뭔가 하는 이론이라는 것도 사람들을 설득시키기에는 천재가 아직은 너무 어려. 확실한 이론적 체계를 이루려면 현재 기초가 튼튼하니 대학에 간 다음 체계를 이뤄 세상에 발표하고 맞서도 늦지 않을 것 같은데. 세상이 당장 어떻게 되는 것도 아닌데 천재가 너무 성급한 것 아닌가?"

임 교감의 충고에 수덕이도 고개를 숙이고 생각에 잠기는 듯했다. 지금까지 다른 선생님들은 무조건 수덕이 말하는 이론을 정신병자의 헛소리라 치부하고 상대하려고 하지도 않았는데 임 교감의 말은 어느 정도 받아들일 수 있다는 생각이 들었다.

"네가 어려우면 내가 문 교장을 다시 만나 볼까?"

그 말에는 수덕이는 심각한 표정으로 머리를 들었다.

"아버님 말씀을 들으니 너무 무작정 제 고집만 부린 것 같네요. 마음을 정리해서 정 교감 선생님께 우선 진심으로 사죄드리면 용서해 주실 거예요. 원래는 저를 예뻐해 주셨거든요."

임 교감은 그제야 안심이 된 듯 한시름 놓은 표정이 되어 마지막 당부를 하면서 또 다른 제안을 했다.

"역시 천재는 천재야! 늦지 않게 찾아뵙도록 해. 시기를 놓치면 영영 기회는 다시 돌아오지 않으니까. 그리고 내일 휴일이고 해서 현도 데리고 내 어릴 적에 살았던 고향 방문 겸 옛 선비들의 배움터인 서당을 방문하고 조상을 기리는 시향 차례에도 참례하려고 하는데, 바람도 쐴 겸 같이 가도 좋을 것 같은데 천재 생각은 어떤가?"

임 교감의 제안으로 뜻하지 않은 셋이서 하는 시골 여행을 하게 됐다.

시향 차례

이튿날 아침나절, 수덕이는 현도와 같이 임 교감을 따라 읍내 동쪽에 있는 초등학교를 지나서 부소산 기슭에 오밀조밀한 마을 길을 돌아가니 부소산 동편 끝자락에서 시작된 가물가물하게 강가를 따라 끝없이 뻗어 간 높다란 제방 아래로 넓은 평야가 눈에 가득 들어왔다.

높은 제방 둑길에 오르기 전 바로 산 밑에 있는 아담한 기와집 앞 과수원에서 잘 자란 오얏나무 과목들을 살피고 있는 하얀 모시 한복을 말끔하게 차려입은 키가 큰 인자한 인상의 노인을 본 임 교감이 부리나케 인사를 하고 앞서가는 현도를 불렀다.

"어서 와서 인사드려라! 아버지 이종사촌 제수씨 친정아버님 되시고, 지역 발전에 애를 쓰시는 지방 유지셔서 자주 찾아뵙는 분이다."

현도를 따라 수덕이도 꾸벅 인사를 하자 노인은 반색했다.

"방죽 안 선영 시제에 가는구먼. 용은이 아범도 태육이 데리고 조금 전에 서둘러 갔어. 독쟁이 나루터에 가면 만날지도 모르겠군. 어서들 가 봐."

모두 노인께 인사를 하고 높다란 제방 둑에 오르니 확 트인 광활한 전망에 가슴이 뻥 뚫린 듯 우선 후련한 기분에 바라본 반대편 백마강 줄기는 아침 햇살을 받아 빛나고 있었다.

중간쯤에 인공으로 키운 것 같은 넓은 소나무 숲이 보이고 높다란 제방 둑길은 포장이 안 되어 있는데도 많은 사람이 다녀선지 널찍한 도로가 반들반들하게 길이 나 있는데 끝은 까마득히 가늠할 수 없이 멀어 보이는 길 위에 앞뒤로 적잖은 사람들이 오가고 있었다.

넓은 송림이 있는 중간쯤 왔을 때 조금 지쳐 보이는 현도를 보며 임 교감은 둘을 불러 길섶에 앉혔다.

"현도야! 벌써 힘들어? 아빠는 너만 할 때 삼 년 동안 이 길로 비가 오나, 눈이 오나 걸어서 아침저녁 통학을 했었다."

임 교감의 말에 수덕이 눈을 반짝였다.

"지금도 이 강둑길로 통학하는 아이들이 많이 있는데 애들 대부분 공부를 잘하던데요."

수덕이의 말에 임 교감은 고개를 크게 끄덕였다.

"절반은 이 제방 둑 덕분일 거야."

현도는 아버지의 말이 의외라는 듯 고개를 갸웃했다.

"옛날에 이 길로 통학하는 아이들한테 공통으로 가지고 있는 것이 손안에 들어오는 조그만 수첩이지. 거기에 모르는 단어와 낱말 그리고 수학 공식을 빼곡하게 적은 걸 들고 이 길을 오가며 매일 보고 익히니까 저절로 공부가 되는 거지. 아마 그 전통이 이어지고 있을 거야."

"아빠도 그 수첩을 가지고 다니셨겠네요?"

"물론이지. 그런데 그 수첩이 현재 하나도 없어서 네게 보여 줄 수 없는 것은 수첩 한 장을 다 외우면 미련 없이 아예 떼어서 버렸기 때문에 남아 있는 게 없단다."

임 교감의 말에 수덕이는 동감한다는 듯이 고개를 끄덕였다.

"지난번에 말해 준 것처럼 기억은 단호하게 한 번으로 확실하게 해 두는 것이 중요해."

그들이 다시 털고 일어나 걷기 시작해 한참 후에 나루터에 도착하니 나룻배는 건너편에서 사람들을 여럿 태우고 다시 돌아오고 있었다.

배가 도착해 기다리던 사람들과 목선에 오른 현도는 난생처음 타서인지 호기심 반 두려움 반으로 배가 물결을 타고 움직일 때마다 조금 어지러워 배 중앙에 쪼그리고 앉아 능숙하게 노 젓는 사공 아저씨에게 눈을 떼지 못하는데 수덕인 아무렇지 않은 듯 뱃전에 걸터앉아 스쳐 가는 강물을 손바닥으로 쓰다듬으며 엉거주춤 앉아 있는 현도를 재미있는 표정으로 바라봤다.

배가 백사장 모래 턱에 도착해 임 교감이 뱃삯을 내자 늙수그레한 사공은 어떻게 알았는지 한사코 손사래를 쳤다.

"아이고, 괜찮아유! 우리 막내놈이 임규성이라고, 시방 교감 선생님 학교에 다니고 있구먼유. 염려 마시고 잘 댕겨오세유."

사공은 기다리는 사람들을 태우고 급히 힘차게 노 저어 돌아갔다.

긴 하얀 백사장 길을 지나 크고 작은 포플러 나무가 듬성듬성 서 있는 언덕을 넘어가자 길 양쪽으로 수련과 마름 풀이 떠 있는 아주 넓은 방죽과 주변에 습지가 펼쳐져 있었다.

맑은 물속으로 작은 송사리 떼와 빨간 팥 붕어들이 노니는 게 너무 신기해 현도와 수덕이 한눈파는 사이 임 교감은 저만큼 앞서가고 있어 부리나케 뛰어 따라가니 도롯가에 양철 지붕을 한 정미소에 기계 소리가 요란한데 거기서 잔심부름을 하던 같은 반 개구쟁이 석우가 반갑게 뛰어와 맞아 주었다.

"너희들 지금 독쟁이 나루 건너왔구나."

"응. 그런데 독쟁이 나루! 이름이 희한하지 않니?"

수덕이 물음에 석우는 개구쟁이답지 않게 진지한 표정이 되었다.

"옛날에 근방에 옹기그릇을 굽는 가마들이 많아서 도가니 그릇을 뱃길로 외지에 보내려고 독을 많이 쟁여 논 데서 그런 이름이 붙여졌다고 해."

"독쟁이? 나는 처음에 욕쟁이 나루라고 하는 줄 알았어."

현도의 말에 셋이서 웃고 떠드는 사이 임 교감은 저 멀리 마을 고샅길로 접어들고 있어 다시 또 급하게 달음질칠 수밖에 없었다.

콩밭과 녹두밭을 지나 작은 산 고갯길을 넘자마자 어디선가 왕벌 떼가 우는 것 같은 소리가 귀에 쟁쟁하게 들려왔다.

그곳을 가늠해 보니 저 멀리 건너편 산자락이 눈에 들어오고 산 쪽으로 이어진 작은 계단식 논들 위로 몇 아름이 될 것 같은 정자나무 두 그루가 멀찍이 갈라서 있는 사이로 오늘 그들이 찾아가고 있는 종갓집 지붕과 높다란 대문이 보였다.

수덕이는 산언덕 아래로 내려갈수록 완연하게 들리는 소리가 궁금해 임 교감을 바라보았다.

"저곳이 내가 태어나서 너희 또래만큼 자랐던 큰 텃골이다."

"그럼 작은 텃골도 있겠네요?"

"오늘 너희들에게 보여 주려고 한, 옛날부터 내려온 선비 배움터인 서당이 저 산 넘어 작은 텃골에 있었지. 훈장이시던 할아버지께서 돌아가신 뒤에 장남인 큰 텃골 이종형이 물려받았다고 들었다. 서생들이 글을 읽는 통독 소리가 저렇게 크게 들리는군."

현도와 수덕이 앞장서서 메뚜기 떼가 폴짝거리는 논길을 건너

둑에 오르니 둑 사이에 맑은 개울물이 흐르고 갯버들이 잘 자란 물가를 따라 조금 내려가니 작은 다리 앞에 가마니 짝으로 지붕을 씌운 작은 움막이 있었다.

수덕이가 신기해하며 들여다보니 안에 아무것도 없는데 움막 안을 가로질러 흐르는 물속에 하얀 사금파리가 소복이 깔린 것을 궁금해하며 나오자 임 교감은 한밤중에만 강 쪽으로 내려가는 농게를 잡는 움막이라고 가르쳐 줬다.

다리를 건너 다시 논둑길을 거쳐 고추밭을 거슬러 오르니, 자태가 수려한 몇 아름의 정자나무 옆으로 하늘을 향해 곧게 뻗어 오른 참죽나무 무리를 지나서 수십 명 어린 학동과 젊은 서생들이 통독하는 소리가 우렁차게 들리는 종갓집 큰 솟을대문 안으로 들어섰다.

먼저 도착한 용은이 아버지가 임 교감을 반갑게 맞이하고 중학 초년생인 태육이도 수줍은 얼굴로 인사했다.

재래식 부엌에서 종갓집 종부이자 임 교감의 이종 형수가 얼굴에 함박웃음을 띄우며 나와 손을 잡고 현도와 수덕이의 인사를 받았다.

"현도 아범이 어려운 걸음을 했구먼. 참 세월이 유수 같단 말이 맞아. 내가 시집 왔을 때만 해도 까까머리 중학생으로 뜨거운 새벽밥을 허겁지겁 먹고 저 아래 논둑길을 내달리던 모습이 어제같이 눈에 선한데. 그때만큼 자란 아들도 두고 존경받는 고등학교 교감 선생님이 됐으니 말야."

"새색시로 오셔서 새벽밥 챙기시느라 힘드셨죠?"

"그때 학생이 도련님 말고도 초촌 고모까지 세 명이나 됐는데 그래도 도련님은 학교 갔다 오면 누가 시키지 않아도 물지게 지고 우물에서 물도 길어다 주고, 장작도 패 주고 해서 오히려 마음이 짠했었어! 여기 막내 용은이 아범은 다 커서도 그냥 엄마 품에서 헤어 나오지 못했고, 둘째 서방님은 맨날 밖으로만 나돌아 얼굴을 볼 수 없었지.”

그 사이 수덕이와 현도는 사랑채로 가 멀찍이서 서당을 들여다보고 있었다.

맨 아랫목에 긴 수염에 탕건을 쓴 이씨 집안 종손이자 서당 훈장이 갓 초등학교를 마친 듯한 어린 학동에게 강론을 내리고 있었다.

어린 아동에서부터 스무 살 후반으로 보이는 젊은이까지 삼십여 명 모두 넓은 두 칸 방 벽에 붙어 앉아서 『천자문』에서 『동몽선습』, 『명심보감』, 『통감』, 『소학』, 『대학』, 『논어』, 『맹자』 등 각기 다른 책으로 몸을 좌우로 흔들면서 목청껏 통독하고 있었다.

수덕이는 대청마루 서가에 즐비하게 쌓여 있는 고서들을 훑어보다 잠시 생각에 빠진 듯 멈칫하더니 이내 『천자문』을 꺼내 한 장 한 장 세심히 들춰보고 나서 두툼한 『논어(論語)』를 꺼내 또다시 한 장씩 넘겨 보고 있을 때, 훈장이 마지막 강을 마치고 학동들에게 계속 통독하도록 이른 다음, 시향 차례를 주관하러 가기 위해 나오다 그런 수덕이 모습을 보았다.

“아직 어린 학생이 볼만한 책이 아닌데?”

수덕이 갑작스러운 물음에 놀란 듯 벌떡 일어나 꾸벅 예를 하고 나서 입을 열었다.

“공자님 말씀이 공손하되 예가 없으면 고생스럽고, 신중하되 예가 없으면 남이 두렵게 여기고, 용감하면서 예가 없으면 난폭해지고, 곧되 예가 없으면 긴박하여지고, 또 배우고 생각하지 않으면 오묘한 진리를 이해할 수 없고, 생각하고 배우지 않으면 위태롭다고 하시면서 아침에 도를 들어 깨달으면 저녁에 죽어도 좋다고 하시는데요."

훈장은 예상 못 한 듯 놀랍다는 표정을 짓고 한참을 고개만 끄덕이다 내실로 들어가 오랜만에 만난 임 교감과 묵은 회포를 푼 다음 제복인 도포로 갈아입고 모두를 이끌고 작은 고개를 넘어 방죽 안마을 뒤편 높은 동산 위에 자리한 너덧 기의 묘소가 있는 곳으로 올라갔다.

이미 어린아이부터 머리가 허연 노인까지 수십 명이 두루마기를 차려입고 산지기들이 준비해 올려온 제물을 커다란 봉분 앞 대리석으로 된 상석 위에 진설하여 시제 준비를 모두 마치고 초헌관인 종손이 오길 기다리고 있었다.

현도가 의아해 놀란 것은 같은 학교 학생도 서너 명이 도열에 끼어 서로 반신반의하는 표정으로 웃으며 반기고 있는 것이었다. 특히, 같은 미술반에서 항상 얌전해 말수가 적었던 오승이가 헤실헤실 미소 띤 얼굴로 다가와 손을 잡았다.

수덕이는 지켜볼 수밖에 없는 처지었지만, 현도 옆에서 제례에 함께 참여하고 있었다.

너덧 기의 산소를 옮겨 모든 시제 행사가 끝나고 마을로 내려와 재실 사랑채와 대청마루에서 나이 지긋한 어른들과 젊은이가 나뉘어 늦은 점심 식사가 있었다.

제례 중 몇 차례 받아 마신 음복주로 벌써 얼굴이 붉어진 훈장이 술병을 들고 임 교감 옆에 와 앉으며 술을 잔에 채워 권했다.

"이번에 동생한테 각별하게 기별한 것은 시제 때문만이 아니고 아까도 말했지만, 동생 얼굴 보고 싶어서였다니까."

"자주 찾아와 인사를 올려야 도리인데 그러지 못해 면목 없습니다."

"에이! 동생이나 나나 똑같이 애들 가르치느라 바쁜 건 세상이 다 아는 건데, 이번 참에 억지로 기회를 만들었구먼. 참, 그런데 자네 아들하고 같이 온 아이는 범상치 않아 보이던데, 누군가?"

"제가 현도 친구라고 인사시켰는데, 사실 게네들 학교에서는 물론 근동에서 따라올 애들이 없는 비상한 천재데, 요즘 학교에서 문제를 좀 일으켜서 쉬고 있길래 바람 쐬자고 데리고 왔습니다."

"고 녀석 참 맹랑하네!"

"아니 그 애가 무슨 결례라도……?"

"그게 아니라 서당에서 수년을 공부해도 접근하기 힘든 『논어』를 일반 교육을 받은 학생이 아무렇지 않게 훑어보고 단번에 공자 말씀 정수를 꼭 집어 말하지 않겠어. 거 참 대단한 녀석이구먼!"

훈장은 붉어진 얼굴로 대청에서 식사하는 수덕이를 다시 한번 놀란 표정으로 바라봤다.

돌아오는 길은 독쟁이 나루를 건너지 않고 문훈이네하고 태윤이네랑 함께 대부대가 시제가 끝나면 풍습처럼 내려온 제물을 골고루 나누어 주는 전례에 따라 한 둥치씩 봉송 꾸러미를 들고 중미 펄을 지나 왕진 나루에서 금강을 건너 배다리보다 두 배는 되는 것 같은 긴 백사장을 걷고 있었다.

수덕이와 같이 부지런히 걷고 있던 현도가 아버지를 올려다보며 뭔가 궁금한 듯 입을 열었다.

"아버지는 어떻게 외갓집이 고향이 됐어요?"

아침부터 궁금했던 걸 참았다가 갑자기 묻는 현도의 질문에 임 교감은 당황한 듯 가던 길을 멈추었다.

"현도 네가 좀 더 크면 말해 주려 했는데 그렇게 궁금했어?"

"아무래도 이상하잖아요."

"아버지 고향은 어쩌면 서울이 될 수도 있었단다. 네 할아버지 내외분이 아빠가 아주 어렸을 때 돌아가셔서 자세한 걸 알지 못하는데, 내가 큰 다음에 들은 얘기로는 네 할아버지는 이북 황해도 사리원 분이었고, 텃골에서 서울에 올라가 이화학당에 다니신 할머니랑 두 분 다 학업에 뜻이 있어 각기 먼 지방에서 서울로 유학해서 공부하던 중에 연분이 되어 결혼을 약속하고 동거에 들어갔는데, 할머니가 나를 임신했을 무렵 할아버지가 현재 서울대학 전신인 경성제국 대학, 학내 애국단체 집회에 연루되어 일경에게 붙잡혀 심한 고초를 겪고 보름 만에 풀려나와 시름시름 앓다 돌아가시는 바람에 할머니는 다니던 이화학당도 포기하고 고향에 내려와 아빠를 낳고 삼사 년 사시다 지금 생각하면 어떤 병환이었는지, 백약이 무효로 투병하시다 돌아가시는 바람에 아빠는 어느 날 갑자기 고아가 되고 말았단다. 그래서 내가 태어난 중미 텃골이 고향이 되고 말았지."

임 교감의 얘기를 듣고 수덕이 눈을 반짝이며 다가왔다.

"우리 아버지 고향도 황해도 해주라 거기에 친척이 많다고 하시던데 교감 선생님도 일가들이 이북에 많이 사시겠네요?"

"그렇지. 그중에 유일한 아버님 동생분인 행수 삼촌이 형과 함께 서울에서 공부하다 어느 날 갑자기 형을 잃어 외로웠는지. 수시로 여기 중미까지 내려와 조카인 어린 나하고 놀아 주었는데, 특히 내가 교편을 잡게 된 것도 소학교를 거쳐 보통학교를 졸업하자 서울로 데리고 가서 삼촌이 교편을 잡고 있던 사범학교에 입학시켜 주는 바람에 가능했던 거란다."

그때, 멀찍이서 임 교감의 얘기를 듣고 있던 태윤이 아버지가 가까이 다가와서 매우 궁금한 어조로 물었다.

"그 행수 삼촌이 하도 마음이 좋아서 맛있는 것도 서울에서 많이 가지고 와서 나눠 주고 함께 놀아 줘서 나도 덩달아 삼촌, 삼촌 하며 쫓아다녔는데 사변 이후에 소식이 아주 완전히 끊겼다면서?"

"그러게 말이네. 육이오 터지던 전날에도 종로 대폿집에서 한참 뒤숭숭했던 시국 얘기를 하고 헤어졌었는데, 시골로 피난 오면서 만리동 집에 찾아갔더니, 텅 빈 채 종적을 찾을 수가 없어서 어린 현도 둘러업고 현도 엄마랑 피난길을 떠날 수밖에 없었지. 수복 후에 만난 삼촌 친구들 얘기로는 납북됐을 거라고 하더군. 그분은 삼촌을 떠나서 내 인생의 최고의 은인이었는데 말야."

아버지의 얼굴에 한 줄기 쓸쓸한 회한의 바람이 스쳐 지나가고 있는 걸 바라보는 현도의 마음도 안타까움이 가슴에 전해 왔다. 그사이 긴 백사장을 지나 둔덕에 오르자 길 양옆으로 땅콩밭이 끝없이 펼쳐진 허허벌판 한가운데 부여에서 서울로 가는 중간 기착지인 공주행 버스가 서는 정류소 건물이 달랑 한 채만 눈에 들어왔다.

그곳에서 문훈이네는 먼저 도착한 공주행 버스로 대전을 향해 떠났고, 임 교감 일행도 조금 기다리다 태윤이네와 함께 부여행 버스에 오를 수가 있었다.

버스에 오른 임 교감은 현도와 나란히 앉은 수덕이를 바라보며 입을 열었다.

"오늘 괜한 일에 쫓아다니느라고 힘들지 않았나?"

"아뇨. 어디 가서도 할 수 없는 새로운 경험이라 계속 호기심이 생기는 바람에 재미있는 하루였습니다. 시제 행사를 지켜보면서 '사람의 삶이 그냥 한 번으로 끝나는 게 아니구나!' 하는 게 절실하게 느껴져서 함부로 살면 안 되겠다는 생각이 들었죠."

"오! 그랬어? 그리고 훈장 형님이 그러는데, 한문은 보통 까다로운 학문이 아닌데 수덕이가 『논어』를 보더라고 경이로워하더구면."

임 교감의 말에 수덕이는 머리를 긁적이며 입을 열었다.

"어렸을 때 제일 먼저 머릿속에 입력된 것이 사부님에게 배운 『천자문』이어서 한문 글을 읽는 것은 어렵지 않았지만, 그 속에 든 공자님 사상을 깨우치는 것이 힘들었죠! 완전한 도는 실현될 수 없는 이상향으로 계속 깨우쳐 나가기 위해 배움을 게을리하지 말아야 한다고 『논어』에서 강조하고 있었습니다."

"우리 모든 미생은 배울 학(學)이 중요하다는 그 말이지. 수덕이에게 아주 적절한 말이 아닌가 싶구면. 천재! 네가 주장하는 뭔가 하는 걸 알게 된 것이 끝이 아니라 시작일 수밖에 없는 것 아니겠어? 그 시작을 끝까지 이어 가기 위해서 힘들어도 내일 학교를 찾아 가 보도록 해!"

의미 있는 눈빛으로 바라보며 수덕이의 어깨를 두드려 줬다.

임 교감 말대로 수덕이는 다음 날 정배운 교감을 찾아 엎드려 사죄를 드리고 난 후에 힘들게 복교할 수 있었다.

자기가 생각하고 있는 [온 우주론]은 좀 더 체계를 이룬 후에 발표해야겠다고 마음을 먹은 것이었다.

그런 소동이 있는 다음에 수덕이의 학교 안에서 말과 행동이 신중해진 것을 지켜보는 현도는 기가 한풀 꺾인 것 같아서 안쓰럽게 보이기도 했다.

연선 사부

졸업식 날은 수덕이나 현도, 둘 다 나름대로 대견한 날이었다. 졸업생 최고상인 도지사상은 말썽은 부렸어도 누구나 예상했듯이 수덕이의 차지였다.

현도는 수덕이와 같이 받은 우등상과 여러 차례 사생대회에서 좋은 실적을 올린 공로상을 받아 기분이 마냥 들떠 있었다. 특히 졸업식장에 연선 사부까지 자리를 지키고 있어 수덕이의 마음도 최고로 고무되어 있었다.

행사를 마치고 수덕이네 부자와 현도네 가족은 함께 읍내 음식점에서 식사 자리를 같이했는데 어른끼리의 수인사를 끝낸 태보 씨는 상을 두둑이 탄 아들 덕분에 얼굴에 홍조를 띤 채 입을 다물지 못했다.

연선이 태보 씨 옆에 차분히 정좌하고 있는 모습을 보고 있던 강 여사가 궁금한 표정으로 물었다.

"옆에 젊은 스님은 수덕이와 어떻게 되시는 분인지요?"

그제야 태보 씨가 소개가 늦은 걸 알고 화들짝 놀란 표정으로 일어나 소개를 했다.

"제가 정신이 빠져서 소개가 늦었네요."

수덕이 어릴 때부터 많은 도움을 준 사부라는 태보 씨의 소개에 연선은 자세를 고쳐 무릎을 꿇고 앉았다.

"법명은 연선이고 속명은 고진수라 하는데 아직은 떠돌이 소승으로 수행 중입니다."

단정히 합장하며 허리를 굽혔다.

"수덕이가 어떻게 천재 재질을 갖췄나 했더니 훌륭한 사부의 좋은 영향을 많이 받아서 재주가 출중한 것 같군요."

임 교감의 말에 수덕이 두 눈을 반짝이며 나섰다.

"공부는 물론이고 무예에도 심혈을 다해 사사해 주셔서 뗏재골에서 큰형들과 정식 대련에서 항복을 받기도 했어요."

수덕이는 신이 나서 말하고 현도는 궁금했던 것이 풀리는 순간인데, 당시 운동하는 것을 그리 곱지 않은 시선으로 보던 때여서 연선은 난처한 눈빛으로 수덕이를 옆으로 노려봤다.

주문한 음식이 줄줄이 나와서 식사가 시작되고 한결 분위기가 부드러워지자 태보 씨가 임 교감에게 술잔을 권했다.

"이제는 두 녀석 모두 현도 아버님 학교에 진학하게 됐으니 신경이 많이 쓰이시겠습니다. 우리 수덕이레 잘 부탁드립니다."

"성적은 둘 다 그 정도 해 주면 학교에서는 별로 염려할 게 없지만, 대학 진학은 도시 애들하고 겨뤄야 하는데, 여기는 시골이라 잘못했다가는 우물 안 개구리가 될 수도 있지요."

임 교감은 두 아이를 조금은 걱정스러운 얼굴로 돌아보고 강 여사는 그래도 둘이 대견해 보여 잔 미소를 지었다.

"수덕이만 보면 언제나 믿음직해! 이제 고등학교도 나란히 진학했으니 공부 열심히 해서 둘이 똑같이 서울에 있는 좋은 대학에 가게 되면 얼마나 좋을까?"

강 여사의 말이 끝나자마자 수덕이 들고 있던 수저를 놓으며 엉뚱한 소리를 하는 바람에 주위가 싸해졌다.

"전 대학 진학은 벌써 포기했는걸요. 고등학교 마치면 바로 사부님 따라가기로 했거든요."

수덕이의 폭탄선언에 주위는 갑자기 모두 어리둥절한 얼굴 들이고, 태보 씨는 안색이 사색이 되어 수덕이 등짝을 치며 버럭 소리를 질렀다.

"내래 아주 이제 땡중이레 될 거라 그 말이네? 이거 참 아바이레 정말 죽갔구나야."

가까스로 신경을 써서 이북 사투리를 자제하던 태보 씨의 얼굴이 벌겋게 상기되어 있었다.

수덕이의 말 한마디에 갑자기 분위기가 이상해지자, 연선이 수저를 놓고 조용히 일어나서 수덕이를 데리고 밖으로 나가는 모습을 물끄러미 바라보던 태보 씨는 넋두리처럼 한탄조로 내뱉었다.

"아새끼래 내 새끼지만 아바이 생각은 요만치도 안 트래요. 저번에 그 난리 치고 학교를 뛰쳐나온 것도 십중팔구 저 땡초 아이 때문에 난 사단일 거외다! 아마 현도 아버님 아니었으면 오늘 졸업장도 못 받았지. 거럼!"

태보 씨는 벌컥벌컥 냉수를 들이켰다.

"그걸 보면 수덕이가 저 스님으로부터 많은 영향을 받고 있다는 거 아닙니까?"

걱정스러워하는 강 여사의 말에 태보 씨는 바로 고개를 끄덕였다.

"그렇고말고요. 그래도 내래 서울에서 고생하는 걸 보고 여기로 데리고 와 자리 잡게 한데다, 아이 건사도 잘해 주고 지금까지 여러모로 신세도 많이 입고해서 어드레 박대할 처지도 못되지요.

헌대 수덕이레 땡초에 죽자 살자 정신이 빠져 개지구 저 모양 아닙니까?"

태보 씨가 넋두리할 때 연선이 어두운 표정으로 들어오고 조금 지나 수덕이 벌게진 얼굴로 따라 들어와 한동안 아무도 말을 꺼내지 않고 태보 씨와 임 교감만 술잔을 주고받고 있었다. 식사가 모두 끝나자 연선이 좌중에 예를 하고 먼저 자리를 떴고, 임 교감은 고개를 떨군 채 들지 못하고 있는 수덕이를 안쓰럽게 바라보며 입을 열었다.

"수덕이 네가 제대로 부처님 말씀을 공부할 생각이라면 고교 삼 년 잘 마치고 불교재단에서 운영하는 대학도 여러 군데 있으니 그중에 좋은 곳을 택해서 진학해도 되지 않을까?"

임 교감의 말에 조금 얼큰해진 태보 씨가 벌게진 얼굴이 되었다.

"이놈아는 불경에는 요만치도 관심이 없으면서 괜시리 땡초 잡술에만 빠져서 그 사단이 아닙니까?"

얼굴을 좌우로 흔들며 혀를 차면서 수덕이를 흘겨보자 모두 의아한 표정이 되어 수덕이를 바라봤다.

"아니 잡술이라니요?"

강 여사의 물음에 태보 씨는 들고 있던 술잔을 내려놓았다.

"그런 요상한 것이 있지요. 무슨 기 수련이네, 십팔긴지, 소림 무술인지 하는 잡다한 것 개지구 땡초 아이가 어린아이 가슴에 바람만 잔뜩 넣어 개지고 서리……."

그 말에는 수덕이 발끈하며 고개를 바싹 쳐들었다.

"아버지는 사부님 보고 땡초, 땡초하지 마세요! 우리한테는 물론이고 누구한테 거슬리는 짓 하는 것 봤어요? 지금까지 있는 힘을 다해서 도와주기만 하신 사부에게 너무하세요."

잔뜩 볼멘 수덕이의 말에는 태보 씨도 맥 빠진 목소리가 되었다.

"하기사 여러모로 고맙지! 해도 네가 문제 아닌가 말이다! 어드레 되개지구 아바이 말은 콧등으로 듣고서리 그놈아만 죽어라 따라간다 하네. 이 아바이 내박치고 갈 거라 그 말이네?"

수덕이는 말문이 막힌 듯 말이 없고 가만히 지켜보고만 있던 임 교감이 다시 나직한 목소리로 말을 이었다.

"천재가 스님을 따라서 함께하는 것도 역시 정규 교육을 마치고 난 다음에 해도 늦지 않고 너희 사부도 내가 보기에는 그렇게 하길 바라는 것 같던데. 너무 성급하게 결정하지 말고 천천히 생각하도록 해! 천재가 이젠 우리 학교 학생이 됐으니 나도 관심을 가지고 지켜볼 테니까 수덕이 아버님도 너무 염려하지 않아도 될 거예요. 수덕이도 꽉 막힌 바보가 아니니까 시간이 지나면 제대로 판단이 서겠죠. 우리가 삼 년 뒤에 할 결정을 가지고 너무 성급하게 나선 것 같구먼. 안 그래 천재?"

침울해 있는 수덕이를 얼려 주었다. 두어 배 술잔이 오가고 태보 씨도 마음이 가라앉은 듯 보였다.

"수덕아! 땡초. 아니 참, 내래 군대 있을 때부터 부르던 그놈아 별호라 입에 붙어 개지고. 연선이레 집에 가 있겠다든?"

아버지의 물음에 수덕이는 금방 울 것 같은 얼굴로 볼멘소리가 나왔다.

"아뇨! 바로 남쪽에 있는 산으로 내려간다면서 이젠 두 번 다시 여기에는 발을 끊겠대요."

수덕이는 말을 마치자마자 자리에서 박차고 일어나더니 쏜살같이 밖으로 튀어 나가 버려 모두 어이없는 표정이 되어 내다보고만 있고 현도가 일어나서 뒤쫓아 가 보니 수덕이는 시외버스 정류장으로 황급히 뛰어 들어가 대합실 안을 둘러봐도 연선은 벌써 떠났는지 보이지 않자 대기하고 있는 버스들을 일일이 훑어보고 다시 대합실로 들어와 시간표를 확인하고는 그 자리에 주저앉아 버렸다.

"떠났어. 이미 떠나갔다고!"

수덕이는 사람들이 쳐다보는 것도 모르고 땅바닥에 주저앉아서 머리를 감쌌고, 현도가 멍하니 지켜보다 사람들의 시선을 의식해 다가가 흔들어서야 한참 만에 자리에서 털고 일어났다.

"아마 우리 사부 다시는 볼 수 없을 거야. 사부 입장을 알면서 내가 철부지처럼 굴어서 이젠 오지 않을 텐데 어떡하면 좋지!"

현도가 주먹으로 머리를 치면서 후회하는 수덕이와 터덜터덜 식당으로 돌아오니 모두 밖에서 서성이며 이야기들을 나누고 있었다.

새로운 고교 생활이 시작되어 아이들 대부분 중학생 때와 달리 몸이나 목소리도 굵어져 제법 성년 티가 나서 얼굴에 덕지덕지 여드름 꽃이 피고 코 밑이 거뭇거뭇해진 아이들이 우글거리는 속에 유독 수덕이만은 중학생 때와 별로 달라진 게 없는 어린 모습 그대로였다.

다만 예전과 달라진 점은 말이 없는 아이로 변해 있었고, 또 이상할 정도로 아버지에게 고분고분해져서 틈틈이 가게를 지킬 때도 있을 정도로 태보 씨를 돕고 있어 현도는 어린 생각에도 그런 모습이 대견스러워 시간 나는 대로 함께 가게에 붙어 있었다.

수덕이의 학교 성적은 여전히 타의 추종을 불허하고 있었고 나름대로 [온 우주론]이 뼈대를 잡아 가고 있었다.

현도는 은영이와 서울에 올라갔을 때 만나 서로의 마음을 확인한 후부터 떨어져 있다는 안타까운 감정이 절절해져 나름대로 간절한 정을 글에 담아서 편지를 열심히 주고받고 있었다.

수덕이는 여자아이들한테 도무지 관심이 없이 여자 이야기를 떠벌리는 아이들에게 유치하다며 면박을 주고 그쪽에는 전혀 관심이 없었다.

그 또래들은 성에 관심이 대단할 시기인데도 오로지 알 수 없는 우주론에 빠져 이 책 저 책 독서에만 몰두하고 있었다.

성경도 신구약을 완전히 읽었다고 자랑할 정도였고, 장서를 많이 갖고 있는 임 교감 서재에서 많은 시간을 보내며 임 교감과 열띤 토론을 할 때도 있었다.

어느 날은 현도가 수덕이 마음을 떠볼 양으로 여자 친구 얘기를 꺼냈었다.

"너한테 어떤 여자아이가 잘 어울릴지 곰곰이 생각해 봤더니 아마 너는 마를린 먼로보다는 오드리 헵번 같은 스타일일 거야. 내 말이 맞지?"

"샌님이 비슷하게 맞췄는데 오드리 헵번보다도 얼마 전에 학교에서 단체로 본 〈바람과 함께 사라지다〉의 스칼렛 역을 한 배우가 더 맘에 들더라!"

"비비안 리! 굉장히 환상적이지. 나도 맘에 들던데. 그럼 내가 그런 예쁘면서도 당돌해 보이는 아이를 찾아서 소개해 줄까?"

"지금 샌님이 뭐라고 한 거야? 너한테 그런 애가 있기나 해서 쓸데없는 소리를 하는 거니?"

"너도 알잖아. 서울 우리 은영이한테 부탁하면 괜찮은 아이 소개해 줄 수 있다고 했어. 내가 네 자랑을 아주 열심히 했거든."

현도가 자신 있게 하는 말에 머리를 긁적이더니 실없이 한마디 했다.

"음— 사실은 오드리 헵번이나 비비안 리도 말고, 샌님 너처럼 착하고 얌전한 아가씨가 있다면 장가라도 갈 수 있겠는데."

예상하지 못한 엉뚱한 소리를 하고 배를 잡고 까르르— 웃어 현도는 덩달아 실소를 터트리다 발끈한 것처럼 대들었다.

"야! 나 같은 아가씨라니! 그게 무슨 소리야?"

"네가 아가씨라면 지금이라도 청혼할 텐데. 아쉬워. 첫째 마음이 수정같이 맑아서 착한데다가 공부도 열심인 건 기본이고 그림 그리는 뛰어난 재주까지. 얼굴은 물론 그만하면 됐고. 또— 내 얘기를 열심히 잘 들어 줘서 더 바랄 것이 없는데 그 쓸모없는 고추가 문제란 말이야! 하하하."

손가락을 꼽아 가면서 늘어놓고는 민망할 정도로 자지러지게 웃어댔다.

"이제 보니까, 네 장황한 얘기를 잘 들어 줘서 맘에 든 거지?"

약이 오른 현도가 대들자, 수덕이 한발 물러서면서 설명을 했다.

"그런 점도 있지만 사실 제일 내 맘에 드는 것은 네 착한 마음씨야."

현도의 볼을 꼬집고는 달아나는 시늉을 하다가 별 반응이 없자 도로 돌아와서는 심드렁해져서 고개를 흔들었다.

"샌님! 아직 우리는 여자 타령이나 할 때가 아닌 것 같은데, 난 대학 간 뒤에 생각해 볼 거니까 다시는 내 앞에서 비비안 리를 들먹여 내 마음 현혹하려고 하지 마!"

현도가 연선의 당부로 숨기고 있었지만 여자 친구 이야기를 꺼낸 것은 이유가 있어서였다. 얼마 전에 아주 우연히 연선을 혼자 만날 기회가 있었다.

며칠 전 일요일, 서울에서 외할머니께서 내려오신다는 기별이 와서 시외버스 정류장에 나갔다가 홍산을 거쳐 온 시외버스에서 내리는 연선과 마주쳤는데, 여전히 깔끔하고 단정한 모습으로 천천히 다가와서 현도를 알아보고 환히 웃었다.

"수덕이네 집에 오는 길이세요?"

당연할 거라고 생각해 묻는 물음에 연선의 대답은 의외였다.

"아니야! 수덕이 녀석 때문에 태보 형님하고는 편지로 안부만 전하고 있어. 나하고 친밀한 은인 한 분이 배다리 건너 홍산에 있는 사찰에 계셔서 뵙고 오는 길에 여기 고란사에 볼일이 좀 있어서 내렸는데, 이렇게 현도와 마주쳤군."

"요즘 수덕이는 전과 달리 아주 얌전해졌어요."

현도의 말에 고개를 끄덕이고 나서 뭔가 골똘히 생각하다 조용히 건네보면서 입을 열었다.

"현도는 밝은 얼굴에서 순탄한 장래가 보이는데, 수덕이 녀석은 머리는 비상해도 살아갈 길이 거칠고 첩첩산중이라 걱정이 이만저만이 아니야."

연선은 머리를 가로젓고 눈을 내리감았다.

"스님께서는 어떻게 그걸 아시고 그런 말씀을 하십니까?"

"그래서 수덕이 아버지가 나를 땡초라 하지. 그건 그렇고 혹시 현도는 여자 친구 있나?"

연선의 의외의 물음에 현도는 머뭇거리다 고개를 끄덕이자 뜻밖의 제안을 하는 것이었다.

"현도한테 부탁해도 되는지 모르겠는데 가능하다면 수덕이에게도 현도 보기에 괜찮은 여학생이 있으면 소개해 주면 어떨까?"

의외의 제안에 현도의 눈이 휘둥그레졌다.

"아! 다른 뜻은 아니고 현도처럼 수덕이한테도 정을 붙일 만한 여자 친구가 있어도 괜찮을 것 같아서 말야."

연선은 현도가 아무런 반응을 하지 않고 있자 나직하게 말했다.

"별다른 의미가 아니라, 그러면 한곳에 마음을 잡아서 쓸데없는 생각에서 벗어날 수 있을 것 같은데. 현도 생각은 어때?"

현도가 대답을 못 하고 머뭇거리는 사이, 서울에서 도착한 버스에서 외할머니가 힘들게 내리고 계신 게 보여서 부리나케 달려가 할머니 품에 안기고, 그것을 지켜보던 연선은 조용히 정류장 밖으로 나가고 있었다.

연선의 신신당부가 있어서 만났었다는 말은 못 하고 그런 연유로 여자 친구 얘기를 한 건데 수덕이는 시큰둥한 반응이었다.

강변의 요정

고등학교에 진학하면서 현도와 수덕이는 함께 밤을 지내는 날이 많아졌다. 밤늦게까지 공부하며 이런저런 얘기를 하다 보면 자연히 서로 집에 가지 못하고 그냥 잠자리에 들곤 했다.

어느 날인가 수덕이는 강변의 요정 얘기를 현도에게 재미있게 들려줬다.

"강변에 밤이 되면 안개가 자주 내려 덮이곤 했어! 달이 휘영청 밝은 보름날 밤에 낮게 깔리면 집들이 땅으로부터 허공에 떠올라 구름에 싸인 것 같아서 우리 집은 천국이 되고 말았었지."

수덕이는 꿈을 꾸듯이 이야기를 계속했다.

"이슬에 축축하게 젖은 포플러 나무가 저 멀리 구름에 걸려 있고 그저 끝없이 펼쳐진 구름바다 위에 우뚝 선 나 수덕이는 곧잘 작은 왕국의 주인이 된 듯한 기분이 들곤 했어."

수덕이는 신이 나서 이야기를 이어 갔다.

"보름달만 둥실 떠오른 밤에도 그 넓은 순백색 하얀 모래벌판에 나가 보면 잔잔한 짙푸른 강물 속에 수없이 많은 별을 쏟아부은 것처럼 휘황찬란하고 아름다운 음악 소리 같은 수많은 풀벌레가 울어대곤 했었지."

수덕이는 갑자기 얘기를 뚝 끊고 현도를 살펴봤다.

"근사하지 않니?"

"아주 멋있어. 그런 걸 보면 너는 소설가나 시인이 돼도 되겠다. 미사여구 표현이 정말 죽이는데. 어쩌면 언젠가 들었던 표현 같긴 하지만 말야."

"글쎄, 조금도 과장된 표현이 아니야. 한밤중에 한번 우리가 살던 배다리에 가 봐! 너같이 소심한 애는 무서워서 엄두도 못 내겠지만. 그것은 그렇고, 진짜 얘기는 지금부터 시작이니까 잘 들어 봐."

수덕이는 숨을 크게 쉰 다음, 이야기를 이어 갔다.

"내가 여덟인가 아홉 살 때 몹시 추운 밤이었어. 아버지는 읍내에 가셔서 늦게까지 안 오시고, 같이 지내던 사부마저 홍산 절에 볼일 있다고 가서는 며칠째 오지 않아 혼자서 추위에 잔뜩 웅크리고 누워서 작은 창으로 겨울 밤하늘에 수없이 돋아난 별들을 보고 있었지. 그날따라 유난히 많은 별이 보이는 거야! 한참을 보고 있으려니까 그중 제일 밝게 반짝이던 별 하나가 나를 향해 달려오지 않겠니."

"그건 보나 마나 별똥별이겠지."

현도가 수덕의 말을 끊었다.

"글쎄 하여튼 들어 봐! 긴 꼬리를 그리면서 내가 누워 있는 곳을 향해서 돌진해 오더니 창문 앞에서 갑자기 사라지길래 추운 것도 까맣게 잊어버리고 벌떡 일어나 창문 가로 다가가서 내다보니 밖에 아무것도 보이지 않아 도로 자리에 누워 이불을 뒤집어 쓰고 다시 창문 쪽을 바라보니 바로 창가에 예쁜 노란 옷을 입은 아주머니 요정이 웃고 있지 않겠니?"

"에잇! 꼬마 요정은 있어도 무슨 아줌마 요정이 다 있어?"

이번에는 현도가 믿지 못해 돌아누워 버렸다.

"지금 생각하면 예쁜 여자아이지만 그때는 내가 어려서인지 그렇게 보였단 말야! 얘기를 다 듣고 나면 너도 믿게 될 거야."

"어떻게 믿니? 유치원 아이들도 안 믿을 것 같다!"

현도가 돌아누워 시큰둥해하자 안달이 난 듯 어깨를 잡아 흔들었다.

"나한테 그런 불가사의한 일이 많았어. 네가 못 믿는 것도 당연한데 아무에게도 밝히지 못한 이야기들이 너무 많아. 내가 꿈을 꾸었다고 생각도 해 보지만 나 자신도 모르겠다니까! 그 요정이 들려준 얘기들은 모두 진짜야! 속는 셈 치고 한번 들어 봐 줘."

수덕이 특유의 어리광으로 현도의 어깨를 흔들어 현도는 못 이기는 척 돌아누웠다.

"그래. 한번 들어 줄게. 거짓말로 나를 속일 생각은 하지 마!"

수덕이는 신이 나서 다시 얘기를 이어 갔다.

"이번에는 요정이 문을 똑똑 두드리는 거야. 그땐 어려서 무서운 생각이 들어 이불 속에 얼굴을 감춰 버렸는데도 계속 문을 두드려서 눈만 빼꼼히 내놓고 기어들어 가는 목소리로 '왜 그러세요?' 하고 말했더니 그제야 문 두드리는 것을 멈추고 말했어."

(들어가도 되겠니?)

"요정이 예쁜 목소리로 말하는데 이상한 생각도 들었지만 '마음대로 하세요.' 했더니 문도 열지 않고 순식간에 방 안으로 들어오는 거야. 그때 불을 끄고 있었는데도 요정이 들어오자 방 안이 눈부시게 환해지면서 맞은편 창가에 앉아서 얘기를 시작했어."

(저 멀리 하늘에서 항상 너를 지켜보고 있었는데, 외롭고
슬픈 네 눈동자가 나를 여기까지 오게 했다. 내가 네 소원
을 모두 들어줄 테니 뭐든지 말해 보아라!)

"이불을 뒤집어쓴 채 말을 못 하고 있었더니 가까이 다가와서
재촉하는 바람에 할 수 없이 모깃소리 같은 작은 목소리로 '공부
를 잘해서 언제나 일등만 해 아버지한테 혼나지 않았으면 좋겠어
요.' 했지. 그때 맨날 꼴등만 하는 멍청이였거든."

(고 녀석 욕심이 대단하군. 하지만 그 정도야 쉽게 들어줄
수 있지. 그리고 가지고 싶은 것은 없어?)

"요정의 말에 내 생각엔 소원은 하나만 들어주는 건 줄 알고 있었기 때문에 '또요?' 하고 놀란 눈으로 쳐다봤더니 아주 인자한 목소리로 말을 하는 거야."

(그래. 걱정하지 말고 얘기를 해 보아라!)

"갑자기 생각하려고 하니까 아무것도 떠오르지 않는 거야. 지금이라면 수도 없이 많은 것이 생각났을 텐데. 내가 머뭇거리고 있었더니 자꾸 재촉하는 바람에 겨우 생각해 낸 것이 '예쁜 책가방하고 운동화가 갖고 싶어요.' 했더니 요정이 그 자리에서 손바닥을 두 번 탁탁- 치니까 정말로 멋진 책가방과 운동화가 나왔어. 나는 벌떡 일어나서 예쁜 그림이 그려진 운동화를 신어 봤는데 너무 내 발에 잘 맞는 거야."

"야! 너 정말이야?"

"나는 그때 학교 공부는 늘 꼴찌를 면치 못했는데 그 뒤로 항상 일등만 했다니까."

"하긴, 그것은 그렇네."

"그런데 책가방과 운동화를 주고 난 다음에 소원을 또 물어서 가만히 생각하니 그때 나한테 정말로 필요한 건 좋은 친구라는 생각이 들어서 착한 친구 한 명만 있었으면 좋겠다고 했지. 그 무렵 아이들이 나랑 놀려고 하지 않았거든. 내 소원을 듣고 요정이 말하는 거야."

(네가 중학교에 가면 네 평생 변치 않을 착한 친구가 한 명 서울에서 올 것이니 그때까지 기다려라!)

"그래서 네가 전학 오던 첫날 내가 맨 먼저 달려가 네게 말을 걸었던 거야. 무척 기다렸거든. 이제 좀 내 말이 믿어지지 않나?"

수덕은 처음 만났을 때처럼 현도의 볼에 손을 얹었다가 떼고 이야기를 이어 갔다.

"그런데 문제는 요정이 또 소원을 묻는 거야. 나는 어이가 없어서 이번에는 마구 얘기를 했어. '다른 사람의 마음을 들여다볼 수 있는 재주도 갖고 싶고 싸움도 잘할 수 있게 무술에 뛰어난 사람이 되고 싶어요.' 했지. 하마터면 날아다니고 싶다고 할 뻔했어. 그랬다면 요정이 아마 나를 새나 나비로 만들었을지도 몰라. 지금 생각하면 아찔한 순간이었지. 내 소원을 듣고 있던 요정이 내 머리에 자기 손바닥을 대 주는 거야. 그 뒤로 나는 아이들의 마음을 읽게 되었고 누구와 대결해도 이기게 됐다니까."

"정말이야?"

현도가 호기심 어린 눈으로 물었다.

"기회가 되면 한번 내 실력을 보여 줄 수도 있지."

수덕이가 쭉쭉- 뻗는 팔뚝의 탄력이 예사롭지 않게 보였다.

"그다음에 소원을 더는 묻지 않았어?"

"또 자꾸 묻는데 졸음이 쏟아지는 바람에 잠이 들고 말았다니까. 아침까지 정신없이 자다가 깨어 보니 요정은 간 곳이 없고 운동화와 책가방만 윗목에 놓여 있는 거야. 아버지에게 얘기했더니 내가 꿈을 꾼 거라고 믿지 않으셨지만 꿈이라면 책가방과 신발은 설명이 안 되잖아! 아버지는 도대체 내 말은 믿지 않는단 말야. 너는 믿는 거지?"

수덕이는 어이없다는 듯 머리를 가로저으며 웃었지만, 현도야말로 어디까지 믿어야 할지 종잡을 수 없었다.

며칠 후에 현도는 수덕이가 말한 요정 때문에 큰 곤욕을 치르고 말았다.

그날 밤도 수덕이와 이 얘기, 저 얘기하다 수덕이 먼저 잠자리에 들어 잠버릇 없이 죽은 듯이 숙면에 빠진 수덕이 얼굴을 내려다보며 '저 작은 머릿속에 어떻게 그리 많은 생각이 실타래 같이 숨겨져 있는 걸까!' 생각하며 잠이 들었는데 수덕이가 만났다는 요정을 현도는 꿈속에서 맞닥뜨리고 말았다.

수덕이가 말했던 것처럼 박꽃같이 흰 피부를 가진 영화에서 본 마를린 먼로 같은 눈이 부실 정도로 어여쁜 요정이 하늘하늘 날아갈 듯한 연분홍 옷을 걸치고 창가에 앉아 손짓하고 있었다.

주위는 고요한 가운데 무엇에 빨려들 듯 창가로 나가자 요정은 말없이 꽃 이파리처럼 부드러운 팔로 목을 휘감아 안고 방 안으로 내려왔다.

방 안은 황금빛으로 밝아졌고 바닥에는 새털같이 포근한 하얀 보료가 깔려있었다.

요정이 보료 위에 살포시 누워 굳은 듯 멍하니 서 있는 현도를 보고 옆에 올 것을 무언의 손짓으로 권해도 그냥 서 있자 살며시 다시 일어서더니 가만히 손을 잡아끌었다.

요정의 손은 그렇게 따스하고 매끄러울 수가 없고 몸에서 풍기는 향기로운 장미향이 마취시킨 듯 구름 위에 오른 것처럼 혼미한데 마냥 기분은 좋았다.

다시 부드러운 손길이 볼을 가만히 어루만지더니 이내 분홍빛 요정의 입술이 현도의 입술에 와 닿자 전류를 탄 듯이 온몸이 뜨겁게 달아올랐다. 요정의 손이 이번에는 가슴에 파고들어 조금은 겁이 나면서 숨이 가빠오고 전신이 정신을 차릴 수 없이 떨려오는 것을 느끼는 순간, 이번에는 가슴을 간질이던 손길이 스스럼없이 점점 전신을 더듬기 시작했다.

숨이 막힐 듯 정신을 차릴 수 없어 다급해진 현도는 요정의 가슴에 곧바로 얼굴을 묻고 바싹 움츠러들었다.

더는 견딜 수가 없어 끝내 요정의 나긋나긋한 허리를 있는 힘을 다해 끌어안을 수밖에 없었다.

어느 결엔지 현도의 옷은 모두 자취 없이 벗겨져서 알몸이 되었지만 부끄러움 같은 것을 느낄 겨를도 없이 온몸의 피가 머리 끝으로 역류하는 것 같았다.

노도와 같은 힘은 아래로 한데 몰려 금방 터져 버릴 것 같은 야릇한 통증이 극을 향해 치달아 숨이 막힐 듯하더니, 둑이 일순간 터져서 몸 한 군데로 쏟아져 내리는 관능의 고비를 넘겼다.

요정의 허리를 움켜잡고 몇 번이나 몸부림치듯 진저리를 친 다음 썰물이 일시에 빠져나가듯 모든 것이 잠잠해져 묻고 있던 요정의 가슴에서 얼굴을 치켜들고 부끄러워 제대로 보지 못했던 요정의 얼굴을 흘깃 보는 순간 자지러질 뻔했다.

싱긋이 웃고 있는 요정의 얼굴이 수덕이 사부 연선의 얼굴로 변해 있는 것이 아닌가! 놀라움과 분노로 그 자리에서 벌떡 일어나면서 잠이 깬 순간에 근심스러운 수덕이의 잠이 덜 깬 음성이 들려왔다.

"너 무슨 잠을 그렇게 요란하게 자는 거야? 이 형아가 숨이 막혀 돌아가시는 줄 알았잖아!"

정신을 차려 보니 지금까지 애매한 수덕이를 끌어안고 버둥거리고 있었고 아랫도리가 흥건해진 것을 느낀 것은 잠시 후였다.

"야! 샌님아, 오늘 웬일로 여기 오줌까지 쌌잖아."

수덕이 이불을 치켜 걷어 올리니, 현도의 속옷은 물론 수덕이의 팬티까지 흠뻑 젖어 있어 낭패한 얼굴로 넋이 나간 듯 굳은 채 앉아 있었다.

수덕이는 손가락으로 젖은 자기 팬티의 물기를 문지르더니 코를 벌름대며 묘한 표정이 되어 현도를 쏘아봤다.

"이건 오줌 싼 게 아니잖아?"

수덕이는 벌떡 일어나 홑이불로 몸을 감싸고 나서 현도가 막을 겨를도 없이 부리나케 방문을 열고 튀어나갔다.

아침이 되어 강 여사가 식사 준비가 한창인 부엌으로 내닫더니, 고함치듯 소리쳤다.

"어머니! 어머니 아들 현도가 아기를 낳았어요."

갑작스러운 수덕이의 수선에 강 여사는 멈칫하다가 이내 박장대소를 하고, 밖의 왁자지껄한 소리에 임 교감도 삐죽 얼굴을 내밀고 수덕이의 황당한 모습을 보았다.

"아니! 그 꼴을 하고 웬 소란인고?"

수덕이 면구한 표정이 되어 뻘쭘하게 서 있자. 그제야 강 여사가 웃음을 진정하고 임 교감은 도로 방문을 닫았다.

"이제 우리 아들 장가 보내도 되겠군."

어머니의 목소리가 나직하게 들려 현도는 금방 쥐구멍에 들어가고 싶은 심정으로 그냥 멍하니 주저앉아 있으면서도 묘한 여운이 자기 몸에 아직 식지 않고 있음을 느끼며 정말 어머니 말대로 어른이 된 듯한 기분이 들어서 가슴이 뛰기도 했다.

그런 일이 있은 뒤부터 수덕이에게 새로운 버릇이 생겼는데 평상시와 달리 현도와 가까이 붙어서 자는 것을 극구 사양했는데 그 이유라는 것이 유별났다.

"너하고 둘이만 있어서 얘긴데 말야. 네 미세한 정충이 내 몸에 들어오게 되면 어떻게 되겠어! 어쩌면 임신할지도 몰라."

수덕이의 전혀 엉뚱하고 희한한 발상에 현도는 기가 막혔다.

"무슨 바보 같은 소리야! 여자도 아닌데 무슨 임신을 한다고 난리야?"

"그것은 사람들의 고정관념이란 말야. 음양설의 허구는 얼마든지 있어. 네가 몰라서 그러는데 수컷이 임신하는 생물도 얼마든지 있단 말야."

수덕이 혼자 골똘해 있는 온 우주론에 기인한 발상으로 장광설을 늘어놓으며 킥킥거렸고 또 다른 버릇은 새벽녘이면 살그머니 현도 곁에 바싹 다가와서 현도의 몸을 더듬고 주무르며 반응을 살핀다는 것이었다.

어느 날인가, 현도가 어렴풋이 잠이 깨어 있는데 잠옷 속으로 살그머니 수덕이 손이 들어와 맨가슴을 더듬어 심장 위치에 잠시 대고 있더니 이내 아래로 더듬어 내려갔다.

수덕이가 잠버릇인지, 깨어서 짓궂은 장난을 치는 건지 모르지만 무안감을 주지 않으려고 잠결인 것처럼 몸을 뒤틀었지만, 손가락은 점점 미끄러져 현도의 물건을 더듬어 잠이 확 달아나서 벌떡 일어나 앉자, 수덕이도 섬찟 놀란 눈으로 일어나 개구쟁이처럼 웃으며 고개를 흔들었다.

"아니, 요정 손이 아니라서 그런가. 아무 반응이 없지?"

수덕이는 다시 고개를 갸웃거렸다.

"너 변태처럼 정떨어지게 왜 그래?"

현도가 화가 난 얼굴로 대들자 능글맞은 얼굴을 한 개구쟁이가 되어 매달렸다.

"네 몸의 생물학적 반응을 관찰 중이었는데, 그렇게 놀랐어?"

"내가 무슨 마루타니? 나를 상대로 뭘 시험했단 말야? 나는 사양할 테니 너 스스로 해 보면 될 거 아냐."

현도가 화가 나서 쏘아붙이고 대들자 쑥스러운 표정이 되면서 머리를 갸우뚱했다.

"솔직히 아직 나는 너처럼 왕성하지 못해서 네가 필요한데."

"그래도 나는 싫어. 너 자꾸 장난치면 마루에 나가서 잘 거야."

현도가 단호한 표정으로 화를 내자 수덕이는 정색이 되었다.

"샌님도 화나니까 무섭네! 그렇다면 내 생물학적 호기심은 당분간 접어 두지, 뭐."

그 후로 수덕이의 짓궂은 장난은 없었다.

위험한 여행

고교 2학년으로 올라가기 전 봄 방학에 수덕이의 제안으로 단 둘이 여행을 떠나 수덕이의 또 다른 면을 볼 기회가 됐었다.

　여행이라고 해 봤자 부여에서 10킬로 정도 떨어진 홍산 쪽에 있는 사찰을 찾는 것이었지만 집을 떠나 본 적이 없는 현도는 2박 3일 예정으로 떠난 여행이 특별하기도 했고 두려움마저 갖게 하는 큰 모험이기도 했다.

　당시 가난한 시절의 젊은이들 사이에 무전여행이 한창 유행처럼 성행하던 시기였지만 사찰에 간다니까 현도는 강 여사가 용돈도 넉넉히 주고 시주하라고 쌀도 싸 줘서 그들은 무전여행은 아니었다.

　중학교 때 선생님의 보호를 받으며 단체로 갔던 수학여행 외에는 여행이라고는 한 적이 없는 현도는 많은 기대와 모험과도 같은 설렘으로 나섰는데 왠지 수덕이는 별다른 반응이 없었다.

　"샌님! 너는 너희 아버지 아니었으면 이번 여행은 어림없었어."

　그 말이 수긍이 가는 것은 마침 와 계신 외할머니와 합세해 강 여사가 완강하게 만류하는 것을 임 교감이 나서서 정리해 줬다.

　"이젠 둘 다 고등학생이야! 대장부가 되려면 어려움을 스스로 해결할 수 있는 독립심도 키우고 바깥세상을 미리 배우려면 여행이 제일이지. 조마조마하다고 품에만 품고 있을 거야? 그리고 혼자도 아니고 천재와 함께라면 안심해도 돼."

임 교감이 그들 편이 돼 주는 바람에 힘들게 허락을 받을 수가 있었지만, 강 여사는 친정어머니의 조언으로 보시쌀도 챙겨 주고 김밥까지 싸 주면서도 맘이 안 놓여 어려운 일이 생기면 곧장 집에 연락하라고 신신당부하면서도 안심이 되지 않는 눈치였다.

시외버스를 타면 빠르고 쉽게 갈 수 있었지만 그러면 재미가 덜 하다며 수덕이 주장하는 대로 걸어서 가기로 하고 배다리를 건너 규암면 소재지의 작은 시가지를 지나 한적한 시골길 신작로를 한동안 걸었다.

한참을 걷다 보니 시골의 곰살맞은 생활상이나 대지의 훈훈한 기운이 여행이란 틀 속에서 새롭게 가슴에 와닿았고 아직 완연한 봄이 온 것도 아닌데 푸릇한 논과 밭이 끝없이 펼쳐져 있고 농가 몇 채가 옹기종기 머리를 맞대고 있는 곳도 있는가 하면 집단으로 밀집된 촌락도 있었다.

가끔 퀴퀴하게 풍겨 오는 거름 냄새에 현도는 코를 막고 걸었지만, 수덕이는 농촌의 향기라면서 땅에서 전해 주는 진실한 냄새로 받아들인다고 했다.

긴 밭고랑을 따라서 높은 두둑 위에 긴 마른 갈대를 엮어 나지막한 가림막 지붕을 만들어 덮은 이랑 사이 울타리 너머로 널찍한 파란 잎사귀가 언뜻 보이는 것이 이 지방 특산품인 인삼을 키우는 삼포라고 수덕이는 열심히 설명해 줬다.

정오가 지나면서 햇볕이 따스해지고 공기도 싱그러워져 야트막한 야산 길을 기분 좋게 앞서서 걸어가다 말고 수덕이가 현도에게 가까이 다가왔다.

"우리가 배다리 건너올 때 털보 영감님이 하신 말씀이 무슨 의미일까?"

"나는 무슨 얘기였는지 제대로 듣지 못했어."

"아냐! 백제 대교 공사가 본격적으로 시작하면 배다리 점포들을 이제는 옮겨야 한다면서 한 얘기 끝에 분명한 것은 우리 사부가 근래 자주 왔었단 말 같았단 말야!"

배다리 앞 가게를 지날 때 술에 잔뜩 취한 것처럼 거동이 힘들어 보이는 얼굴에 털이 많은 영감님이 수덕이가 꾸벅 인사를 하자 뭐라고 중얼거리며 손사래를 치고 주저앉아서 현도는 무슨 말인지 제대로 알 수 없었다.

수덕이가 눈을 가늘게 뜨고 응시하자, 흠칫하면서도 태연한 척 얼굴을 돌리고 말했다.

"그전에 너희 사부가 배다리 근처에 왔었다는 말이었나?"

현도는 좀 켕기는 것이 있는지라 조심스럽게 얼버무리고 수덕의 예리한 시선을 피했다.

"네 말이 맞겠지. 여기까지 온 사부가 나를 보지 않고 그냥 갔을 리 없어. 졸업 때 사부를 난처하게 해서 다시 보지 않겠다고 했어도 사부님이 그렇게 냉정할 리가 없지. 수행 중이라 오지 못하고 아버지한테 소식만 전하는 줄 알고 있었단 말야!"

아주 어두운 표정이 되어 터덜터덜 걸어가는 수덕이를 건네보며 현도는 시외버스 정류장에서 연선을 만났던 것을 지금까지 말하지 못한 것이 마음에 걸려 조심스럽게 따라가고 있는데. 갑자기 수덕이가 뒤도 돌아보지 않은 채 말했다.

"샌님, 우리 사이엔 소소한 비밀도 있으면 안 돼! 후회할 때는 이미 늦는 거야!"

현도는 가던 걸음을 멈추고 서서 수덕이 뒤통수를 어이없이 바라보고 있자 갑자기 웃는 얼굴로 돌아서 가까이 다가와 어깨에 팔을 얹으면서 뚫어져라, 현도의 얼굴을 쏘아봤다.

"네 얼굴에 쓰여 있잖아. 내가 얼마 전에 사부를 만났었노라고. 아냐?"

현도는 또다시 가슴이 철렁하는 것을 진정해야 했다.

"넌 알고 있으면서 물어보지 않고 왜 그러는데? 실은 나는 사부가 신신당부하는 바람에 말하지 못했단 말야!"

"샌님! 괜찮아. 의도적으로 감출 네가 아닌 걸 내가 알지."

"어떻게?"

얼굴이 벌게진 현도의 이마에 자기 이마를 비벼댔다.

"네 마음속에는 숨길 곳이 없어! 그건 그렇고. 사부가 뭐라고 했어?"

"서울에서 외할머니 오신 날, 정류장에서 만났는데 별말은 없었고 그저 네 걱정만 했어."

현도의 말에는 조금 화난 말투가 되었다.

"걱정은 무슨. 맨날 내가 어린앤가 뭐! 한번 만나면 사부고 뭐고 없어. 가만 안 둘 거야."

수덕은 주먹을 불끈 쥐어 보였다.

"수덕이 네가 정말 그럴 수 있는 거야?"

"물론이지! 내가 어쩔 수 없게 마음을 몽땅 훔쳐 간 도둑인 걸. 뭐!"

"뭐, 도둑? 무슨 그런 심한 말을 다 해?"

"진짜 내 마음에 바람만 잔뜩 불어넣고서 이제는 나 몰라라 하고 달아나기만 하는 엉터리 사부란 말야!"

깔깔- 웃으면서 대로에서 벗어난 조그만 오솔길로 걸어 들어가 수덕이가 길을 잘 안다고 했지만 현도는 걱정되었다.

"이 길이 맞는 거야?"

"걱정하지 마세요! 학교 다니기 전 어렸을 때 사부 하고 여러 번 왔던 길이란 말야."

그 말을 듣고 생각해 보니 지난번에 연선도 홍산에서 오는 길이라고 했었고, 수덕이가 이번 여행지를 여기 홍산에 있는 사찰을 고집한 이유를 알 것 같았다.

산길을 한동안 걷다 보니 출출해져 길가 평평한 바위가 있어 그 위에 김밥과 음료수를 꺼내 놓고 점심을 먹기 시작했다.

"아무리 생각해도 너희 어머니 음식 솜씨는 아주 대단하셔! 이럴 땐 꼭 나도 장가가고 싶어진다니까!"

수덕이는 김밥을 맛있게 먹으면서 느물느물한 표정으로 말했다.

"당연히 장가는 가야지. 나도 서울 은영이랑 결혼할 거야."

현도의 진지한 말에 갑자기 수덕이는 눈을 동그랗게 크게 뜨고 놀랍다는 표정이 되었다.

"정말? 그럼 너랑 결혼하려고 한 나는 어떻게 하라고?"

"나 같은 여자라고 하구선 이제 무슨 헛소리하는 거야?"

"나는 너 아니면 안 돼."

수덕이는 짓궂게 고개를 살래살래 흔든다.

"내가 우리 은영이에게 부탁해서 너한테 딱 맞는 비비안 리 같은 근사한 여자애를 소개해 줄 테니까 한번 믿고 기다려 보라고. 정말이야!"

진지한 현도의 말에도 수덕이는 얄밉게 정색하며 딴지를 걸었다.

"됐네요. 너 아니면 절대로 결혼 안 하고 기다릴 거야."

"너 이제 진짜 미쳐 가는구나?"

"아! 참, 사모님보고 너랑 결혼하게 현도를 달라고 해야지. 아니, 교감 선생님에게 직접 말씀드려야 하나!"

현도가 질색하며 팔을 휘젓는 것을 피해 김밥을 든 채 뒷걸음질 치면서 떠들어대는 것이 공연한 농담인 줄 알면서도 현도는 성가셔서 열심히 매달렸다.

"너 쓸데없이 장난치지 마! 서울 내 친구 은영이가 이번 봄 수학여행 코스에 여기 부여가 포함됐다고 했어. 그때 괜찮은 애, 특히 네가 원하는 대로 나를 닮은 여자애 하나 소개해 주기로 했으니까 기대해 보라니까."

수덕이는 고개를 갸웃갸웃하면서 미덥지 않다는 표정이 되었다.

"그렇다면 샌님 덕분에 서울 낭자 선 한번 볼까! 하지만 샌님의 다섯, 여섯 가지 장점이 일치하는 낭자를 고르기는 쉽지 않을 거야. 특히 한 가지는 안 될 걸!"

음흉한 웃음을 짓는 수덕이 의중을 눈치를 챈 현도가 대들고 있는데, 절 쪽 고갯길에서 떠들썩한 소리와 함께 네댓 명의 또래 아이들이 몰려서 내려오고 있었다.

한 아이가 입고 있는 교복을 보니 배다리 건너 농고에 다니는 애들로 보이는데, 수덕이는 개의치 않고 계속 떠들어 댔지만 현도는 보기에 인상들도 안 좋아 보이는데다가 웃옷도 아무렇게 풀어헤친 품이 예사롭지 않아 좀 불안했다.

아니나 다를까, 김밥을 먹고 있는 모습을 흘끔흘끔 쳐다보며 지나치던 제일 말라깽이 아이가 한마디 했다.

"곱상한 것들이 도토리 점심 싸 들고 소풍 나왔네."

뒤따라오던 조금 크고 여드름이 짜증 나게 덕지덕지 난 뚱뚱한 아이가 심통이 잔뜩 난 목소리로 이내 거들었다.

"얘들아! 저 산 너머 절에서 푸대접받아 기분도 그런데, 여기서 몸을 좀 풀어 볼까?"

건들거리며 둘이 앉아 있는 곳으로 다가와 가까이 있는 현도의 머리를 툭− 치자, 반사적으로 피한다는 것이 몸을 돌려 쓰러지는 순간, 수덕의 낯빛이 백지장처럼 하얗게 변하면서 앞으로 용수철마냥 튀어 나갔다.

"어! 꼬맹이가 성질 있는데……."

채 말이 떨어지기 전에 그 아이의 몸이 몇 길 아래로 쓰러져 구르고 있었다. 눈 깜짝할 사이 번개같이 휘돌아 친 수덕이의 손과 발동작을 현도는 확실하게 보지 못할 정도로 순식간에 지나갔다.

앞서가던 아이들이 우− 하고 수덕에게 몰려드는 것을 보며 현도는 벌집을 잘못 건드린 것만 같아서 아득하기만 하고 '이런 일이 있을까 봐서 타지 여행을 어머니가 극구 만류했었구나!' 생각이 들기도 하면서 어떤 방어 채비도 못 하고 엉거주춤 서 있었다.

수덕이는 현도를 뒤쪽으로 멀찍이 밀쳐 버리고 앞으로 돌진하는가 싶더니 힘을 모으는 몇 번의 기합 소리가 나면서 '우지끈 뚝 다다닥−' 서너 명의 아이들이 한꺼번에 모두 나가떨어지고 있었다.

몇 차례 아이들이 대들었지만, 기계 부품 피스톤처럼 오차 없이 다그치는 수덕이의 품새에 속수무책이 된 아이들은 하나둘 물러섰다.

그중 제일 나이가 든 것 같은 아이는 현도처럼 뒤쪽으로 멀찍이 서서 수덕이의 몸동작을 유심히 지켜보다가 더 대들려는 아이들을 떼어 놓고 있었다.

잔뜩 긴장되어 움츠리고 있는 현도에게 수덕이는 씩씩거리며 다가와서 툴툴- 몸을 털었다.

"다 해결됐으니 걱정하지 마! 나를 건드렸으면 참았을 텐데. 약한 너를 건드리는 바람에 화가 났어. 쟤들 억세게 재수 없는 거야."

그때까지 수덕이 입에서는 거친 숨을 내뿜고 있었다.

현도가 짐 보따리를 챙기고 있을 때 아이들 가운데 계속 지켜만 보고 있어 아직 멀쩡한 아이가 천천히 다가와서 말을 걸었다.

"너희들 어디 사는데 여기까지 온 거니?"

제법 어른스러운 굵직한 목소리에 수덕이는 별로 신경 쓰지 않는 말투로 받았다.

"우리가 어디서 왔건 무슨 상관이야? 사람을 제대로 보고 까불라고 애들에게 일러 줘!"

작은 아이들이 분을 삭이지 못하고 다시 대들 듯이 기어오르는 것을 큰 아이는 손으로 제지하고 나서 나직이 경고처럼 뇌까렸다.

"너희들 오늘은 그냥 보내 주지만 또 마주치면 그때는 진짜 각오해라!"

한마디 던지고 아이들을 끌고 내려가고 수덕이는 듣는 둥 마는 둥 현도 어깨를 두드렸다.

"내 실력 괜찮았지? 샌님 하나야 보호할 수 있다니까."

아직도 숨을 고르면서 현도 어깨에 팔을 얹고 걸으며 유유자적한 척했다.

"아주 놀라운데! 그것이 태권도 기술인가?"

"태권도와 다른 십팔기 중에 손과 발로 하는 권법이라고 하는 거야."

"그런 권법은 언제 누구한테 배운 거야?"

"내가 어릴 적에 사부……."

수덕이는 재빨리 얼버무리고 갑자기 생각이 난 듯 눈을 말똥이 뜨고 현도를 바라봤다.

"왜 그전에 내가 어릴 때 요정이 싸움에서 이기는 기술을 줬다고 얘기해 주지 않았어?"

팔과 다리를 묘하게 비틀 듯이 뻗어 보이면서 웃었다.

가파른 고갯마루에 올라서니 발아래 전혀 딴 세상인 산세가 펼쳐져 내려다보였다.

벌거숭이산에 사방공사를 한 지 얼마 되지 않아서 작달막한 나무들이 듬성듬성 서 있는 지금까지 올라온 산비탈과 달리 고갯마루부터 울창한 송림이 시작되고 발아래 내려다보이는 저 멀리 건너편 산자락에는 노송들이 군락을 이루어 그 숲 사이사이 오래된 사찰 개와 지붕이 보여 현도는 와ㅡ 하고 탄성이 저절로 터져 나왔다.

수덕이는 계속 입을 다물지 못하는 현도를 자랑스럽게 건네보았다.

"내가 뭐랬어? 네가 분명히 놀랠 거라고 했었지. 통일신라 때 지어진 오래된 사찰인데. 참, 너한테 미리 말하지 못한 게 있어! 이 절에는 비구니들만 있어."

"비구니라니! 그게 뭔데?"

"여자 스님들만 있는 사찰이라고."

수덕이는 재미있는 표정으로 현도를 바라봤다.

"아니! 그럼 우리 같은 남자애들을 재워 준다고 할까? 더구나 이틀씩이나."

"에이ㅡ 이 수덕이가 누구야? 나는 못 자는 한이 있더라도 우리 샌님은 편안하게 모실 테니까 걱정하지 마!"

수덕이는 내리막길을 성큼성큼 앞장서서 내려가기 시작했다.

산 아래로 내려갈수록 수백 년은 족히 자란 듯한 전혀 손을 댄 적이 없는 것 같은 노송들이 우거져 있고, 산 아래 계곡에서 들려오는 물소리도 청량한 운치를 더해 주고 있어 전혀 딴 세상 속으로 들어온 느낌을 실감하고 있었다.

사찰마다 사하촌이 있기 마련인데 그곳에는 민가가 없는 것도 딴 절들과 판이한 분위기였다.

한참을 사찰을 향해 가파른 길을 뛰다시피 해서 내려가 계곡을 가로질러 옛날에 놓은 듯한 널찍한 돌다리 위에 서서 청량한 소리를 내며 흘러내리는 맑은 개울물을 내려다보니, 어디서 왔는지 서너 명의 꼬마 아이들이 돌들을 들추어 가며 뭔가를 열심히 잡는 게 보인다.

수덕이가 성큼 다리 밑으로 뛰어 내려가는 바람에 현도도 뒤따라 가 보니 아이들이 꽤 많은 가재와 다슬기를 잡은 것을 보고 그 애들이 하는 대로 돌을 조심스럽게 들어내니 큰 집게발을 가진 가재가 버둥거리며 달아난다.

솜씨가 서툴러서 어쩌다 하나 잡은 것이 신기해서 환호성을 지르는 수덕이의 어린아이처럼 마냥 즐거워하는 천진한 모습이 산 너머에서 살기등등했던 모습과는 전혀 딴판이었다.

한나절을 아이들과 어울리다 평평한 바위에 둘러앉아 신선이 된 기분이 되어 얘기꽃을 피우다가 저녁나절이 다 돼서야 사찰 안으로 향했다. 일주문을 지나 네 명의 역사가 험상궂게 위엄을 떨치고 선 사천왕상이 있는 대문을 들어서니 풍겨오는 향 내음이 진동해 사찰의 경건한 분위기를 더해 줬다.

수덕이는 거침없이 절 마당을 가로질러 대웅전이라고 커다랗게 한문으로 쓴 현판이 걸린 곳에 가더니 현도를 손짓해 불렀다. 몇 명의 스님들이 저녁 예불을 준비하느라 법당 안에 조심스럽게 들락이는 게 보였다.

수덕이는 신발을 벗고 거침없이 법당 안으로 먼저 들어가 따라 들어오라고 재촉했지만, 황금색이 번쩍이는 우람한 부처님의 위용에 압도된 현도는 잔뜩 겁먹은 표정으로 눈만 껌벅이고 문밖에 서 있었다.

"샌님, 빨리 들어오지 않고 뭐 해? 절에 왔으니 여기 주인인 부처님께 맨 먼저 인사하는 것이 예의란 말야."

주눅이 들어 계속 머뭇거리고 있는 현도를 지켜보고 있던 젊은 스님이 조용히 말을 건넸다.

"신자가 아니면 밖에서 간단히 예만 해도 됩니다."

머리를 삭발해서 남자같이 보이는데 의외로 목소리는 부드러운 여성의 음성이었다.

"현도야, 신자이고 아니고는 문제가 아니지. 그곳에 가면 그곳 주인을 찾아뵙고 인사드리는 것이 예절의 기본이란 말이야. 그리고 어머니가 챙겨 주신 보시쌀도 가져오고. 어서!"

끈질긴 성화에 얼떨결에 올라가서 가져온 보시 쌀자루를 건네자, 수덕이는 쌀자루째 부처님 바로 아래 예단 위에 올려놓으며 예사처럼 말했다.

"부처님! 이 쌀은 임현도가 올리는 것이고요. 저는 챙겨 줄 분이 없어서 간소하게 돈으로 가져왔습니다."

언제 준비했는지 노란 봉투를 꺼내서 쌀자루 위에 놓고 돌아와서 절을 하기 시작했다.

현도는 수덕이가 하는 대로 멋쩍게 따라 하면서 처음에는 좀 두려웠던 마음이 절을 계속하면서 차츰 사라지는 것이 신기하게 느껴졌다.

절은 끝없이 이어져 한 삼십 번쯤 했을 때 젊은 스님이 조용히 다가왔다.

"저녁 예불 시간이 됐으니 다 하지 못한 것은 나중에 하도록 하지요."

"부처님께 드리는 절은 많이 할수록 좋다고 사부님이 그러셔서 오늘 삼천 배는 하려고 했는데."

긴장도 되고 여러 번 절을 하느라 힘이 들어서 심호흡하는 현도를 돌아보며 빙그레 웃었다.

그들이 법당에서 나오자 절 구석구석에서 삼삼오오 스님들이 모여들기 시작해 법당 안으로 들어가는 것을 지켜보고 있을 때 그중 제일 연만하고 체구가 자그마한 노스님이 수덕이에게 다가서더니 반색을 했다.

"아니, 이게 누군가! 진수 수제자, 천재 수덕이 아니냐?"

수덕이도 이 사찰의 주지 스님을 알아보고 꾸벅 인사하자 현도도 따라서 고개를 숙였다.

"참 많이도 컸고만. 그래도 얼굴은 동자 때 모습 그대로군. 진수는 며칠 전에 다녀갔는데……."

수덕이는 연선이 왔었다는 말에 귀가 번쩍해서 저절로 다가섰다.

"사부님이 언제 왔었어요?"

"그래, 사나흘 전에 왔다가 아마 바로 이틀 전에 갔지. 그런데 웬일로 친구까지 데리고 먼 길을 왔나?"

"제 유일한 단짝 친구인 임현도라고 하는데 이곳 사찰을 보고 싶어 해 봄 방학도 되고 해서 함께 왔어요."

뒷머리를 긁적이며 엉뚱한 소리를 했다.

"그래, 잘 왔다. 예불 준비가 다 됐군! 함께 참례해도 좋지만 뭣하면 친구에게 절 구경 좀 시키고 조금 있다가 이야기 좀 하게 내 방으로 오너라. 오래간만이라 반갑구면."

인자한 미소를 띠고 스님들이 예불 준비를 마치고 기다리고 있는 법당 안, 맨 앞 상석으로 걸어 들어가는 모습을 지켜보던 수덕이 긴장감이 아직 가시지 않은 현도 귀에 대고 나직하게 속삭였다.

"이 절에서 최고 어른인 주지 스님이 아주 어렸을 때 몇 번 왔었던 나를 용케 알아보시네."

수덕이는 의외라는 듯이 고개를 설레설레 흔들고 예불 올리는 것을 지켜보다가 현도를 데리고 여승들의 손길로 잘 다듬어진 경내 구석구석을 돌아보는 사이 저녁 예불 소리가 어느 결에 멈춰지고 잠시 후에 젊은 스님 한 분이 주지 스님이 찾으신다고 알려 왔다.

대웅전 앞 광장 우측 담장 뒤쪽에 여러 채 있는 나지막한 한옥으로 안내되어 들어가자 겉 바라 장삼을 벗고 평상복으로 갈아입은 주지 스님이 기다리고 있었다.

"아침에 까치가 유난히 크게 울어대더니 역시 반가운 총각 손님들이 오셨군. 편안히들 앉아요. 그리고 효선아, 나 이 동자들하고 저녁 식사할 테니 준비하렴."

"네, 이미 준비하고 있어요."

문밖에서 그들을 안내했던 젊은 스님의 조심스러운 음성이 들려왔다.

"원래는 총각들은 내실에 드리지 않는 법이지만 천재를 어릴 적부터 봐 왔고 내 핏줄이나 다름없는 진수의 제자이기도 해서 꺼릴 게 없을 것 같고. 보아하니 둘 다 법이 없어도 살 수 있을 만큼 착하게 자란 중생 같아서 법도에 개의치 않고 부른 거야. 친구 이름이 현도라고 했나?"

노스님은 흐린 눈으로 세심히 지켜보았다.

"얼굴이 맑고 곱군. 어디 손 좀 한번 볼까?"

돋보기를 꺼내 쓰면서 팔을 뻗어 현도의 손을 잡은 따스하면서도 고운 스님의 손이 현도 손바닥을 오므렸다 폈다 하며 자세히 들여다보고 나서 나직하게 속삭이듯 말을 하며 건네봤다.

"역시 좋군. 얼굴처럼 순하게 살았고. 그렇게 살겠어."

노스님이 현도의 손을 놓고 돋보기를 내렸다.

"저는요?"

수덕이 다가앉아 매달리자 스님은 팔을 내저었다.

"너는 옛날에 봐서 다 알지."

그때 저녁상이 들어왔다.

"절밥은 처음이라 입에 맞을지 모르지만, 별미라 생각하고 먹어들 봐요. 고기반찬은 없어도 우리 스님들은 몸에 좋은 것만 먹으니까 염려하지 말고 많이들 먹어!"

노스님은 수저를 들면서 얼굴에 홍조를 띠우고 말을 이었다.

"천재는 내가 늘 보고 싶었는데 그동안 어쩜 그렇게 통 여기에 발걸음을 안 했어?"

"내가 또 귀찮게 출가해 따라간다고 할까 봐 그러는지 사부님이 여기 오는 것을 좋아하지 않아서 오고 싶어도 오지 못했어요."

수덕이의 볼멘소리에 노스님은 고개를 끄덕였다.

"그랬었군. 너도 알겠지만, 진수가 해 준 말이 내 말이나 마찬 가진 것이 아무나 쉽게 불자가 될 수 없는 것은 속세에 갚아야 할 전생에서 물려받은 업보를 안고 태어난 것을 어쩌겠나! 갚는다는 게 뭐지만, 속세에서 천재를 더 필요로 한다는 뜻이야!"

"저는 사실 사부처럼 출가해 불문에 입문할 생각은 없어요."

수덕이의 엉뚱한 말에 노스님은 눈을 똥그랗게 뜨고 건네봤다.

"그럼 왜 한사코 따라나서 가지고 진수를 그렇게도 못살게 굴 었어?"

노스님의 언성이 커졌다.

"그건 사부님과 함께 그냥 정신수양을 하고 싶었습니다."

수덕이 더듬듯 말을 하자 노스님은 잠시 수저를 놓으며 긴 한 숨을 쉬었다.

"네 사부 진수는 핏덩이 때 내게 맡겨져서 내 손으로 지금 네 또래 때까지 키워서 내가 제 어미인 줄 알고 컸는데, 끓는 피를 다스리지 못하고 잠시 여기 사찰에 들어와 머물던 요녀의 꾐에 빠져서 속세로 도망쳤다가 늦게 마음을 잡고 다시 출가했지만, 환속해서 묻은 풍진을 씻느라 피나는 고행 중이다. 앞으로 네 사 부는 너희가 학교에서 배워서 아는 원효나 서산, 휴정 같은 큰 그 릇이 될 인물이 되기 위해 정진 중인 그런 중요한 시기에 수덕이 네가 짐이 되고 걸림돌이 되어서야 말이 되겠어?"

노스님의 지엄한 꾸지람에 수덕이는 수저를 든 채 고개를 숙이 고 굳은 듯 앉아 있었다.

"아니! 왜 식사 안 하고. 할미 말이 고까웠냐?"

수덕이는 스님의 채근에 안타까운 눈빛으로 바라보며 매달렸다.

"스님! 제가 사부를 따를 길은 없습니까?"

노스님은 조용히 도리질하고 나서 나직하게 이야기를 이어 갔다.

"인연이란 것은 억겁을 두고 예정된 것인 만큼 중생이 스스로 어쩌지 못하는 것이긴 한데 애초에 너희들은 만나지 않는 것이 나았어. 좋은 만남은 당연히 더없이 좋은 일이지만 악연은 서로를 다치게 한단다. 네가 진수를 따르면 진수가 다치고 진수가 너를 버리면 네 마음이 상하니 참으로 사바세계에 더없는 악연인 걸 어쩌나 참!"

노스님도 다시 수저를 놓고 지그시 눈을 내리감았다.

어느새 수덕이는 수저를 든 채 어깨를 들먹이더니 끝내 감정이 북받친 듯 소리 없이 흐느꼈다.

놀란 노스님은 눈이 휘둥그레졌다가 고개를 주억이며 다가와 꼭 끌어안고 어깨를 토닥였다.

"어찌하면 좋을꼬! 네 사부가 평생 시중 잡배가 되어 사는 걸 그냥 지켜만 볼 수도 없고……."

되뇌는 노스님의 주름진 눈자위에도 이슬이 서리고 있었다.

감정 이입이 된 듯 가슴이 먹먹해서 지켜만 보고 있는 현도는 수덕이가 이렇게 연선에게 집착하고 연선이 만남마저 피해야 하는 악연이란 게 도대체 뭐란 말인지 알 수가 없었다. 한동안 흐느끼고 난 수덕이 목이 메어 낮은 목소리로 되뇌었다.

"지금까지 해 주신 말씀은 사부님한테서 여러 번 들었던 말입니다. 그래도 부처님께 매달리면 나쁜 인연도 바로잡을 수 있지 않을까 해서 찾아뵌 건데요."

수덕이 사찰을 찾은 진짜 속마음을 말하고 다시 울먹이자 노스님은 조용히 생각에 잠기는 듯했다.

"불사가 도움은 되지만 만능은 아니란다. 업보와 악연은 병을 치료하듯 일시에 고칠 수 있는 게 아니라 오르지 중생이 고행하면서 평생을 두고 씻어도 다 씻지 못하는 거라네! 아마 진수가 영원히 너를 팽개치지 못하고 찾게 될 거야. 그 또한 진수도 어쩔 수 없는 업보니 어쩌겠는가?"

그제야 수덕이는 조금 진정이 되어 눈물을 씻고 나서 밥그릇을 비우고 물러나 앉았다.

"괜한 이야기를 꺼내 눈물 밥이 되고 말았구나."

노스님은 상을 물리고 차를 내 오도록 보좌 스님에게 이른 다음, 수덕을 건네보며 나직하게 말하기 시작했다.

"진수가 수덕이 너 때문에 하도 힘들어해서 일부러라도 너를 찾아 네 사부의 심정을 대신 전하고 싶었던 차에 네 스스로 이렇게 찾아줬으니 고맙기도 하지."

노스님은 긴 한숨을 쉬며 두 어린 중생을 고즈넉하게 바라봤다.

"지금 사부님 계신 곳을 스님께서는 아시죠? 제가 만나 할 말이 있어요."

수덕이는 바짝 다가앉아 매달렸다.

"딱 정한 곳이 없이 여기저기 떠도는 게 그 사람 고행이라 어쩌다 한 번 어미라고 찾는 게 고작이니 지금 알 도리가 없지. 언젠가는 그 긴 고행을 끝내고 진수 스스로 한곳에 터를 잡고 머물 날이 오겠지."

노스님은 힘없이 말하고 수덕이를 물끄러미 쳐다볼 뿐이었다.

수덕이 눈에는 또 눈물이 그렁그렁 고이고 있었다.

"네가 어릴 때 하도 칭얼거려서 진수가 눈물바다에서 건져온 놈이라더니 참 눈물이 많기도 하지. 네 하는 걸 보면 어쩌면 네 사부가 살아온 모습과 그리 같을꼬!"

노스님이 탄식하면서 되뇔 때 향긋한 모과 냄새와 함께 차 쟁반이 들어와 투박한 질그릇 찻잔에 찻물을 채워 수덕이와 현도에게 건네줬다.

"진수는 수덕이 네가 제 처지와 그리 같으니 악연이 될 줄 모르고 어린 너를 십여 년 거둔 걸 거야! 너무 조급하게 서둘지 말고 차분히 기다려 봐! 네 사부도 원래 마음이 모질지 못해서 무참히 제 욕심만 생각하고 연을 끊을 위인이 못 된다는 걸 이 할미는 잘 알지."

침통한 수덕이 등을 쓸어 주면서 여러모로 달래 주려 애썼다.

노스님은 다 마신 차 쟁반을 물리면서 당부하는 걸 잊지 않았다.

"효선아! 이 동자들이 며칠간 머물 것이니 옆방에 침수 챙겨 줘라!"

이른 다음, 수덕이에게도 다정한 충고를 잊지 않았다.

"너무 속 끓이지 말고 마음을 잘 다스려 편하게 있다가 가도록 해. 속 끓이면 속이 상하는 법이다. 친구도 먼 길 오느라 피곤할 테니 어서 건너가 일찍 잠자리에 들도록 하고."

노스님은 정 많은 할머니처럼 수덕이를 토닥여 줬다.

둘은 스님 방에서 나와 보름달이 환하게 밝히고 있는 법당 앞마당을 거닐면서도 수덕이는 잔뜩 우울한 얼굴 그대로였다.

"이런 내 모습 너 보기에 우습지? 나도 내 마음을 몰라서 제대로 어쩌지 못하니 큰 바보지! 아무리 생각해 봐도 정말 알 수 없는 일이야."

"나도 너를 위로하고 싶은데 뭐가 뭔지 모르니 별 방법이 없잖아."

난감해하는 현도의 말에 피시시 웃으며 돌아봤다.

"네가 모르는 것은 당연한 거고, 곁에 있어 주는 것만으로 나한테 큰 위안이 되니까 너는 걱정 안 해도 돼."

현도는 할 말을 잃고 쳐다만 볼뿐이었다.

"오늘 같은 날, 너마저 없이 나 혼자라면 죽어 버렸을 거야."

"너는 바보같이 그런 무서운 생각을 함부로 해!"

"진짜 너 만나기 전에는 그런 못된 생각을 많이 했었어."

현도가 놀란 눈으로 바라보자 수덕이는 조금 당황한 기색이었다.

"나는 어려서부터 철딱서니 없이 그런 것을 쉽게 생각했는지 몰라. 아마 그래서 요정이 너를 친구로 내게 보내 줬을 거야."

수덕이는 현도의 손을 꼭 잡았다.

그날따라 마당 한가운데 서 있는 키가 큰 감나무 가지에 걸린 휘영청 밝은 달이 점점 위로 솟아오르는 모양을 둘이 말없이 바라보고 있을 때 내실 쪽에서 노스님이 나오고 있었다.

"아니! 봄이 됐어도 아직은 이렇게 밤공기가 찬데 일찍 자지 않고 뭣들 하는 거야?"

"금방 잠이 올 것 같지 않아서요."

"나도 잠이 안 오는데 너희들이 잠자리에 들지 않았길래 혹시 수덕이 네 성미에 휑하니 내려가 버렸나 걱정이 돼서 나왔다."

노스님은 수덕이와 현도 손을 잡고 천천히 걷기 시작했다.

"수덕아! 달이 참 밝지? 저 달을 보면 사람 사는 세상의 이치와 꼭 맞아떨어진단다. 찼다가는 기울고 기울었다가는 다시 차고, 슬픈 일이 지나면 좋은 일도 있고, 즐거운 일 뒤에는 마음 아픈 일이 감추어져 있고, 수덕이도 고통스러운 가정사가 있지만, 공부를 잘해 대견하지! 또 현도 같은 착한 친구도 있고. 참! 진수가 하는 말이 수덕이는 머리가 누구도 따라갈 수 없는 천재라고 하던데. 친구는 뭐 잘하나?"

바라보는 노스님의 얼굴이 달빛을 받아 유난히 밝아 보였다.

"전 공부는 수덕이만큼 따라가진 못해도 대신 그림 공부를 열심히 하고 있어요."

현도가 겸손하게 말하자 수덕이가 나섰다.

"공부도 나보다는 못해도 아주 잘해요. 그러니까 내가 일등이면 애는 이등쯤 하는 거죠."

수덕이의 말에 노스님은 놀랍다는 듯 목소리가 커졌다.

"그런데도 단짝 친구가 됐군! 원래 일등하고 이등은 서로 시샘해서 친구가 되기 힘들다고 하던데 그리고 그림을 잘 그린다고? 조물주의 조화를 아름답게 나타내는 것은 아주 좋은 거지. 보아하니 대성할 것 같네!"

노스님은 현도 손을 꼭 잡아 주고 나서 연선의 재주를 자랑했다.

"우리 진수도 서화에 아주 능하지! 하긴 네 사부가 못 하는 게뭐 있나! 글재주며 불문도 그만큼이면 됐고 무술도 누구한테 안빠지지. 인물도 빼어났겠다."

"싸움도 잘했어요?"

현도가 놀랍다는 듯이 물었다.

"진수가 너희들만 할 때 여기에 여자들만 있다고 집적대는 불한당들을 모조리 물리쳤는걸. 어찌나 용맹스럽던지! 그 집채만한 떡대들이 설설 빌고 달아나서 그 후로는 얼씬 못했지. 얼마나통쾌하던지."

노스님은 파안대소하며 두 손을 잡고 탑 주위를 돌기 시작했다.

"수덕이도 오늘 여기 오면서 못된 애들 혼내 줬어요."

현도의 말에 노스님은 수덕이의 얼굴을 조용히 건네보았다.

"그랬어? 그것도 제 사부를 닮았군! 하지만 힘과 싸움으로 이기는 건 작게 이기는 거야. 정신으로 이기는 것이 모두 이기는 거지. 앞으로 너희들 살아가면서 싸워야 할 일들이 둘 다 아마 많을 거야. 그땐 힘으로는 안 되는 법이야. 우선은 정신이 먼저란다."

그때 주방 쪽에서 뒷설거지를 마친 서너 명의 스님들이 수선스럽게 떠들고 오다가 걸음들을 멈추고 놀랍다는 듯 다가왔다.

"아니! 날씨도 찬데 웬 총각들하고 밖에 나와 계세요?"

스님들이 재미있다는 투로 말을 하자 노스님이 입을 열었다.

"오냐! 이 노파가 노망이 나서 달밤에 총각들과 산보 좀 한다."

노스님은 환하게 웃고 나서 스님들을 돌아보며 말을 이었다.

"옛날에 조그마할 때 여러 번 왔었던 진수 제자, 수덕이라고 왜 너희들도 잘 알 텐데."

한 스님이 수덕이를 찬찬히 보더니 화들짝 놀라 손뼉을 치며 다가섰다.

"아! 덜 익은 땡감 따 달라고 진수에게 떼쓰다가 따 주니까 또 떫다고 울던 그 고집불통 꼬마가 이렇게 컸어요?"

다른 스님들도 바싹 다가와서 얼굴을 확인하고 고개를 끄덕였다.

"이제 보니까 맞고만. 아주 그럴듯한 총각이 다 됐어."

"뗏지! 예서 며칠간 유하고 갈 텐데 너희들 쓸데없이 얼씬도 말아라."

노스님이 짓궂은 표정으로 가로막는 시늉을 하며 농담을 하자 모두 절간이 쩌렁쩌렁 울리도록 웃어 젖혔다.

"주지 스님? 아직 날씨가 차가우니 어린 총각들과 산보도 좋지만 감기 들면 고생하세요."

"나는 괜찮다! 뜨거운 총각 손을 잡고 있으니 추운 줄 모르겠다. 너희들이나 일 마쳤으면 괜히 참견 말고 들어가서 쉬도록 해라."

"알았어요. 너무 오래 계시지 마시고 들어오세요."

스님들은 신신당부하고 모두 내실로 들어가 버렸다.

"수덕이 밝은 달빛을 맞으니 마음이 좀 가라앉았나?"

"네!"

수덕이는 조그맣게 대답하고 고개를 숙였다.

"네 어려운 화두는 살아가면서 순리로 풀도록 하자꾸나. 이 할미가 언제까지 살게 될지 몰라도 사는 동안 너를 위해서 부처님께 축원하마!"

노스님은 침울한 수덕이를 달래 주고 내실로 들어와 방바닥에 손을 대 보고 안심된 듯 고개를 끄덕였다.

"따뜻하게 데워졌군. 진수가 올 때만 불을 넣는 방이라 걱정했는데 이부자리도 네 사부가 덮었던 거야. 어서들 편히들 쉬렴. 걸어들 왔으면 얼마나 고단할까!"

노스님은 내실로 돌아가고 수덕이는 아직도 우울한 마음이 가시지 않았는지 말없이 들어가서 이불 위에 엎드려 얼굴을 묻어 현도는 공연히 마음이 무겁고 가슴이 막혀 오는 것처럼 답답해 한참을 선 채로 움직이지 않고 수덕이를 물끄러미 내려다보고 있었다.

"나는 왜 하필 사람으로 태어났는지 몰라."

수덕이는 이불에 얼굴을 묻은 채 혼잣말처럼 뇌까리고는 얼굴을 돌려 뚫어져라, 벽을 응시하고 현도도 겉옷을 벗고 잠자리에 들었지만 좀처럼 잠이 올 것 같지 않았다.

둘은 한동안 잠을 이루지 못하고 뒤척이다 늦게 깊이 곯아떨어져 노스님이 새벽 예불을 마치고 나서 아침상을 받아 놓고 깨워 서야 힘들게 일어났다.

"저녁 늦게까지 잠 못 들고 두런거리고들 있더니 늦잠이 들었 었군. 어서 나가 시원한 물로 얼굴이나 대충 씻고 와!"

우물가로 달려간 현도는 양치 도구를 챙기지 않은 것을 걱정했 는데, 하얗게 서리가 내린 돌 위에 하얀 고운 소금이 담긴 보시기 가 놓여 있었다.

수덕이가 하는 대로 손가락에 고운 소금을 조금 찍어 입안 구 석구석을 문지르고 나서 돌 함지박에 철철 흘러넘치는 물에 입을 헹군 다음 세수를 하니 새삼 정신이 번쩍 드는 것 같아서 산사의 맑은 정기를 실감했다.

"어서들 와! 국이 다 식겠다. 찬물로 세수하니 아주 정신이 번 쩍 나지?"

노스님은 식사도 안 하고 기다리고 있다가 툇마루에 나와 수건 으로 차례로 얼굴을 문질러 주면서 흡족한 미소를 짓고 방 안으 로 들어가 천천히 식사하기 시작했다.

"천재! 식사 마치면 친구랑 할미한테 불경 몇 구절 배워 보지 않으련?"

노스님이 나직이 건네고 바라보자 수덕이 뒤통수를 긁적였다.

"오늘 뒷산에 있는 암자에 갔다 오려고 하는데요?"

스님은 탐탁지 않은 표정이 되었다.

"암자는 갑자기 웬 암자. 거기 가서 뭘 하려고?"

"그냥 옛날에 사부님이랑 갔던 곳이라 가 보고 싶어요."

"천재가 가고 싶으면 가 봐야지. 서둘러 갔다가 내려와서 할미 하고 점심도 같이하자꾸나."

현도는 어제저녁엔 분위기도 그랬고 처음 대하는 절밥이라 조금 밖에 못 먹어서인지 아침밥은 게 눈 감추듯 하고 아쉬운 수저를 놓았는데 수덕이도 마찬가지인 듯 수저를 입에 물고 염치도 좋게 노스님에게 매달렸다.

"스님, 밥 더 없어요?"

수덕이의 말에 노스님은 허허- 파안대소를 하고 나서 그윽한 눈빛으로 바라보았다.

"밥 욕심도 탐욕 중에 하나야. 밥은 됐고, 딴 먹을거리를 할미가 주지. 어젯밤에 줘야 하는데 내가 깜빡했어."

일어나서 벽장문을 열고 반닫이 안에서 먹음직한 곶감 꾸러미와 대접에 담긴 말랑말랑한 홍시를 하나씩 건네주었다.

"이 할미가 혼자 숨겨 놓고 먹는 간식인데, 홍시는 지금 먹고 곶감은 산에 올라가서 출출할 때 먹도록 해라. 참, 과일 보니까 수덕이 너희 아버지가 생각이 나는구나! 지금도 그렇게 술을 많이 드시나?"

걱정스러운 표정으로 지그시 바라보며 물었다.

"아뇨! 수덕이 아버님은 시내로 가게를 옮기고 나서는 술도 덜 드시고 요즘 장사에만 열중이세요."

현도가 대신 대답을 하자 노스님은 고개를 끄덕였다.

"옳지! 그래야지. 몇 해 전에 배다리 건너다 들렀더니 술에 아주 고주망태가 돼 있길래 그 모양으로 무슨 장사가 될까 싶었지. 그래도 너희 아버지는 나를 알아보고 좌판에서 과일을 수북하게 싸서 억지로 주는 바람에 그걸 가지고 오느라 혼났어도 두고두고 잘 먹었단다."

노스님의 말을 듣고 수덕이는 놀란 듯 눈이 휘둥그레졌다.

"그럼, 주지 스님께서도 우리 집에 오셨었군요."

"암! 수덕이 네가 어렸을 때 진수가 너희하고 같이 있어서 몇 번 들려서 주태백이 네 아버지하고 얘기도 많이 했었다. 술을 워낙 많이 마셔서 그렇지 속내는 다시없는 위인인데. 네 어미 이야기도 들었다. 그 끔찍한 업보를 다 어찌할꼬! 수덕이 네가 빨리 커서 아비 공양 잘해야 한다."

노스님은 고개를 내저으며 혀를 끌끌— 찼다.

수덕이는 홍시를 맛있게 먹고 나서 개구쟁이 표정이 되었다.

"우리 아버지는 자신이 너무 강하다고 생각하셔서 제 효도는 바라지 않는댔어요. 그런데 할머니, 홍시 또 없어요?"

"예끼! 염치도 없는 녀석 같으니. 감은 많이 먹으면 똥구멍 막혀!" 하면서도 노스님은 다시 일어나서 다락의 반닫이를 열었다.

"작년 가을부터 서리 맞은 감을 여기 감췄다 저기 감췄다 하며 숨겨 놓았던 거야. 우리 천재는 내 손주 같아서 주는 거지. 여기 딴 것들은 어림없다. 한데 어느 아비가 대놓고 효도를 바란다고 하겠어! 하기야 네가 바르게 커 주는 게 효도이긴 하다만."

노스님은 다시 홍시를 꺼내 줬다.

둘이 스님이 싸 준 곶감을 들고 암자를 향해 사찰 뒤편으로 돌아가니 양편으로 아름드리 낙엽송 고목들이 즐비하게 서 있는 깊은 계곡이 나왔다.

집채만 한 바위들 사이로 시원스럽게 쏟아져 흘러내리는 계곡을 건너서 사람들이 다닌 흔적을 따라 가파른 산길에 울창한 숲을 벗어나니 떡갈나무, 자작나무 그리고 칡넝쿨들이 무성하고 이름도 알 수 없는 가시나무들과 줄기들이 사정없이 옷자락을 부여

잡고 발길을 막았다.

한참을 땀을 뻘뻘 흘리며 칠 부 능선쯤 올라 바위들이 기암을 이루어 높다랗게 치솟은 곳을 수덕이 손가락으로 가리켰다.

"저기 올라가면 커다란 동굴이 있는데 바로 사부가 수행하던 암자야."

수덕이는 힘들이지 않고 날렵하게 바위를 기어올라서 어쩔 수 없이 엉금엉금 처져서 따라오는 현도의 손을 잡아끌어 올려줬다. 과연 그곳에는 커다란 동굴이 큰 입을 벌리고 있어 수덕이 먼저 굴 안으로 뛰어 들어가고 현도는 한참을 망설이다 어두컴컴한 굴 속을 더듬더듬 들어갔다.

굴속 안은 평평하니 넓었지만, 너무 어두워 아무것도 보이지 않았다.

"사부가 얼마 전까지 여기에 있었어. 아니! 어제저녁에도 여기에 분명히 있었단 말야."

먼저 앞서서 들어간 수덕이의 목소리가 굴 벽에 울려서 우렁우렁-하게 들려왔다.

"아무것도 보이지 않는데 어떻게 그것을 알 수 있어?"

아직도 더듬거리는 현도를 잡아끌어 구석 쪽으로 가니 과연 흰 양초 토막과 흘러내린 촛농 자국이 허옇게 보였다.

"이리 와서 여기 한번 만져 봐."

수덕이 녹아내린 촛농에 손을 대 줬을 때 아직도 미미한 온기와 함께 완전히 굳지 않은 촛농이 만져졌다.

"사부가 어젯밤에 여기서 지낸 거야. 내 말이 맞지?"

현도가 고갤 끄덕이자마자 수덕이는 무슨 생각할 겨를도 없이 굴 밖으로 뛰어나가 여기저기 휘둘러보더니 날짐승처럼 산 아래로 급히 뛰어 내려가 현도는 도저히 쫓아갈 재주가 없었다. 수덕은 올라오는 길에 사부와 길이 어긋났을지도 모른다고 생각한 것이다.

현도가 암벽을 힘들게 버둥거리며 내려가 아래를 굽어보니 수덕이는 벌써 계곡을 건너서 사찰 쪽으로 접어들고 있었지만 올라오는 것보다 내려가는 길이 더 힘이 들어 한참이 지나서야 법당 앞에 도착했다.

수덕이는 돌층계 위에 고개를 숙인 채 앉아 있고 노스님은 뭔가 열심히 설명하고 있었다.

현도는 차오른 숨을 몰아쉬며 다가갔다.

"오지 않은 진수를 어쩌라는 것인지, 원! 이 나이에 할미가 거짓말이나 할 위인으로 보이나?"

막무가내로 졸라대는 수덕이 태도를 어이없어하는 딱한 표정이고 수덕이는 어쩐 일인지 이를 수긍하지 못해 계속 고갤 숙이고 있어 현도는 난감해하시는 노스님이 민망해 보였다.

"사부가 여기 안 들리고 딴 곳으로 갈 수도 있고 암자에는 사부님 말고 딴 사람이 있었을 수도 있잖아!"

현도의 말에 수덕이는 단호히 잘라 말했다.

"아냐! 사부는 절대로 딴 데로 갈 리가 없어. 할머니가 숨기시는 거라고 말씀해 주세요! 새벽에 왔다가 내가 있으니까 그냥 간 거죠. 어디로 간다고 했어요?"

노스님은 울먹이는 수덕이의 떼거지에 황당해했다.

"이런 황소고집을 봤나! 예까지 찾아온 너를 안 보고 갈 진수가 아니네."

"저도 그것이 이상해요."

"그럼! 그렇게 속 좁은 진수가 아니다. 그러니 그렇게 막무가내 떼쓰지 말고 친구랑 선방에서 불경 중에서 좋은 말씀 몇 구절 배우도록 하자!"

주지 스님은 수덕이의 손을 한사코 잡아끌었다.

"아니에요. 지금 돌아갈래요. 하룻밤 재워 주셔서 고맙습니다!"

수덕이 화가 풀리지 않은 어두운 표정으로 곧장 일어서자 노스님은 또다시 어이없는 얼굴이 되었다.

"어제는 이틀 밤만 자고 가겠습니다. 해 놓고 왜 갑자기 가겠다는 거야. 이 할미 말이 그리도 믿기지 않아서 토라진 거야?"

"아닙니다! 오늘 딴 곳에 들를 데가 생겼어요. 다음에 또 오겠습니다. 현도야 가자."

수덕이의 고집에 어쩔 수 없다고 생각한 노스님은 다시 팔을 잡았다.

"이거 서운해서 어쩌나! 이 고집을 꺾을 수도 없고. 가만있거라. 아가. 조그만 기다려 주렴! 오랜만에 찾아와 이 늙은이 말벗이 되어 줘 고마웠는데 그냥 보내면 서운해서 안 되지."

노스님은 멀찍이 지나가는 스님을 불러서 뭔가 심부름을 시키고 나서도 수덕을 잡고 이야기를 이어 갔다.

"어젯밤에 할미가 한 말을 명심하고 모든 업보가 고통스럽게 마음을 볶아도 참고 또 참아서 잘 견뎌야 해. 괜히 조급해서 속 끓이지 말고 잘 삭여 나가도록 해라! 참고 견디노라면 부처님이 좋은 날을 주실 거야. 진수도 이 고비를 넘기면 미혹을 떨치고 편한 마음으로 너를 찾을 날이 오겠지. 절대로 너를 잊을 위인은 아니니 느긋하게 기다려 봐!"

수덕이의 손을 꼭 잡고 간곡하게 부탁하고 일주문을 나설 때

심부름시켰던 스님과 보좌 스님이 뭔가를 싼 보통이를 들고 허겁지겁 달려왔다.

"이것은 수덕이 좋아하는 곶감이랑 염주다. 이걸 볼 때마다 이 할미가 한 말 명심하라고 주는 거야. 이건 현도 학생 건데, 절엔 뭐가 있어야지!"

현도에게도 똑같이 곶감과 염주 한 과를 건네주었다.

수덕이는 마음이 조금은 누그러진 듯 노스님을 향해서 빙그레 웃으며 매달렸다.

"할머니 전 곶감보다 홍시가 더 좋은데요."

노스님은 어이가 없는 듯 수덕이의 등을 끌어당겨 두드렸다.

"이제 할미 먹을 것도 없어. 올겨울 방학에 한 번 와. 실컷 먹여 줄 테니. 이런 철부지!"

수덕이의 머리를 부여잡고 안타깝게 흔들고 있는 노스님은 승려가 아닌 말년에 이른 노인의 외로운 한을 수덕이한테 한꺼번에 풀고 있는 듯 눈자위에 이슬이 맺히고 있었다.

수덕이는 그걸 아는지 모르는지 머리를 꾸벅 숙여 인사를 하고 성큼성큼 앞서서 걸었다.

노스님은 그들이 산 고갯마루를 넘어갈 때까지 다리목에 서서 혀를 끌끌 치며 지켜보고 있었다.

사실 수덕이 예측대로 그날 새벽녘 연선이 암자에서 내려와 노스님을 찾아 먼 길을 가야 한다고 해서 식사를 일찍 챙겨 먹이며 수덕이를 깨우려 했지만 연선이 한사코 만류하는 바람에 그냥 내버려 두었었다.

연선이 서둘러 길을 떠나면서 자기가 왔었다는 말을 절대로 하지 말라고 신신당부하는 바람에 연선이 왔었다는 말을 수덕이에게 해 봤자 아무 득이 될 것 같지 않아서 입을 다문 것인데 휑하니, 가는 걸 보니 또다시 가슴이 아플 수밖에 없었다.

둘이 산 아래에서 조금 떨어진 저수지 쪽을 지나며 내려다보니 같은 반 동급생 홍주가 어린 동생들과 함께 큰 그물로 민물고기를 잡는 것이 눈에 띄어 수로에 내려가 한나절을 함께 보냈다.

학교에서 홍주는 덩치가 왜소해 수덕이 바로 옆자리에 있어 친하지는 않아도 가까운 사이여서 잡은 민물고기를 집에 가지고 가 점심까지 같이하며 한나절 어울리다가 해가 뉘엿뉘엿 서산에 걸려 있을 때 길을 나섰다.

그날의 여행은 그것으로 끝나지 않고 있었다.

배다리에 거의 당도하여 규암 시가지에 들어섰을 때 어제의 불량한 아이들 가운데 한 아이가 삐죽— 튀어나와 그들을 보더니 놀란 표정이 되어 외쳤다.

"너희들 거기서 꼼짝 말고 있어!"

소리치고는 잽싸게 골목길로 사라지는 것이었다.

"수덕아, 날도 저물었는데 쟤들 신경 쓰지 말고 그냥 가자!"

현도가 손을 잡고 갈 것을 재촉했지만 수덕이는 입을 꼭 다문 채 그 자리에서 꼼짝도 하지 않고 서 있었다.

조금 지나서 한패의 아이들이 우르르 몰려왔는데 모두 그 지역 농고 아이들로 보이는 예닐곱 명 가운데 몽둥이를 들고 있는 녀석도 있어 제법 살기등등했다.

"아니! 너희들 어제 이런 꼬마들한테 당했단 말야?"

어제는 보지 못했던 좀 말끔하고 키가 큰 녀석이 수덕이의 주위를 빙글빙글 돌면서 어이없어했다. 수덕이는 요지부동으로 서서 그들의 하는 양을 지켜만 보고 있다가 입을 열었다.

"오늘 내 마음이 별로 편치 않아서 너희들 상대할 만한 정신적 여유는 없지만, 정 너희가 한 수 배우길 원한다면 강 건너 백사장으로 가 보던지!"

수덕이는 당당하고 느긋한 태도였다.

"그래? 좋아!"

아이들이 우르르- 배다리를 쏜살같이 건너가는 것을 보고 있는 현도는 수덕이의 실력은 어제 본 바여서 충분히 인정하지만 혼자서 감당하기에는 아이들 숫자가 너무 많은 것 같아서 마음이 불안해지고 자신이 도움이 못 되는 것이 안타까웠다.

아이들은 배다리 건너 넓은 백사장 입구에 기다리고 있고 수덕이는 짐 꾸러미를 현도에게 건네주며 낮게 속삭였다.

"너는 싸울 생각 말고 되도록 멀리 떨어져 있어."

현도에게 이르고, 그들이 기다리고 있는 곳에 도착해서 겉옷을 벗어 던지고, 주위를 한 바퀴 찬찬히 둘러보고 나서 모래 둔덕과 둔덕 사이 우묵하게 패인 널찍한 공간 한가운데로 가서 아이들에게 현도를 손으로 가리키며 외쳤다.

"오늘도 나 혼자 상대할 거니까 저 아이는 건드리지 않는다고 약속해라!"

소리쳤지만, 말이 필요 없다는 듯이 아이들 모두 수덕이에게 덤벼들고 있었는데, 자세히 아이들을 보니 어제 끝까지 지켜보던 큰 녀석은 보이지 않았다.

몇 차례 짧고 강한 수덕이의 기합 소리와 함께 예리한 발길이 휘돌아 쳐 몇 놈이 쓰러져 뒹굴고, 다시 짱- 하는 기합 소리가 울리며, 날카로운 발길과 매서운 정권이 아이들의 급소에 둔탁하게 꽂히는 순간마다 맥없이 쓰러져 추풍낙엽이 되어 나뒹굴었다.

아이들은 다시 일어나 필사적으로 달라붙고, 수덕이는 같이 엉키는가 싶다가도 몸을 풍차처럼 재빨리 휘돌려 그들 위에 깔고 앉아 강한 정권으로 타격하고, 가벼운 몸매에 잽싼 동작으로 요리조리 피하다가 순간을 포착해 단전에서부터 솟구치는 기합과 함께 휘돌려 감겼다가 내뻗치는 발길과 돌발적인 정권이 정확한 급소에 꽂혔다.

아이들의 반격이 느려지고 거의 제압됐다고 생각이 들쯤 문제가 생기고 말았다.

수덕이의 강력한 정권을 맞고 쓰러졌던 녀석이 안간힘을 다해서 일어서더니, 얼이 빠진 듯 지켜보고만 있던 현도에게 한사코 돌진해 왔다. 기겁해서 들고 있던 짐 보퉁이를 내팽개치고 뒷걸음쳐 피했지만 당할 도리가 없었다.

수덕이 뒤늦게 눈치를 채고 쫓아왔지만 이미 현도는 그 녀석에게 일격을 당해 눈에서 번갯불이 번쩍이는가 싶더니, 코언저리가 멍멍해져 얼굴을 감싸고 모랫바닥에 뒹굴었다.

입안에 뜨거운 것이 미끈거리고, 목구멍으로 피가 넘쳐흐르고 있었다.

화가 머리끝까지 치솟은 수덕이의 기합이 터지고, 몇 놈의 자지러지는 비명이 들려오는가 싶더니, 또다시 한 녀석이 쓰러진 현도의 옆구리를 발길로 가격해 와 외마디 비명을 지르고, 숨이 막혀 헐떡이며 땅바닥에 구르는 순간, 수덕이의 고함이 터졌다.

"그만! 오늘은 내가 졌다. 너희들 마음대로 해도 좋은데, 저기 내 친구만은 건드리지 마라!"

한참 만에 현도가 정신을 차려 운신하고 일어나니, 수덕이는 아이들 앞에 무릎을 꿇고 앉아 있고, 그 말끔했던 녀석이 악이 바친 듯 잔뜩 구겨진 상판이 되어 수덕이를 노려보았다.

"어떻게 해 줄까? 보아하니 보통 놈은 아닌 것 같아서 진심으로 잘못했다고 빌면 그냥 보내 줄 수도 있는데, 어쩔 거야?"

그 말에는 수덕이 단호하게 팔을 가로저었다.

"내가 지금 패배를 인정한 거지. 너희한테 잘못한 것은 하나도 없단 말이다!"

수덕이의 말이 떨어지기 무섭게 발길이 수덕이의 면상에 날랐다.

"네가 끝까지 버텨 보겠다, 이거지? 몽둥이 가져와!"

머리끝까지 화가 난 녀석의 손에 몽둥이가 쥐어지고, 수덕이의 작은 몸에 내리쳐지고 있었다.

현도는 또다시 정신이 아찔해 왔다. 수덕이의 이를 악문 외마디가 짙어진 어둠 속에 간헐적으로 울려 퍼지고 있었다.

"우리가 잘못했어. 제발 그만 좀 해!"

현도는 피가 흐르고 있는 얼굴을 한 손으로 막고 필사적으로 매달렸지만, 불가항력이고 도무지 이 절박한 상황을 빠져나갈 길이 보이지 않았다.

마지막으로 생각해 낸 것이 배다리 가게 사람들에게 도움을 청하겠다고 마음먹고 몸을 돌리는 순간, 한 놈이 앞을 가로막고 밀쳐 버렸다.

현도는 어쩔 수 없는 상황에 다시 몸으로 매달리는 수밖에 없어서 몽둥이를 휘두르는 녀석의 다리를 잡고 애원을 했다.

"우리가 무조건 잘못했어! 오늘 너희들을 피할 수도 있었는데 얘가 기분이 안 좋은 일이 있어서 실수한 거야. 제발 그만 좀 해!"

그러나 그 애들도 얼어터질 만큼 얻어맞아 흥분된 상태여서 말이 통할 리가 없었다.

"그럼 네가 대신 맞을래? 이놈은 아직도 고집을 부리고 있잖아."

그 녀석이 현도 쪽으로 때리는 시늉을 했다.

"현도야? 제발 비켜 있어."

수덕이 숨을 몰아쉬며 안간힘을 다해서 고함을 질렀다.

수덕이를 처음 만나던 날 교실 뒤편 벽에서 물을 붓는 것을 제지하던 아이에게 했던 그런 말투라는 생각이 드는데 수덕이의 고함이 또 들려왔다.

"너희들 그 애를 건드렸다간 모두 내 손에 죽을 줄 알아!"

독기를 잔뜩 품은 외마디였다.

"아니! 이게 정신이 아직도 덜 들었어."

다시 몽둥이가 나르기 시작해 현도는 어찌해야 좋을지 몰라 큰소리로 울음을 터트리고 말았다.

수덕이가 죽음을 각오한 것 같기도 하고 또 죽게 될지도 모른다는 생각이 들자, 숨도 쉴 수 없이 조여들어 벽에 꽉 막혀 버린 절망감이 엄습해 무서움에 떨려왔다.

이제는 몽둥이 소리뿐 수덕이의 신음하는 소리마저 들리지 않는 것 같아 현도는 수덕이를 달랠 수밖에 없다는 생각으로 힘을 다해 외쳤다.

"야! 이러다 죽어. 제발 잘못했다고 해!"

현도의 절규에 수덕이 정신이 든 듯 안간힘을 다해 일어나 앉았다.

"임현도! 우리가 이놈들한테 잘못한 게 뭐야? 죽어도 우리가 잘못한 게 하나도 없단 말야!"

그 소리에 몽둥이가 수덕이의 몸에 날아들어 모래밭에 다시 구르고 있어 현도는 다급함에 죽을 각오를 다 해서 몽둥이가 나르는 속으로 달려들자 어깨에 벼락 치는 충격이 오며 그 자리에 쓰러지고 말았다.

그때 배다리를 건너오면서 누군가 외치는 소리가 들리는 듯하더니 몽둥이가 멈춰졌다.

현도가 정신을 차리고 수덕이를 부축했지만 가느다란 신음뿐 의식이 없어 보여 부둥켜안은 채 목을 놓아 오열하고 말았다.

배다리를 건너온 사람이 현도를 밀치고 수덕이를 일으켰지만 금방 고꾸라지고 말았다.

"너희들 돌았어? 이 멍청한 것들이 사람을 이렇게 되도록 패면 어떻게 하겠다는 거야. 어서 가서 물 떠 와!"

목소리는 뜻밖에 어제 산에서 본 큰 녀석이었다.

"이 자식이 끝까지 꼬장을 부리잖아."

한 녀석이 볼멘소리하며 강가로 뛰어가 여기저기 헤매더니 버려진 플라스틱 용기에 강물을 떠 와 수덕이 얼굴에 끼얹었다.

"이 철없는 것들이 어떻게 이 지경까지……."

수덕이의 늘어진 모습을 내려다보는 키가 큰 녀석은 한심한 얼굴로 뇌까리고는 현도를 향해 물었다.

"이 곰같이 고집불통인 이 녀석 이름이 뭐야?"

쪼그려 앉아 훌쩍이고 있는 현도를 찔벅― 하자 수덕이 조금은 정신이 든 듯 힘들게 몸을 일으켜 흐린 눈으로 쏘아보았다.

"나 진수덕인데. 왜?"

"뭐? 배다리 천재!"

아이들이 모두 놀란 듯 서로 바라보며 입을 다물지 못하고 몽둥이를 들고 앞장서서 설쳐대던 녀석은 머리를 긁적였다.

"어쩐지 안면이 있는 것 같긴 했는데, 어디서 무슨 무술을 배운 건지 얘가 워낙 설쳐대는 바람에 열을 좀 받아서 그만!"

"자식들아! 그렇다고 이게 도대체 무슨 꼴이니. 너희들 모두 이 애한테 어서 사과해!"

큰 녀석이 아이들을 다그치자 수덕이는 단호히 손을 가로저었다.

"그딴 건 필요 없어! 내가 자청한 거야. 끝났으면 그만 들 가 봐!"

수덕이 비척거리면서 일어나 초주검이 된 현도를 일으키는 시늉을 하다 도로 주저앉자 키 큰 녀석이 아이들을 배다리 건너로 보내고 다시 다가왔다.

"나 놓고 다니는 김태주야! 나도 십팔기에 관심 있어서 어제네 품새를 유심히 보고 십팔기 고수 연선 스님 제자구나! 대충 짐작은 했었어."

수덕이는 정신없는 중에도 연선 사부라는 말에는 퍼뜩 정신이 든 듯 일어나 앉았다.

"뭐! 네가 우리 사부를 어떻게 알아?"

수덕이의 대들 듯 다가서는 의외의 반응에 태주는 머뭇거렸다.

"잘 안다는 것보다 연선 스님이 십팔기 달인이란 걸 알고 어제 만나 뵙고 배움을 청하려고 절에 갔다가 보지도 못하고 여승들한 테 야단만 맞고 돌아오던 길에 너희들을 만났던 거야. 연선 스님을 한번 뵙고 싶은데 만난 적은 없어."

수덕이가 묵묵히 듣고만 있자 태주는 가까이 다가가서 둘의 상태를 세심히 살피며 어른스런 투로 말했다.

"내가 애들에게 태권도를 좀 가르치고 있는데, 아직 철들이 덜 들어서 그랬으니 고수인 천재 네가 이해를 해라! 내가 있었으면 이런 불상사는 없었을 텐데 어디 밝은 곳에 가서 상처를 좀 보자!"

불이 켜진 배다리 쪽으로 데리고 가려 했지만, 수덕이는 그의 손을 뿌리치고 현도를 데리고 배다리에서 좀 떨어진 강가 물속에 들어가 씻고 현도의 피가 범벅인 얼굴을 닦아 줬다.

태주가 수덕이의 겉옷을 들고 와서 퉁퉁 부은 얼굴을 보며 걱정스러운 표정이 되었다.

"천재! 고집부리지 말고 약방이라도 가 봐야 하지 않겠어?"

"내가 분명히 됐다고 했어. 이젠 너희들 도움은 필요 없으니까 그만 애들한테나 가 봐!"

현도의 어깨에 손을 얹고 다리를 절며 걸어가자 태주는 멍하니 바라만 보다 발길을 돌리고 말았다.

둘이서 말없이 한참을 걷고 있는데 뒤에서 누가 뛰어오는 소리가 들려 돌아보니 어제 까불까불하던 아이가 노스님이 주신 곶감과 염주 꾸러미를 들고 왔다.

"이거 너희들 거지? 오늘도 우리가 졌어. 미안해!"

녀석은 계면쩍게 실실거리며 섰다가 돌아서 쏜살같이 멀어지고, 둘은 그냥 말없이 걸어 서로의 갈림길 삼거리에 와서야 길가 풀밭에 주저앉았다.

"오늘은 사실 얻어맞아서라도 죽고 싶은 마음뿐이었어."

"왜 그래야 하는데?"

현도가 울먹인 표정으로 어깨를 잡고 안타깝게 흔들자 수덕이는 얼굴을 잔뜩 찡그렸다.

"스님 할머니가 그렇게 우기셔도 분명히 새벽에 사부님이 우리 둘이 자고 있을 때 왔었단 말야!"

수덕인 고개를 떨구고 울먹이기 시작하고 현도도 그 모습을 바라보며 목이 메어 가까스로 입을 열었다.

"수덕이 너한테 사부가 소중한 줄은 알지만 왜 그런 생각까지 해야 하는 건데, 사부가 없으면 안 되는 이유가 뭐야. 내가 네 사부 하면 안 될까?"

현도의 진심은 수덕이에게 도움이 된다면 어떤 방법이든 좋겠다는 단순한 생각에서 한 전혀 뜻밖의 말에 수덕이는 울먹이다 눈물을 훔치며 현도의 어깨를 잡았다.

"네 마음은 알지만 넌 사부가 될 수도 없고 또 돼서도 안 돼!"

현도의 어깨를 끌어당겨 꼭 안고는 또 울먹였다.

"왜 안 돼?"

"샌님, 지금 넌 나에게 사부 이상이란 말야. 쓸데없는 생각 말고 너 먼저 집에 가라! 함께 가야 하지만 내가 정말 어머니 뵐 면목이 없다."

현도의 지저분해진 앞자락을 털어서 여며 주고 힘들게 일어섰다.

"나 먼저 갈게. 오늘 일은 모두 비밀이다."

현도는 비틀거리며 걸어가는 수덕이의 모습이 아무래도 온전해 보이지 않아 천천히 뒤따라갔다.

조금 가다 말고 어찌 알았는지 뒤돌아서서 그냥 가라는 시늉을 손짓으로 해 보이고 다시 비척거리는 걸음을 계속해서 현도는 급히 달려가서 수덕이 어깨를 잡았다.

"아무래도 마음이 안 놓여서 안 되겠다."

"샌님, 나는 내가 잘 아니까 염려하지 마! 지금 나 혼자 들를 데가 있어."

"너는 그 몸으로 어디를 또 가겠다는 거야?"

의외의 말에 놀란 듯 바라보는 현도를 말끔히 건네보며 피식-
웃으며 귓속말을 했다.

"나 지금 술 마실 건데 넌 모범생이라 절대로 안 되잖아!"

그러나 참담했던 극한 상황을 넘긴 현도도 같은 마음이었다.

"지금은 나도 한번 먹어 보고 싶어."

제법 단호한 표정으로 말하는 현도를 빤히 바라보며 미덥잖은
표정을 지었다.

"괜찮겠어?"

"응, 이대로 집에 못 갈 것 같다."

"좋아, 그럼 같이 가자! 오늘은 우리 샌님 술 신고받겠네."

제법 힘 있는 투로 앞장서서 걸어 태보 씨 가게 반대쪽 시장 뒤
편 잡다한 술집이 밀집한 골목 어귀에서 다시 한번 현도에게 확
인하는 것을 잊지 않았다.

"샌님! 술 마셨다고 엄마한테 혼나면 어쩔 거야?"

"나는 신경 쓰지 마! 술 마시고 네 방에서 자고 내일 집에 들어
가면 돼. 우리 집에선 내가 오늘 올 줄은 모르잖아."

수덕이는 할 수 없다는 듯 조그만 선술집 안으로 들어가 맨 구
석 자리에 앉으며 술을 주문했다.

비좁은 술집 안에는 시장 장꾼들이 술이 거나해서 시끌시끌했
다. 나이 많은 주모가 머리를 갸웃갸웃하면서도 소주 한 병과 어
묵 국물 한 사발을 먼저 떠다 주고 둘을 살폈다.

수덕이는 먼저 소주잔에 술을 가득 부어 현도 앞에 놓으며 나
직이 속삭였다.

"샌님! 첫 잔은 단숨에 쭉- 들이켜 마시는 거야!"

자기 술잔에도 가득 채운 후에 잔을 들어 현도에게 내밀어 얼

떨결에 수덕이 잔에 부딪히고 잔을 든 채 계면쩍게 웃었다.

"이 술로 거지 같은 오늘 일은 싹 잊어버리는 거다! 원래 배다리에서 마시려고 했는데 털보 영감님이 보기라도 하면 그 아버지에 그 자식이라고 할까 봐 여기까지 왔어. 자, 마시자!"

수덕이는 한 번에 소주잔을 비워서 현도도 따라서 조심스럽게 한 모금 입에 넣으려는 찰나 수덕이가 배를 잔뜩 움켜잡고 일어서는 듯하더니 우욱– 하고 마셨던 술을 내뿜으며 그 자리에 나뒹굴러 금방 술집 안은 발칵 뒤집히고 말았다.

"어쩐지 아직은 술 못 마실 애들 같더라니!"

주모가 급히 달려왔지만, 경황없이 허둥대기만 해서 현도가 서둘러 일으켜 앉히니 수덕이의 입은 고통으로 일그러지며 핏물이 배어 나오고 있었다.

"아주머니! 병원에 가야 할 것 같아요. 연락 좀 해 주세요!"

현도는 외마디처럼 외치고 인사불성인 수덕이의 뺨을 몇 차례 때리자, 아직은 정신은 있는 듯 희미하게 눈을 뜨고 가느다란 목소리로 "괜찮아!" 하고 다시 눈을 찡그리고 일어나려고 안간힘을 했다.

현도는 부축해 세워 등에 업고 술집을 나와서 병원을 찾아 무조건 뛰는데, 수덕이의 몸은 의외로 가벼웠다.

처음에는 눈앞에 아무것도 보이지 않았는데 큰 도로에 나와 얼마를 뛰었을까 정신을 차리고 둘러보니 드디어 도로 안쪽에 있는 큰 병원 녹십자 마크가 눈에 들어왔다.

응급실 앞 간이침대에 수덕이를 눕혀 놓고 간호사의 물음에 울먹이며 자초지종을 말했다.

간호사가 급히 진료실 안으로 들어간 뒤에 나온 의사가 대충 수덕이 몸을 점검하고 나서 하는 말이 장이 파열됐을 거라면서 우선은 응급조치는 하는데 경찰에 신고부터 하라고 했다.

수덕이 그 경황에도 극구 만류하는 바람에 현도는 수덕이가 응급실로 들어가는 걸 보고 태보 씨 가게로 달려갔다.

태보 씨는 수덕이 병원에 있다는 말에 혼비백산하여 현도에게 우선 가게를 부탁하고 병원으로 달려가며 중얼거렸다.

"아새끼레 생김새는 쬐그만 해도 어느 놈한테 어드레 쉽게 맞을 아가 아닌데 웬 난리네?"

어쩔 줄 몰라 허둥대는데 정신이 하나도 없는 모습이었다.

수덕이는 의외로 대단한 상태는 아니었고 경락 밑에 미세한 장 파열이 있었지만 약간의 시술 치료와 며칠 안정하면 될 정도였다.

현도는 병원에서 돌아온 태보 씨와 같이 가게 문을 닫고 술집에서 짐 꾸러미를 찾아 병원에 가 보니 벌써 회복실에 올라가 있었다. 수덕이는 현도를 보자 푸시시 맥없이 웃었다.

"샌님, 나 때문에 많이 놀랐지?"

힘없이 현도의 손을 잡았고 뒤따라 들어온 태보 씨는 눈을 크게 뜨고 손가락을 펴 보이며 머리를 절레절레 흔들었다.

"요만큼 위가 급소였다누만. 운이 참 좋았다야!"

수덕이는 며칠간 입원해 있다가 퇴원했는데 태보 씨는 배다리 건너 불량배들을 혼내 주겠다고 나섰지만, 수덕이의 완강한 만류로 주저앉고 말았다.

러브레터

신학기가 시작되는 봄이면 언제나 새로운 기분이라 모두 활기가 넘치는데 현도는 이번 봄이 특별해서 마음이 잔뜩 부풀어 있었다.

그것은 서울 은영이가 이곳 백제고도 부여가 수학여행 코스에 포함된 일정이 확정됐다고 연락해 왔기 때문이었다.

은영이를 만나는 것도 좋지만 그보다 수덕이에게 소개해 줄 여자아이와 함께 온다는 것이 묘하게 더욱 마음을 설레게 해 은영이가 내려오기 며칠 전부터 잠까지 설쳤다.

수덕이에게도 말해 주고 반응을 봤는데 어쩐 일인지 시큰둥해 있다.

"너를 닮은 친구라고 하지만 내가 보는 너하고 네 여자 친구가 보는 네가 어떻게 같을 수가 있겠어? 그래서 크게 기대하지 않아."

수덕이는 별 반응을 안 보여 맥 빠지게 해 놓고선 마냥 들떠있는 현도를 먼발치에서 은근한 표정으로 지켜보고 있었다.

은영이가 내려오는 당일은 아침 하늘이 잔뜩 흐려져 금방이라도 빗방울이 떨어질 것 같았다.

걱정스런 얼굴로 집을 나서는 현도를 보면서 강 여사는 아들의 좀처럼 볼 수 없었던 들떠 있는 모습에 재미있다는 표정으로 한마디 했다.

"이놈의 날씨 때문에 수학여행이고 뭐고 다 틀렸겠다. 조금 전에 라디오에서 서울에는 지금 소나기가 엄청나게 퍼붓고 있다고 하던데. 우리 아들 어쩌면 좋아!"

수덕이는 하루 내내 수업 시간에도 안절부절못하는 현도를 재미있다는 표정으로 건네보고 있었다. 현도는 수업이 끝나자 수덕이에게 연락할 때까지 집에 꼭 붙어 있으라고 단단히 이르고 집으로 오면서 봄, 가을 수학여행 철만 되면 전국 각지에서 관광버스들이 몰려와 온통 북적이는 거리를 지나치면서 버스마다 혹시 은영이가 있는지 기웃거리며 집으로 돌아왔다.

은영이가 전한 개인 자유시간은 저녁 식사 후에 허락됐다면서 다시 연락하겠다는 메모지를 보고서 저녁때까지 전화 오기만을 눈이 빠지게 기다리는 들뜬 아들 모습을 지켜보는 강 여사는 우습기도 하고, 하도 기가 막혀 어이없는 표정이었다.

"얘 아들아! 정신이 하나도 없다. 남자가 진득하게 기다릴 줄도 알아야지. 은영이가 그렇게 좋아?"

"그럼요. 엄마도 은영이 봤잖아?"

"그때가 언제였나. 어릴 때 곱상하긴 했던 것 같은데. 이젠 많이 컸으니 변했겠지."

"엄마! 아니에요. 지금도 옛날 그대로 예쁘고 착해."

"네 눈에 안경이다. 이 엄마가 봐야지. 하기는 전화 목소리는 참하긴 하더라! 너 그럼 대학 가서도 사귈 거야?"

"그럼! 나 은영이랑 결혼할 건데."

현도의 단호한 말에 또다시 기가 막힌다는 표정으로 바라본다.

"너 조금 컸다고 그렇게 엄마 배신할 거야? 너 꼬마 때는 '엄마하고 살지 장가 같은 건 안 가요.' 해 놓고 남자가 지조 없이 이제 다 까먹었어?"

강 여사는 그렇게 말하면서도 흐뭇하게 웃으며 현도를 흘겨보고 있는데 전화벨이 울리고 현도는 은영이의 목소리를 들을 수가 있었다.

시내 빵집에 있다면서 수덕이를 소개해 줄 유미라는 아이와 또 다른 아이 하나가 따라 나왔는데 괜찮냐고 물어 와서 상관없다고 말해 주고 서둘러 수덕이한테 가 보니 뭔가 열심히 쓰고 있다가 신통치 않은 표정으로 따라나섰다.

"야! 여자 친구를 처음 만나러 가는데 그게 뭐야? 뭐라도 좀 걸쳐야 하지 않겠어."

수덕이의 헐렁한 추리닝 바지에 늘 집에서 입는 버릇 그대로 달랑 러닝 차림이 시원찮아 보여 현도가 한마디 한 것이었다.

"샌님 말이 맞아 선보러 가는데 이런 차림으론 안 되겠지."

수덕이는 그제야 러닝 위에 추리닝 점퍼를 걸치고 따라나섰다. 그들이 빵집에 들어서니 맨 구석 자리에 은영이 옆에 현도도 처음 보는 두 명의 여학생이 수선스럽게 떠들다가 멈추고 말끔히 바라봤다.

"나를 보자고 한 학생이 도대체 누군지 내가 한번 맞춰 볼까?"

수덕이가 짓궂은 표정이 되어 기웃거리자 여학생들은 키득키득― 웃으며 몸을 잔뜩 움츠렸다.

"바로 요 학생이군!"

한참 동안을 찬찬히 얼굴들을 살피던 수덕이가 의외로 은영이를 지적하자 여학생들은 한꺼번에 와르르― 난리가 나고 현도도 난처한 표정으로 수덕이를 툭— 쳤다.

"야! 애는 바로 내 친구 은영이야."

그제야 은영이 일어나서 정중하게 인사하면서 수덕이에게 자리를 권했다.

"내가 짚어도 너무 엉뚱한 헛다리를 짚었군!"

수덕이는 고개를 좌우로 흔들며 딴 테—이블에 가 멀찍이 앉아 현도가 억지로 끌어다 앉히고 소개를 하고 나서 은영이도 일어나 두 여학생을 소개했는데 수덕이에게 소개해 주기로 하고 데리고 나온 아이는 성유미라고 했고 그냥 따라온 은영이 절친 아이는 장윤경이었다.

소개가 끝나자 윤경이 바로 일어나 인사를 했다.

"나는 이런 자린 줄 알았으면 빠졌을 텐데. 은영이가 아무 말도 안 하는 바람에 아무것도 모르고 심심해서 그냥 곁다리로 따라왔는데, 괜찮죠?"

윤경이 계면쩍어하며 웃자 수덕이가 재밌다는 표정으로 나섰다.

"물론 괜찮고말고. 나도 사실은 누구 소개받는 것보다 현도 여자 친구가 누군지 만나 보고 싶어서 나왔어. 자랑단지에 불이 나도 이만저만 아니었거든. 그리고 말 놓는다고 불쾌해하지 마! 아직 어린애들끼린데 어른 흉내 내서 존댓말 쓰는 건 아닌 것 같다."

수덕이의 거침없는 제안에 모두 머리를 끄덕였다.

유미는 여자답게 곱상하고 새초롬한 인상이었지만 윤경이는 굵은 얼굴선에 활달해 보였다.

한동안 음료수를 마시며 웬만큼 이야기가 오고 간 뒤 자리를 옮기자는 현도의 제안에 수덕이가 갑자기 생각이 난 듯 팻재골에 가자고 했다.

희한한 이름에 여자아이들은 모두 눈이 휘둥그레지고 현도는 거기는 학생들 사이에 껄렁껄렁한 아이들이 잘 가는 곳으로 안전한 장소가 아니란 걸 알기 때문에 탐탁해 안 하자 수덕이는 시큰둥한 표정이 되어 대수롭지 않은 투로 말했다.

"젊은 연인들 데이트 코스로는 괜찮은 곳인데, 왜 그러나?"

수덕의 말에 여자아이들이 신기해하며 가자고 모두 일어서는 바람에 현도는 은영이를 잡고 그곳에 대해서 대충 설명을 해 주었다.

"얘들아! 거기는 좀 음침해서 안 좋은 곳 같은데 괜찮겠어?"

은영이가 아이들의 의견을 물으며 난감해하자 다시 수덕이가 나설 수밖에 없었다.

"어디 마땅한 곳 있어? 대충 유적지는 이미 다 가서 봤을 것이고 다른 곳은 내일 단체로 갈 거잖아. 임현도! 그럼 배다리 백사장에나 가 볼까?"

짓궂은 표정으로 찔벅― 옆구리를 찌르는 바람에 현도가 펄쩍 뛰며 질색을 하자 가만히 지켜만 보고 있던 윤경이가 나섰다.

"지금 보니까 어디 갈 데가 없는 모양인데 그러면 땟재골인가 하는 곳에 가지, 뭐! 어떤 곳인지 괜히 호기심이 생기네."

"그놈의 호기심은 바로 풀어 버려야지. 그냥 두면 큰일 난단 말야!"

수덕이가 앞장서 걷기 시작해도 현도는 뾰족한 대안이 떠오르지 않아 말릴 수 없기도 하지만 수덕이한테 말로만 듣던 곳이라 자신도 은근히 궁금해서 그냥 따라갈 수밖에 없었다.

여자아이들은 신이 나서 떠들며 한참을 앞서가다가 구불구불한 산 중턱쯤에 관광 민예품 판매노점이 있는 곳에서 두 갈래 길이

나서자 어느 방향으로 가야 할지 몰라 머뭇거리고 있어 수덕이가 달려가며 소리쳤다.

"양 갈래 길 사이 가운데로 가면 돼!"

낙화암 쪽과 반대편 군창지로 가는 양방향 길은 모두 가로등이 환하게 밝히고 있는데 그 사잇길 땟재골에는 불이 없어 컴컴해 여자아이들이 머뭇거리자 수덕이는 빠른 걸음으로 걸어 올라가며 큰 목소리로 소리쳤다.

"그렇게 조금 어둠침침하고 한적하니까 데이트 코스가 되는 거야!"

그곳에는 작은 오솔길 사이로 양쪽 길가 숲속에 드문드문 나무들로 가려진 벤치가 있어 사람들은 보이지 않았다.

어디선가 계속 두런거리는 소리만 들려 사뭇 기괴한 느낌마저 들어 여자아이들이 멈칫하고 서자 수덕이가 또 큰 소리로 안심시켰다.

"괜찮아. 나만 믿고 걱정들은 붙들어 매도 돼! 내가 몇 년 전에 여기서 나보다 나이도 많고 덩치가 큰 형들하고 정식 무술 대련을 해서 다 이긴 곳이란 말야. 그런데 막판에 하는 시합은 거추장스러운 옷은 벗고 하자고 해서 알몸으로 하는 고대 올림픽 대결이었지."

영문을 모르는 여자아이들은 자지러진다.

"아니, 정말 여러 사람 앞에서 벌거벗고 싸웠단 말야! 진짜 고대 그리스도 아니고 무슨 그런 시합이 다 있었어?"

윤경이 재미있다는 듯이 물었다.

"내기가 걸려 있어서 이기려는 객기도 있었지만 내 생각에는 몸을 가리는 옷이라는 것이나 그것을 벗은 알몸이란 건 별개 아냐! 옷은 본래의 모습을 감추려는 위선이고, 알몸도 그냥 허울 껍데기일 뿐이지.”

수덕이의 혼자만의 [온 우주론]을 기초로 해서 나온 이론을 장황하게 늘어놓고 있는 걸 알 리 없는 아이들은 각기 다른 생각으로 받아들이고 있었는데 윤경이는 수덕이가 예사로운 친구가 아닌 것을 직감하고 있었다.

“나는 지금이라도 누구든지 내기만 건다면 또 벗을 수도 있어.”

수덕이가 장황하게 떠들면서 추리닝 바지를 엉덩이 밑으로 내리며 옷을 벗는 시늉을 하자 여자아이들은 때굴때굴 구를 듯이 재미있어했다.

현도는 옛날에 수덕이가 연선과 했던 내기가 그런 망칙한 것이었단 것에 해괴한 생각이 들었다.

“내가 처음 사부를 봤을 때 했다던 내기가 그런 거였어?”

현도의 물음에는 대꾸도 하지 않고 은영이에게 다가갔다.

“여기는 원래 백제 시대에는 왕자나 귀족들의 자녀들이 놀던 곳으로 왕자골이라 불리던 곳인데 요즘 들어 엉큼한 사람들이 떼로 몰려들어 쩍쩍거린다고 해서 땟재골이 됐지. 여기서는 좋아하는 사람은 꼭 붙잡고 있어야 해! 잠깐 방심하면 여기 있는 나쁜 귀신들이 친구를 훔쳐 갈 수 있거든. 그래서 저기 있는 사람들이 서로 꼭 잡고 붙어 있는 거야.”

수덕이가 현도와 은영을 숲 쪽으로 떠미는 시늉을 하자 아이들은 키득거리며 또 자지러졌다.

숲속에서 중년 아저씨의 짜증스러운 고함이 들려왔다.

“아직 어린 녀석들이 늦은 시간에 여기까지 와서 시끄럽게 떠들어!”

수덕이는 금방 상냥한 말투로 바꾸었다.

"우리는 지금 왕자골을 관광 중인 학생들인데 이 코스는 금방 끝나니까 걱정하지 마십시요."

정중한 척 한마디 하고 계속 떠들었지만, 여자아이들은 기가 죽어 조용해졌다.

오솔길은 그리 길지 않아서 바로 끝나고 눈 아래 강물이 보이자 말이 없이 따라만 오던 유미가 반색했다.

"바로 아래가 강물이네!"

수덕이는 짓궂은 표정으로 다가섰다.

"저기 숲속에 있는 사람들이 열이 올라 황홀경에 빠져 뜨거워지면 열을 식히려 저 물속에 뛰어드는 거야."

수덕이의 말에 어이가 없다는 듯이 유미 눈이 휘둥그레졌다.

"그럼, 죽을 수도 있겠는데!"

"뜨거운 사랑의 끝은 곧잘 극한의 경지에 이르게 되는 거지."

아이들 대부분 아직 사랑의 의미를 심각하게 생각할 만큼 성숙되지도 않고 그것을 얘기할 사이도 아니었기에 수덕이의 말에 아무 반응이 없었다.

오솔길 끝에는 작년 가을 현도가 아버지를 따라 수덕이와 같이 독쟁이 나루까지 걸었던 강줄기를 따라서 끝이 보이지 않는 일직선으로 시원하게 펼쳐진 높다란 제방 둑이 나왔다.

윤경이가 끝까지 한번 가 보자는 제안을 해 마침 두둥실 떠오른 보름달 아래 한참을 재잘거리며 걷다가 얼마 가지 못해 유미가 다리 아프다고 주저앉는 바람에 중도에 되돌아서 시내로 돌아왔다.

여자아이들이 숙소에 들어가는 것을 보고 돌아오면서 현도가 수덕이에게 유미가 마음에 들었느냐고 물었다.

"너를 닮은 아이가 서울서 온다고 해서 기대하고 나갔는데 진짜는 네 짝꿍 은영이가 너를 제일 많이 닮았으니 어쩌면 좋아! 너랑 땟재골에서 벌거벗고 싸워 뺏을까 생각도 했지만 착한 이 형이 포기해야지 어쩌겠어!"

수덕이의 능글맞은 말에 현도는 기막혀 하면서 그래도 의중을 따져 물었다.

"우리 은영이는 내가 몇 번을 죽어도 안 되니까 꿈도 꾸지 말고. 애들 가운데 맘에 드는 애 없어?"

현도의 채근에도 머리만 긁적일 뿐 아무런 반응이 없었다.

유미는 헤어지면서 소녀 같은 수줍은 말투로 "덕분에 재미있었어요." 한 반면에 윤경이는 밝은 표정으로 "서울에 한번 놀러 오면 그때는 내가 좋은 데로 안내 잘할게." 하면서 대담하게 수덕이에게 손을 내밀었다.

수덕이가 생각했던 것처럼 대수롭지 않은 만남이 그들의 인생에 커다란 획을 그을 줄은 아무도 모르고 있었다.

여자아이들과 헤어지고 며칠 후에 은영이를 통해 수덕이에게 보내는 유미의 편지가 왔다.

아주 여성스러운 자잘한 필체로 만나서는 하지 못했던 많은 얘기를 꼼꼼하게 적고 있었지만 사귀고 싶다는 내용보다는 만났던 날 즐거웠고 고마웠다는 인사 정도였다.

"여자다운 면은 있군! 내가 과장되게 함부로 해서 애들이 별로 탐탁해 안 하는 눈치들이었는데 말야."

의외라는 듯 재미있어하면서도 답장해 주라는 말엔 시큰둥한 반응이었다.

며칠 후, 조회 시간에 들어온 담임선생의 손에 한 통의 편지가 들려 있었다.

출석을 부르고 난 담임은 별도로 수덕이를 호명해 놓고 엄한 듯하면서도 한편으로 호기심 어린 시선으로 바라보며 일장연설이 시작됐다.

"나는 지금까지 학교로 직접 연애편지를 보내는 대담한 여학생은 처음 본다. 서울에서 왔는데. 이름이 장윤경. 예쁜 이름이군!"

교실 안이 왁자지껄 소란스러워지고 수덕이는 난감한 듯 아랫입술을 잔뜩 문 채 말없이 서 있었다.

"천재는 역시 달라서 발이 넓어! 서울에서까지 연애편지가 오고. 누군지 말 못 하나?"

담임의 다그침에 수덕이는 갑자기 개구쟁이 표정으로 현도를 흘끔 본 다음, 입을 열었다.

"지난번 여기 부여에 수학여행 온 아이인데 임현도가 소개해 줘서 한 번 만났습니다."

수덕이의 솔직한 대답에 다시 한번 교실 안은 함성과 탄식이 터지고 현도는 자기 이름이 들춰지는 바람에 몸 둘 바를 모르고 있는데 담임은 어이없는 표정이다.

"뭐! 현도는 미술 특기 말고 언제부터 중매쟁이로 나섰나?"

얼굴이 홍당무같이 붉어져서 호명되어 일어선 현도에게 아이들의 시선이 집중됐다.

"이놈들이 공부에만 집중해야 할 중요한 시기에 청춘사업에 열을 올려!"

담임의 얼굴이 사뭇 엄해지고 두 사람은 고개를 숙인 채 지엄한 판결을 기다리는 죄인의 심정이 된 것은 그 당시만 해도 이성

문제에 매우 보수적인 60년대로 학생이 데이트할 때는 큰길을 사이에 두고 서로 떨어져 걸으며 딴 사람이 눈치 못 채게 하던 시절이었다.

담임의 말 한마디에 그들은 풍기 문란이란 죄목으로 감당하지 못할 제재가 따를 수도 있었으므로 교실 안은 얼음물 속처럼 냉각되고 있었다.

한참을 심사숙고한 담임의 목소리는 돌연 부드러운 쪽으로 흐르고 있었다.

"교무회의에 회부해야 마땅하지만, 평소 두 녀석이 다 착실했고 성적도 실망해 본 적 없는 녀석들이니 이 편지를 공개하는 선에서 마무리할까 하는데. 천재 이의 없지?"

수덕이는 별 내용이 아닐 거라는 생각에 안심이 된 듯 담임의 의사에 따르기로 하자 편지를 꺼내 읽어 내려갔다.

역시 별스러운 내용이 없이 만나서 좋았고 자기들을 즐겁게 하려고 애쓴 수덕이에게 고맙다는 내용 중간쯤 읽어 내려가던 담임이 읽기를 중단하고 수덕이를 어이없는 표정으로 쳐다봐서 수덕이도 의외라는 얼굴이 되어 바라봤다.

"아니! 수덕이처럼 좋아하는 사람 앞에서는 위선의 허울인 옷을 벗어 버릴 수 있는……. 이게 뭔 소리야?"

떠듬떠듬 읽어 내려가자 또다시 교실 안은 벌집 쑤신 것처럼 시끄러워졌다.

현도는 웃음이 나오는 걸 억지로 참으며 수덕이를 바라보니 그도 쓴웃음을 짓고 있었다.

담임의 호령으로 교실 안은 조용해지고 담임은 잔뜩 흥분해 격앙된 어조가 되었다.

"수덕이는 언제 사랑하는 사람 앞에서 옷을 벗었다는 거야! 뭐야? 아니 도대체 이게 무슨 귀신 씻나락 까먹는 소리냐고?"

"좋아하는 사람이 생기면 그럴 수도 있다는 이야기였는데요."

수덕이는 머뭇거리며 얼버무렸지만, 담임은 연신 입을 다물지 못했다.

"수덕이도 그렇지만 이 여학생도 맹랑하네! 문맥으로 보면 천재는 처음 만난 여학생하고 옷 벗는 얘기를 했다는 건 확실한 거지?"

교실 안이 또다시 들끓기 시작하자 수덕이 다시 나서서 항변했다.

"아닙니다! 그때 현도하고 현도 여자 친구, 또 다른 친구도 같이 있었고 그런 뜻이 전혀 아니었어요."

"아니, 뭐야! 현도도 여자 친구하고 같이 있었단 말이지. 아버지도 여자 친구 있는 거 아셔?"

담임은 현도를 향해 눈을 크게 뜨고 물어왔다.

"서울에서 살 때 국민학교 짝꿍으로, 그냥 친구입니다."

이내 아이들의 환호가 터졌고 담임은 망연자실한 얼굴이 되었다.

"이거 완전히 얌전한 고양이가 부뚜막에 먼저 오른다는 말이 무색하군!"

두 사람 모두 방과 후에 교무실에 들리라고 엄하게 통고한 다음 조회를 마치고 담임이 나가자 교실 안은 온통 둘의 얘기로 떠들썩하고 수덕이와 현도는 죽을상이 되어 서로를 바라보고만 있었다.

둘이 쉬는 시간에 머리를 맞대 봤지만 어려운 상황을 빠져나갈 뾰족한 묘책은 찾을 수 없었다.

수덕이는 편지에 쓸데없는 얘기까지 써 보내 곤혹스럽게 하는 윤경이에게 원망도 하고 화가 나서 책상을 주먹으로 쳐 보지만 이미 바가지에서 쏟아져 버린 물이 되고 만 것이었다.

"수덕이 네가 그런 말을 애들 앞에서 쓸데없이 한 것이 잘못이지. 그런데 왜 또 물귀신같이 나를 물고 늘어지는 건데?"

"그 애들 웃기려고 해 준 말을 그렇게 써 보낼 줄 누가 알았겠어. 그리고 너한테는 미안하지만 나 혼자는 죽어도 못 빠져나가겠는 걸 어떻게 해. 샌님아! 이제 같이 죽자."

현도에게 매달리며 애교를 떨었다.

수업이 다 끝나고 그들은 도살장에 끌려가는 소들처럼 차마 떨어지지 않는 발걸음으로 교무실에 들어섰다.

교사들은 우거지상인 그들의 얼굴을 번갈아 바라보며 의외라는 듯이 한마디씩 했다. 다행히 임 교감은 도 교육위원회에 출장 중이어서 자리에 없었다.

"아니, 천재, 수재가 한꺼번에 죽을상들을 하고 웬일이야!"

"얘네들 둘이 싸우기라도 했나요?"

"둘이 싸운 게 아니라 요상한 러브레터 때문이랍니다."

담임의 말에 바로 옆자리에 있던 본래 유들유들한 체육 교사가 눈을 크게 뜨고 둘을 바라봤다.

"뭐요? 러브레터! 그럼 천재, 수재가 연애편지를 주고받았단 말입니까? 그러고 보니 둘이 늘 짝짜꿍이 되어 붙어 다니더니. 니들 둘이 사귀냐?"

"그게 아니고, 임 군은 중매쟁이랍니다."

"그래요? 너희들 이성 교제하다 걸리면 반성문 쓰고 정학처리되는 것 잘 알고 있지?"

체육 교사의 엄포에 현도는 심사가 말이 아니었으나 수덕이의 얼굴은 이상하게 태평해 보이는데 체육 교사가 한마디 더 거들었다.

"학칙은 모든 학생에게 공평해야 하니까 천재라고 봐 주면 안 되죠."

"공부하기 바쁜 녀석들이 언제 공부하고 언제 연애하나. 별난 놈들이군!"

"그러게 천재, 수재 아닙니까."

담임은 다른 교사들이 여기저기 한마디씩 하는 바람에 심기가 조금 불편했지만 의외로 부드럽게 말을 했다.

"다행히 상대 여학생들이 타지 서울에 있는 애들이라 선생님이 순수 연애 감정으로 받아들일 테니 다음부터 이런 불순한 서신이 오지 않도록 하고. 특별히 내가 너희들 인성을 믿기 때문에 없었던 것으로 하는 거야. 그리고 수덕이 프라이버시를 건드린 것 같아 미안하다!"

담임은 윤경이 편지를 내주면서도 확실하게 이해되지 않는다는 표정으로 머리를 갸우뚱하며 재차 물었다.

"천재! 그런데 문맥상 내 소견으로는 분명히 천재가 옷을 벗었다는 내용이 맞는 것 같은데……."

싱글싱글, 웃으며 알 수 없다는 미심쩍은 표정을 짓고 수덕이의 얼굴을 빤히 쏘아보았다.

"절대로 아닙니다. 그 애가 맹초같이 잘못 쓴 거예요."

수덕이의 항변과 함께 떠들썩해진 교무실을 급히 빠져나온 현도는 호랑이 굴에 들어갔다 나온 홀가분한 기분이면서도 담임과 똑같은 궁금증으로 뒤쳐져서 걷는데 아무 일도 없었다는 듯 앞서 가던 수덕이가 돌아서며 손짓했다.

곧바로 가까이 다가간 현도는 수덕이를 똑바로 바라보며 물었다.

"너 진짜 땟재골에서 사부랑 그런 내기를 한 거야?"

"지난번 여자애들 있을 때 다 한 얘긴데 뭘 그리 궁금해하는 거야. 그 덕분에 너 빵 맛있게 먹었잖아! 사실 그때는 내가 어려서 철없던 때라 무조건 내기에 이길 생각뿐이었지만 그렇다고 홀랑 벗은 건 아니고 원래는 상대 형이 입은 옷이 허름해서 몇 차례 대련에 찢어져 몸이 드러나니까 아예 웃통을 벗어젖히는 바람에 공평하게 하자고 해서 속옷 차림에 한 대련인데 여자애들 웃기려고 조금 과장했던 거야."

현도는 허를 찔린 것 같아 멍하니 서고 말았다.

"그때 사실은 사부가 난감해하며 말렸었는데 그 무렵 나는 승부라면 무조건 이기는 거에 집착하고 있었거든."

"그래도 그렇지. 어떻게 그런 내기를 다 했어?"

현도는 머리를 또다시 갸웃했다.

면벽 고행

현도는 여름 방학이 되자마자 곧장 서울에 올라갔다.

외갓집에 외할머니를 잘 모셔다드리라는 어머니 당부도 있었지만, 은영이를 다시 만난다는 생각에 들떠 있었다.

수덕이 보고 함께 가자고 조르다시피 했어도 어찌 된 영문인지 완강하게 거부하는 바람에 혼자 갈 수밖에 없었다.

서울에서 은영이와 함께 윤경이를 만나 자기 편지 때문에 수덕이와 함께 당한 수난을 얘기해도 그녀는 미안해하는 기색 없이 오히려 재미있어했다.

"별일 없었으면 됐지. 뭘 그래! 나는 연락할 방법이 없는데다 솔직히 유미 눈치도 있고 은영이한테는 쑥스러워서 물어보지 못하고 어쩔 수 없었던 건데. 수덕이 만나면 나 죽었네!"

너스레를 떠는 윤경이는 수덕이가 함께 안 온 걸 은근히 아쉬워하는 눈치였다.

현도는 한 보름 동안 옛날에 다녔던 미술 학원에서 입시를 위한 개인 레슨을 받고 집에 내려오니 뜻밖에 수덕이는 가출해 없었다. 태보 씨는 잦은 일이어서인지 대수롭지 않게 아들의 가출에 별 관심이 없는 듯 보였다.

"아새끼레 아바이한테 뭐 보고 하고 다니는 새끼네? 또 말이나 듣기라도 하고. 한 열흘 전에 돈 몇 푼 달라고 해서 줬더니, 그만 이다야! 니도 안 보이길래 어디 같이 갔나 했지!"

'그렇다면 열흘 가까이 어디에 가 있을까!' 하고 현도는 이상하게 불길한 예감이 들어 여기저기 수덕이 갈 만한 곳을 돌아 다녀 봤지만, 그 흔적을 찾을 수 없었다.

다음 날 수덕이와 같이 갔던 홍산 절에 찾아가기로 했다.

아침에 길을 떠나 정오 무렵 절에 도착했는데 아침나절에 좋던 날씨가 흐릿해지더니 갑자기 장대비가 쏟아지기 시작했다.

물동이로 쏟아붓는 듯한 여름 소나기를 피해 법당 추녀 밑에서 기다리다 지나가는 스님에게 주지 스님을 찾으니 마침 출타 중인데 멀리 가시지 않아서 바로 오실 거라고 했다.

비는 장마철이라 그런지 그칠 줄 모르고 주룩주룩 내려 법당 앞마당에 홍수가 난 듯 빗물이 그득하고 그렇지 않아도 우중충한 절 분위기에 현도 마음도 여간 심란한 게 아니었다.

현도가 비가 그치길 기다리며 점심까지 거르고 저녁나절까지 법당 앞에서 쪼그리고 앉아 있노라니 노스님이 노구를 이끌고 보좌 스님과 함께 돌아와 현도를 보고서 반색을 했다.

"아니 이 빗속에 어떻게 왔노! 수덕이하고 같이 왔을 텐데 그 애는 지금 어디 갔나?"

노스님이 수덕이부터 찾으셔서 현도가 여기 절까지 찾아온 연유를 세세히 밝히자 머리를 갸웃했다.

"나도 방학이 되면 한번 찾아올 줄 알고 내내 기다리고 있었는데 웬일인지 안 왔다."

노스님의 말에 옆에서 듣고 있던 보좌 스님이 갑자기 나섰다.

"수덕이 학생이 한 열흘 전쯤에 왔었잖아요?"

그제야 노스님도 생각이 난 듯 화들짝 놀란 표정이 된다.

"내가 그때도 볼일이 있어 어디 가는 바람에 수덕이 찾아왔다가 그냥 갔다고 했었지. 내가 못 보는 바람에 깜박했구먼!"

노스님은 다시 걱정스러운 표정이 되었다.

"진수는 산정기가 좋다는 지리산에 간다고 한 달 전에 떠났는데 아버지한테도 아무런 말도 없이 어디를 갔을꼬?"

현도가 비가 뜸해져 급히 돌아가겠다고 인사를 하고 길을 나섰다.

"수덕이 만나거든 방학 끝나기 전에 또 같이 오렴."

노스님은 일주문까지 배웅해 주면서 신신당부했다.

현도가 돌다리를 건너 산길로 들어서며 뒤를 돌아보니 노스님이 경내로 들어가고 있는 모습이 보이고 절 뒤편 우측 산 중턱에 그전에 수덕이와 같이 올라갔던 암자가 안개에 덮여 있는 모습이 눈에 들어왔다.

발길을 멈추고 바라보는 순간, 불현듯 수덕이가 거기 있을지도 모른다는 생각이 들었다.

자기도 모르게 돌다리를 다시 건너 소나기로 물이 많이 불어나 흙탕물이 큰 소리를 내며 쏟아져 내리는 계곡 옆 오솔길을 따라 암자 쪽을 향해 달려가기 시작했다.

차오른 계곡물에 잠긴 돌과 돌 사이 징검다리를 힘들게 건너뛰어 산비탈로 기어 올라갔다. 키를 넘게 무성하게 우거진 잡초가 가로막아 앞을 가늠할 수 없어 그전보다 오르기가 여간 힘든 게 아니라서 기진맥진해 가쁜 숨을 몰아쉬며 헤쳐 나가 암벽에 도착했다. 다시 온 힘을 다해 기를 쓰고 비에 젖어 미끄러운 바위를 천신만고 끝에 기어올라 굴 안으로 들어갔다.

사방이 어두워서 아무것도 보이지 않아 한참 동안 두리번거리며 허리를 구부린 채 숨을 고르고 있으려니 가느다랗게 신음하는 소리가 들려와 섬뜩한 생각에 무의식적으로 뒷걸음질 쳐 주저앉고 말았다.

수덕이가 혹시 있을까 해서 힘들게 올라왔지만 분간하기 힘든 컴컴한 공간에서 인기척을 듣자 심장이 멎을 듯한 공포로 머리칼이 쭈뼛 서는 것을 느껴 눈을 크게 뜨고 앉아 있으니 눈이 어슴푸레 어둠에 익어 번하게 굴속이 분간되기 시작했다.

구석에 희끄무레한 것이 있어 조심스럽게 다가갔다.

"수덕이니?"

나지막하게 불러 봤지만 작은 신음뿐 대답이 없어 한참 지난 후에 탈진해서 엎드린 채 쓰러진 수덕이를 확인한 현도는 반가움과 동시에 정신이 아득해 왔다.

조심스럽게 몸을 일으켜 추스르니 힘없이 현도의 가슴에 얼굴을 묻고 축– 늘어져 빨리 굴 밖으로 나가 절까지라도 내려가야 한다는 생각으로 업어 보려 했지만, 자꾸 맥없이 쳐졌다.

다시 부둥켜안고 억지로 굴 밖까지 끌어내 바위 옆에 기대게 하고 등에는 업었지만 가느다란 숨소리 외엔 아무 반응을 못 했다. 추적추적 다시 내리기 시작한 빗속에 어둠은 시시각각 잦아들고 있었다.

현도는 비척비척, 떨리는 발걸음으로 산 아래를 향해 조심스럽게 내려가기 시작했다.

암벽은 거의 구르다시피 기어 내려와 가시덩굴에 걸려 넘어지고 비 맞은 풀잎에 미끄러져 몇 번이나 수덕이와 나뒹굴고 말았다.

마음이 조여들고 다급한 나머지 가시덩굴에 긁혀 팔뚝이 쓰린 것도 모르고 다시 추슬러 업고 얼마 가지 못해 힘에 부쳐서 또 넘어지고 나뭇등걸에 걸려 바지가 찢겨 나가는 것도 신경 쓸 겨를이 없이 날은 점점 어둠이 짙어가고 빗줄기는 더욱 굵어졌다.

수덕이를 둘러업고 천신만고 끝에 계곡에 당도하니 짙어진 어둠 속에 그사이 물이 엄청나게 불어나서 무서운 소리를 내며 세차게 흘러내리고 있었다. 건너온 징검다리도 이미 물결에 파묻혀 어둠 속에 분간이 되지 않았다.

현도는 풀섶 위에 수덕이를 눕히고 빗속에 얼굴을 찬찬히 살펴보니 죽은 듯 기척이 없는 것 같아 덜컥 겁이 나 세차게 흔들자 신음만은 아직 미미하게나마 들렸다.

우선은 절에까지 가야 한다는 절박함에 물속에 뛰어들려고 했지만 세찬 물살이 금방 삼켜 버릴 것 같은 공포가 엄습해 망설이는 사이 주위는 추적추적 어두워져 바로 앞도 분간이 안 되었다.

현도는 손으로 더듬거려 칡덩굴을 찾아 수덕이를 업고 몸에 칭칭, 단단히 동여맨 후 물속으로 몸을 밀어 넣어 천천히 들어가니 물이 가슴 가까이 차올라 현도 혼자도 지탱하기 어려운 상황이었다.

몇 발자국 앞으로 걸어 나가자 더욱 세찬 물결이 몸을 덮쳐 와서 고꾸라지듯 옆으로 쓰러졌다.

모든 것이 이제 끝이구나 하는 사이 수덕이를 업은 채 몇 미터를 물결에 쓸려 내려가면서 물을 몇 번 먹고 정신이 아득해진 중에도 천만다행으로 바위벽에 걸리자 있는 힘을 다해서 움켜잡고 수덕이를 추슬러 중심을 잡았다.

이번엔 칡덩굴이 느슨해져 풀려나가면서 자연스럽게 수덕이 몸이 가슴 쪽으로 안겨 왔다.

'이대로 죽을 순 없어.' 이를 악물고 수덕이를 안은 채 계곡 한 가운데 바위에 의지해 거친 숨을 고른 후에 크게 소리치기 시작 했다.

"누구 없어요? 사람 살려 주세요!"

수차례 목이 터져라, 외쳤지만 목소리는 커다란 물소리와 빗소 리에 묻혀 버리고 어디서도 인기척은 없었다.

바위에 기댄 채 얼마를 소리치다 지쳐 현도는 앞으로도 뒤로도 갈 수 없는 궁지에서 엉엉 울기 시작했다.

겁 없이 탁류에 뛰어든 자신이 후회되기도 하고 이러다 정말 수덕이와 같이 죽게 되는 것이 아닌가 하는 절박함과 공포가 느 껴지기도 해 울음을 그치고 주위를 자세히 살피면서 풀어진 칡덩 굴을 다시 풀어 수덕이를 안은 채 다시 동여 조였다.

현도의 어깨에 얼굴을 묻은 수덕이의 가슴이 밀착되어 가느다 란 숨결과 가슴의 맥박이 느껴지며 새로운 용기가 현도 자신에게 전해지는 듯해서 이젠 죽어도 함께 죽을 수밖에 없다는 비장감마 저 머릿속에 차올라 새로운 기운이 생기는 듯했다.

계곡의 폭은 그리 넓지는 않아도 워낙 물살이 거세져 한두 걸 음도 앞으로 나갈 수가 없음을 감지한 현도는 자기 어깨에 기대 인 수덕이를 향해 가만히 속삭였다.

"친구야! 내가 바보같이 성급해서 이 지경이 됐어. 이젠 우리는 죽을 수밖에 없는 것 같은데 너였다면 다른 방법이 있었을 거야. 그렇지?"

현도는 목까지 차오른 울음을 꾹 눌러 참고 마음을 진정시켜 길게 호흡하는 순간, 밀착된 가슴으로 수덕이의 맥박이 다시 느 껴지면서 머릿속에 새삼스레 스며드는 생각이 있었다.

어떤 일도 순리를 거스르면 안 되듯이 물결을 거슬리면 안 된다는 생각이 퍼뜩 들어 수덕을 끌어안고 쏟아지는 빗속에 한참 동안 하늘을 우러러보았다.

한참 만에 바위 등걸을 조심스럽게 옆으로 돌아 물결이 흘러가는 방향으로 두어 걸음 뛰어 놓자 등 뒤에서 물결이 세차게 밀려와 몸이 뜰 것만 같더니 조금 떠밀려 내려갔다.

수덕이 얼굴이 물에 잠기지 않도록 어깨너머로 추스르고 안간힘을 다해 버둥거려 비스듬히 다음 바위에 닿자 바위 둥치를 부둥켜 잡았다.

아차! 하면 둘 다 고꾸라져 물살에 쓸려 버릴 위기에서 다행히 큰 바위에 걸쳐진 것이다.

바위에 의지해 숨을 고르며 수덕의 얼굴에 귀를 대 보니 언뜻 가느다란 신음이 여전히 들려와 수덕이를 다시 움켜 안고 똑같은 방법으로 물결을 따라 흘러가니 이번에는 좀 수월했다.

알고 보니 처음 뛰어들었던 곳이 공교롭게도 가장 물길이 깊고 거친 곳이었다.

똑같은 방법으로 십여 미터 아래쪽에 자갈이 쌓여서 낮아진 물가에 닿자, 수덕이를 먼저 둑방 위로 올리고 안간힘을 다해서 풀밭 위에 기어오를 수 있었다.

현도는 사투 끝에 물을 건넌 안도감과 함께 긴장감이 풀려 맥이 완전히 빠진 듯 손가락 하나도 꼼짝할 수가 없었다.

한참을 쓰러져 있다가 시간이 좀 흘러 정신을 차리고 안간힘을 다해서 수덕이를 안고 사찰 내실 가까이 왔을 때는 현도는 기력이 완전히 소진되어 땅바닥에 그냥 널브러지고 말았다.

"스님—! 스님!"

엎드린 채 소리쳐 봤지만, 목소리는 모기 울음소리처럼 입안에서만 뱅뱅 돌뿐이고 비가 쏟아져서인지 오가는 스님들도 보이지 않았다.

한참을 엎드린 채 진정을 하다가 수덕이에게 기어가 속삭였다.

"수덕아! 어떻게 하면 좋아. 너무 지쳐서 움직일 수가 없어."

혼잣말처럼 뇌까리며 수덕이의 축 처진 가느단 손가락을 잡으니 조금 움직이는 것 같은 감촉이 느껴져 꼭 잡아 주자 약하게나마 수덕의 손도 반응해 흐릿해지던 정신이 번쩍 드는 게 느껴졌다.

한참을 진정해 있다가 힘들게 일어나 앉아 심호흡하고 노스님의 내실을 향해 걷기 시작해 비척비척 어렵사리 마루 앞에 당도하니 마침 보좌 스님이 노스님 방에서 나오다 현도의 처참한 모습을 보고 기겁을 해 외마디 고함을 지르며 방으로 뛰어 들어갔다.

잠시 후 방문이 열리며 노스님의 얼굴이 보이는가 싶더니 방문을 박차고 달려 내려왔다.

"이게 도대체 무슨 날벼락이냐?"

스님은 말을 잇지 못하다가 현도가 주저앉아 수덕이 있는 곳을 가리키자 다시 충격에 휩싸여서 기암이라도 하실 듯 몸이 휘청해 보좌 스님이 부축해서 맨발인 채 수덕이에게 다가가 들쳐 안았다.

"이게 수덕이란 말이냐! 아니, 이거 죽은 거 아니냐?"

노스님은 와락 수덕이를 끌어안아 올렸다.

"아직 죽지는 않았어요."

현도는 뇌까리면서 그 자리에서 의식이 흐릿해져 머리를 땅바닥에 처박고 말았다.

잠시 후에 보좌 스님이 불러온 젊은 스님들이 만신창이로 물이

뚝뚝 떨어지는 수덕이를 마루에 올리고 대강 벗겨 씻긴 다음 노스님이 주무시던 아랫목에 눕혔다.

현도도 가까스로 스님들의 부축을 받고 방 안으로 들어가니 추위가 엄습해 전신이 사시나무 같이 떨리고 정신이 다시 몽롱해져 왔다.

밝은 불빛에 드러난 수덕이의 얼굴은 완전히 납빛이고 입술은 파랗다 못해 까매져 죽은 사람의 색깔이었다.

노스님은 경황이 없는 중에 스님들에게 더운물을 떠 오게 하고 보좌 스님을 불렀다.

"효선아! 홍산 읍내 병원 응급실에 연락해 보고, 안 되면 보건소에라도 전화해 보도록 해라!"

이른 다음, 더운물을 적신 수건으로 수덕이의 얼굴을 씻긴 뒤 가슴을 마사지하듯 문지르고 다시 물에 헹구어 현도의 얼굴도 훔쳐 준 다음 승복을 두 벌을 가져오도록 지시했다.

현도가 정신을 차리고 눈을 떠 보니 아주 환한 방 안에 스님들의 큰 눈들이 먼저 들어오고 노스님이 근심스러운 눈빛으로 다가왔다.

"아니, 수덕이를 어디서 찾았던고?"

노스님이 숨을 몰아쉬며 묻는 말에 현도는 손을 들어 암자 쪽을 가리켰다.

"너는 그냥 집으로 가는 줄 알았더니 어찌 알고 암자에 올라갈 생각이 들었을꼬. 아니, 그럼 이놈 수덕이가 열흘이나 굴속에 있었단 말이냐? 너 아니었으면 수덕이 이 녀석은 그 굴속에서 죽었겠다! 천재 이놈이 미쳤다, 미쳤어. 그나저나 진수가 어린놈 하나 잡겠구먼."

한숨을 길게 쉬며 방바닥을 쳤다.

현도가 보좌 스님이 승복을 가져와 갈아입으려고 자기 모습을 보니 여기저기 뜯긴 바지도 형편이 없지만, 그보다 옷을 벗자 여러 곳에 돌부리와 가시넝쿨에 걸려 찢기고 긁힌 상처가 푸르뎅뎅하게 성나 부풀어 욱신거리고 있었다.

현도의 몰골을 지켜본 노스님의 눈가가 촉촉해졌다.

"에그! 어린 것 혼자서 이 빗속의 그 험준한 아수라 계곡에서 얼마나 부대끼며 몸부림쳤을꼬."

말을 다 잇지 못하고 지켜보던 스님들도 눈가를 훔쳤다.

현도가 승복으로 갈아입고 나서 수덕이의 낡은 러닝셔츠를 벗기자 노스님은 기함할 듯 놀랐다.

"이 아이 배를 좀 봐라! 아예 등가죽에 달라붙었다. 이놈이 죽으려고 아주 완전히 작정했었구면."

노스님은 더운 물수건으로 온몸을 닦아낸 다음 승복 잠방이를 입히고 수덕이의 머리를 들어 올려 무릎에 얹고서 입을 벌리고 맹물 같은 묽은 미음을 떠 넣기 시작했다.

수덕이는 조금은 의식이 있는 듯 입술을 움직였다.

한참이 지나 따뜻한 방 안에서 물 같은 미음이라도 먹어서인지 수덕이 얼굴이 발그레해지자 내려다보던 노스님은 안심이 되는 듯 수덕이 머리를 조심스럽게 베개로 옮겨 놓았다.

"이제 죽지는 않겠다!"

현도는 보좌 스님이 갖다 준 소독약과 연고를 바르고 나니 더운 방에서 긴장이 풀려서인지 졸음이 쏟아져 깊은 잠에 빠져 버렸다. 노스님과 보좌 스님은 한숨도 못 자고 수덕이의 머리맡에서 밤을 새우고 있었다.

어느덧 새벽 먼동이 틀 무렵 수덕이는 어느 정도 기력이 살아난 듯 살포시 눈을 뜨고 사방을 두리번거리다가 도로 힘없이 눈을 감았다.

그 모습을 지켜보던 노스님은 눈을 크게 뜨고 반색했다.

"천재! 할미 알아보겠나?"

스님이 반가움에 어깨를 가볍게 흔드니 수덕이는 힘들게 눈을 떴다가 도로 감았다.

"수덕이 네 황소고집이 무슨 조화인지 모르겠다. 지난번 할미가 그렇게 알아듣게 이르지 않았나. 네 친구 현도 아니었으면 넌 호랑이 밥이 됐어. 그 굴은 원래 호랑이가 살던 굴이란 말여."

노스님은 안심이 되어 환하게 미소 지었다.

현도는 세상모르게 잠에 빠져 있다가 다음 날 오후가 다 돼서야 눈을 떠 보니, 의사가 다녀갔는지 수액을 꼽은 수덕이만 옆으로 얼굴을 돌리고 건네보고 있어 반가움에 벌떡 일어나 수덕이 얼굴을 살펴보니 어느새 발갛게 달아올라 있었다.

수덕이가 힘들게 손을 뻗쳐 와 현도가 손을 꼭 쥐어 잡으니 퀭한 눈만 껌벅일 뿐 표정 없이 도로 눈을 감자, 눈물이 주르르ㅡ옆으로 흘러내렸다. 현도도 수덕이가 이제 살아났구나! 하는 반가움에 뜨거운 눈물이 솟았다.

그때 바깥이 수선스러워지더니 방문이 열리면서 노스님 뒤로 어떻게 연락이 됐는지 태보 씨와 강 여사가 창백한 얼굴로 들어왔다.

태보 씨는 초주검이 되어 들어와서는 수덕이의 가슴을 쳤다.

"내래 내 명줄대로도 못 산다. 알간! 어드레 된 자식이 무슨 생각 없이 그러는 데가 있네?"

방바닥에 털썩 주저앉아 탄식하자 노스님은 태보 씨에게 꾸지람부터 했다.

"자네가 이놈 어렸을 적부터 술만 처 잡수느라고 애 건사를 못 하는 바람에 어미도 없는 불쌍한 것이 꼼꼼한 진수 녀석 정에 푹 빠져서 다 커서도 안 그러나? 어미 정에 굶주린 것 생각 못 하고 술독에 빠져서 말야!"

그제야 태보 씨는 노스님의 말에 고개를 주억이며 고개를 못 들었다.

강 여사는 승복을 입고 있는 아들 모습이 낯설기도 하고 하루 사이 꺼칠해진 것 같아서 짠한 마음으로 손을 잡았다.

"어제 네가 연락도 없이 안 돌아와서 아버지하고 한숨도 못 잤어. 어디서 쓰러진 수덕이를 어떻게 찾았단 말이냐?"

강 여사가 궁금해하자 노스님이 대신 자세하게 설명하고 나서 덧붙여서 말을 이었다.

"글쎄, 그 암자에 있는 것을 찾은 것도 용하지만 그 굴에서 예까지 끌고 오다 장마로 불어 난 계곡물에 휩쓸려서 죽을 뻔을 수차례 했었지요. 현도 학생 아니었으면 수덕이 이 녀석은 벌써 황천 불귀객이 됐을 거야! 그래서 사바세계의 운명과 인연이란 것이 그렇게 한계를 뛰어넘어 묘하게 엮어지는 것이랍니다. 참! 사람의 명이라는 것도 알다가도 모를 일이지. 현도 학생도 친구 구할 일념으로 황천길을 수차례 넘나들었지 뭐요. 둘 다 이 고비 넘겼으니 아마 오래 장수할 겁니다."

현도가 겪어야 했던 얘기를 하자 강 여사는 겉으로 나타내지는 않아도 거의 기절할 듯 얼굴이 사색이 되어 아들을 다시 한번 보았고, 태보 씨도 몸 둘 바를 몰라 했다.

"아새끼레 죽을라치면 제 혼자나 갈 것이지, 어째서 친구까지 그런 위험 속에 끌고 들어가 죽을 고생을 하게 하네. 날래 집에 가자!"

태보 씨가 막무가내로 서두르자 노스님이 극구 가로막았다.

"수덕이 겨우 정신만 차린 상태여서 걷기는커녕 아직 입도 못 떼는데 지금 가긴 어딜 가자고 그래. 간다면 병원으로 가야 해! 그렇지 않아도 내일 병원에서 또 왕진 오기로 했으니 예서 며칠 몸 추슬러 걷기라도 하면 내려보낼 거야. 이제 죽을 고비는 넘겼으니 안심들 하고 내려가 봐요."

노스님의 만류에도 태보 씨는 몸 둘 바를 모르고 재촉을 해댔다.

"주지 스님께 지금까지 폐 끼친 것도 많은데 어찌 놔두고 그냥 가겠읍네까! 그리 못 하지요. 어서 날래 일어나지 못하고 뭐 하네?"

수덕이는 눈만 멍하니 뜨고 표정 없이 바라볼 뿐 아버지의 집요한 성화에도 아무 반응을 못 하자 아직은 거동할 수 있는 상태가 못 된다고 노스님이 설득해서 현도만 곁에 남아 있기로 하고 태보 씨와 강 여사는 돌아갔다.

태보 씨는 돌아가기 전에 현도의 손을 꼭 잡고는 한사코 놓지 못했다.

"주지 스님 말씀 들어보니 현도 네래 정말 큰일 했고만. 내래 네 은혜 못 잊을 거야."

현도는 아직도 어제의 충격에서 완전히 벗어나지 못한 상태지만 그 당시 또렷하게 감지되었던 수덕의 능력이 떠올랐다.

"사실은 어제 수덕이 아니었으면 저 혼자는 계곡에서 빠져나오지 못했을 거예요."

현도의 말에 모두 어안이 벙벙해서 서로 얼굴만 바라볼 뿐이고 노스님도 머리를 갸웃하며 미심쩍다는 듯 현도를 향해 다가왔다.

"어제 수덕이는 죽은 몸이나 마찬가지였는데 무슨 힘이 있어 너한테 도움을 줬다고 그래?"

현도는 뭐라고 설명하지 못하고 머뭇거리고 말았다.

수덕이는 다음 날부터 힘들게나마 말을 할 정도로 심신이 회복돼 갔다.

현도가 누워 있는 수덕이 바로 옆 벽에 기대앉아 전날의 충격에서 빠져나오지 못해 멍한 시선으로 천정만 바라보고 있을 때 수덕이가 슬며시 이불 속으로 손을 꼭 잡아 돌아보니 눈만 껌벅거리다가 힘들게 입을 뗐다.

"샌님, 너도 참 대단하다!"

현도는 처음으로 듣는 수덕이의 목소리에 반갑기도 하고 놀라워 얼굴을 똑바로 바라보면서 글썽이는 목소리로 되뇌었다.

"어둠 속에서 힘든 고비마다 네가 한 것을 나는 알고 있어."

현도의 말이 채 끝나기 전에 수덕이는 머리를 가로저었다.

"네가 착각하는 거야! 난 아무 기억도 없어."

"내게 무심코 전해 준 네 능력을 느낄 수가 있었단 말야."

"글쎄, 하여튼 정말 고맙다!"

"너였다면 그 상황에서 나보다 더 했을 거야."

"그런데 넌 괜한 짓을 했어."

수덕은 내뱉듯 말하고는 얼굴을 돌려 버렸다.

"나는 너를 구하려고 죽을 각오로 그 물속에 뛰어들었던 건데. 왜 그런 쓸데없는 생각을 하고 있어?"

현도가 어깨를 흔들어도 한동안 말이 없다가 다시 입을 뗐다.

"샌님 너한테 미안한 얘기지만 나라는 인간은 그렇게 목숨까지 걸 만한 가치가 있는 그런 놈이 못 된단 말야!"

수덕이는 마음이 극도로 약해지며 심하게 우울해져 길게 한숨을 내쉬고 가늘게 울먹여 현도의 마음도 침통해졌다.

"왜 너답지 않게 여자처럼 약해져서 그래?"

현도가 안타까운 마음에 수덕이의 등을 쓸어 주자 수덕이 힘없는 목소리로 그동안의 이야기를 털어놓았다.

"네가 서울로 올라간 뒤 나 혼자 여기저기 돌아다니다 암자에 올라가 사부를 맥없이 기다리며 곰곰이 많은 생각을 하게 됐어. 지금까지 쓸데없는 것에 정신을 빼앗기고 있다는 것을 알게 된 거야."

수덕이의 목소리는 점점 작아졌다.

"사부를 만나고 싶어서 거기 암자에 올 거라 믿고 그렇게 오래 기다렸던 것이 아니었어?"

"거기서 쓸데없는 것에 집착하는 자신이 정말 보잘것없고 못났다는 생각이 들면서 오기를 부리고 기다리면 기다릴수록 더욱 비참해지기만 했어."

말을 더 잇지 못하고 뜨거운 눈물을 쏟으며 오열해 현도는 공감이 되는 듯하면서도 확실히 이해할 수는 없어 흐느끼는 수덕이를 토닥이고만 있었다.

수덕이가 웬만큼 진정이 됐을 때 노스님이 활짝 웃는 얼굴로 들어와 옆에 앉았다.

"천재, 이제 좀 살 것 같은가? 승복을 입고 그렇게 나란히 있는 모습이 천상의 동자들 같아 보기 좋은데! 사진 한 장 박아 줄까?"

수덕이 우는 탓에 아무 반응이 없자 등을 쓸어 주며 말했다.

"이 할미가 약속하마. 서로 어떤 약조가 있어서 그러는지 몰라도 진수가 오면 너한테 꼭 들리라고 할 테니 걱정하지 마라!"

노스님은 어린애한테 하는 것처럼 수덕이 등을 토닥여 줬다.

며칠이 지나 웬만큼 기력을 되찾은 수덕이의 성화로 노스님의 걱정스러워 한사코 만류하는데도 버스 편으로 사찰을 떠나 집으로 돌아왔다.

노스님은 수덕이를 배웅하면서 쇠약해진 손을 꼭 잡고 불안한 기색을 감추지 못했다.

연선이 처음 수덕이를 찾은 것은 여름 방학이 끝날 무렵 어느 날 오후였다.

그날은 외출을 전혀 하지 않고 두문불출하던 수덕이의 제안으로 백마강 구두래 나룻가에 나가 낮은 물에 들어가 한나절을 보내고 저녁 무렵이 되어 돌아오니 수덕이네 집 층계 아래에 곳은 자세로 선 채 연선이 기다리고 있었다.

현도는 반가운 마음에 수덕이보다 더 앞서 뛰어갔는데 수덕이는 아무 반응도 보이지 않고 조용히 미소를 짓고 서 있는 연선을 지나쳐서 층계로 올라가 버렸다.

수덕이 좋아서 어쩔 줄 몰라 할 줄 알았던 것과는 의외여서 현도는 이해할 수가 없었다.

연선이 고개를 숙이고 천천히 계단을 올라 방 안에 들어오자 수덕이 닫혀 있던 창문을 모두 열어젖히고 책상 앞에 앉아 골똘히 뭔가 생각하는 듯 창밖에 시선을 고정하고 있었다.

연선과 물끄러미 올려다보던 현도가 일어나 다가가자 수덕이 벌떡 일어나 밖으로 튀어나가 당황한 현도가 따라 나가려 하자 연선이 붙잡아 앉혔다.

"주지 스님 말씀을 들으니 현도가 저 녀석 때문에 죽을 고비를 여러 번 넘겼다고 하더군. 사실 따지고 보면 나 때문이지만."

그때 수덕이 음료수를 들고 들어와 연선과 현도에게 따라 주고 연선을 날카로운 시선으로 똑바로 바라보며 입을 열었다.

"이제는 저를 찾지 않으셔도 되는데 괜히 쓸데없는 헛걸음을 하셨네요."

정중한 말투로 쏘아붙이듯 말하고 창가로 시선을 돌려 외면하자 한동안 무거운 침묵이 흐른 뒤에 연선이 조용히 입을 열었다.

"너는 지난번에 다짐했던 약속을 벌써 잊어버린 것은 아니겠지? 대학에 들어갈 때까지 딴생각하지 않고 공부에 전념한다고 해 놓고서 쓸데없이 여러 사람을 힘들게 했어?"

수덕이는 등을 돌리고 앉은 채로 내뱉듯이 대꾸했다.

"그 약속을 잊을 리는 없지만 제 옆에까지 와서도 못 본체 사라지실 만큼 얼음같이 차갑게 몰인정하실 줄 몰랐어요."

현도와 절에 갔을 때 연선이 암자에서 내려와서도 보지 않고 떠나 버린 것을 염두에 둔 얘기로 그런 사부를 그리워한 자신이 쓰레기 같아 견딜 수 없었다고 말하려다 꾹 참고 말을 이었다.

"스님 할머니가 가 보라고 해서 마지못해 오신 거 뻔히 아니까, 돌아가세요! 모든 시련이 끝나서 신경 쓰지 않아도 돼요."

수덕이 어려운 고비를 넘겨서인지 예전에 대하던 모습과 비교하면 너무 당돌해 보일 정도로 냉담한 태도였다.

연선은 조금은 심각한 표정으로 눈을 내리깔고 수덕이의 말을 끝까지 듣고 나서 입을 열었다.

"네 말대로 연만하신 스님 어머니께서 하도 성화를 하시는 바람에 온 건 사실이다. 사내대장부 약속은 약속이지 긴말 안 하고 가마. 그리고 이젠 거처를 지리산으로 옮겨서 이제는 홍산 암자에는 가지 않는다."

연선이 일어나 나가려 해 현도는 아직 우울증에서 벗어나지 못한 수덕이가 아무래도 걱정이 되어 안타까운 눈빛으로 바라보며 연선에게 매달렸다.

"날씨도 더운데 좀 더 계시면서 말씀도 더 해 주고 가세요. 재가 저렇게 말해도 속으로 사부님을 얼마나 기다렸는데요."

연선은 안타까워하는 현도의 어깨를 잡고 가볍게 미소 띤 얼굴로 말했다.

"애초에 내 뜻대로 오지 못한 게 잘못이라 오늘은 그냥 갈 수밖에 없지. 다음에 또 보자."

연선은 총총히 계단을 내려가 시외버스 정류장 쪽 골목으로 사라지고 수덕이가 책상 앞에 돌처럼 굳은 듯이 앉아 있는 것을 맥빠진 모습으로 바라보던 현도가 다가가자, 씁쓸한 표정으로 아무렇지 않은 듯이 웃었다.

"얼굴 봤으니 됐어."

수덕이 벌떡 일어나 현도의 허리를 깍지 끼어 안았다.

"이제부터 샘님만 옆에 있어 주면 안심이야!"

수덕이의 엉뚱한 행동에 현도는 어이가 없어 얼굴을 찬찬히 바라봤다.

"내가 사부처럼 네 곁에서 없어지면 그렇게 죽자 살자 찾아 나설 거야?"

"그럼! 아무리 험한 지옥 끝까지라도 쫓아가 찾아내고 말지."

수덕인 허리를 안은 채 마구 흔들어댔다.

다음 날은 방학이 끝나는 날이라 할 일이 많은데 수덕이는 아침나절에 현도네 집에 와서 밝은 표정으로 안방에 있던 임 교감에게 제일 먼저 찾아서 인사를 드렸다.

"이제 몸은 웬만큼 괜찮아졌나?"

임 교감은 염려했던 터라 건강부터 묻고 나서 넌지시 바라봤다.

"고행하는 사부를 쫓아가겠다는 천재가 열흘 고생도 못 견디고 맥없이 쓰러졌단 말야?"

"애초에 그런 고행이라고 마음을 먹었으면 얼마든지 견딜 수 있었을 텐데 괜한 오기로 시작했던 것이 잘못이었죠. 쓸데없는 일로 마음 불편하게 해 드려 죄송합니다!"

"부릴 오기를 부려야지. 천재가 왜 그런 바보짓을 번번이 하는지 이해할 수가 없어!"

"저에게도 피할 수 없는 그런 약점이 있는 것 같아요."

그때 강 여사가 음료수를 들고 들어왔다.

"며칠 사이 아주 좋아졌네! 아버지한테 꾸중 많이 들었지?"

수덕이는 멋쩍어하며 머릴 긁적였다.

"우리 아버지는 벌써 저를 포기하고 계셨는걸요."

"아냐, 수덕이가 아버지 마음을 잘 모르고 있는 거야. 포기가 뭐야! 연선인가 진순가 하는 사람만 아니면 걱정할 게 없다고 하시던걸."

"아니죠! 아버지께서 잘못 생각하시는 것이 제가 이만큼 된 것이 모두 사부 덕분인 것을 아시면서도 인정을 안 하세요."

임 교감은 수덕이가 못마땅한 표정을 짓는 걸 보면서 고개를 끄덕였다.

"하기는 수덕이 말에도 일리가 있어. 인간은 어떤 카리스마적인 대상이 있을 때 많은 성취 욕구와 동기가 된다는 말이지. 어떤 집단 지도자의 위상에 따라 단합도 되고 발전하는 원동력이 되는 좋은 본보기로 지금 우리나라 지도자도 그렇잖아! 그렇다고 너무 그것에 의존하면 안 되지. 그 카리스마가 무너지면 허탈해질 수 있고 국가의 경우 무모하거나 너무 과도하게 치우치게 되면 독일 나치당의 히틀러 같은 독재자가 나오기도 한단 말이지."

수덕이가 머리 숙여 수긍하자 임 교감의 말이 다시 이어졌다.

"사람은 카리스마적 대상을 쫓아 발전할 수도 있지만, 또한 개인적인 확실한 자기 주관도 필요한 거야. 천재는 내가 보기에는 그것을 보완해야 더욱 바람직할 것 같은데. 내 말이 맞지?"

임 교감은 그윽한 눈빛으로 수덕이 얼굴을 살폈다.

"교감 선생님이 말씀해 주시는 걸 들으니까 그동안 그게 많이 부족했던 것 같아요."

수덕은 고개를 끄덕이며 임 교감의 조언에 깊이 동의하고 물러나와 현도 방에 와서는 싱글싱글 웃는 얼굴로 현도의 귀에 입을 바싹대고 속삭였다.

"아버님이 아주 나한테 딱 맞는 좋은 말씀을 해 주셨어. 그런데 말야. 어젯밤에 옛날에 왔던 요정이 또 찾아왔었어."

장난기 가득한 눈빛으로 현도의 표정을 살폈다.

"에이! 그 요정 얘기는 네가 꾸며 낸 거 아니었어?"

현도가 대수롭지 않게 받아넘기고 그동안 연습했던 스케치북을 챙기자 수덕이는 손을 설레설레 흔들었다.

"아냐, 예쁜 요정이 진짜 어젯밤에 찾아왔었다니까."

나직하게 요정이 찾아왔었던 얘기를 신이 나게 했다.

"어제 네가 가고 나서도 캄캄할 때까지 착잡한 마음 그대로여서 우두커니 앉아서 창밖을 내다보고 있으려니까 옛날처럼 노란 빛 하나가 나를 향해 하늘에서 날아와 창가에 앉는 거야. 그때 내 기분이 너도 알듯이 너무 안 좋아 반길 생각이 전혀 없어서 멍하니 바라보고만 있었지. 요정은 내 마음은 안중에도 없는지 그냥 흐드러지게 웃으면서 창문을 두드리는 거야. 그래도 나는 영 내키지 않아서 대꾸도 하지 않고 있었더니 요정은 그 예쁜 얼굴에 얄미운 미소를 띠고 계속 창문을 두드려 할 수 없이 조그만 목소리로 '오늘은 내가 기분이 아주 안 좋으니 제발 그냥 가 주세요!' 했더니 요정의 낯빛이 어느 사이 싸늘한 표정으로 변해서 조금 화가 난 목소리로 말했어.

  (그렇다면 네 말대로 그냥 가는 대신 내가 지금까지 네게
  줬던 것들을 모조리 가져가고 다시는 나를 볼 수 없을 거
  야. 그래도 괜찮아?)

아주 냉정하게 말하고 나를 쏘아보고 있어 덜컥 겁이 나서 할 수 없이 일어나서 문을 열어 주고 말았어."

수덕이는 말을 멈추고 이야기를 듣는 둥 마는 둥 딴짓을 하는 현도를 잡고 흔들자, 현도는 잠시 생각을 하는 것 같더니 미심쩍은 표정이 되었다.

"어제 너는 창문을 모두 활짝 열어 놓고 있었던 것 같은데."

현도의 말에 수덕이는 펄쩍 뛰었다.

"네가 간 뒤에 모기 들어올까 봐 모두 닫았단 말야. 하여튼 한 번 들어나 보라니까! 내가 창문을 열어 주자 요정이 미소를 잔뜩 머금고 들어와 (내가 그동안 찾아오지 않았다고 화가 많이 났었구

나? 사실은 내가 보내 준 친구랑 잘 어울리는 걸 보고 안심이 되어 안 왔었는데, 오늘은 유달리 쓸쓸해 보여 온 건데. 이제 네게 무엇을 줄까? 알밤을 줄까, 꿀밤을 줄까?) 하면서 요정이 달려드는 바람에 그제야 내가 더 참지 못하고 웃음을 터트렸더니, (알밤, 꿀밤 몽땅 다 줘야겠군!) 요정이 주먹을 쥐고 내 머리통을 치려고 달려들어 마구 도망쳤지만 잽싼 요정을 피하지 못하고 잡히고 말았어. 요정이 나를 자기 품에 안고는 (네 외로운 마음이 풀릴 수 있는 재미난 얘기를 많이 들려줄게.) 하고는 신비한 얘기와 아름다운 노래를 끝도 없이 들려주는 거야."

"도대체 무슨 얘기를 해 준 건데?"

무표정한 현도의 말에 환상 속에 빠져 헤매는 듯하던 수덕이 머쓱해지면서도 얘기를 이어 갔다.

"요정의 품이 포근하고 들려주는 노랫소리가 너무 꿈결 같아서 그만 아쉽게도 잠이 들고 말았어."

현도는 지난번 수덕이에게 말하지 못했던 첫 몽정 때 희한한 요정 경험이 떠올리며 마지막에 요정이 연선의 얼굴로 변했던 끔찍했던 생각이 났다.

"이제 보니까 너, 꿈을 꾼 거지?"

현도의 말에는 수덕이 웃음을 터트렸다.

"아니, 샌님이 그걸 어떻게 알았지!"

현도에게 달려들어 어쩔 줄 모르는데 마침 강 여사가 또 수박을 썰어 들고 들어왔다.

"무슨 좋은 일이 있었는지 천재가 오늘은 살 만한가 보네."

현도가 보기에도 왠지 들떠 보일 정도로 싱글벙글이었다.

강 여사가 나간 뒤 수덕이가 꿈인 걸 어떻게 알았느냐고 다시 채근하자 현도는 겸연쩍게 말했다.

"지난번에 네가 나 아기 낳았다고 난리 쳤을 때 사실은 꿈속에서 나도 요정을 만났었어."

현도가 자신이 만났던 요정 얘기를 떠듬떠듬 들려주자 수덕인 유심히 듣고 있었다.

"어! 이상하다. 우리 요정은 그러지 않았는데. 니네 요정은 왜 그렇게 저질이지!"

수덕이는 신기해하면서 머리를 가로저었다.

개학이 되고 수덕이는 방학 중 그 고난을 잊은 듯 전보다 더 활기 있고 명랑한 모습이어서 같은 학급 아이 중에 바로 옆자리 홍주가 궁금한 듯 붙잡고 물어보기도 했다.

"너 방학 동안에 좋은 일이 많았나 본데 혹시 서울 펜팔 애인 만났었던 거 아니니?"

"에이! 그 애는 옛날에 벌써 잘라 버렸어. 그렇게 생각이 하나도 없는 주책을 내가 무엇 하려고 또 만나겠니. 나 사실은 방학 동안 면벽 고행이란 것을 좀 했지."

"면벽 고행이 뭔데?"

"식음을 전폐하고 벽만 뚫어져라, 바라보고 열흘 동안 꼼짝하지 않고 한 가지 생각에만 집중하고 앉아 있는 거야."

현도에게 눈을 찔끔하며 너스레를 떨었다.

"그게 뭔지! 그렇게 하면 기분이 좋아진단 말야?"

"너희들도 한번 해 봐! 기분도 날아갈 것 같고 정신이 건강해지는 건 물론이고 머릿속이 맑아져서 공부도 잘될 거야."

아이들은 하나 같이 놀라워하며 떠들고. 현도는 수덕이에게 드리워졌던 어둠이 말끔히 개인 것 같아 다행이라 생각했다.

현도가 미술실에서 석고 데생하고 있을 때, 수덕이가 윤경이에게서 온 편지를 들고 신기한 표정으로 찾아왔다.

"글솜씨가 보통 수준은 훨씬 넘어서 아주 감동적이야."

머리를 설레설레 흔들면서 놀라워했다.

"그 애가 걔네 학교 문예부장이라는 걸 보면 알 만하지."

"그래서 그런가! 유미는 잽이 안 돼. 지난번 우리를 난처하게 한 걸 구구절절 사과해 왔는데 내가 완전히 넘어가겠어."

답장해 주라는 현도의 말에는 시큰둥한 채 석고 데생하는 걸 유심히 보고 있었다.

"이건 어떤 인물 조각상인데 이렇게 잘생겼어?"

"다비드야! 성경에 나오는 젊은 다윗상인데, 미남이지?"

"우리 사부님 닮지 않았니?"

"에이! 분위기는 비슷해도 이건 서양 사람 얼굴인걸. 넌 잘생긴 얼굴만 보면 사부가 생각나?"

현도가 작업을 중단하고 목탄을 든 채 바싹 올려다보자 수덕이는 침통한 얼굴이 되어 한동안 말없이 석고상만 바라보았다.

현도는 며칠 후에 수덕이 처음으로 윤경이한테 답장했다며 계면쩍어하는 걸 보았다.

그 뒤로 편지가 뻔질나게 오고 갔는데 수덕이의 솔직한 성격을 염두에 둬서인지 윤경이는 사랑이나 연애 감정을 전제로 한 정신 내면의 진솔한 이야기를 생각보다 대담한 표현력에다 우수한 필체로 써 내려가 놀랄 수밖에 없었다.

"맨 처음 편지를 봤을 때 알아봤어야 했다니까. 순진한 내 가슴에 슬슬 불을 댕기려고 안간힘인데 역시 글재주 하나는 일품이야. 기특해!"

윤경이의 탁월한 글재주에는 놀라면서도 너무 적극적인 데는 조금은 부담을 느끼는 듯했다.

"왜 윤경이가 좀 세게 나오니까 겁나니? 솔직히 원래는 네가 먼저 바람을 넣었던 게 아니었어? 네 장단 맞추느라 많이 애쓰고 있고만. 안 그래?"

수덕은 처음에는 윤경이를 탐탁하지 않은 눈치였지만 그 뒤로도 편지는 계속 오고 갔다.

그랑프리

가을에 접어들면서 수덕이는 전국 학생 과학 발명품 전시회 출품 때문에 분주했다.

방과 후에 과학실에 남아 과학 담당 교사들과 함께 저녁 늦은 시간까지 보내며 한 달 정도 매달린 끝에 수덕이 자신의 아이디어로 과학적 과제를 해결했다고 현도가 수채화 작업에 열중인 미술실에 와서 자랑하면서도 그 과제가 무엇인지는 출품 전까지 보안이 필요하다고 입을 다물고 싱글벙글이었다.

며칠 후에 화학 담당인 민 교사와 서울로 떠나기 전날 미술실에 들린 수덕이는 현도 귀에 대고 낮은 목소리로 의기양양해 있었다.

"놀라지 마! 지금까지 누구도 상상하지 못했던 전시회 대상감인 엄청난 발견이었어."

"아직도 나한테까지 비밀이야?"

"이제는 얘기해도 되지. 사실 처음에는 확신이 없었는데 지금은 확인이 끝났어. 차돌에서 금강석의 강도와 버금가는 성분이 있다는 걸 밝혀내는 데 성공했단 말야."

"차돌!"

"산이나 들에 널려 있는 돌멩이가 금강석과 같은 강한 금속을 숨기고 있었어. 내가 다녀와서 자세하게 설명해 줄게. 대상을 기대해도 괜찮을 거야."

수덕이가 차돌에 관심을 가진 것은 어릴 적 배다리 집에 있을 때부터였다. 태보 씨가 어디에서 구했는지 커다란 차돌을 집 뒤 백사장에 다른 돌들과 함께 나란히 세우고 화덕 삼아 냄비를 올려놓고 불을 피워 자주 찌개를 끓였었다.

한동안 사용하고 나니 다른 돌들은 멀쩡하게 변함이 없는데 불 먹은 차돌만은 흙처럼 푸석푸석 부서져 버리는 것이었다.

이번에 그 이유를 추적해 보니 알파계열과 베타계열의 차돌 중에는 이산화규소 성분이 아닌 금강석과 같은 유사한 탄소 성분이 있어서 불에 탄화되면 흙처럼 부서지고 만다는 것을 알아낸 것이다.

수덕이는 전시에 필요한 차돌을 찾다가 또 하나 은연중에 발견한 암석이 있었다. 암석이 품고 있는 질량으로 봤을 때 강력한 원소의 존재를 의심할 수 있었지만, 학교 시설로는 그 신물질 자체를 분석할 수 있는 여건이 되지 않아 그 실체를 증명해 보이진 못했어도 그 제시만으로도 아직 고등학생으로서는 당시 대단한 것이었다.

"어릴 적에 떠나온 서울에 오랜만에 가니까 마음이 새롭지 않아?"
"나는 서울에서 좋았던 기억은 별로 없고 초라하고 춥던 생각만이 머릿속에 박혀 있어 서울에 가는 것은 별로인데 우리 아버지도 나랑 똑같이 서울이 싫다고 하셨어."

수덕인 현도를 보면서 얼굴을 잔뜩 찡그리고 자기 머리를 툭툭 쳤다.

수덕이가 서울로 떠난 다음 날 오후,

미술실에서 작업할 재료가 필요해서 시내에 나갔다가 미술 선생님이 부탁한 음료수를 사러 수덕이네 가게에 들른 현도는 뜻밖에도 연선과 마주쳤다.

언제나 변함없이 단정한 모습으로 태보 씨와 이야기를 나누고 있다가 환한 미소로 현도를 맞았다.

"지금 지리산에서 오시는 길이세요?"

"홍산 주지 스님이 편찮으시다는 연락을 받고 갔다가 오는 길에 잠깐 들렀더니 하필 수덕이가 서울에 가고 없을 때 왔군. 이젠 수덕이와 인연이 없나 봐."

"주지 스님은 어디가 편찮으세요?"

현도의 걱정스러운 물음에는 연선은 함박웃음을 지었다.

"대단치는 않고 감기 기운이 조금 있을 뿐인데 갑자기 내가 보고 싶으셨었나 봐."

"저도 한번 찾아뵙고서 인사드려야 하는 데……."

"수덕이하고 시간 있을 때 한번 가 보도록 해! 스님께서 둘 다 잘 지내는지 궁금해하셨어. 아직 수업이 안 끝났으면 난 오늘은 주인 없는 수덕이 방에서 신세 지고 내일 내려가려고 하니 수업 후에 거기서 보도록 하지."

미술실에서 작업을 늦게 마치고 수덕이 방으로 찾아가니 연선은 명상에 잠긴 듯한 모습으로 가부좌하고 있었다.

"공연히 늦은 시간에 보자고 해서 미안하군! 실은 지난번 정류장에서 현도하고 했던 얘기를 다시 하고 싶었어."

"저도 사부님께 여쭤보고 싶은 게 있었습니다."

연선은 현도의 말에 의외라는 듯 놀랍다는 표정이었다.

"수덕이가 나에 대해서 아무 말도 없었나 보군!"

"다른 얘기는 많이 해 주면서도 사부님에 관해서는 그다지 별 말이 없이 친구 혼자 고민만 하고 있으니 답답하기도 해 자연 궁금한 것이 있어서 사부님 만나면 여쭤보고 싶었어요."

"그랬었군. 하기야 수덕이가 나에 대해서 할 말이 별로 없었을지도 몰라. 그건 그렇고, 현도 대학 진로는 역시 미대 쪽으로 정한 것 같은데, 수덕이는 태보 형님도 모르겠다고 하던데, 현도에게는 자기 진로를 얘기한 게 있었나?"

"저도 수덕이가 어떤 결정을 했는지는 자세히 모르지만, 이공계가 아닌 것은 확실하고. 제 생각에는 인문계 중 철학과 쪽을 염두에 둔 것 같아요. 늘 그쪽 얘기를 많이 했거든요."

"내 생각이 수덕이와 다른 점이 그것이지. 남다른 좋은 머리로 유망한 이공계를 택해 주길 권했었는데 아직도 생각을 못 바꾼 모양이군."

"수덕이 생각은 아시는 것처럼 유별나서 인간이 만든 과학 문명의 발전이 오히려 사람 사는 터전을 파괴한다고 생각하고 있거든요."

"나도 그전에 그 이야기 가지고 많은 논쟁을 했었지. 그 녀석이론도 옳은 것도 있지만 너무 비약적인 발상 자체가 위험할 수 있어. 불문 수행자가 할 말은 못 되지만 한 인간의 생각으로 인류사의 기존 흐름을 어찌 막을 수가 있겠나. 아무리 좋은 이론이 있어도 너무 파격적이면 실천하기가 쉽지 않거든. 더구나 그 녀석의 생각은 모든 것을 거꾸로 보고 있다는 것이 더욱 위험할 수 있어. 수덕이가 서울에서 내려오면 아직도 나는 이공계 쪽으로 택하길 바라더라고 전해 줬으면 좋겠어. 그리고 전에 현도에게 부탁한 게 있었는데 한번 시도해 봤나?"

수덕이에게 여자 친구를 한번 소개해 줘 보라는 이야기여서 지금까지 수덕이와 윤경이 사이에 편지가 오고 간 과정을 이야기했다.

"현도가 여러 가지로 많이 애썼군. 윤경이란 학생이 아주 대단한 것 같은데. 그러나 너무 적극적이어도 수덕이에게 흥미가 반감될 수 있을 거야."

연선은 조금은 우려하는 눈치였다.

"수덕이는 아직은 호기심을 갖고 편지가 오가고 있고 아마 이번 전시회에서도 만나게 될지도 몰라요."

"수덕이 녀석은 정에 목말라 하는 것이 큰 약점이라 둘이 서로 좋게 발전했으면 좋겠군."

연선이 잠시 생각에 빠진 듯 말이 없었다.

"저는 지난번 사고를 치르면서 수덕이에게 이해할 수 없는 것이 너무 많다고 느꼈습니다."

연선은 감았던 눈을 뜨고 의외라는 표정으로 현도를 건네봤다.

"수덕이는 왜 그렇게 사부님 때문에 방황하는지 모르겠고, 사부님도 수덕이한테 조금만 더 신경 쓰셔서 가까이해 주시면 좋을 텐데. 냉정하게 모른 체하는 건지 이해할 수가 없었습니다."

연선은 잠시 눈을 내리깔고 아무 말 없다가 머리를 주억이고 나서 천천히 입을 열었다.

"나도 그 녀석 생각하면 하루도 마음이 편하지 않아! 수행하면서 고민하고 갈등하는 점이지. 녀석이 현도처럼 나이에 걸맞은 정신 연령으로 성장해야 하는데 지능만 영특할 뿐 나하고 지내던 예닐곱 살 아이 그대로이니 어떻게 감당하나?"

"그건 사부님이 잘못 알고 계신 것 같은데요. 나보다도 정신적으로나 모든 면이 월등하게 한 차원 위인데요."

현도의 솔직하면서 겸손한 말에 연선은 빙그레 웃었다.

"현도는 지금 수덕이의 천재적인 머리에 가려진 본래 모습을 아직은 보지 못한 거야."

"제가 보기에는 사부님한테만 유독 약한 면을 보이는 것 같았어요. 평소엔 누구보다 강하다가도 사부님 생각만 꽂히면 괜히 약해지고 심하면 우울해져 안정을 잃어버리거든요."

"현도는 쉽게 이해하기 힘들 거야! 수덕이 어린 시절부터 엄청난 사고 후 실의에 빠져 사는 태보 형님 대신 내가 녀석의 정신적 기둥이 됐다는 거는 알고 있지? 그러다 내 삶을 찾아서 결단을 내려 다시 출가해서 수행 길에 들면서부터 마냥 기대고 있던 의지를 잃어 일시 방황하는 걸 수도 있어. 처음부터 혼자 설 수 있도록 길들이지 못한 내 불찰이랄까! 어린 시절은 지나서 이제 스스로 서야 하는데 요즘도 가끔 마주치면 옛날로 돌아가고 싶어해. 마치 잘못 만지면 깨지는 유리잔 같은 너무 약한 정신세계가 위태로워서 걱정이야!"

그러나 현도는 이해될 듯하면서도 그 당시 명쾌한 해답이 될 수 없었고 '수덕이가 죽음까지 생각할 정도로 절실한 심중을 연선이 헤아리지 못하고 있구나!' 하는 생각이 들었다.

"수덕이는 사부님을 향한 그리움이 심해서 사랑이나 존경보다 더 깊은 정이 쌓인 것 같은데 사부님은 그걸 알고 계세요?"

연선은 현도의 말이 과장되고 너무 앞지르고 있다고 생각해선지 갑자기 크게 웃음을 터트렸다.

"원래 수덕이가 어렸을 적에 내가 엄마 역할까지 했었지. 먹여

주고, 씻겨 주고, 놀아 주고, 또 재워도 주고, 공부도, 운동도 가
르치고. 지금 수덕이가 정신적 성장이 덜 됐다고 하는 것은 아직
도 그때의 나를 기대하고 있는 철부지라는 거야. 지금도 같이 자
는 날이면 클 만큼 다 큰 놈이 어린 애들이 엄마한테 하는 것처럼
내 품에 파고들고, 내 품에서 잠들려고 하니 못 말리는 거 아냐."

또다시 너털웃음을 터트려 현도도 따라 웃자 연선은 웃음을 거
두고 정색이 되었다.

"내가 언젠가 말했듯이 진짜 수덕이 곁에 현도 같은 심성 고운
친구가 있다는 게 다행이야. 그렇지 않았다면 내가 승복을 벗었
거나 수덕이가 학교를 그만뒀을 거야. 요즘은 그래도 많이 정신
적 안정을 찾은 것 같지?"

현도가 고개를 끄덕이자 연선은 말을 이어 갔다.

"수덕이가 지난번에 나하고 새로운 약속을 했었거든."

"언제 또 수덕이를 만나셨어요?"

"아니, 걔가 얘기 안 했나? 지난번에 녀석이 화를 내고 툴툴거
리길래 간다고 버스 정류장까지 갔다가 아무래도 그냥 두면 무슨
일을 또 저지를 것 같아서 다시 왔더니 현도는 가고 없더군."

현도는 수덕이의 요정 얘기의 수수께끼가 풀리는 순간 이어서
고개를 끄덕이고 있었다.

"그날 만나서 새로운 약속을 했었지. 수덕이가 나를 찾아 헤매
지 않는다는 다짐을 받고, 그 대신 대학에 들어갈 때까지 내가 찾
지 않겠다던 결심을 풀 수밖에 없었어."

현도는 연선과 이야기를 마치고 집에 오면서 왜 사부가 다시
돌아왔었다는 말을 하지 못하고 요정 얘기로 둘러댔는지 수덕이
의 알 수 없는 마음속 모호한 수수께끼를 풀지 못해 일면 서운한

마음이 들기도 했다.

　며칠 후, 전국 학생 과학 발명품 전시회에서 과연 자기가 자신했던 것처럼 수덕이가 대상을 받았다는 굉장한 소식으로 학교 안은 물론 읍내가 온통 떠들썩했다.

　시골 학교에서 그런 영광은 유사 이래 처음이었으니 그 감격적 환호는 대단한 것이었고 천재의 명성이 중앙에까지 확인돼서 개인적으로 한 걸음 더 앞서가는 계기가 됐었다.

　며칠 후에 수덕이는 의기양양하게 서울에서 저녁 늦게 내려와 제일 먼저 현도네 집에 찾아왔는데 누구보다 임 교감이 반갑게 수덕이를 맞이해 얼싸안고 어쩔 줄 몰라 하고 강 여사도 수덕이 손을 잡았다.

　"역시 천재는 천재야. 앞으로 훌륭한 발명왕이 되면 아버지가 얼마나 기뻐하실까!"

　현도는 자기가 탄 것처럼 좋았지만 연선에게 들은 이야기가 마음속에 앙금같이 남아 있어 그리 밝지 못한 표정으로 자기 방에 들어가자 수덕이가 따라 들어왔다.

　"내가 대상은 틀림없다고 말했었지? 윤경이랑 은영이도 전시회 첫날 제일 먼저 만났었어."

　낮은 목소리였지만 등등한 말투였다.

　"윤경이하고 이야기 좀 했어?"

　"이 사람 저 사람들이 자꾸 나한테만 달라붙어 이것저것 물어보는 바람에 그 애들하고 별로 얘기를 못 했는데 나한테 질문한 사람들이 전부 신문사하고 잡지사 기자들이었어."

　흥분해서 거기까지 말한 수덕이는 별 반응 없이 그냥 말끔히 바라만 보는 현도가 이상하다고 느꼈는지 하던 말을 멈추었다.

"너 내가 상 받은 거 별로 좋아하지 않는 것 같다. 난 너한테 제일 먼저 알리고 싶어서 아버지가 붙잡는데도 이렇게 달려왔는데. 나 없을 때 무슨 일 있었어?"

수덕이는 현도의 어깨를 잡고 흔들었다.

"내가 상 탄 것보다 더 기쁜데. 너 서울로 올라간 그다음 날 네 사부님을 만났었어."

"그랬구나! 어쩐지 예감이 이상했다니까. 그래서 출품 접수만 하고 곧바로 내려오고 싶었는데 주최 측 담당 선생님이 수상이 유력하다고 수상하면 작품 설명을 귀빈들에게 내가 직접 해야 한다고 잡는 바람에 내려올 수가 없었어. 그런데 귀빈 중에 높은 사람들이 많았는데, 그중 제일 높은 사람이 누군지 알아?"

수덕이는 안주머니에서 대통령 휘장인 쌍 봉황이 금박으로 새겨진 조그만 선물용 만년필 상자를 꺼내 보여 줘 현도는 눈이 휘둥그레졌다.

"너 대통령을 직접 만난 거야?"

"내 작품 설명을 듣고 난 다음에 악수까지 하고 나서 곧바로 직접 주셨는데 대통령님 키가 나하고 거의 비슷해서 이상하더라. 그런데 사부가 무슨 말을 했는데 샌님 기분이 그래?"

다시 현도의 표정을 살피면서 머리를 갸웃하며 덩달아 시무룩한 얼굴을 해 현도는 조금 미안한 생각이 들었다.

"너한테 한 가지 꼭 물어보고 싶은 것이 있어!"

수덕이는 그제야 대뜸 감을 잡고 현도의 말을 끊었다.

"네가 말을 안 해도 이젠 네 맘을 알았어. 너한테까지 사부와 나의 일들은 감추고 싶은 건지 도대체 나 자신도 모르겠다. 누구한테도 비밀로 간직하고 싶을 만큼 소중하고 절실해서 너를 처음 만났던 어렸을 때도 네가 사부와 마주치기 전까지 말하지 못했었고 이번에도 동화 속 요정이라고 바꿔서 말할 수밖에 없었단 말야.”

수덕이 머리를 숙인 채 독백처럼 내뱉고는 꼼짝하지 않고 있어 현도는 자기 마음까지 헤아리고 솔직하게 말해 줘 속 좁았던 자신을 자책할 수밖에 없었다.

“나는 네 마음을 이해한다 하면서도 세세한 것까지 알지 못한 것은 아마 내 머리가 아둔해서인 것 같다. 사부 때문에 괴로워하는 천재 너를 지켜보며 어떤 때는 너는 가진 걸 나는 갖지 못한 것 같아 부러울 때도 있었으니 참 이상하지?”

수덕이는 금세 깜짝 놀란 표정이 되었다.

“우와! 샌님이 이제 어른이 다 됐다. 그런데 대신 너는 내가 못 가진 것을 더 많이 가지고 있는 것을 잊고 있는 거야. 샌님! 너는 완벽하게 갖추어진 사랑 속에서 사는 행복한 놈이란 걸 잊어서는 안 돼. 이제 고백하는데 내가 사부를 숨기고 싶어 했던 것 중 하나는 너도 느꼈겠지만 나도 모르게 사부 앞에 선 철없는 어린애가 되는 내가 부끄러워서였어.”

수덕이는 현도 어깨를 감싸 안으며 얼굴을 묻고 흔들어댄다.

“이제부터는 진정한 친구는 비밀이 없어야 하니까 사부와 있었던 일들도 샌님한테는 감추는 일이 없을 거야. 너도 나한테 마찬가지고. 참, 사부님이 무슨 말을 했는데?”

모든 것을 털어놓은 수덕은 마음이 홀가분해져서 밝은 모습으로 물었다.

“사부님은 네 대학 진로 선택이 궁금하고 걱정됐었나 봐. 철학과 같은 인문계보다 이공계가 너한테 좋을 것 같다고 했어.”

연선의 의견을 전해 들은 수덕이는 고개를 끄덕였다.

"이제는 내 생각도 바뀌었어. 사부 의견에 동감해서가 아니라 이번 수상으로 입시가 수월해진 것도 있지만 시상식 현장에서 대통령을 비롯한 많은 사람들의 기대와 조언이 있어서 내가 싫어도 가야 할 길인 것 같고. 또 출품하면서 새로운 것을 찾아내는 긴장감이 짜릿하기도 했었어."

수덕이 당당히 말하면서도 표정에 조금은 쓸쓸한 그늘이 스치는 이유를 현도는 알 수 없었다.

카추샤

그해 가을은 수덕이에게 바쁜 일들이 겹쳐지고 있었다.

가을마다 있는 교내 문학의 밤 행사에 담임이 국어 교사인 그들 학급이 최대 관심의 대상인 연극을 맡게 됐었다.

작품 선정은 내용이 좀 난해하지만, 톨스토이의 『부활』로 결정이 됐다.

남자 주인공 네플류도프 역할은 쉽게 정해졌는데 여자 주인공 카추샤 역할부터 여자 배역 선정이 벽에 부딪히고 있었다.

교실 안이 와자지껄해지고 아이들이 여자 역할을 한사코 미루기에 급급해하는 걸 한동안 지켜보던 수덕이 벌떡 일어섰다.

"모두 안 하겠다고 하니 내가 카추샤를 해도 되겠죠?"

말이 떨어지기 무섭게 교실 안에 폭소와 탄성이 터졌고 담임도 빙그레 미소를 띠고 고개를 끄덕이자 수덕이는 다시 일어나서 큰 목소리로 또 다른 제안을 했다.

"제가 카추샤를 하는 대신에 상대 역할을 현도로 바꿔 줘야 호흡이 잘 맞을 것 같습니다."

현도는 멍하니 앉아 있다가 갑자기 물벼락 맞은 기분이 되어 책상 위에 얼굴을 박았다.

"너무 얌전하기만 한 샌님이 해낼 수 있겠어?"

담임은 어찌 알았는지 현도의 별명까지 부르면서 의구심을 나타내고 아이들은 달리 수덕이 의견에 동의하는 쪽으로 기울었다.

"하기는 둘이 단짝이니 잘할 수도 있을 거야."

소근거리는 소리도 들려 현도는 쥐구멍이라도 찾고 싶은 심정이 되어 고개를 못 드는데 수덕이의 큰 목소리가 또다시 들려왔다.

"현도도 나하고 호흡을 맞춘다면 잘할 것 같고 우리가 프로도 아닌데 서툴면 어떻습니까? 부담 없이 하면 잘되리라고 생각합니다. 안 된다면 카추샤를 딴 애를 시키든지요."

수덕이가 쐐기를 박자 발표력이나 숫기가 없는 현도에게 주인공을 맡기기엔 어쩐지 부담스러운 담임은 난감한 듯 카추샤 할 딴 용의자 없느냐고 아이들을 둘러보았지만, 교실 안은 잠잠했다.

"역시 천재만큼 용기 있는 놈이 없군. 그렇다면 할 수 없이 수덕이 요구를 받아들일 수밖에 없게 됐고만. 샌님! 일어나 봐."

담임의 성화에 현도는 수덕이를 원망스럽게 바라보며 일어났다. 사실 배역 선정 문제는 카추샤로 끝나는 것은 아니어서 네플류도프 역을 맡았던 용두는 카추샤가 마지막으로 선택한 시몬슨 역할로 옮겨졌다.

재판장을 비롯한 대부분 남자 배역은 정해졌는데 나머지 여자 배역들은 아이들이 한사코 거부하는 바람에 화가 난 담임의 강제성을 띤 선정으로 결말이 났다.

여자 역할을 맡은 아이들의 볼멘 목소리가 튀어나왔다.

"단역인데도 화장도 하고 여자 옷을 입어야 합니까?"

담임은 어이없다는 듯이 벼락 치듯 소리쳤다.

"야 인마! 남자 옷 입고 여자 역할 하는 연극이 어디 있어. 이유 없이 복장도 각자 자기가 알아서 책임지고 준비한다. 무대가 구소비에트 제정 러시아인 만큼 되도록 드레스로 준비하도록 한다. 누나가 있는 친구들은 없는 애들 좀 도와주는 게 좋겠다."

담임의 말이 끝나자 교실 안이 술렁였고 창녀 역을 맡은 까불이 재욱이가 일어나더니 퉁명스럽게 말했다.

"선생님! 그럴 바에는 제가 카추샤 할래요."

담임은 화가 난 듯 교탁을 지휘봉으로 세게 내려쳤다.

"이놈들아! 천재가 달리 천재냐? 선생님이 나서랄 때 나서지. 한 치 앞도 못 보는 녀석 같으니. 이젠 어떤 변동도 없다. 불만 있는 놈은 몽둥이 하나에 자퇴서 한 장씩 준비해서 개인 면담 신청해! 연습은 대본이 나오는 내일부터 본격적으로 시작한다. 종례 끝."

수덕이는 현도를 건네보고 눈을 찡긋하며 대견한 표정을 지었다. 시끌시끌한 종례가 끝나고 집으로 돌아가면서 수덕이는 평소처럼 현도의 어깨에 팔을 얹고 걸으며 느긋하게 말했다.

"넌 나한테 고맙다고 해! 너를 창녀 역할에서 멋진 주인공 러시아 귀족으로 구출해 준 거야. 내가 처음 찍었을 때는 시궁창에 끌고 들어가는 줄 알았지? 아마 십중팔구는 담임이 얌전한 너를 분명히 여자 단역으로 찍었을 거라니까."

"그렇기는 한데 모르긴 해도 너하고 내 대사 분량이 엄청날 텐데. 내가 잘할 수 있을지 몰라."

걱정스러워하는 현도에게 수덕이도 걱정을 털어놓았다.

"사실 나도 걱정거리가 없는 것은 아냐. 여자 옷을 빌릴 데가 없잖아. 현도, 너희 어머니한테 부탁 한번 해 볼까?"

"글쎄! 우리 어머니 옷이 너한테는 맞지 않을 것 같고, 연극 분위기에 안 어울려서 아주 촌스러울 거야!"

수덕이가 갑자기 가던 걸음을 멈추고 눈을 반짝였다.

"네 서울 친구 은영이 보고 보내 달라고 하면 되겠다. 그치?"

현도는 어이가 없다는 듯이 펄쩍 뛰었다.

"네 친구 윤경이는 그냥 놔두고, 왜 하필 우리 은영이한테 그런 부탁을 하는 건데?"

수덕인 입을 꾹 다물고 도리질을 하며 손사래를 쳤다.

"걔한테는 그런 부탁 못 하겠어. 내가 여자 역할을 자청한 걸 알면 기절초풍할 걸 생각하면 끔찍하다."

"그게 그거지. 은영이한테 말하면 곧바로 직통으로 윤경이에게 들어갈 건데 자기 놔두고 은영이한테 부탁한 걸 알면 걔 성격에 꽤 서운해할걸."

"네 말을 들으니까 또 하긴 그렇군! 그럼 별수 없이 그 애한테 부탁하는 수밖에 없겠다."

무대가 오르기까지 파란도 많았지만 즐거운 추억이 되었다.

대본을 받아 들고 역시 많은 대사 분량에 벅차 하는 현도를 수덕인 자신의 대사량이 제일 많았지만 조금도 걱정하지 않고 삼사 일 후부터 대본 전문을 외운 건지 꼼꼼하게 조언해 주고 여러모로 도와줬다.

보름 정도의 연습 후에 최종 리허설이 있었는데, 정작 수덕이한테 문제가 생기고 말았다.

수덕이의 부탁을 전해 들은 윤경이는 자기 학교 문예반에서도 그 연극을 했었다면서 의상 문제는 물론 자질구레한 소품까지도 걱정하지 말라고 해 놓고 실제로 그때까지 아무것도 도착하지 않는 바람에 담임도 난감한 얼굴로 수덕이만 바라보고 있었다.

현도가 할 수 없이 은영이한테 전화로 연락해 본 결과 윤경이

가 공연 전까지는 틀림없이 직접 가지고 내려간다고 했다는 말을
전해 들은 수덕이 머리를 감싸 안았다.

"그 애는 그냥 도와줄 거면 옷가지만 소포로 보내면 될 것을 직
접 가지고 오겠다니. 오지랖도 보통 오지랖이 아니야. 공연히 쓸
데없이 부산을 떨고 난린지 모르겠다니까!"

수덕이 못마땅해하는 것은 아랑곳없이 윤경이는 공연 바로 전
날 저녁에 시외버스 편에 커다란 여행용 슈트케이스를 두 개나
싣고 내려와 현도가 먼저 나가서 만났다.

"리허설 때 펑크 냈다고 난리 났지? 하지만 나는 준비해 오느라
고 오늘 수업 중간에 땡땡이치고 왔단 말야."

윤경이는 오히려 의기양양했다.

"은영이는 원래가 모범생이라 네 연기 굉장히 기대하고 있으면
서도 내가 같이 가자고 그렇게 졸라대도 내일 첫 수업 마치고 온
다고 했어."

짐이 생각보다 많아서 현도가 달려가 불려서 나온 수덕이는 윤
경이를 보자마자 짜증부터 냈다.

"옷만 소포로 보내라고 했잖아! 힘들게 여기까지 들고 오느라
고 이 수선인지 진짜 못 말리겠다."

못마땅한 표정을 짓는 수덕이를 윤경이는 어이없다는 얼굴로
수덕이 코앞까지 다가서서 눈을 크게 떴다.

"카추샤! 우리가 작년에 하면서 내가 연출까지 했기 때문에 훤
하다고. 너희들이 연극 분장이나 의상에 대해서 뭘 알아. 경험자
인 이 윤경이의 도움이 절대로 필요할 것 같아서 왔단 말야. 더구
나 네가 주인공 카추샤를 한다는데 내가 그냥 옷만 보내고 얌전
히 있을 줄 알았단 말야?"

수덕이는 어이가 없어 입을 다물지 못했다.

"그렇지 않아도 제대로 될지 몰라 불안해 죽겠는데 너는 내일 내가 연기하는 것까지 모두 보겠다는 거야?"

"너는 나를 절대로 신경 쓰지 마! 내 생각에도 카추샤는 네가 제격이야. 너 정도 철 가면은 무대에 서는 것도 문제없어. 순둥이 현도는 몰라도."

셋이서 짐들을 우선 수덕이 방으로 옮겨 놓고서 옷 보따리를 풀어 제치자 서너 벌의 야회복 드레스 외에도 가발이며 갖가지 장신구 소품들이 쏟아져 나왔고, 수덕이는 또다시 입이 벌어지고 말았다.

윤경이는 우선 저녁 먹으러 가자는 수덕이에게 드레스를 입어 보고 안 맞으면 수선해야 한다고 강요하다시피 하는 성화에 못 견디고 야회복을 걸치자, 옷을 갈아입는 동안 외면하고 있던 윤경이가 돌아보고는 자지러지게 웃었다.

"와! 딱 어울리는데. 품도 맞고 네 체격이 작아서 다행이다. 한 아이가 입었던 거니까 다른 건 안 입어 봐도 됐어. 안 맞으면 어쩌나 하고 오면서 걱정 많이 했단 말야."

윤경이는 안도의 한숨까지 쉬었다.

"가발은 대부분 맞지만 한번 써 보자."

억지로 씌우는 금발 머리 가발까지 쓰고 나니 수덕이는 금세 서양 여인으로 변신되고 말았다.

까무잡잡하기는 해도 원래 윤곽이 또렷하고 작고 야무진 얼굴이어서 영락없는 여자로 변한 자신을 거울에 비춰 보는 수덕이나 지켜보는 둘은 어리둥절해 있었다.

"너 아무래도 전생에 여자였던 것 아닐까?"

무심결에 윤경이 한 말에 수덕이 자신도 머리를 갸우뚱했다.

"글쎄, 그런 생각은 안 해 봤는데. 너희들 보기에 그렇게 여자 같단 말야. 진짜 현도 너도 그래?"

"지금 분장도 한번 해 줄까?"

윤경이 재미있다는 표정으로 화장품 상자를 열었다.

"분장은 내일 우리 담임 사모님이 해 주기로 돼 있어."

"안 돼! 무대 분장은 일반 화장하고 아주 달라서 아무나 할 수 있는 게 아니란 말야. 난 경험이 있는 프로니까 수덕이 너는 나 하는 대로 지켜만 보고 있으면 된다고. 알았지?"

"내 생각도 윤경이 말이 맞는 것 같고, 맡기면 잘할 거야."

현도가 거들고 나서자 수덕이는 난감한 표정이 되었다.

"너 그럼, 우리 담임과 마주쳐도 괜찮다는 거야?"

"너희 담임 만나 뵙고 말썽났다는 지난번 러브레터도 해명하고 안 되면 엎드려 사죄라도 드려야지 않겠어?"

윤경이의 못 말리는 대담성과 적극성에 수덕이도 어쩔 수 없이 두 손을 들고 말았다.

셋이서 식당에 가서 저녁 식사를 마치고 나서 수덕이는 윤경이 잠자리를 걱정했다.

"윤경이 잠자리가 문제인데 아버지에게 얘기하고 우리 방에서 같이 자도 걱정할 게 없지. 아직 사랑에 빠질 단계까지는 안 됐으니 옷을 벗을 일은 없을 테니까."

수덕이의 장난스러운 농담에 윤경이는 천연덕스럽게 받았다.

"어떻게 아니. 너는 그 단계를 못 넘었을지 몰라도 나는 넘었는지 못 넘었는지 그건 나도 모르지."

현도는 집에서 나오면서 어머니에게 부탁해 놓고 나왔던 터였다.

"걱정 안 해도 돼! 어머니한테 은영이 친구가 서울에서 온다고 잠자리 부탁했으니까 걱정하지 마! 너희들 둘을 한방에 넣어 놓으면 무슨 난리가 나라고."

수덕이는 안심이 되어 한시름 놓으면서도 짓궂은 얼굴이 되었다.

"킨제이 보고서를 한번 확인 좀 해 보려고 했더니……."

다음 날 윤경이의 활약은 아주 대단했다. 연습실에 들어서자 무대 소품 가방을 들고 수덕이 안내로 담임을 만나 인사부터 했다.

"『부활』은 작년에 우리 학교에서 했었던 연극인데다 친구가 힘든 여주인공을 한다고 무대 의상을 부탁하는 바람에 대충 챙겨서 내려왔는데 허락하시면 미숙하지만, 경험을 살려서 힘닿는 데까지 도와드리고 싶습니다."

담임은 어리둥절하면서도 세세한 데까지는 자기 능력에 한계를 느끼던 터라 달리 선택할 상황이 아니었다.

"시골 학교여서 준비가 부족한 게 많았는데, 더구나 한 번 해 봤다니 마침 잘됐군. 그리고 아주 당돌한 친구가 누군가! 하고 한번 보고 싶던 차에 스스로 찾아왔군. 천재 친구라면 믿고 맡겨도 되겠지?"

담임은 응원군을 만난 듯이 흐뭇한 얼굴로 전 단원들을 모아놓고 윤경이를 소개했다.

담임의 소개가 끝나자마자 아이들의 함성이 터지고 윤경이는 수덕이 분장부터 시작했는데 처음에는 불편해하고 멋쩍어했지만, 윤경이의 능란한 손길에 의해 놀랍게 변해 가는 자신의 모습에 얼이 빠져 있고 둘러서서 지켜보던 아이들도 놀라움을 감추지 못했다.

분장을 마친 윤경이 만족하냐고 눈짓을 하자 얼떨떨한 수덕이는 연신 거울을 보며 고개를 끄덕였다.

"내가 이렇게 예뻐질 수 있다는 것이 믿기지 않을 정도로 네 실력 대단한데? 이제 거꾸로 샌님이 나한테 장가온다고 할까 봐 걱정이다."

수덕이 너스레를 떨며 아직도 대사 연습에 골똘하고 있는 현도를 바라보자 윤경이 둘을 번갈아 노려보았다.

"아니, 너희들 그렇고 그런 사이야?"

현도는 어렵사리 외운 대사를 마지막 점검하던 터라 질색한 표정이다.

"난 아냐. 수덕이 혼자 늘 북치고, 장구 치고 하는 거야. 하여튼 나 건들지 마! 조금만 아차 하면 대사를 몽땅 까먹을지 모른단 말야."

현도가 죽겠다는 시늉을 하며 엄살을 부리자 수덕이 나서서 정색하며 안심을 시켰다.

"샌님, 걱정하지 마! 내가 다 알아서 해 줄게. 그리고 담임이 무대 뒤에서 리딩맨으로 변신해 읽어 주신다잖아. 어제 리허설처럼만 하면 돼."

수덕이의 분장을 마친 윤경이는 현도의 복장을 살펴보고 나서 가져온 소품 중에서 견장들과 풍성한 깃털을 달고 가발수염을 꺼내 코밑에 부친 뒤 까만 아이 펜슬로 구레나룻을 그린 다음, 눈썹을 짙게 해 주자 현도의 좀 순한 이미지를 터-프 하게 변화시켜 놓았다.

윤경이가 단역들의 분장까지 세심하게 고쳐 놓자 총연습 때 걱정했던 것들이 완전히 커버된 것을 본 담임은 연신 고개를 끄덕이고 거침없이 당차고 능수능란한 활약에 너무 나선다고 탐탁해하지 않던 수덕이도 점점 신뢰의 눈길을 보냈다.

"야 샌님! 윤경이 쟤 그냥 말괄량인 줄로만 알았더니 하는 게 꽤 제법이지? 아주 기특해!"

"이제 수덕이 너 장가가도 되겠다. 네 일이라면 저렇게 발 벗고 나서는 윤경이한테 말야."

현도가 찔-벅 옆구리를 찌르자 수덕이 질색을 한다.

"이 모양으로 만들어 놨는데 무슨 장가니?"

또다시 드레스 자락을 너풀대며 죽겠다는 시늉을 했다.

점점 공연 시간이 다가오자 누구보다 초조하고 두근거려 두 손으로 가슴을 쓸어내리고 있는 현도의 긴장된 모습을 수덕이는 은근한 표정으로 안심하라는 눈길을 보내고 있었다.

1학년들의 시 낭독이 끝나고 드디어 사회자인 담임 선생님의 소개와 함께 징이 크게 울리고 연극의 막이 열렸다.

연습 때와는 달리 강당을 가득 메운 전교생과 다수의 학부형을 의식해선지 아이들 모두 흥분으로 들떠 있는 모습으로 우왕좌왕하는 것을 눈치챈 윤경이 나섰다.

"모두 분장을 짙게 해서 객석에서 누군지 분간하지 못한다는 것만 염두에 두면 떨지 않게 될 거니까, 명심들 해요."

연극은 순조롭게 진행되는 듯했는데 2막 후반부에서 현도에게 문제가 생기고 말았다.

현도는 카추샤와 면회 장면에 조금 여유가 생겨 조심스럽게 객석을 둘러보니 정신이 없어 잘 알아보지 못한 아버지와 어머니가 나란히 앉아 자기를 주시하고 있는 게 보이고 바로 옆자리에 태보 씨가 갑자기 손을 흔드는 모습이 눈에 들어오는 순간, 해야 할 대사가 까맣게 머릿속에서 지워져 버렸다.

바로 등 뒤에서 읽어 주는 담임의 속삭임도 전혀 들리지 않아 멍해진 머릿속에 헝클어진 대사의 첫머리를 찾지 못하고 있는데, 수덕이가 객석 반대편으로 얼굴을 돌리더니 지금까지 하던 가성을 풀고 굵은 목소리 톤으로 현도 몫 대사의 첫머리를 하고 있었다.

현도는 수덕이가 사전에 가르쳐 준 대로 얼굴을 돌려 대사를 이어받아 가까스로 위기를 모면할 수 있었다. 현도가 진땀을 흘리며 무대 뒤로 왔을 때 수덕이가 교묘하게 재주 부린 것을 아무도 눈치채지 못하고 있었다. 그러나 마지막 3막에서 웃음바다가 되는 촌극이 벌어지고 말았는데 또 현도가 문제였다. 현도는 실수 후에 억지로 객석 쪽에 눈길을 피하다가 어쩌다 눈을 돌리니 은영이가 금방 도착한 듯 맨 뒤편에서 꽃다발을 들고 손을 흔드는 게 눈에 들어오자 얼굴이 붉어지면서 또다시 대사가 막히고 말았다.

바로 눈치챈 수덕이 대사 컨닝을 한다는 게 가성을 풀지 않은 여자 음성으로 네플류도프의 대사를 해 버린 것이다. 여러 군데 수상쩍은 장면들을 긴가민가 넘겼던 관객들이 웃음바다를 이뤘다.

대사를 까먹은 현도나 실수 아닌 실수를 저지른 수덕이도 어안이 벙벙한 모습으로 한동안 서로의 얼굴만 보고 서 있다가. 머리를 긁적이며 객석에 대고 꾸벅, 사과의 인사를 하는 바람에 다시 와- 하고 환호성이 터지고 말았다. 눈물 어린 재회의 장면은 큰 감흥 없이 어설픈 카추샤와 시몬슨의 포옹으로 막이 내려졌다.

막이 가려지고도 현도는 맥 빠진 목소리로 투덜거렸다.

"하필이면 막판에 은영이가 나타날 게 뭐야."

어이없어하는 현도의 뒤늦은 후회에 수덕이는 아무 말 없이 무대에서 내려가자 담임은 어찌 됐던지 연극이 무사히 끝난 것이 흡족해 손뼉을 치며 만면에 미소를 띠며 만족한 표정을 지었다.

"이번 행사에 수덕이 친구 도움이 아주 컸고, 천재와 수재의 호흡도 제대로인데다 원숭이도 나무에서 떨어질 수 있다는 것도 함께 보여 줘 예상했던 것보다 아주 성공적인 무대가 되는 바람에 기분이 아주 좋아서 총감독인 내가 오늘 저녁 짜장면 쏜다."

아이들은 환호성을 지르며 좋아하는데 윤경이는 구석에서 머리만 긁적이며 아직도 난감해하는 수덕이와 현도에게 다가갔다.

"내가 보기에도 처음 하는 연극으로는 염려한 것보다 아주 잘됐어. 그런 해프닝은 학생 연극에서 감초야. 그런 걸 어쩌면 관객은 기대했는지 몰라. 프로 무대에도 완벽이란 건 없어!"

그때 밖에서 전원 무대 인사하라고 재촉해서 모두 몰려서 무대로 나갔다.

맨 나중에 현도와 용두가 수덕이 손을 잡고 무대 앞으로 나가자 강당이 떠나갈 듯 환호성이 가득하고 뒤이어, 교장이 만면에 함박웃음을 지으며 올라와 일일이 손을 잡아 주며 격려했다.

"짧은 기간에 노력들을 많이 한 흔적이 보여서 아주 좋았고 카추샤 역은 외부에서 진짜 여배우를 섭외해 온 줄 알았어. 윤 선생 수고 많았어요!"

교장의 격려에 이어서 은영이와 윤경이가 나란히 올라와서 현도와 수덕이에게 꽃다발을 전하자 부러움의 탄성이 터졌다.

마지막 실수로 의기소침했던 수덕이와 현도도 교장의 격려와 객석의 뜨거운 반응에 흥분되어 있었다.

분장을 지울 겨를도 없이 담임의 선심으로 단원 전원이 시내 중국집으로 몰려 가 짜장면 파티가 있었는데 윤경이와 은영이도 특별 초대되어 수덕이와 현도도 함께 느긋하게 식사할 수 있었다. 식사가 끝나고 넷이서 읍내 거리를 걸으며 수덕이는 현도에게 특유의 귓속말로 속삭였다.

　"오늘 같은 날 사부가 와서 봤으면 좋았을 텐데."

　땅바닥을 툭툭— 차면서 아쉬워했다.

서울을 지리산으로 옮기다

연극의 후유증은 예상외로 길어서 들떠 있던 마음들이 깊이 가라앉으면서 수덕이는 점점 뭔가에 골똘해 있는 듯 말이 없어지고, 현도도 나름대로 잔치 뒤의 허전함 같이 매사가 심드렁한 황망함을 느끼고 있는 사이 을씨년스러운 겨울로 접어들고 있었다.

수덕이 마음은 어두운 우울 증세를 보이던 지난여름으로 돌아가는 듯 보여 현도는 하굣길에 말없이 땅만 바라보며 쳐져서 걷고 있는 모습이 영 마음이 놓이지 않았다.

"수덕이 너 요즘은 재미있는 일이 없어 그렇게 맥이 빠져서 그래? 어디 정신이 바싹 드는 일이 없을까?"

현도의 말에 수덕이는 힘없이 웃었다.

"만들면 얼마든지 있지만 모두 쓸데없는 짓이야."

수덕은 발로 땅을 차면서 여전히 맥없이 걸었다.

"이번 겨울 방학에는 서울에 가서 여자애들 만나서 정통 연극도 구경하면 기분이 좋아지지 않을까?"

현도가 마음을 풀어 주려고 했던 제안에 전혀 관심이 없는 투였다.

"나는 원래 연극에는 별로 관심 없는데 지난번에는 괜한 객기였어. 그리고 나 방학 동안에 가 볼 곳이 있어. 네 미술 학원 수업만 아니면 함께 가고 싶은데, 안 되겠지?"

"어디 가려고?

현도의 물음에는 대답 대신 힘없이 웃기만 해서 재촉을 하자. 마지못해 입은 열었다.

"너는 나 보고 분명히 또 바보짓 한다고 할 거야."

입을 꼭 다문 채 걷기만 하는 것이 그제야 수덕이 연선에 대한 집착이 또다시 시작된 것이 느껴졌다.

"사부한테서 요즘 연락 없었어?"

수덕이는 대꾸 없이 집에 도착해 삐걱거리는 나무 계단을 올라가 방 안에 책가방을 던져 놓은 채 벌렁 누워 버려 현도는 따라 올라가 물끄러미 내려다보다가 옆에 쪼그려 앉았다.

"너 지난번에 이젠 사부를 안 봐도 된다고 안 했나?"

"사부 때문만이 아니야. 그리고 사부는 나를 보러 올 여유도 없고, 올 마음도 없으면서 내가 여름에 사고를 치는 바람에 마지못해 맘에 없는 약속을 했던 거야."

돌아누워 얼굴을 감싸는 걸 보면 자기는 부인하지만, 그에게 온 우울증은 어디까지나 사부 때문인 것은 사실이었다.

"조금 기다려 봐! 사부는 수덕이 너를 정말 끔찍하게 생각하고 있는 것 같았어. 네 사부 하는 말이 마치 만지면 깨질 것 같은 유리잔처럼 생각된다고 했었거든."

현도의 말이 채 끝나기도 전에 수덕이 벌떡 일어나 앉았다.

"우리 사부는 그게 문제야. 나를 그렇게 위험스러운 존재로 여기니까 내가 가까이 가는 것을 좋아하지 않는단 말야."

수덕이는 어느새 벌겋게 화가 난 얼굴이 되었다.

"내가 봤을 때 너희 사부는 그런 뜻으로 한 말이 아니라 너를 그 정도로 소중하게 생각하고 있다는 뜻으로 느꼈었는데."

현도가 애써 변명을 해도 여전히 화가 풀리지 않은 채였다.

"내가 전시회 때문에 서울 가는 바람에 못 만난 걸 핑계로 안
오는 거란 말이야."

절망적인 얼굴이 되어 도로 방바닥에 엎드려 버렸다.

"아무려면 너희 사부가 그렇게 비겁하겠니? 무슨 이유가 있어
서 늦어지고 있는 걸 거야."

현도가 등을 쓸어 주자 돌아누워 현도의 무릎을 베고 누우면서
투덜댔다.

"요즘 도대체 내가 생각해도 나 자신이 한심하고 이해가 안 돼!
생각하지 않는다 해 놓고는 그 생각 속에 묻혀 있으니 영원히 구
제 불능이지?"

현도는 깊은 절망에 빠져 있는 수덕이의 갈등을 달래 주고 싶
은 생각에 골몰한 나머지 큰 결단을 했다.

"네가 방학 동안에 간다는 곳이 어딘지 나도 함께 가면 안 될
까? 전에 우리 둘이 함께 지은 죄가 있어서 어머니가 알면 걱정
이 이만저만 아니겠지만 말야."

현도의 뜻밖의 제안에 수덕이는 금방 눈을 반짝이고 일면 미심
쩍어 하면서 올려다봤다.

"정말 너희 집에 비밀로 하고 나랑 같이 갈 용기가 있어? 공연
히 해 본 말이라면 후회하기 전에 취소하시지."

수덕이의 다짐에도 웬일인지 현도는 단호했다.

"나도 이제는 나 자신은 내가 책임질 수 있는 나이가 됐다고 생
각해서 후회는 안 할 거야."

그제야 수덕이 일어나 앉아 다시 한번 현도의 결심을 확인하고

나서 짓궂은 표정이 되어 현도를 건네보았다.

"너 아까 우리 사부가 그렇게 비겁하겠냐고 하는 걸 보면 너는 아직 우리 사부를 잘 모르는 것 같다! 내기에서 계속 진다고 팻재 골에서 치사하게 어린 나를 벌거벗게 한 사부야!"

"그건 네가 그렇게 벌거벗기까지 할 줄은 몰랐겠지?"

현도의 변명에 수덕이는 콧방귀를 뀌며 한숨을 쉬었다.

"아이고! 사부가 이 수덕이 맘을 몰라?"

수덕이 말에 둘은 자지러지게 웃었다.

다음 날 수덕이는 조그만 쪽지를 가지고 와서 현도에게 보여 주었다.

"사부가 수행하고 있는 지리산 암자를 알아냈거든. 그런데 너 정말 나하고 같이 가도 괜찮겠어? 이번 겨울 방학이 네 입시 준 비에 중요한 시기잖아. 필기는 내가 도와줄 수 있지만 미술 실기 는 내가 책임 못 져."

사실은 현도 자신이 생각해도 학교미술실에서 연습하는 것도 손색은 없지만, 입시 정보 등 동향을 알기 위해 방학 동안 서울에 올라가서 보충하려던 참이었다. 조금 차질이 있는 것은 맞는 말 이지만 한 번 내뱉은 약속인지라 어쩔 수가 없다고 다짐을 했다.

"며칠쯤은 괜찮아! 내년 여름 방학도 있으니까 그때 더 열심히 해야지."

"좋았어! 우리 샌님이 실망하지 않게 계획을 잘 짜 볼게."

수덕이가 예상했던 것처럼 연선은 방학이 시작된 한겨울까지도 모습을 나타내지 않아 어떻게 그렇듯 연선의 심중을 꿰뚫고 있었 는지 현도가 생각하기에 너무 신기했다.

그리고 장담은 했지만 부모의 허락을 얻는 것이 걱정이었다.

먼 지리산까지 간다면 지난번 수덕이와의 여행 때 있었던 불상사들 때문에 십중팔구 어머니의 반대가 이만저만이 아닐 것이 분명해 말을 꺼내지 못하고 망설이고 있는 걸 지켜보던 수덕이는 현도의 어깨를 토닥였다.

"하긴 네 말이 맞아. 그렇다면 어머니께는 안 된 일이지만 이번에는 서울을 지리산으로 옮기는 수밖에 없을 것 같다."

현도는 수덕이의 발상에 내심 놀라지 않을 수가 없었다.

"그럼 지리산을 거쳐서 서울에 가면 우리가 서울을 들고 다니는 거네. 우리 집에서는 내가 서울 간 줄 알고 있으니까."

둘이 손을 맞잡고 자지러지게 웃어 제기는 바람에 주위 아이들은 멍한 표정들이었다.

수덕이는 현도가 따라간다는 말을 반신반의했었는데 실제로 함께 갈 수 있게 된 것이 매우 기뻤다.

방학이 되자마자 수덕이도 함께 서울에 간다는 현도의 말에 강여사는 머리를 갸웃했다.

"수덕이가 별일이네! 매번 혼자 남아 있다가 그 사단을 만들곤 하더니. 이번엔 웬일이야?"

"그래서 내가 강제로 가자고 졸랐어요!"

현도는 자기도 모르게 생각에도 없던 말로 둘러대고는 가슴이 울렁거림을 겨우 진정하고 수덕이네 집으로 가 챙겨 놓은 간단한 짐을 들고 둘이 신바람 나게 버스에 올랐다.

현도는 어른들에게 가는 곳을 숨기고 떠나는 여행이라는 것에 어떤 전율까지 느껴져서 새삼 심장 박동이 커짐을 실감할 수 있었다.

부여에서 익산까지는 버스로 이동해서 기차로 갈아타고 남원에 도착하니 늦게 출발해서인지 저녁 5시가 넘어 짧은 겨울 해는 서산을 넘으려 하는 즈음이었다.

기차에서 내려 역사 밖으로 나오니 어둑한 거리에 겨울 찬바람이 옷깃을 날려 벌써 타지에 나와 있다는 것이 절감되어 마음부터 스산했다. 수덕이는 지리산 안내지도 쪽지를 들춰 보며 여행 코스를 점검하고 있었다.

"여기서 운봉에 가는 시내버스를 타야 하는데. 그것보다 우선 어디 가서 일찍 저녁부터 든든하게 먹어 둬야 해."

수덕이 현도를 데리고 들어간 가까운 곳에 있는 식당 안은 손님이 별로 없어 한가했다.

그들이 들어가자 주인아주머니가 보리차 주전자를 들고 와 수덕이 식사를 시키면서 운봉에 가는 길을 묻자 식당 바로 아래쪽에 정류장이 있다고 가르쳐 줘서 식사를 마치고 운봉행 버스에 올랐다.

주민인 듯한 나이가 지긋한 어른들과 배낭을 가진 젊은 등산객 몇 사람뿐이었다.

시내버스인데도 도심지를 벗어나자 저녁노을에 젖은 겨울 벌판을 달리기 시작해 황혼이 서산마루에 기울수록 창 사이로 새어드는 바람이 차갑고 전혀 가 본 적 없는 미지의 땅을 찾아간다는 불안감이 그들을 바싹 웅크리게 했다.

점점 한기가 더해짐을 느끼며 어둑한 바깥 풍경을 바라보고 있는데 등산복을 입은 대학생 또래의 청년이 유심히 그들을 주시하고 있는 것을 한참 후에 알았다.

운봉 종점에 도착하여 버스에서 내리자 드디어 청년이 수덕이에게 다가왔다.

"너희들 내가 보기에 초행인 듯한데, 어디까지 가는 거야?"

수덕이 낯선 사람의 갑작스러운 물음에 머뭇거리다 경계하는 투로 힘들게 대답을 했다.

"백장암까지 가려고 하는데, 왜 그러는데요?"

"그럼, 여기서 함께 순환 버스로 갈아타야겠군. 나도 그 근처까지 가니까 동행해도 되겠다."

수덕이는 안내지도 쪽지를 꺼내 보이며 말했다.

"우리는 여기 표시된 대로 걸어서 가려고 하는데요."

"무슨 일로 가는지 모르지만 저기 높이 보이는 정령치 고개를 걸어서 넘어가려면 꼬박 한나절은 걸려야 백장암에 도착할 텐데. 이 추운 겨울밤에 고생도 고생이지만 위험한 코스야! 조금 있으면 거기까지 가는 지리산 순환버스가 올 거니까 고생하지 않으려면 이 형 말을 들으라고."

청년이 설명하자 주위에서 버스를 기다리던 어른들도 그렇다고 한마디씩 해 현도가 수덕이가 알아봤다는 정보를 미심쩍어하자 메모 쪽지를 꺼내 세심히 들여다보며 머리를 갸웃했다.

"여기 운봉에서 정령치를 넘어 뱀사골, 달궁을 지나서 햇물가를 따라 실상사를 거쳐 돌아가면 백장암이 나온다고 돼 있는데요."

수덕이가 메모지를 보이자 청년은 역시 고개를 끄덕였다.

"등산 목적으로 도보로는 그렇게 가는 것이 맞지만, 걸어서 가면 지금 출발해도 내일 아침에 도착하기도 힘들 거라는 말이지. 버스로 곧바로 가면 삼사십 분이면 충분한걸. 그렇게 고생할 필요가 있겠어?"

수덕이는 정령치 쪽을 올려다보니, 우람한 산세에 압도되기도 하고 청년의 설득이 옳은 것 같아 버스를 기다려 보기로 했다.

버스를 기다리는 동안 청년은 서울 D대 철학과에 다니는 이창욱이라고 자기소개를 하면서 산을 너무 좋아해서 방학이면 전국 명산 순례를 하는 것이 취미라고 했다.

산 중에서도 이 산의 우람하고 신령스러운 산세 때문에 제일 많이 찾는다고 지리산 자랑이 대단했다.

"내가 보기에 너희들은 등산하려고 온 것 같진 않고, 무슨 일로 백장암까지 가는 거야?"

수덕이는 자기와 현도를 소개하고 백장암에 있는 암자에서 수행하고 있는 사부를 만나러 간다고 했다.

"백장암에는 암자나 토굴이 한두 군데가 아니라 여기저기 흩어져 있어서 쉽게 찾을 수 있을지 모르겠다. 더구나 너무 늦은 한밤중에 도착해서 고생 좀 할 수도 있었는데. 너희들이 나를 만난 게 불행 중 다행인 것이 내가 그 근처를 조금은 안다는 거야."

창욱이 장광설을 늘어놓을 때 버스가 도착해 모두 올라탄 후에 수덕이는 안내지도 쪽지를 내보였다.

"여기 메모에는 백장암만 찾으면 된다고 해서 암자 이름인 줄 알았는데. 아닌가 봐요?"

"백장암은 그 계곡 밑에 있는 마을 이름이고 마을 위쪽 계곡 상류에 토굴과 암자가 수십 군데가 있어. 더구나 그곳 산세가 워낙 험한 곳이라 계곡에 올라가서도 이 밤중엔 찾기가 그리 만만치 않을 거란 말이지. 곧 도착할 거니까 바로 눈으로 확인해 보도록 해!"

창욱이 한심하다는 표정으로 쳐다봐서 현도는 이 밤중에 사부를 찾지 못해 산속을 무작정 헤매는 것은 아닌가 하는 불안감에 휩싸여 뜨악한 눈망울로 걱정스럽게 수덕이를 건네봤다.

수덕이 그런 현도의 마음을 읽기라도 한 듯이 다가와서 어깨를 토닥였다.

"마을에 도착해서 알아보면 사부 있는 곳을 찾을 수 있을 거니까 너무 걱정하지 마! 여기까지 데리고 와서 고생시키지 않을게."

바깥은 이미 캄캄해져 아무것도 분간되지 않고 가끔 여기저기 민가에서 흘러나오는 불빛만이 차창 밖으로 스쳐 지나가고 있었다.

버스가 구불구불한 계곡을 따라 위쪽으로 오르기 시작했을 때 창욱이 갑자기 침묵을 깨고 수덕이를 보고 물었다.

"너희들이 수행 중인 사부를 찾아간다고 했는데, 어떤 분이길래 무슨 일로 이 엄동설한에 찾아 나선 거야?"

"제가 아주 어릴 때부터 도움을 주신 존경하는 스님입니다."

"그렇다면 너희들도 불교 신자야?"

"아뇨! 우리는 종교에는 아직 별로 관심이 없거든요."

"아니 그런데도 수행 중인 스님보고 사부라 하나? 어쩌면 스님이 허락하지 않을 텐데."

"그분이 환속해 계실 때 알게 된 분인데, 제가 십여 년간 여러 가지 도움을 많이 받아서 그렇게 불러 왔는데, 오륙 년 전에 사부님이 다시 출가하셨습니다."

수덕이가 창욱이와 이야기를 나누고 있는 사이 버스는 백장암에 도착해 차 안에 있던 사람들이 거의 다 내리고 창욱도 커다란 배낭을 메고 앞서 내렸다.

"여기가 바로 백장암이야. 근처에 있는 가게에서 스님을 알고 있을 수도 있으니까 빨리 알아보도록 해! 대부분 이름이 없기는 한데 어느 토굴인지 이름이라도 알면 찾기 쉬울 텐데."

수덕이는 부리나케 가까운 가게에 달려가 문을 두드려 봤지만,

불도 꺼지고 문도 잠겨 있어 그냥 돌아오는 걸 보고 있던 창욱은 고개를 끄덕였다.

"요즘 같은 겨울철에는 등산객이나 행락객이 많지 않아서 가게들이 일찍 문을 닫지. 조금 더 올라가면 민박하는 집들이 혹시 문을 열고 있는 데가 있을 거니까 거기서 알아보도록 해!"

창욱이 덩치가 애들 키만큼 큰 배낭을 메고 앞장서서 산길을 걸어 올라가기 시작해 그들도 뒤를 따랐다.

"형님은 이 밤중에도 산에 올라가실 겁니까?"

현도가 궁금해서 물었다.

"겨울철에는 야간 등산은 위험해서 못하고 어디 민박하는 집에서 하룻밤 자고 내일 새벽에 올라갈 계획으로 나도 늦게 왔단다."

현도는 민박이라는 말이 생소해서 물어보니 창욱이는 잠자는 방만 빌려주는 집인데 요즘 같은 비수기에는 싸게 빌려준다고 했다.

산에서 몰아치는 바람이 생각보다 쌀쌀한데 발아래에서 들려오는 물소리가 여름철같이 커다랗게 들려오는 계곡을 따라 좁은 길을 올라갔다.

불 켜진 조그만 가게에 창욱이 말했던 '민박'이란 작은 팻말이 창문에 붙어 있어 수덕이 뛰어들어가 문을 두드리자 다행히 나이가 많아 보이는 할머니가 나왔다.

"이 근방에서 연선이란 스님이 공부하고 계신 암자를 아세요?"

수덕이의 물음에 할머니는 금방 알아듣고 고개를 끄덕였다.

"암 알지. 저 꼭대기 토굴에 있는 젊은 스님 말이군. 그런데 오늘 아침 일찍 구례 화엄사에 볼일이 있다고 내려갔는걸."

수덕이는 우선 제대로 찾아온 것 같아 반갑고 안심이 됐다.

"내가 스님한테 밖에서 뭘 사다 달라고 부탁한 게 있었는데 아직 안 지나간 걸 보면 어쩌면 오늘은 못 오는 가 봐."

"스님이 계신 암자는 여기서 멀어요?"

"이 밤중에 처음 가는 사람은 올라가지 못해. 스님은 어쩌면 구 례나 하동에서 자고 오는 모양이야. 버스도 학생들이 타고 온 차 가 막차인걸. 하긴 추운 겨울이 아닐 때는 그 스님은 걸어서 노고 단 쪽으로 넘어 다닐 때도 있긴 하지만 오늘은 모르겠군."

"화엄사가 여기서 먼 가 보죠?"

수덕이가 또 묻자 창욱이 할머니 대신 대답을 했다.

"버스 타고 가도 아마 한 시간 이상 걸리지. 지금 우리가 온 남 원보다 조금 더 머니까."

할머니는 안타까운 시선으로 돌아보았다.

"하필이면 스님이 한동안 통 외출을 안 하다가 모처럼 나갔을 때 찾아들 왔어? 토굴에 가 봐야 잠잘 곳이 못 돼. 스님 혼자 눕 기도 좁은 토굴이라고 하던걸. 오늘은 예서 자고 내일 기다리다 만나 보도록 해!"

할머니의 제안에 옆에 있던 창욱도 당연하다는 투로 말했다.

"나도 여기서 할머니 신세를 져야 할 것 같은데 너희들도 그렇 게 하는 수밖에 없겠다."

창욱이 간단한 저녁 식사까지 부탁해 할머니는 안으로 들어가 며 말했다.

"오느라고 고단들 할 테니 어서 들어가 씻고들 쉬어. 혹시라도 스님이 지나가면 알려 줄 거니까 걱정하지 말고."

둘은 창욱이 제안으로 그가 정한 방에서 함께 묵기로 하고 좁 은 마당 구석에 있는 수돗가에 가서 세수하고 방에 들어가니 방 안은 후끈하게 덥혀져 있다.

나중에 씻고 온 창욱이 혼자 고개를 주억이며 입을 열었다.

"가만히 보니까! 너희들 오늘 나 안 만났으면 고생 꽤 했겠다. 그래서 사람의 만남이란 것이 이렇게 묘한 것이어서 험한 세상도 그런대로 살아갈 수 있는 거란 생각이 든다."

웅크리고 앉아 이불 속에 언 발을 녹이고 있는 그들을 내려다봐 수덕이도 빙그레 웃으며 맞장구를 쳤다.

"우리가 정말 고생을 덜 하려고 형님을 만난 것 같아요. 형님, 정말 고맙습니다!"

"모든 산이 그렇지만 특히 이곳 지리산은 만만하게 볼 산이 아니란다. 신령스럽다고나 할까! 그래서 너희 사부 같은 사람들이 정신수양을 위해 찾기도 하고, 도를 공부하는 사람들이 골짜기마다 많이 있지. 그래서 충분하다고 생각한 사전 지식이 통하지 않는 곳이 이 산의 위세이기도 해. 수십 번을 찾아와도 올 때마다 다른 모습으로 맞이하고, 처녀의 몸처럼 은밀한 본래의 모습을 내보이지 않는 매력에 반해서 계속 찾게 되는 게 여기 지리산이란다. 그리고 이곳에서 너희들하고 나하고 그냥 생각 없이 만난 것 같지만 아주 오래전부터 만나기로 정해져 있었는지도 몰라."

창욱이의 장광설 같은 지리산 예찬에 수덕이는 머리를 긁적이면서 말했다.

"제 딴에는 나름대로 조사한다고 했는데 실제 와 보니 영 다르군요. 참, 형님은 대학생으로는 나이가 좀 많으신 것 같은데요?"

"지금 스물일곱이니 좀 늦었지. 군대 갔다 와서 몇 년 빈둥빈둥 놀다가 이번 학기에 복학했으니 많이 늦어졌어. 너희들은 고2라고 했나? 이 겨울이 지나면 바로 졸업반이라 대학 입시가 발등의 불인데, 이런 중요한 시기에 한가하게 놀러 다닐 겨를이 있나?"

바로 옆에 있던 현도가 조용히 올려다보며 입을 열었다.

"수덕이 이 친구는 입시가 거의 보장돼 있어서 걱정이 없고 저는 미대 지망이라 여기서 곧바로 서울로 올라가 학원에서 미술 실기 수업을 받으려고 하거든요."

창욱이는 수덕이를 찬찬히 바라보며 의아하다는 표정을 지었다.

"보장이라니, 무슨 보장?"

"쟤는 올해 전국 학생 과학 발명품 전시회에서 대상을 받았으니까 아마 이공계 쪽에서는 특전이 있을 거예요."

현도의 말에 창욱은 갑자기 눈을 크게 떴다.

"아! 올가을 초에 나도 우연히 그 전시회 시상식 장면을 TV에서 봤는데. 대통령하고 악수하며 천연덕스럽게 웃던 그 아이가 바로 너였구나? 그때는 화면에서 영특해 보이긴 해도 잘생겼다고 생각 못 했는데 지금 실제로 보니까 귀여운 얼굴인데? 반갑다!"

새삼스럽게 손을 내밀어 수덕이에게 악수를 청했다. 그때 할머니가 문을 열고 밥상을 내밀어 창욱이 급히 일어나 받았다.

"요즈음은 찾는 사람이 없어서 찬 준비가 안 돼서 상이 이렇네. 그래도 시장이 반찬이니 많이 들어요. 그리고 학생들은 스님하고 어떤 사이인데 이 추운 날 험한 예까지 찾아왔을꼬?"

할머니의 물음에 수덕이는 진지한 표정이 되었다.

"옛날부터 존경하는 사부님과 만난 지 너무 오래돼서 방학을 이용해서 찾아뵈려고 왔습니다."

할머니는 주름진 눈가에 웃음을 띠었다.

"그럼 스님 고향이라는 홍산에서 왔나?"

"우리는 그 근방 부여에서 왔습니다."

할머니는 고개를 끄덕였다.

"젊은 스님이 요즘 불도 없는 토굴 속에서 제대로 먹는 것도 없이 고생이 이만저만이 아니야! 말로는 고생하는 것이 공부라나 뭐라나. 내가 먹을 걸 좀 싸 줄라치면 한사코 거절해서 내 마음이 영편하지 않아요. 언제 그 고생이 끝날지 기약도 없다 하니. 참!"

혀를 끌끌 차며 안타까워하는 것을 보면 연선과 많은 접촉이 있었구나 하는 생각이 들었다. 할머니는 부엌으로 돌아가고 수덕이는 고생한다는 사부 생각에 고개를 떨궈 창욱은 수덕이의 마음을 헤아리기라도 하는 듯이 조용히 말했다.

"네 사부의 공부는 할머니 말씀대로 고생하는 게 수행의 한 방법으로 그 고행을 마다하지 않는 걸 어쩌겠어. 그런 고생을 해서라도 큰 뜻을 깨우칠 수만 있다면 나라도 얼마든지 감수하겠다. 나와 너희들은 사부와 깨우치는 방법만 다를 뿐이니 네가 걱정할 것은 하나도 없는 것 같다."

"저는 그렇게 고행을 하는 걸 알고 있으면서 철이 덜 들어서 그런 사부의 수행을 방해만 해 왔거든요."

수덕이는 또다시 고개를 떨구었다.

"네가 무슨 방해를 했다는 건데?"

"이렇게 찾아오는 것부터 사부는 별로 달가워하지 않을 것이 분명해. 저는 그런 생각이 들죠."

"생각하기에는 방해라고 할 수도 있지만, 당사자인 네 사부가 받아들이기 나름이지. 토굴에서의 고생이 육체적인 거라면 네가 생각하는 것은 정신적인 것이니 어떤 면에서는 스님의 고행을 돕는 것일 수도 있으니 네가 걱정할 게 하나도 없겠다."

창욱은 식사 도중에 갑자기 배낭을 풀어 소주병을 하나 꺼냈다.

"원래 민박에서는 각자 직접 식사 해결을 하는 법인데 여기는 할머니가 밥장사도 겸하고 있어서 다행히 수월하게 해결했네. 나는 술 한잔할 건데, 너희들도 한잔, 어때?"

창욱의 제안에 현도는 수덕이를 걱정스레 돌아보았다.

"수덕이는 얼마 전에 술 마시고 엄청 혼나서 못 마실걸요."

"나는 시골에서 어려서부터 홀짝홀짝 마시는 게 버릇이 됐었는데 이제 보니까 너희들도 술 마신 전과가 있구나. 그런데 수덕인 술을 어떻게 마셨길래 혼이 난 거야?"

현도가 올 봄에 있었던 일을 대충 얘기하자 창욱은 수덕이의 어깨를 두드리며 호쾌하게 웃음을 터트렸다.

"아주 별종이고만. 공부를 잘하거나 왜소한 친구는 그런 상황에 부닥쳐서는 뒷전으로 꽁무니를 잘 빼는데 내가 오늘 사나이 중 사나이를 만났네. 많이 마실 술도 없지만 한 잔씩 하고 자면 잠이 잘 오지. 산에선 공기가 맑아선지 술이 금방 깨더라!"

창욱이 등산 컵을 꺼내자 수덕이 잽싸게 술병을 따서 술을 따르고 창욱이 마시고 나서 술잔을 건네자 수덕이 받아들고 피시시 웃었다.

"저도 사실은 형님처럼 어릴 때 가끔이긴 해도 마셨습니다."

"술 전과는 나와 똑같군. 현도는 어떤가?"

수덕이 마시고 건넨 술잔을 창욱이 단번에 비우고 나서 현도에게 잔을 돌리자 수줍게 웃으며 망설이는 현도를 보고 수덕이는 흥미로운 표정으로 바라보며 말했다.

"너는 지난봄에 술 신고하려다 나 때문에 실패했었잖아. 처음 마실 때는 찔끔찔끔 마시면 안 되고 단숨에 마셔야 해."

현도는 빙그레 웃고 나서 눈을 질끈 감고 수덕이가 시키는 대로 한 번에 술을 입안에 쏟아붓고 꿀꺽 넘기니 쓰면서 화끈한 것이 목을 타고 넘어갔다.

단숨에 술을 마시는 것을 지켜본 수덕이는 손뼉을 치며 놀라워했다.

"와, 샌님도 잘 마시는걸! 나는 아버지 몰래 가끔 마셨는데 현도는 진짜 처음이거든요."

"수덕인 원래 술 마신 전력이 있으니 한 잔 더 해도 되겠군."

"제가 공연히 전과를 밝혔나 봐요."

수덕이는 마시고 나서 술잔을 현도에게 내밀었다.

현도는 겁이 나면서도 호기심이 가시지 않아 긴장된 마음을 도닥이며 다시 들이마시자 독한 술 냄새와 함께 강한 알코올 맛이 혀를 마비시켜 오며 머리가 멍해졌다.

현도가 창욱에게 술을 따르고 나니 술병이 바닥이 나자 수덕이 자리에서 벌떡 일어섰다.

"괜히 우리가 마시는 바람에 형님이 부족한 것 같아 제가 나가 한 병만 사 오겠습니다."

창욱은 의외로 벌써 눈 주위가 벌게져 고개를 가로저었다.

"나는 원래 술이 약해서 이만하면 됐어."

"저는 이대로 잠이 올 것 같지 않은데요."

수덕이는 술이 한 잔 들어가니 긴장이 풀리고 기분이 좋아진 듯한 말투였고 현도는 빨개진 얼굴로 눈만 말똥말똥 뜨고 상기되어 있었다.

"잠 잘 자리니까, 부족하면 네 말대로 한 병만 더하던지."

"부족한 건 아닌데요. 오늘 형님께 신세도 너무 많이 진 것 같고 좋으신 분 같아서 얘기도 더 하고 싶습니다."

밖으로 나가 술병을 들고 들어와 현도는 조금 걱정하는 듯한 표정을 짓자 수덕이 옆에 앉아 어깨를 감싸 안았다.

"샌님! 걱정할 게 하나도 없잖아. 이제 사부님 계신 곳도 알았겠다. 또 우리를 안내해 주고 보호해 준 형님하고 마시는데 무슨 걱정이야?"

수덕이 신이 나서 말하자. 창욱은 술잔을 비우고 잔을 건넸다.

"공부만 잘하는 꽁생원은 술을 의도적으로 피하거나 못 하는 애들이 대부분인데 너는 전혀 예상 밖이네!"

"저는 진짜 우리 아버지 말대로 별종은 별종이죠. 그래서 공부 잘하지, 싸움도 누구한테 지지 않지, 발명도, 술도. 그리고 연극도 잘하고. 참, 우리 샌님한테 물어보세요. 이번 가을에 한 연극에서 부활의 카추샤를 제가 했거든요. 일인 오역 대사를 하다가 막판에 망신을 당했지만 끝내줬다는 거 아닙니까?"

현도는 수덕이 말이 많아지는 게 취해 간다고 느껴지고 자신도 머리가 멍하고 정신이 몽롱해지는데 창욱이 잔을 현도에게 내밀고 수덕이를 건네보며 말을 이어 갔다.

"카추샤는 여자 역할인데, 네가 했다고? 하기는 얼굴이 조그맣고 야무지게 생겨서 분장하면 예뻤을 텐데 왜 망신을 당했다는 거야?"

현도가 잔을 받고 그때 일을 얘기하며 계면쩍어하자 창욱은 손뼉을 치며 박장대소를 하는데 얼굴이 홍시처럼 벌게져 있었다.

"아니 너도 연극을 했단 말야! 벌써 여자 친구도 있고?"

"얘는 참한 얼굴이라 카추샤 친구 창녀 역할이 돌아갈 건데 내가 당당한 남자 주인공 네플류도프 공작으로 구제해 줬죠. 그리고 여기서 사부 만나고 서울에 가면 여자 친구가 기다리고 있어요. 저도 현도 덕분에 만나게 된 애가 워낙 극성이라 만날까 말까 생각 중이죠."

술이 거나한 수덕이 의기양양해서 마지막 술잔을 비우자 창욱이 비척이며 일어나 자리를 펴서 모두 잠자리에 누웠다.

현도는 천정이 빙빙— 돌고 바닥으로 몸이 기어드는 것 같아서 눈을 꼭 감고 정신을 차리려고 애를 쓰다가 수덕이가 여전히 창욱이와 떠들고 있는 사이 깊은 잠에 빠져들고 있었다.

얼마 동안 잠이 들었을까, 가슴이 답답하고 누군가의 거친 숨결이 코끝에 느껴져서 정신을 차려 보니 누군가에 부둥켜 안겨 있었다.

수덕이가 술에 취해 장난치나 하고 눈을 비비고 일어나 보니 뜻밖에도 수덕이는 보이지 않고 얼굴이 시뻘겋게 상기된 창욱이었다.

현도는 매달린 창욱을 밀치고 밖으로 나오니, 확— 하고 찬 기운이 바람과 함께 옷깃을 파고들었다.

술은 웬만큼 깬 것 같은데 머리가 지끈거렸다.

캄캄한 수돗가 탁자에 웅크리고 앉아 있는 수덕이가 보여 옆에 가 앉았다.

"술이 약하다더니 아주 천지사방을 헤매고 야단이야."

툴툴대는 수덕이를 보고만 있던 현도가 헤실헤실 웃었다.

"뭘 그걸 가지고 그래. 옛날에 너도 나를 더듬었잖아!"

"우리는 흉허물없는 친구 사이고, 그 무렵 네 몸에 이상 반응이 나타난 걸 보고 사실 놀랐고. 어릴 적 내 생물학적 호기심이 발동하게끔 네 몸이 자극해서였는데, 이 형은 이상하게 그 술 냄새 푹푹— 나는 얼굴로 들이밀어 잠이 확 달아나 피해도 꼼짝하지 않아서 우악스럽게 밀어붙이고 나왔더니 조금 미안한 생각이 드네!"

한참 동안 몸을 감싸는 추위를 견디고 앉아 있으려니 안방에서 할머니가 불을 켜시는 게 보였다.

"추운데 왜들 안 자고 밖에 나와 있어? 스님은 날이 밝아야 올 거니까 추운 데서 떨지 말고 얼른 들어가 자도록 해!"

"알았습니다."

대답하고 방에 들어오니 창욱이는 코를 드르렁거리며 큰대자로 널브러져 자고 있어 수덕이가 한쪽으로 밀치고 다시 둘이 나란히 누웠지만 좀처럼 잠이 오지 않아서 뒤척이다 새벽녘에 겨우 잠이 들었다.

해가 중천에 떠서야 깨어 일어나 보니 창욱은 벌써 일어나 산에 올라갔는지 보이지 않아 현도는 미안한 마음이 들었는데 수덕이도 어이없다는 표정이 되어 말했다.

"형도 참! 원래 좋은 형이었는데 내가 너무 과민 반응을 보였나 봐. 하긴 그놈의 술이 죄지."

둘이 다 씁쓸해하다가 할머니가 지어 준 아침밥을 먹고 오전 한나절 기다렸지만 연선이 좀체 오지 않아 답답해진 수덕이는 현도와 같이 할머니가 가르쳐 준 대로 암자를 찾아 나섰다.

밝은 낮에 보는 주위 산세는 웅장 그대로여서 현도는 입이 다물어지질 않았다.

하늘 끝까지 치솟은 높은 산봉우리들과 전혀 어색하지 않게 뒤엉킨 오밀조밀 드러난 암석들이 잘 조화를 이루고 있었다.

산 주위를 둘러싼 소나무 군락과 이름을 알 수 없는 수목이며 부여 집 뒤 대나무 숲과는 비교가 안 되는 엄청난 규모의 죽림이 인상적이었다.

산길은 생각보다 험하고 거칠어 집채만 한 바위들이 겹겹이 쌓여 있는 사이로 사람이 다닌 흔적이 그런대로 남아 있어 유일하게 길임을 가르쳐줄 뿐이었다.

바위 틈새를 따라 좁게 난 길을 한나절 숨을 헐떡이며 오르니 옥색 물줄기가 암반을 휘감아 흐르는 계곡을 가로질러 아름드리 통나무를 눕혀 놓은 다리가 있었다.

통나무 다리를 조심스럽게 건너 잡초들과 갖가지 넝쿨들이 우거진 길로 들어서 조금 올라가니 바위 위에 사람이 있었음 직한 토굴이 나왔다.

굴 바로 옆에 불을 피웠던 흔적이 있고 굴 안을 들여다보니 작은 이불 둥치와 간단한 식사 도구가 덩그러니 놓여 있었다.

수덕이는 굴 앞에 선 채 굳어 버린 듯 움직이지 않고 생각에 잠겨 있었다.

"이런 곳에서 이 추위를 견디다니 우리 사부 참 대단하지!?"

수덕이는 굴 구석에 놓인 허름한 이부자리에 조심스럽게 손을 뻗어 대 보고는 밖으로 나와 먼 앞산에 눈을 돌렸다.

사람의 시선을 압도하는 저 멀리 짙푸른 암산 계곡 줄기에 구름이 덮인 듯이 안개가 서린 사이사이 물기인지 폭포 줄기인지 햇빛을 받아 빛나 보였다.

한나절이 지나도록 둘이는 굴 주위를 서성이며 기다렸지만 연선은 오지 않아 통나무 다리 부근까지 내려가니 계곡에는 여전히 청량한 소리를 내며 옥색 비단폭 같은 물줄기가 얼음 덮인 돌 사이로 흘러내린다.

현도가 통나무 다리 아래쪽 널따란 암반을 타고 계곡 밑으로 내려가자 지켜보던 수덕이도 천천히 따라가 위쪽으로 거슬러 오르니 작은 폭포수가 수려하게 흘러내리고 넓적한 바위들이 진녹색 이끼에 뒤덮인 우아한 정경에 넋이 빠져 매끈한 암반 위에 걸 터앉았다.

짙푸른 산그늘 밑에 펼쳐진 수려한 절경에 취해 있노라니 수천 년을 거슬러 올라가 원시 인간 본래로 돌아간 듯한 착각이 들 정도로 그들의 마음을 사로잡고 있었다.

머릿속은 텅 빈 듯이 모든 잡념이 사라지고 그들 모두의 정신은 물론 육신까지도 스스로 느끼지 못할 만큼 무아지경에 빠져 있었다.

조금 전까지 을씨년스럽게 옷깃에 스며들던 찬 겨울바람도, 기다려도 오지 않는 사부에 대해 답답함도, 수덕이 굴 앞에서 느꼈던 애달픈 연민도, 그들은 모두 잊어버린 채 고즈넉한 상념에 싸여 아무 말 없이 한동안 앉아 있었다.

수덕은 폭포에서 흘러내려 가득 고인 맑은 녹색 담소에 햇빛이 내려앉아 눈부시게 반사하는 물굽이에 시선을 박고 얼마를 지났을까!

한참 만에 어디선가 인기척을 느끼고 눈을 돌려 뒤를 돌아보니 통나무 다리 위에 키가 구 척은 될 것 같은 중년은 넘은 듯한 남자 어른이 햇빛을 등지고 그들을 내려다보고 있는 모습이 눈에 들어와 현도가 섬찟 놀라 일어섰다.

수덕이도 따라 일어나서 자세히 보니 긴 머리칼과 수염은 희끗희끗하게 반백이었지만 길고 큰 얼굴은 붉은빛으로 윤기가 흘러 그리 늙어 보이진 않았다.

빙그레, 웃음만 띠고 내려다보고 있더니 곧바로 통나무 다리에서 내려와 그들이 있는 곳으로 경중경중 바위들을 건너뛰어 다가왔다.

두꺼운 눈썹과 광채 나는 눈빛에 사과 빛깔처럼 붉은 볼과 입술이 건장함을 더해 주고 있었는데 걸치고 있는 옷은 아주 허름한 한복 잠방이를 걸치고 있었다.

사나이는 거침없이 그들 가까이 다가와서 숨을 크게 한 번 들이켰다가 내뿜는 듯한 큰 목소리로 질책하듯 소리쳤다.

"어디서 온 동자들인데 남의 목욕소를 탐을 내고 있나?"

목소리가 워낙 커서 주위가 우렁우렁 울려 와 현도는 잔뜩 겁을 먹고 웅크리고 있는데 수덕이는 태연하게 올려다보며 말했다.

"이 근처에서 수행 중인 연선 스님을 만나려고 충청도 부여에서 온 학생들입니다."

"젊은 땡초의 아우들이군!"

사나이는 한마디 던지고 폭포수를 향해서 바위 사이를 건너 뛰어가더니 수덕이 시선을 던지고 있던 담소 앞에 서서 옷을 훌훌ㅡ벗고 팔을 몇 번 앞뒤로 힘 있게 내젓더니 물속으로 몸을 밀어 넣고 머리끝까지 담그고 있었다.

순식간에 목격한 광경에 둘은 서로의 얼굴만 바라볼 뿐 놀란 입을 다물지 못했다.

사나이는 머리까지 물속에 담그고 있다가 한참 만에 갑자기 머리를 물 밖으로 내밀고 한꺼번에 숨을 내뿜더니 천천히 나와서 온몸에 물기를 훌훌 털고 옷을 다시 걸쳤다.

수덕이는 겉모습은 산적처럼 무섭게 생겼지만 연선을 알고 있다는 것만으로 안도감이 들어 그대로 앉아 있으려니 사나이가 옷을 챙겨 입고 다시 바위들을 성큼성큼 건너왔다.

"자네들도 한번 저 맑은 물로 몸을 씻어 보지 않겠나? 찌든 세상 먼지가 모두 씻겨져서 엄청 개운할 거야. 오늘만 내 목욕 소를 공짜로 빌려줌세."

우렁우렁한 목소리로 말하고 그들이 앉아 있는 건너편 바위에 정좌하는데 몸에서 밥솥 증기처럼 김이 무럭무럭 피어나는 것을 바라보며 수덕이가 먼저 입을 열었다.

"아저씨는 연선 스님을 잘 아십니까?"

사나이는 대답 대신 그들을 향해 밝은 웃음 띤 얼굴로 한동안 세심히 바라보기만 하다가 수덕이 물음에는 한마디 대꾸도 없이 정색하면서 자기 이름은 '탄파'라고 한 다음에 각자의 이름을 묻고 나서 아주 뜻밖의 제안을 하는 것이었다.

"이 아저씨가 옛날얘기 하나 해 줄까?"

이분이 예사 분이 아니구나! 직감하면서 너무 의외의 제안에 당황하고 있는 수덕이를 향해 시선을 던지며 탄파는 말을 이어 갔다.

"처음 보는 자네가 너무 총명하고 영특해 보여서 얘기를 해주려고 하니까 들어봐! 땡초가 오려면 아직 멀었어."

둘이는 그저 멍하니 바라보고만 있었다.

"옛날도 아주 옛날, 어느 곳에 거대한 왕국이 있었다네."

탄파의 이야기는 이렇게 시작되었다.

어느 왕국에 아주 똑똑하고 절세미인인 공주가 있었다.

그 아름다움과 총명함이 그 나라뿐만 아니라 인접한 여러 나라에까지 파다하게 소문이 퍼져 있었다.

그 총명함과 당참은 부왕으로부터 물려받았고 아름다운 미모는 왕비를 빼닮고 있었다.

공주가 열일곱 살, 생일인 팔월 스무하룻날이 되던 날에 공주의 운명을 결정짓는 만남이 있었다.

그 왕국과 접경한 나라 중 한 나라가 갑자기 국경을 넘어 침공해 와서 이를 막아 내기 위해 출정했던 군사들이 완전히 적들을 무찌르고 개선한 날이기도 했다.

공주의 생일잔치를 겸한 장수들의 위안 잔치를 왕궁에서 성대하게 베푼 자리에서 공주는 그 연회에 참석한 한 젊은 장수와 운명적인 만남이 있었다.

장수의 출중한 용모와 지적인 눈빛에 반해 버린 공주는 당차게 춤출 것을 청했고 그 밤이 공주와 장수로써는 최고의 밤이었다.

그날 이후, 공주는 장수를 연모하게 되고 은밀한 만남이 시작됐으나 그들의 만남에 장애가 되는 커다란 문제가 이미 공주 신변에 잠재하고 있었다.

사실은 그 나라 국왕이 인접한 강대국 국왕과 친교를 맺으면서 공주와 그 나라 왕자의 결혼을 어렸을 적부터 약속되어 있었기 때문이었다.

옛날부터 미묘한 이해관계와 자국의 이익 문제로 전쟁에 휩싸일 위기를 그동안 여러 차례 넘겼던 것도 그 약조가 있어 상호 간 양보하고 자제하는 데 큰 계기가 되어 왔다.

사실 공주의 모후인 왕비도 인접 섬나라의 공주였는데 비슷한 이유로 선대왕이 인질 삼아서 데려왔던 경우였다.

공주와 장수의 만남은 오래 가지 않아 궐 안에서 입에서 입으로 퍼지고 급기야 국왕 내외의 귀에까지 전해져 큰 노여움을 사게 되었다.

공주는 국왕으로부터 심한 질책과 함께 궁 밖 출입을 일절 금지한다는 어명을 받았다.

국왕은 서둘러 상대국에 속히 혼례를 치르자는 친서를 보내 혼사를 서둘렀으나 공주는 쉽게 장수를 포기하지 않고 처음에는 부왕에게 매달려 눈물로 간청하고 왕비에게 억지도 부리며 자기의 사랑이 목숨을 초월한 것이란 걸 밝히기도 했다.

국왕도 금지옥엽으로 소중한 딸의 마음을 헤아리지 못하는 것은 아니었고 왕비도 자기 처지와 같은 딸을 불쌍히 여겼지만 나라의 운명을 좌우하는 강대국과의 약조를 저버릴 수는 없는 일이었다.

만약 그 약조가 깨질 경우엔 엄청난 환란과 피해는 이루 헤아릴 수 없을 것이란 것은 불 보듯 뻔한 것이기에 국왕 부부는 괴로운 심경으로 숙의 끝에 왕비가 내놓은 묘책이란 것이 공주가 사랑하는 장수를 제거해 버리자는 것이었다.

군사력이 중했던 시기에 전투에서 용맹을 떨친 젊은 장수를 잃는다는 것은 내키지 않는 일이었지만 달리 그 방법밖에 없다는 판단으로 은밀하게 일을 추진하도록 측근에게 지시한 것이 왕비의 시녀 중에 공주와 어릴 적 소꿉동무였던 시녀가 있어 그 계획이 공주에게 은밀히 전해졌다.

공주는 장수에게 빨리 피신하도록 연락해 인접국 심산으로 도망쳐 승려로 가장해서 몸을 숨겨 목숨은 부지했지만, 공주는 마음에 없는 결혼을 해야 할 처지가 되었다.

공주는 궁궐을 탈출해 장수가 은거하고 있는 산으로 가기 위해 여러 번 시도했으나, 왕이 부쳐놓은 병사들에 의해 번번이 실패로 돌아가고 말았다.

결혼식 날짜는 점점 다가오고 공주는 장수를 향한 그리움과 맘에 없는 결혼에 대한 불안, 그리고 부모의 냉정한 처사에 반발하여 자기 마음속 화를 주체하지 못해 미쳐 버릴 지경에 이르러 자기 처소에 불을 지르고 자결을 시도했으나 뜻대로 죽지는 못하고 온몸에 화상을 입고 목숨만 건질 수 있었다.

이 불행한 소식이 왕자의 나라에 전해져서 결혼식은 취소됐으나 화재로 대궐이 전소되는 혼란을 틈타서 그동안 불만이 많았던 주변국들이 연합하여 쳐들어와 나라 안은 최악의 궁지에 몰리고 말았다.

공주가 사랑한 젊은 장수는 공주의 참변과 나라가 풍전등화의 위기에 처했다는 소식을 듣고 급히 돌아와 전쟁터에 백의종군하여 적들을 무찌르는 데 혁혁한 공을 세웠다.

장수의 충정에 감복한 국왕은 전쟁이 끝나면 공주와 성대한 결혼식을 올려 주겠다고 생각했는데, 젊은 장수는 최전방에 나서서 용맹하게 적의 잔당을 무찌르다 마지막 전투에서 안타깝게 전사하고 말았다.

전쟁은 끝나고 승전의 나팔과 함께 군사들이 개선했지만 젊은 장수는 싸늘한 주검으로 수습되어 돌아왔다.

장수의 전사 소식을 전해 들은 공주는 이루지 못한 사랑에 절망하며 장수의 무덤가에서 하염없이 몇 날 며칠을 울다가 그 자리에서 죽음으로 장수의 뒤를 따르려 했으나 그마저 이루지 못하고 힘든 몸으로 일생을 다했다는 내용이었다.

긴 얘기를 마친 도인이 그윽한 눈빛으로 수덕이를 바라보자 그의 따가운 시선을 피해 고개를 숙이며 기어드는 목소리로 말했다.

"아주 기가 막힌 슬픈 이야기네요."

힘없이 말하자 탄파 도인은 정좌한 자세를 풀고 일어나서 수덕이 앞에 다가와 어깨를 쳤다.

"네 녀석 얘기인데, 가슴에 와 꽂히는 게 없나?"

뚫어질 듯 수덕이를 쏘아봐서 넋을 잃은 채 듣고 있던 현도도 너무 뜻밖의 말에 수덕이 얼굴을 건네보니 굳어진 듯한 표정이 되어 있었다.

"저는 이야기 초반에 알았습니다. 제 생일이 팔월 스무하루거든요. 정말로 제 전생이 이야기 속의 공주였단 말입니까?"

탄파 도인은 대답 대신 수덕이의 손을 잡았다.

"한 인간의 일생은 한 영혼의 삶에 일부분 즉 잠시지만. 그렇다고 한 번의 삶을 하찮게 생각하고 덧없이 살 만큼 중요치 않은 게 아니란다."

탄파 도인은 아주 굵은 목소리로 말하고 나서 햇빛을 받아 빛나는 얼굴과 붉은 입술에 미소를 가득 담고 바라보았다.

"제가 정말 전생이 그렇게 불행했던 겁니까?"

수덕이가 애원하듯 다시 묻자 탄파 도인은 귀찮다는 듯이 쏘아붙였다.

"머리는 비상한 놈이 쓸데없이 말이 많군. 네 전생이 좋았는지, 나빴는지 하는 것은 문제가 아니란 걸 모른단 말이냐? 그것에 연연할 필요 없이 네 마음에 비쳐 봐서 최선을 택한다면 후회 없는 삶이 되고, 또 다음 생에도 많은 득이 될 것이란 말이다. 이것 하나는 내가 약속하마! 네가 잘되던지, 못 되던지, 한 번은 꼭 어디서든지 나를 다시 보게 될 것이다."

탄파 도인은 갑자기 벌떡 일어나며 말했다.

"지금 연선이 마을에 들어오고 있으니 어서 내려가거라!"

수덕이와 현도는 연선이 왔다는 말에 깜짝 놀라 급히 일어나서 꾸벅, 인사를 하고 다리를 향해 급히 바위들을 건너뛰었다.

현도가 통나무 위에 올라서 뒤를 돌아보니 탄파 도인은 온데간 데없이 사라져 보이지 않고 수덕이는 정신없이 뛰어 내려가고 있었다.

그렇게 좋았던 날씨가 태양이 구름에 가려지더니 금방 흐려져 주위가 을씨년스러워졌다.

험한 계곡 길을 벗어나 죽림 부근에 다다르니 도인이 말한 대로 과연 저만치 민박집 앞에 할머니와 이야기를 나누고 있는 연선의 모습이 멀찍이 보였다.

연선은 그들이 달려오는 것을 보더니 빙그레 웃으며 꼿꼿하게 서 있고 금방 안기기라도 할 듯 달려간 수덕이 멋쩍게 서서 바라보다가 천천히 다가가서 꾸벅 인사를 했다.

"이 추운 엄동설한에 여기가 어디라고 이 멀리까지 찾아들 왔어? 참 재주들도 좋구나."

연선은 수덕이와 현도의 손을 다정히 잡았다.

"방학은 됐는데 할 일도 없고, 그냥 심심해서 한번 와 봤어요."

수덕이는 머리를 긁적이면서 말끝을 흘리며 머리를 숙였다.

"스님! 바로 밥상 차릴 테니 추운데 방으로 들어가 얘기들 해요. 이 총각들은 아침에 이 추운 산에 올라가서 점심까지 걸러 가며 여태 뭐들 하고 있었단 말이고?"

할머니의 말에 둘은 똑같이 도인의 이야기를 들은 시간이 별로 길지 않았던 것 같은데 얘기에 넋이 빠져 한나절이나 됐다는 것에 입을 벌리고 놀란 눈으로 서로를 보았다.

할머니 성화에 연선이 먼저 방으로 들어가고 그들도 멈칫멈칫 따라 들어가 앉았다.

연선은 목도리와 털모자를 벗고 아랫목에 앉은 후에 조용히 둘을 번갈아 보면서 나지막하게 말을 했다.

"친구 덕분에 현도가 고생이 많구나! 이런 곳은 처음이지?"

연선의 물음에 현도는 눈을 크게 뜨고 대답을 했다.

"저는 처음이라도 아직은 괜찮은데 사부님이 고생이 많으시네요. 수행하시는 분들은 이런 곳에서 얼마 동안이나 고생을 해야하나요?"

연선이 한동안 미소를 짓다가 낮은 목소리로 입을 열었다.

"현도는 그게 궁금했어? 글쎄, 배부르게 먹고 따스한 안방에 앉아서도 깨달음을 얻지 못하는 것은 아니겠지만 우리 인간은 귀도 얇고 눈도 밝아서 들어오는 소리나 보이는 것에 정신을 빼앗기기에 십상이고, 몸이 너무 편하면 인간은 게을러지기 쉽단다. 그런 속에서 어찌 한 가지 일념에만 전념할 수가 있겠어! 사람은 강한 듯하면서도 약한 동물이어서 들리는 소리와 보이는 색을 피해 자연스레 이런 심산유곡을 찾게 되지. 나는 지난날의 과오를 씻기 위한 고행이니 어려운 여건을 택할 수밖에 없단다."

연선이 잔잔한 미소를 띠며 바라보자 수덕이 퉁명스럽게 말했다.

"여기는 추운 것만 빼면 주위에 경치도 아주 좋고 새소리, 물소리도 많이 들리던걸요?"

"수덕이 네 말처럼 여기도 소리가 없고 보이는 것이 없는 것은 아니지만 사람을 유혹하고 생각을 흩트려 놓는 것은 없지. 그리고 너희들 생각에 춥고 초라해서 힘들어 보이지만 한 가지에 몰입하다 보면 추운 것 배고픈 게 모두 날아가 버리고 내가 추구하는 생각 속으로만 파고들게 되지. 어린아이가 놀이에 정신이 팔리면 해가는 줄, 밥 먹을 때가 된 줄도 모르듯이 말야. 그런데 너희들이 여기를 찾기가 힘들었을 텐데?"

연선이 의아한 얼굴로 바라보자 수덕이가 대학생 창욱이 형을 만난 얘기를 했다.

"고마운 친구를 만나 너희가 고생을 덜 했구나."

고개를 끄덕일 때 할머니가 밥상을 들고 들어와 연선이 합장을 해 고마움을 표하고 현도와 수덕이에게 식사를 권했다.

수덕이는 침울해진 얼굴로 밥 생각이 없다고 상에서 물러앉은 것은 탄파 도인에게 들은 얘기가 심한 충격으로 받아들여지고 있기 때문인 걸 모르는 현도가 걱정스러운 얼굴이 되었다.

"할머니가 정성 들여 차려 오셨는데 조금이라도 먹어!"

"점심도 걸렀으면 배고플 텐데 왜 기다리다 지쳐서 그래? 싫어도 억지로라도 먹어! 돌아서면 금방 후회하게 될 거야."

연선이 억지로 수저를 쥐어 줘서야 수덕이는 몇 숟가락 뜨는 둥 마는 둥 하고 물러나 앉고 잠시 후에 연선도 식사를 마치고 한동안 생각에 빠진 듯 무거운 침묵이 흐른 뒤에 조용히 입을 열었다.

"이 사부가 너와 했던 약속을 지키지 못한 것은 변명하지 않겠다. 네가 직접 와 봐서 알겠지만, 때를 맞춰 찾아갈 형편이 안 될 뿐더러 솔직히 수행 중에 너까지 챙길 만한 여유가 없었다. 이 사부가 무책임하고 도량이 좁다고 할지 몰라도 전에 말했듯이 너와의 인연은 벌써 끝냈어야 한다는 생각은 지금도 변함이 없어!"

연선의 단호한 말투로 이야기가 이어졌다.

"지금까지 네 여린 마음이 다칠까 봐 못했던 말들을 이제는 이해할 나이가 된 것 같아서 하는 것이니 돌아가서 이 사부 생각일랑 잊어버리고 이렇게 쓸데없이 찾아오지도 말고 너 스스로 의젓하게 살아가도록 해라!"

뚫어져라, 날카롭게 바라보는 연선의 시선을 피해 수덕은 눈을 내리깔고 초연한 표정으로 입을 열었다.

"저와 사부님이 갈 길이 따로 있다는 걸 알고 있으면서도 사부님이 보시는 대로 철이 없어서 지금까지 짐이 되고, 혹이 돼서 죄송해요. 여기까지 찾아오게 된 것은 예전부터 알고 있었지만 지금 말씀하신 사부님의 마음을 확인하고 싶었습니다. 이제는 나 같은 짐 벗으시고 편히 수행하세요. 다시는 찾지 않을 겁니다."

수덕이는 또박또박 말하고는 갑자기 자리를 박차고 일어섰다.

"현도야! 일어나. 서울까지 가려면 지금 서둘러야 해."

분위기가 이상하게 돼 멍하니 앉아 있던 현도는 수덕이의 성화에 얼떨결에 따라 일어섰다.

"너 이대로 그냥 가도 괜찮겠어?"

수덕이는 들은 채도 안 하고 방문을 열고 밖으로 나가는 바람에 현도는 서둘러 일어서 꾸벅 인사를 했다.

"저도 다음에 다시 뵙기로 하고 가 보겠습니다."

뭔가 더 할 말이 있는 듯한 연선은 대답 대신 눈빛으로 인사를 받고 두 손을 모아 합장을 한 채 그대로 앉아 있었다.

금방 휑하니 나오는 그들을 영문 몰라 따라 나온 할머니에게 수덕이는 밥값을 계산하고 빠른 걸음으로 주차장에 내려갔다.

어느새 바깥에는 부슬부슬 눈발이 날리기 시작했다.

현도는 급하게 수덕이를 쫓아가며 계속 뒤를 돌아봤지만 연선은 방 안에서 나오지 않고 있었다.

주차장에는 마침 도착해 시동이 걸려 있는 버스에 올라서도 수덕이는 한동안 말없이 굳게 입을 다문 채 눈발이 굵어져 쉴 새 없이 부딪혀 오는 차창 밖만 내다보고 있었다.

현도는 버스가 출발하고 나서 다시 뒤 창문으로 민박집 쪽을 올려다봤지만 연선의 모습은 영영 보이지 않았다.

남원역에 도착해 기차에 올라서도 수덕이는 아무런 말이 없었고, 현도 역시 눈이 쏟아지고 있는 바깥만 내다봤다.

차창가에 부딪혀 쌓이는 눈을 하염없이 바라보던 수덕이가 목이 메어 오는지 가볍게 떨리고 있는 걸 바라보는 현도도 가슴이 막혀 옴을 느껴 고개를 숙였다.

"이렇게 금방 돌아올 거면 뭐 하러 힘들게 여기까지 왔어?"

현도가 가만히 손을 잡자 수덕이는 힘없이 돌아보며 말했다.

"사부가 마지막에 한 말을 항상 각오하고 있었어. 가슴속에 묻어 두고 차마 하지 못하고 있는 걸 알면서도 괜히 투정만 부리고 억지 쓰는데도 마다하지 않고 받아 주기만 한 사부한테 너무 미안한 마음뿐이야."

자조하는 마음으로 후회하면서 창가로 얼굴을 돌리는 수덕이의 그때까지 보지 못했던 쓸쓸한 모습이 현도에게도 짠하게 전해 왔다.

"어쩌다 가끔 만나서 얼굴 한 번 보는 것이 수행에 짐이 된다는 건지 이해가 안 되고 사부가 굳이 그렇게 냉정할 필요가 있어?"

수덕이는 연선의 태도가 이해할 수 없다는 투로 말하는 현도를 물끄러미 바라보고 있더니 무겁게 입을 열었다.

"탄파 도인이 얘기한 만나서 불행해진 공주와 장수처럼 사부와 나는 잘못된 만남이라고 하니 생각보다 복잡한 게 있는 것 같아!"

수덕이는 한숨을 크게 쉬고 다시 창밖을 내다보고 현도는 탄파 도인에 대한 궁금증이 새삼스레 머리를 혼란스럽게 했다.

"그 탄파라는 사람이 예사롭지는 않았지만 그렇다고 처음 만난 그분 말을 무조건 믿을 수도 없는 거잖아."

현도의 말을 듣고 있던 수덕이는 정색했다.

"나는 그분이 한 얘기가 그렇게 내 마음에 와닿을 수가 없었어. 내 생일이 팔월 스무하루인 것까지 정확히 꿰었잖아. 확실히 높은 경지에 이른 도인인 것은 확실하단 말야."

"탄파 도인 말대로 만나면 안 되는 운명이라서 사부가 일부러 너를 멀리한다면 사부는 아주 옛날부터 그것을 알고 있었다는 거잖아."

수덕이는 그저 맥없이 고개를 끄덕였다.

"나는 지금까지 사부가 내 학업을 위해서 자기를 따르지 말고 공부만 열심히 하라는 줄 알았는데 나와 사부 사이에 이런 운명적인 게 있는 것을 나는 오늘에야 알았고, 사부는 오래전부터 알고 있었던 거야. 그래서 오늘 사부 말을 무조건 받아들였어. 내가 일찍 알았더라면 사부를 그토록 힘들게 안 했을 텐데, 마음이 아파!"

수덕이는 이제는 숙명처럼 받아들일 자세가 된 듯했다.

"수덕이 넌 지금 생각대로 사부를 완전히 잊을 수 있어?"

현도가 다짐하듯 문자 한참 뜸을 들이다 대답했다.

"그래서 오늘 사부와 내게 묶인 보이지 않는 끈을 내가 놓아준 거야. 나 혼자 스스로 어떻게 감당할지 몰라도 견디는 수밖에 없지. 샌님 네가 같이 있는 동안은 많이 도와줘야 해! 내가 방황해서 도망치면 그때는 내 정신이 아니니까 아주 강한 포승줄로 나를 꽁꽁 묶어 줘."

수덕이는 울먹울먹해져 현도의 어깨에 얼굴을 묻었다.

"나도 네가 정신없이 난리 치면 속수무책이야."

수덕이는 또다시 손바닥으로 현도의 가슴을 토닥이며 나지막이 다짐했다.

"이제는 안 그럴 거야. 철없던 때는 사부가 보고 싶어지면 견딜 수가 없고 사부가 없는 세상은 내가 살아갈 의미조차 없는 것 같았어. 이제는 서로 만나지 말아야 할 운명적 이유를 확실히 알았으니 염려하지 마!"

기차는 대전을 지나서 서울을 향해 힘차게 달리고 현도는 서울이 가까워질수록 마음이 편안해지고 있었다.

수덕이는 어디서부터인지 현도의 어깨에 기대여 깊은 잠에 빠져 있었다.

그들이 서울에 도착했을 때는 늦은 밤이었고 대전서부터 눈이 그치더니 서울 하늘은 아주 맑게 개어 있었다.

서울역전 앞 야경은 언제나 불야성으로 각종 네온사인 광고판들이 밤하늘에 오색찬란하게 빛을 발하고 있어 시골에서 처음 서울에 올라온 사람들을 마치 도시가 꿈의 세계인 양 현혹되기에 십상이어서 도시의 마성을 드러내는 상징이기도 했다.

그 네온사인 중에 면사 광고와 지금 한창 주목받는 건설회사의 전신인 재봉틀이 돌아가는 네온사인 광고가 특이하게 눈에 들어왔다.

그들이 서울역전 옆 광장에서 여차장들이 빨간 제복을 입고 요란스럽게 소리치며 손님을 부르는 빨간색 조그만 승합 버스를 타고 가회동 이모 댁에 도착하여 초인종을 누르니, 현도 이모가 뛰어나와서 반색했다.

"이 맹초! 역에 도착해 전화했으면 차를 보내 줬지. 이모부가 외국에 출장 가는 바람에 차가 며칠째 놀고 있단 말야."

"안녕하세요? 현도랑 같이 온 불청객, 진수덕이라고 합니다."

이모는 더욱 밝은 표정으로 수덕이의 인사를 받았다.

"어서 와. 현도한테 천재 친구랑 같이 온다고 미리 연락을 받고 기다렸으니 불청객은 무슨 불청객! 너희들 아직 저녁 안 먹었지?"

이모는 주방으로 뛰어가고 현도는 오면 항상 쓰던 이층 방으로 수덕이를 데리고 갔다.

수덕이는 처음 보는 윤기 나는 실내 장식들과 고급스러운 분위기에 주위를 두리번거렸다.

"너희 이모네는 굉장히 부자구나! 또 너희 어머니와 전혀 다르게 여장부 같으신데."

수덕이에게 이모의 건장한 체구와 걸걸한 목소리가 그렇게 느끼게 한 것이었다.

"겉으로만 그래. 얼마나 자상하고 꼼꼼한데. 그리고 우리 이모부는 너처럼 작고 갈비씬데 이모가 설설 긴다니까."

현도가 열심히 설명하는데 이모가 잠옷 두 벌을 가지고 들어왔다.

"천재 씨도 우리 집에 왔으니 자기 집처럼 편안하게 생각하고 필요한 것 있으면 어려워 말고 얘기해. 그리고 천재 씨를 손꼽아 기다린 친구가 있었는데 기다리다 지쳐서 잠들어 버렸지."

이모가 수덕이를 바라보면서 활짝 웃었다.

"이모, 누가 왔어요?"

"아냐! 우리 집 장남 종혁이가 지난번 전국 학생 과학 발명품 전시회에 출품했는데 겨우 입선만 해서 그랑프리 한 형이 온다니까 학수고대하고 기다렸으니, 아마 내일부터 좀 시달릴 거야."

"겨우 중학생이 입상한 것만으로도 잘한 거죠."

수덕이의 말에 이모는 머리를 갸웃했다.

"종혁이가 과학에 취미가 있는 것 같기는 한데, 모르지! 하여튼 빨리 식당에 내려와. 그리고 현도 넌 오늘은 늦었으니 내일 엄마한테 전화해. 낮에 여러 번 전화 왔었단 말야. 친구들하고 시내

나갔다고 둘러대느라 애먹었어. 욘석아!"

이모는 현도의 머리에 꿀밤을 줬다.

둘이 대충 씻고 식당에 내려가니 식사를 챙겨 주던 이모가 궁금해하는 얼굴로 물었다.

"이번에 너희들 도대체 어디 갔다 온 거니?"

"지리산에 갔었는데요."

수덕이 대답에 이모는 화들짝 놀라며 눈을 크게 떴다.

"지리산! 거기는 육이오 전에 빨치산이 우글우글하던 곳이라 요즘도 빨갱이 시체가 나온다는 그런 곳에 무엇 하러 갔어?

이모는 열린 입을 다물지 못하고 수덕이도 처음 듣는 얘기여서 놀란 얼굴이 되었고 현도 역시 마찬가지였다.

"산이 굉장히 웅장하고 경치가 너무 좋아서 전혀 그런 느낌이 안 들었는데요."

현도의 설명을 들은 이모는 고개를 끄덕였다.

"하기는 모르는 것도 약이지. 만약 너희들이 그런 사실을 미리 알고 갔다면 아마 전혀 다르게 느꼈을지도 몰라."

이모의 말을 곱씹어 본 현도는 '수덕이나 연선도 전생의 비밀을 차라리 몰랐다면 좋지 않았을까!' 하는 생각이 들었다.

수덕이는 사부와 우울하게 헤어지고 올라왔지만, 서울에 머무는 동안 여러 사람과 어울리면서 여유로운 시간을 보냈다.

현도 이종사촌 종혁이의 끝없는 궁금증을 짜증 내지 않고 열심히 풀어 주고 현도의 학원 수업이 끝나면 은영이와 윤경이를 만나 여기저기 정신없이 쏘다녔다.

초대

윤경이가 자기 집에 초대했을 때 수덕이는 내키지 않아 하는 걸 강제이다시피 매달리자 못 이기는 척 따라나섰다.

윤경이네는 시내 한복판인 명동에서 우아한 최고급 레스토랑을 하고 있었다.

초대받은 세 사람이 윤경이 이끄는 대로 먼저 레스토랑 위층에 있는 살림집 내실로 올라가니 윤경이 어머니 신 여사가 반갑게 맞아 주었다.

"천재 씨가 수학여행 때 고적지 안내도 잘해 주고, 학교 연극 공연에도 초대해 줬다고 윤경이가 여러 번 얘기해 줘서 일찍부터 알고 있었지!"

흰 피부에 하늘색 실크 롱드레스가 잘 어울리는 인테리한 풍모를 지닌 신 여사는 밝은 표정에 친절이 몸에 밴 인상이었다. 신 여사가 아래 매장으로 내려가고 난 뒤 윤경이는 수덕이에게 자기 가족들을 소개했다.

"우리 가족은 부모님하고 오빠 하나 남동생이 하난데, 오빠는 육사 삼 년 생도야. 동생은 중2인데 지금 수줍어서 옆방에서 나오지 못하고 있어. 장인수! 너 빨리 나와서 누나 친구들한테 인사 안 할 거야?"

윤경이 큰 소리로 부르자 가냘파 보이는 하얀 얼굴의 소년이 우물쭈물 들어와 꾸벅 인사를 하고 곧바로 나가 버렸다.

"사내 녀석이 꼭 계집애처럼 수줍어하는지 걱정이야!"

윤경이가 조금 언짢은 표정으로 걱정스럽게 말을 하자 수덕인 흥미로워하는 얼굴이 되었다.

"너하고 완전히 뒤바뀌었군. 네가 그렇게 극성이니 동생이 주눅이 들어 있는 거 아냐?"

수덕이의 말에 윤경이는 입이 삐쭉 나왔다.

사실 윤경이 아버지는 퇴역 장성으로 정계에서 한참 활약하고 있었지만, 윤경이는 무슨 이유에선지 친구들에게 소개하는 것은 꺼리고 소심한 동생만 걱정하고 있었다.

"막내라 귀엽게만 자라서 그런 걸 뭘 걱정을 하니?"

은영이가 윤경을 안심시켰다. 아래층에 내려간 신 여사는 홀 상황에 맞춰 구석 쪽 자리에 윤경이 친구들의 식사를 지배인 김 씨에게 부탁하고 다시 내실로 올라왔다.

"식사 준비시켰으니 그동안 얘기들 하고 조금 있다가 내려들 와. 윤경이가 하도 침이 마르게 친구 자랑을 해서 기대했던 대로 아주 밝고 총명해 보이는구먼."

신 여사의 말에 수덕이는 좀 퉁명스럽게 받았다.

"시골 촌놈이 뭐 볼 것이 있겠습니까?"

"왜! 그래도 전국적으로 소문날 정도로 머리가 비상한 천재라고 윤경이가 말하던데. 아닌가?"

"윤경이 말은 반만 믿으시면 됩니다."

신 여사는 수덕이 말의 진의를 되뇌면서 '시골 아이들은 순진한 데가 있어 역시 겸손할 줄 아는구나.' 생각하면서도 말의 밑바닥에 어떤 부정적 거부 의사가 깔려 있음을 느끼고 있었다.

　윤경이는 내실에서 앨범들을 꺼내 열심히 사진 설명을 하고 은영이와 현도는 호기심에 찬 모습으로 관심이 대단한데 수덕이는 건성으로 무료한 표정이 되어 창밖을 내다봤다.

　이상하게 자신도 어쩔 수 없는 괴리감으로 마음 밑바닥으로부터 갈등의 포말이 일기 시작해 지배인이 일부러 올라와서 식사 준비가 다 됐다고 알려와 함께 아래층으로 내려가서도 수덕이는 계속 그런 기분으로 겉돌기만 했다.

　넓은 홀에 높다랗게 매달린 우아한 샹들리에가 휘황찬란하게 빛나고 고풍스러운 가구들과 탁자 위에 놓인 붉은 식탁보와 반짝이는 은제 식기들, 홀 안에 흐르는 안락하고 잔잔하게 감싸는 클래식 선율, 손님이 꽤 많은데도 귓속말을 주고받고 있는 것 같이 분위기에 최면된 듯 나직나직하게 대화가 오가고 있어 전혀 수선스럽지 않았다.

　나란히 걸어 들어간 현도는 수덕이의 얼굴을 살피며 불편스러워하는 의중을 헤아려 보려고 애쓰고 있었다.

　"촌놈, 아주 완벽히 기죽이는데!"

　고급스럽기만 한 빈틈없는 분위기에 압도되어 오는 자신을 느끼며 수덕이는 두리번거리다 지배인이 안내한 자리에 가 턱석 주저앉자 윤경이 바로 옆자리에 앉았다.

　"괜히 신경 쓰지 말고 네 느낌대로 하면 돼. 겉모양만 보고 기죽을 너도 아니겠지만!"

　잠시 후에 신 여사가 인수를 데리고 왔다.

　"누나 친구들하고 식사하고 싶다고 하는데, 괜찮겠지?"

　나직나직하게 말하고 긴 드레스를 끌고 카운터로 돌아갔다.

"현도는 기회가 있었을 텐데 나는 이런 양식은 처음이라 좀 어색한데."

수덕이가 쑥스러운 얼굴로 윤경이를 돌아보았다.

"정식으로 격식대로 하는 것도 좋지만 자기 편한 대로 먹어도 상관없어. 여기가 맘에 안 들면 딴 곳으로 갈 걸 그랬나!"

윤경이 왠지 표정이 밝지 못한 수덕이가 마음에 걸려 걱정스럽게 물었다.

"에잇, 괜찮아! 분위기가 너무 우아하니까 촌놈이 괜히 황송해서 좀 불편할 뿐이야. 대접받으면서 괜한 말을 했나 보다."

음식이 발끝을 들듯이 소리 없는 발걸음의 웨이터들에 의해 줄줄이 나오기 시작하고 현도는 자기가 알고 있는 양식 예절을 조용조용 설명해 줬다.

어설프게 나이프와 포크를 들고 계면쩍어하던 수덕이 갑자기 장난기가 발동한 듯 저만치 걸어가는 웨이터를 불러 세웠다.

수덕이의 목소리는 까마득히 있는 카운터 앞 신 여사에게까지 들릴 정도였으니 주위의 고상한 분위기를 깨 이쪽저쪽 손님들의 시선이 쏠렸다.

젊은 웨이터가 황급히 달려오고 수덕이는 주위를 의식하지 않고 장난스러운 표정으로 현도 쪽을 돌아보았다.

"이런 식사에는 와―인이 있어야지 않겠니?"

의아한 표정으로 바라보고 있는 현도에게 묻고 나서 와―인 한 병을 주문했다.

신 여사는 긴장된 표정으로 지켜보고 있다가 수덕이의 주문을 받고 머리를 갸웃거리며 주방 쪽으로 가는 웨이터를 손짓해서 불러 세우자 윤경이 포크를 놓고 일어나서 급히 카운터 쪽으로 갔다.

신 여사는 짧게 윤경이를 흘겨보며 나직이 속삭였다.

"저 애는 교양 없이 왜 저런다니. 너희들에게 술은 안 된다는 거 알지?"

단호하게 잘라 말하자 윤경이는 양미간을 잔뜩 찡그려 애원조로 말했다.

"우리도 내년이면 성인이 되는데, 위스키도 아니고, 와-인 한 잔 정도야 상관없잖아. 엄마는 이해 못 해. 저러는 것이 천재의 특이점이란 말야!"

윤경이 도로 자리에 돌아가자 신 여사는 어이없다는 투로 윤경이 뒤통수에 대고 또 쏘아붙였다.

"별놈의 특이점이 다 있다."

신 여사는 달가워하지 않으면서도 할 수 없다는 듯이 눈치만 보고 있던 웨이터에게 와-인을 내주도록 했다.

윤경이 돌아와 자리에 앉자 수덕이는 짓궂은 어조로 말했다.

"외국 영화 흉내 좀 내 보려고 했던 건데, 촌놈의 헛된 환상이었나 보지?"

윤경이는 수덕이를 향해 밝게 웃으며 자신 있게 말했다.

"우리 마담 노친네는 아직 천재 너를 이해를 못 했나 본데, 걱정하지 마! 금방 올 거야. 내가 누구니?"

잠시 후 윤경의 말대로 웨이터가 커트에 와-인이 담긴 포트와 고급스러운 크리스털 잔을 가지고 와 제일 먼저 수덕이 잔에 와-인을 따랐다.

"와! 굉장히 빛깔도 좋고 향기가 끝내주는데. 체면 생각하고 포기했으면 후회할 뻔했는걸."

수덕이 옆에서 새빨간 와-인이 담긴 예쁜 잔에 시선을 뺏기고 있던 인수가 누나 옆구리를 찌르며 자기도 달라는 표정을 짓자 윤경이는 어이없다는 듯이 머리에 꿀밤을 줬다.

"맹초야! 이거는 어른들이 마시는 술이란 말야. 얌전한 고양이 부뚜막에 먼저 오른다더니."

윤경이의 핀잔과 함께 좌중에 웃음이 터지고 웨이터도 빙그레 웃으며 와–인병을 포트에 꽂고 돌아갔다.

인수의 흰 얼굴은 금방 발갛게 달아올라 울듯이 누나를 원망스럽게 바라보다 자리에서 일어서려 하자 수덕이 급히 인수의 팔을 잡아 도로 앉혔다.

"남자는 한 번 마음먹었으면 그렇게 포기하면 안 되지! 그리고 먹고 죽는 것도 아닌데 뭘 그래."

빈 잔에 와–인을 조금 따라 인수에게 건네자 현도와 은영도 재미있게 바라보고 윤경은 기가 막힌 듯 머리를 설레설레 흔들며 노려보자 인수는 여전히 붉어진 얼굴을 들지 못했다.

현도는 잔을 들어 호기심에 찬 마음으로 입술에 대고 가볍게 입맛을 보니 진한 향기와 함께 달콤한 맛이 혀끝에 느껴져 다시 한 모금 꿀꺽 삼키자 쌉싸름한 단맛이 기가 막힌다고 생각했다. 수덕이도 와–인 향에 빠진 듯이 입을 꼭 다물고 오물거리고 있다가 숨을 크게 들이쉬었다.

"샘님! 악마의 마성은 달콤한 유혹 속에 감춰져 있다는 걸 잊으면 안 돼!"

의미심장한 미소를 지으며 인수에게도 혼잣말처럼 한마디 했다.

"호기심은 악마의 유혹을 부를 수 있으니, 그것을 쫓으려면 한 번 마셔 보는 거야."

인수는 잔을 들어 조금 마시더니 달콤함에 쭉– 들이켜 버리고 말았다.

신기하게 지켜보던 모두 환하게 웃어 수덕이는 와–인병을 들어 인수에게 더 마실 거냐는 시늉을 하자 인수는 다시 잔을 내밀어 조금 바닥에 남은 와인을 마저 따라 줬다.

"나쁜 유혹은 어릴 때 면역이 돼야 하는 거야."

모두 식사를 마치고 일어서려 할 즈음, 인수에게 와인을 마신 효과가 나타나서 윤경이에게 무안당했을 때보다 얼굴이 더 붉어져 있었다.

모두 신 여사에게 인사하려고 카운터 쪽으로 가고 인수도 일어나 몇 걸음 걸었을 때 갑자기 힘이 빠지면서 우당탕– 옆 탁자를 잡고 넘어지고 말았다.

홀 안의 시선들이 모두 쏠리고 수덕이 일행도 입을 벌린 채 아연실색을 할 수밖에 없었다.

갑작스러운 사태에 윤경이 황급히 뛰어갔을 때 인수는 얼굴이 빨개진 채 젊은 웨이터의 부축을 받고 일어서 힘들게 카운터에 오자 신 여사는 낮은 목소리로 윤경이를 다그쳤다.

"누가 철딱서니 없이 어린 애한테 술을 먹였어?"

곧바로 수덕이 머리를 긁적였다.

"이렇게 될 줄 모르고 너무 호기심 가지고 궁금해하길래 제가 줬습니다. 나무라실 거라면 저를 야단쳐 주십시오."

수덕이가 머리를 숙이자 곧바로 윤경이 나섰다.

"인수 이 녀석이 내가 말려도 억지를 부린 거란 말야!"

윤경이 동생의 머리를 주먹으로 쳤다.

"왜 그래?"

이번에는 인수가 신경질적으로 외마디 고함을 쳐 다급해진 신 여사는 얼굴이 백지장처럼 변해 인수 팔을 잡아끌고 일행의 인사도 받을 겨를도 없이 이층으로 올라가 버리는 바람에 수덕이는 아주 떨떠름한 얼굴이 되고 말았다.

"이제 내가 촌놈 노릇 제대로 했군. 그래도 정식으로 인사는 드리고 가는 게 도리가 아니겠어?"

"우리 노친네는 지금 인사받을 기분이 아닐 거니까, 다음에 인사하고 오늘은 그냥 나가자!"

윤경이 등을 떠밀었지만, 수덕이 생각은 요지부동이었다.

"도리는 지켜야 사람이지. 이렇게 대접받고 그냥 가는 것은 말이 안 되지!"

수덕이는 윤경이 만류에도 한사코 이층으로 올라가니 신 여사는 인수를 목욕탕으로 끌고 가 찬물로 얼굴을 씻기면서, 수덕이 다시 한번 사과하고 인사를 해도 워낙 화가 많이 나서인지 듣는 둥 마는 둥 하더니 마지못해 한마디 했다.

"알았어요!"

짧은 한마디만 하고는 돌아보지도 않자 윤경이는 모두 죄인 같은 표정으로 서 있는 모습이 미안하고 어머니가 너무 과민한 반응을 보이는 것 같아 못마땅한 마음이었다.

"얘들아! 딴 데로 가자."

윤경이의 말에 신 여사는 인수의 얼굴을 타-월로 훔쳐 주며 굳은 얼굴로 돌아보았다.

"윤경이 넌 꼼짝 말고 집에 있어!"

신 여사의 단호한 음성에 은영이 긴장되어 윤경이 팔을 잡았다.

"그렇게 해. 우리 내일 또 만나자."

윤경이를 집 안으로 떠밀고 밖으로 나와 거리를 걷는 모두의 마음이 편치 않아 말없이 고개를 숙이고 한참을 걷고 있을 때 뒤에서 다급하게 뛰어오는 발소리가 있어 돌아보니 뜻밖에 인수가 아직도 붉어진 얼굴로 다가와서 수덕이에게 꾸벅 고개를 숙였다.

"형, 내가 실수해서 미안해요! 그리고 언제든지 또 오세요."

어린아이 같은 말투였지만 목소리는 또렷했다.

놀란 표정이 된 수덕이는 인수의 손을 잡았다.

"이제 보니까 인수는 이렇게 똑똑한 아인데 너희 누나가 엉터리였어!"

수덕이의 말에 인수는 머뭇거리다가 뒤통수를 긁적이며 얼굴을 크게 도리질을 했다.

"우리 누나 절대로 엉터리 아니에요. 사실은 누나가 걱정하면서 나보고 가서 사과하고 오라고 해서 온 거예요. 형 또 올 거죠?"

인수가 종종거리며 매달리자 수덕이는 좀 어두운 표정이 되었다.

"글쎄다! 너도 쓸데없는 사슬에 엮이고 말았구나."

인수의 머리를 쓸어 주며 낮게 뇌까렸다.

미셸 강사

수덕이가 시골로 내려오기로 했던 날은 공교롭게 전날 밤부터 시작한 눈이 폭설이 되고 말았다.

밤사이 하얀 눈이 덮인 정원에서 눈을 맞으며 종혁이가 강아지와 신나게 뛰노는 소리에 잠이 깬 수덕이는 바깥 풍경과는 달리 마음은 마냥 무겁게 가라앉고 있었다.

현도도 잠이 깨어 있으면서도 따스한 이불 속 온기에 빠져 일어나지 못하고 있는데 이모가 아침 식사 준비를 마치고 올라왔다.

"요 잠꾸러기들 아직도 안 일어났어? 현도 넌 오늘 일찍 학원에 간다고 했잖아. 그리고 천재 씨는 오늘 시골에 못 내려가겠는데. 뉴스를 보니까 지방 도로가 폭설로 교통이 온통 마비됐다고 난리들이야."

이모가 수덕이의 표정을 살피자 그제야 현도는 일어나 수덕이를 바라보면서 말했다.

"너! 내가 어제 말한 것처럼 네가 하고 싶다던 어학원에서 공부하고 나랑 같이 내려가면 안 돼?"

이모는 현도의 말을 듣고 넌지시 한마디 거들었다.

"어떤 공부인지 몰라도 기회가 왔을 때 해야지. 그때를 놓치면 힘들어. 살다 보니까 모든 공부가 그렇더라고."

이모까지 충동하는 바람에 현도의 제안을 받아들여 시내 어학원에 등록하기로 하고 아침 식사 후에 종혁이와 눈싸움 겸 집 주위 눈 청소를 마치고 종로에 있는 학원가에 나갔다.

눈 쌓인 번화가에는 많은 사람이 오가고 있어 길바닥은 벌써 질척대고 있었다.

주위에 많은 학원이 있었지만, 막상 수덕이가 원하는 불어 학원은 좀체 찾기가 쉽지 않아서 한참을 헤맨 끝에 골목 안에 있는 학원을 발견하고 길모퉁이를 돌아들어서는 순간, 수덕이 무언가에 부딪혀서 미끄러운 눈길에 곤두박질치듯 넘어지고 말았다.

누군가의 부축을 받으며 얼떨결에 일어났을 때 다시 한번 놀랄 수밖에 없었다.

수덕이를 잡아 일으켜 준 사람은 뜻밖에 눈이 파랗고 머리가 금발인 중년은 넘은 것 같은 외국인 남자로 연신 "아임 쏘리."를 연발하며 어쩔 줄 몰라 했다.

졸지에 당한 황당함 속에서 잠시 정신을 차리고 몸에 묻은 눈을 털어 주고 있는 외국인에게 괜찮다고 서툰 영어로 안심시켰다.

그제야 외국인은 미소를 지으며 수덕이를 찬찬히 보더니 바쁘지 않으면 가까운 카—페로 가자고 해 골목 안 학원을 가리키며 등록하러 가는 길이었다고 하자 외국인은 자기가 그 학원 불어 강사라고 반색을 하면서 프랑스에서 온 미셸이라고 자기소개를 했다.

미셸은 외국인이면서도 작달막한 키에 맘씨 좋아 보이는 동네 아저씨 같은 인상이었다.

수덕이를 학원까지 안내해 등록을 도와주고 자기 사무실로 데리고 가 직접 커피를 끓여 대접하며 여러 가지를 물어왔다.

"저는 회화보다 서적을 보기 위해서 준비하는 건데, 특히 과학 서적은 불어판이 많아서요."

수덕이의 말에 미셸은 놀랍다는 듯 눈을 끄게 뜨고 아주 특별한 친구를 만났다며 어떤 과학 서적을 원하느냐고 관심을 보여 과학 중에 특히 유기화학 서적을 보려고 한다고 하자, 미셸의 얼굴이 환해졌다.

"그렇다면 내가 미스터 진에게 도움 줄 일이 많을 것 같네요. 본국에 있는 친구들 가운데 화학 관련 이공계 교수들이 많이 있어요."

미셸은 기꺼이 도움을 줄 수 있다고 장담을 하고 강의가 없는 주말에 함께 프랑스 문화원에 같이 가자고 제안해 왔다.

그곳에 가면 많은 서적이 있는 도서관이 있다면서 적잖은 도움이 될 거라고 해서 토요일 오후 현도를 데리고 미셸을 만나 인사시킨 다음, 미셸의 안내로 서대문 합동에 있는 프랑스 대사관 문화원 이곳저곳을 둘러보았다.

특히 도서관 안으로 들어가니 많은 장서가 즐비해서 흐뭇해하는 수덕이의 표정을 지켜보는 미셸 강사는 밝게 웃으며 다가가 등을 두드렸다.

"대부분 대학에 가야 볼 수 있는 전문 서적인데, 괜찮겠어요?"

"여기 있는 책 중엔 국내 번역본이 있어서 한 번 본 것도 있어요. 번역본을 보다가 원서를 대하니 신기하네요!"

미셸은 버릇처럼 눈을 끄게 뜨고 놀라워하는 커다란 표정을 지어 보였다.

현도도 명화 전시실에서 프랑스뿐만이 아니라 유럽 현대 미술의 진수를 대할 수 있어서 나름대로 정신적으로 그날은 많은 것을 느낄 좋은 기회가 되었다.

자기만의 진한 개성을 표출한 자유로움이 배어 있는 작품 앞에 넋을 잃고 서 있는 현도 앞에 다가온 수덕이는 대견스러운 얼굴로 지켜보았다.

"각기 자기만의 그릇에 담긴 자기를 표현한 것이 진짜배기 예술이지! 현도 가슴속 그릇에 갇혀 있는 예술혼이 표출될 날이 기다려지는걸."

미셸은 수덕이와 현도가 예술 쪽에도 관심이 많다는 걸 유심히 지켜보다가 또 다른 곳을 안내했다.

버스를 타고 광화문에서 내려서 종로 신신 백화점 쪽으로 걸어서 내려가다 보니 그들이 처음 대하는 르네상스라는 간판이 달린 고전 음악 감상실이 있었다.

4층까지 올라가 입구에서 입장권을 사 안으로 들어가면 바로 대여섯 명이 앉을 수 있는 휴게실이 있고 대부분 대학생인 듯한 젊은이들과 간혹 나이 지긋한 분들도 섞여 있었다.

휴게실에 자리가 없어 그들은 곧바로 감상실 안으로 들어가니 그리 넓지 않은 공간에 나지막한 소파들이 전면을 향해 줄지어 배치돼 있었다.

상영 중인 극장 안처럼 어두컴컴한 가운데 드미트리 쇼스타코비치의 교향악이 웅장하고 섬세한 음향으로 전신을 감싸 잠시 멍하니 서 있자 미셸은 그들을 빈자리로 안내했다.

수덕은 미셸이 이끄는 대로 편안한 자리에 앉아 생전 처음 접하는 고급스러운 음악이 생소하면서도 묘한 흥분을 몸으로 느낄 수 있었다.

어둠이 눈에 익자 전면에 곡의 제목과 간단한 해설이 빼꼭히 적혀 있는 검은 칠판이 보였고 관람객들은 숨소리마저 죽이며 음악 삼매경에 빠진 듯 미동도 없었다.

그날의 신비로운 음악실의 체험으로 인해 훗날 수덕이네 사인방의 만남의 장소가 되어 어려운 고전 음악의 매력에 길들어졌던 그들의 공간이 되었다.

수덕이가 2주간의 짧은 불어 수업을 마치고 현도와 함께 부여로 내려갈 때는 미셸이 프랑스로부터 급송해 온 최신간 화학 서적들을 한 아름 안고 마냥 기분이 좋아 있었다.

정말 우연한 인연이 준 커다란 선물이었지만 훗날 수덕이를 궁지로 몰아넣었던 잘못된 만남이기도 했다.

상아탑 입성

겨울 방학이 끝나고 마지막 학년의 새 학기부터는 그들은 숨 쉴 틈도 없이 입시에 쫓겨 현도는 대학 진학 예정자들만 따로 묶어 실시하는 아침, 저녁의 보충 수업과 실기 대비 데생 연습에 여념이 없었다.

모든 수업이 끝나면 수덕이와 함께 저녁 늦게까지 수험 공부에 몰입했다.

수덕이는 이공계 특전이 있음에도 불구하고 개의치 않고 현도와 함께 입시 준비를 하면서 자기 공부보다는 현도가 어려워하는 문제를 풀어 주는 자문 역할을 주로 하는 편이었지만 그것이 오히려 자기 실력을 다져 주는 결과이기 때문에 귀찮아하지 않았다.

틈틈이 자기 나름대로 [온 우주론] 정립을 위해 많은 과학 서적은 물론 역사서와 종교 서적을 탐독하고 있었다.

그즈음 현도는 수덕이와 연선에 관한 이야기는 묵시적으로 거의 금기시되어 있었다.

수덕이도 겉으로는 완전히 잊힌 것처럼 보였었으나 대학 시험이 임박한 어느 날 현도는 수덕이로부터 작은 충격을 받고 말았다.

수덕이 일 년 동안 열심히 썼던 노트 뭉치를 보이며 아무렇지 않게 말하는 것이었다.

"이제 모든 것이 다 완성됐으니 입시가 끝나면 사부를 찾아뵙고 이걸 보여 주고 확실한 검증을 받을 거야."

수덕이는 대수롭지 않은 투로 말했지만, 그동안 한 번도 입 밖으로 꺼내지 않고 있던 연선의 존재 자체를 갑자기 꺼내자 그저 잊고 있었으려니 생각했던 현도로서는 충격이 아닐 수 없어 수덕의 어깨를 흔들며 어이없어했다.

"네가 지금까지 입시에는 관심 없이 글만 쓴 것이 사부 때문이었어?"

"너는 이제 보니까 내가 사부를 기억 속에서까지 깡그리 싹 다 지워 버렸다고 생각했던 거구나."

수덕이의 반문에 배신감까지 느낄 정도로 현도는 기가 막혔다.

"영원히 운명의 끈을 놓아 주었다고 해서 입시와 같은 중요한 시기에 잡념에 빠질까 봐 사부 생각이 나도 너한테 말을 못 하고 끙끙거렸는데 진짜 널 못 말리겠다."

현도의 말에 흠칫 놀라는 듯하다가 수덕은 이내 밝은 얼굴로 다가왔다.

"나를 피하는 사부의 생각이 쓸데없는 편견과 고정관념 속에 갇혀 있어서 나온 허무맹랑한 것이란 걸 여기에 밝혀 놓았어."

수덕이는 말아 들고 있던 노트 뭉치를 흔들었다.

"그럼, 나한테도 보여 줘 봐!"

현도가 빼앗아 보려고 하자 수덕인 웬일인지 완강하게 뿌리쳤다.

"사부가 보고 나서 어느 정도 인정을 하면 너는 물론 온 세상에 [온 우주론]과 함께 우리 인간만이 창조신한테 받아서 가지고 있는 영혼의 실체를 발표할 거야. 또 사부가 갈등하고 있는 인연과 윤회에 대해서도 생각해 봤는데 아직 자신이 없어. 여기에 불교 이론도 포함이 돼 있어서 사부의 도움이 절대로 필요하단 말야."

현도가 억지로 매달려 봤지만 달래는 수덕이의 생각이 확고한 것 같아서 보는 걸 다음으로 미룰 수밖에 없었다.

그들이 대학 입시를 치르기 위해 서울에 올라간 날은 언제나처럼 날씨가 무척 매섭게 추웠다.

현도는 강 여사와 동행했지만, 수덕이는 혼자인데도 개의치 않는 눈치였다.

수덕이는 예상대로 S대학 공대를, 현도는 같은 대학 미대를 지원했고 윤경이는 수덕이와 같은 대학 국문과에 응시해서 예비 소집일에 모두 함께 만났다.

은영이가 지원한 E대가 후기여서 현도를 응원하러 나와 있었는데 윤경이는 집에서는 아무도 따라온 사람이 없었다.

"우리 노친네는 이 대학 지원은 터무니없는 짓이라며 한사코 말리더니 이젠 아주 포기하신 모양이야. 집에서 나오는데 내다보지도 않더라니까. 원래 우리 담임도 예술 전문대를 권했었거든. 하긴 내가 생각해도 좀 무모한 것 같기는 한데 후회는 한번 저질러 보고 하는 것이 낫다는 게 내 신조니까. 누구처럼!"

윤경이 새삼스럽게 바라보며 눈을 흘기자 수덕은 어이없는 표정이 되었다.

"왜 그래! 공연히 힘에 부친 승부보다는 너희 어머니 생각처럼 자기 분수에 맞게 도전하는 것이 신상에 이로울걸. 잘못하면 일 년을 손해 볼 수 있다는 생각은 안 해 봤어?"

수덕이가 시선을 피해 허공 쪽을 응시하며 웃자 윤경이는 자존심이 상한 듯이 쏘아붙였다.

"네가 내 실력을 알고 하는 소리니? 나도 한다면 하는 오기가 있는 사람이야! 손해 보더라도 올해 안 되면 이 년, 삼 년 걸려도 꼭 이 대학에 들어가고 말 거야. 왜 멀쩡한 나를 무시하고 그래?"

그들이 하는 모습을 지켜보던 은영이가 중간에 끼어들었다.

"너희들은 왜 시작도 안 한 시험을 가지고 열을 올리고 그러니? 나는 윤경이 도전이 그리 터무니없는 건 아니라고 생각해."

은영의 말에 고무된 윤경이는 다시 한번 대놓고 노려보자 수덕이는 쑥스러운 듯이 머리를 긁적였다.

"공연히 쟤가 싸우려고 대들잖아. 지금도 저러는데 같이 다니게 되면 매일 만나서 얼마나 나를 볶아 댈지 참 걱정이다."

수덕이가 엄살을 떨 때 필기 고사장 배정에서 공교롭게 수덕이와 현도는 달랐지만, 윤경이는 수덕이와 같은 고사장이었다.

예비 소집 오리엔테이션이 끝나고 넷이 가까운 중국집에 들어가 짜장면을 시키고 나서 수덕이는 윤경이에게 한 가지 제안을 했다.

"너하고 한 고사장에 배정된 걸 보면 기막힌 운명인 것 같아서 너한테 큰 선심 쓰는 건데 문제를 풀다 막히는 거 있으면 오빠를 한번 쳐다만 봐! 네가 끝날 때까지 일어나지 않고 있을 테니까. 알았어?"

현도는 갑자기 수덕이를 처음 만났던 중학 시절 첫 시험 때가 생각이 나서 엄지손가락을 치켜들었다.

"맞아! 윤경이 너 속는 셈 치고 한번 그렇게 해 봐! 절대로 부정한 방법은 아니니까 그건 안심하고 말야."

현도의 말에 윤경은 머리를 갸웃하며 반신반의하는 투였다.

"글쎄! 쳐다만 보면 된다는 너희들 속을 진짜 모르겠다."

다음 날 시험을 치르는 날은 언제나처럼 추위가 맹위를 떨치는데도 대단한 응원군이 진을 쳤다. 뒤늦게 올라온 임 교감과 담임을 비롯해 강 여사와 현도 이모가 이른 아침부터 교문 앞에 발을 구르며 성원을 보냈다.

그들 학교 졸업생 중에 S대를 지원한 것도 삼사 년 만의 일이어서 이미 졸업한 대선배들까지 나와서 그들의 등을 두드려 주며 격려를 보내 줬지만, 수덕이는 뭔가 허전해하는 눈치였다.

그래도 나이 많은 대선배들이 한쪽 구석에서 깡통에 불을 피워 끓여 주는 커피를 마시며 밝은 표정으로 고사장으로 들어갔다. 현도는 배점이 더 높은 실기라는 관문이 남아 있었기 때문에 담담한 심정으로 필기고사에 임했다.

모든 시험을 끝내고 나왔을 때는 늦은 오후였는데도 고사장 밖은 그 추위 속에 어른들이 그대로 남아 발을 구르며 기다리고 있었다.

밖에서 현도를 만난 윤경이의 얼굴이 이상하게 굳어 있었다.

"시험은 어떻게 잘 본 거야?"

현도가 걱정스럽게 묻자 머리만 까닥까닥할 뿐이었다.

"세상에 알다가도 모를 일이야!"

윤경이는 머리를 계속 도리질하며 수덕이 얼굴을 훔쳐보듯 바라보고 피식, 웃음을 터트리자 수덕이는 담담한 표정에 엷은 미소만 띠고 허공만 바라보고 있었다.

윤경인 시험을 본 것보다 처음 접한 수덕이의 불가사의한 능력에 대한 신비감과 함께 어떤 두려움마저 느껴 그 이후부터 무조건적 순응이 길들어져 막무가내로 대들던 버릇이 점점 없어졌다.

현도는 며칠 후에 있을 실기시험 때문에 남았고 수덕이는 임 교감과 담임의 동행 제의를 극구 사양하고 현도에게 다가와서 귓속말로 지리산을 들려 갈 거라면서 버스를 타고 떠나는 일행과는 달리 기차를 타기 위해 서울역으로 향했다.

현도는 지난번에 이야기가 있긴 했어도 반신반의했던 터라 이해할 수 없다는 표정으로 바라보았다.

현도가 실기 데생을 어렵게 마치고 어머니와 함께 시골에 내려갔을 때 수덕이는 의외로 우울한 표정이 되어 쓸쓸히 맞아 주었다.

"사부는 거기 없었어. 민박 가게 할머니 말씀이 요즈음 한창인 새마을 국토 정화사업 때문에 산속의 모든 무허가 암자들이 철거됐데. 아마 더 깊은 산중으로 들어간 것 같아. 어제는 홍산 절에 갔더니 거기 온 것도 몇 달 됐다고 하셨어."

수덕이 꺼질 듯이 한숨을 쉬어 그 주위에 있을 도인을 찾아보지 그랬냐고 하자 그분도 찾을 수 없었다고 했다.

현도는 '또다시 수덕이의 방황이 시작됐구나!' 하고 걱정했지만, 옛날처럼 그렇지는 않았다.

시험이란 굴레를 벗은 그들은 가슴에 하나 가득 차지한 합격이냐, 불합격이냐 하는 큰 부담이 남아 있기는 해도 마냥 홀가분한 기분이 되어 어울려 다녔다.

대학 입시 발표는 시중 신문 지상에 나올 발표를 기다릴 수도 있었지만 조급한 마음에 학교 안에 설치된 발표 현장에는 인산인해를 이뤄 발 디딜 틈조차 없이 많은 사람이 대자보 앞에 목을 길게 빼고 발표 전단이 붙여지기를 기다리고 있었다.

높다란 학교 건물 한쪽 벽에 수험표 번호가 멀리서도 볼 수 있는 큰 글씨로 빽빽하게 적혀진 기다란 현수막이 여러 사람의 직원에 의해 서서히 붙여지기 시작하면서 무리 중 수덕이의 환호성이 맨 먼저 터져 임 교감과 담임이 달려들어 현도와 함께 한 덩어리가 되어 얼싸안고 뛰어올랐다.

조금 지나서 현도 옆의 은영이와 함께 하얗게 긴장된 얼굴로 서 있던 윤경이의 외마디 같은 고함이 터지고 은영이를 안고 어쩔 줄 모르면서 예상을 뒤엎은 합격에 사람들의 시선을 의식하지 못한 채 펑펑- 울음을 터트렸다.

거의 현도의 수험번호가 가깝게 붙여지자 그들 주위가 숨을 죽이듯 조용해졌고, 벽보판 앞쪽에서 커다란 함성이 터졌다.

한 직원이 커다란 광목천에 수석, 차석의 번호와 이름이 적힌 현수막을 뒤늦게 붙이는데, 놀랍게도 수석 자리에 수덕이의 수험번호와 이름이 당당하게 빛나고 있는 게 아닌가!

임 교감을 비롯한 사람들 모두 합격이야 대부분 점쳤지만, 수석까지 차지할 줄은 예상 밖이어서 고함과 같은 함성들이 쟁쟁하게 울리며 우루루 수덕이에게 몰려들어 선배들에 의해 하늘 높이 헹가래 쳐올릴 때 현도의 합격 함성도 터져 강 여사와 이모가 현도를 함께 끌어안았다.

잠시 후 수덕이도 선배들의 헹가래 공세로 거칠어진 숨을 몰아쉬며 달려들어 현도에게 안겨 와서 머리를 쓸어 주었다.

현도는 한동안 정신을 잃을 정도로 감정의 고조되어 숨이 막히는 듯한데 또 선배들이 달려들어 하늘 높이 헹가래를 쳐 거의 인사불성인 상태가 되었다.

한참 동안의 광란과 같은 희열의 물결이 있는 후 겨우 진정됐을 때 강 여사는 현도와 수덕이를 얼싸안고 눈물을 쏟아 주위가 숙연하게 하고 임 교감도 눈가가 벌게져서 수덕이 어깨를 감싸 잡았다.

"수덕이가 우리 학교 전대미문의 기록을 다시 세워 줘서 정말 대견하다. 우리 현도가 합격한 것도 네 덕분인 걸 내가 잘 알고 있지. 여러모로 정말 고맙다!"

임 교감은 수덕이를 꼭 안아 줬다.

"아버지께서도 와서 이 기쁜 순간을 봤어야 하는 건데……!"

강 여사는 태보 씨가 서울에는 절대 오기 싫다며 고집부리고 안 온 것을 아쉬워했다.

모두 서로의 감정을 다독이느라 그 자리를 뜨지 못하고 높이 걸린 현수막에 눈을 박고 계속 터지는 환호성을 듣고 있을 때 현도가 사람들이 하나둘 흩어지는 사이로 저 멀리 교문 입구 쪽에 승복 차림의 남자 모습이 뚜렷하게 눈에 들어와 몇 발자국 다가가는 순간, 사람들에 싸여 어디론가 사라져 보이지 않았다.

현도의 두리번거리는 모습이 예사롭지 않다고 느낀 수덕이 총알처럼 앞으로 내닫기 시작했다.

"아니! 수덕이가 무슨 일이냐?"

임 교감이 놀란 눈으로 현도에게 물었다.

"글쎄요! 수덕이가 자기 사부님이 여기 온 걸 본 것 같아요."

현도가 여러 사람과 함께 입구 쪽으로 나가니 수덕이 여기저기 두리번거리고 멍하니 서 있다가 달려와서는 현도에게 다그쳤다.

"너도 우리 사부를 본 거 맞지?"

"승복 차림이 사부 같긴 했는데 눈 깜빡할 사이에 금방 사라져서 정확히 사부였는지 모르겠어."

현도의 말을 들은 수덕이는 많은 사람의 시선도 아랑곳하지 않고 낙심을 해 머리를 감싸고 주저앉았다.

영문을 모르는 은영이와 윤경이가 지켜보는 가운데 선배들과 임 교감 내외의 설득에 겨우 안정을 되찾고 교문 밖으로 나가고 있을 때 뒤늦게 수석 합격자를 발견한 십여 명의 기자들이 달려들어 여기저기에서 수덕이에게 카메라 플래시를 터트리자 주변 사람들도 일제히 모여들기 시작했다.

시골에서의 환영도 대단해서 수덕이가 도착하는 시외버스 정류소에서부터 거의 전교생들과 읍민들이 몽땅 모인 듯한 인파가 몰려 장사진을 쳤다.

수덕이네 가게 앞에 커다란 채양이 쳐지고 잔칫상이 차려져 동네 유지며 기관장들까지 몰려와 북새통을 이뤘다.

그런 들뜬 분위기가 이틀간이나 계속 이어지다가 주위가 진정돼 가며 수덕이의 가슴속에는 깊숙이 드리웠던 어두운 그림자가 드러나기 시작했다.

그날 가까이 왔다 끝내 나타내지 않고 사라져 버린 사부의 심중이 이해되지 않고 야속한 마음까지 들어 좀처럼 분노와 원망이 지워지지 않았다.

그 뒤로 수덕이는 사람들의 천편일률적인 찬사와 동경 어린 눈동자들이 싫어 도피자처럼 현도네 집에 틀어박혀 있었다.

후기 입시가 지난 며칠 후에 은영이의 합격 소식이 현도에게 전해졌고 성유미도 은영이와 같은 학교에 합격했다고 했다.

신물질

신입생 입학식이 끝난 강당 한 귀퉁이에서 화공과 주임 교수인 노춘배 박사는 올해 수석 입학한 수덕이를 따로 불러 대화를 나누고 있었다.

　"자네가 전국 학생 과학경시에서 제출했던 차돌을 분석한 자료 말고 따로 제시했던 신물질 암석에 대한 자료를 지금도 가지고 있나?"

　"그때는 제 능력으로 그 암석을 분석하는 것이 불가능해서 출품하는 건 포기하고 심사위원 선생님께 잠깐 말씀만 드리고 말았던 건데 교수님이 어떻게 그걸 알고 계십니까?"

　"어떻게 알았냐고?"

　"제 기억으로는 그때 심사위원 중에서 교수님은 뵙지 못했는데요."

　"그래도 내가 아니었으면 네가 거기서 최고상을 받는 것은 어림없었어. 심사를 맡은 과학 담당 선생들 모두 어린 학생이 신물질이란 말을 입에 올리는 게 말이 되는 거냐고 하는 것을 내가 그런 상상을 할 수 있는 것 자체가 천재가 아닌 일반 맹탕 머리로는 어림없다고 자문해 온 선생들에게 꼭 짚어 주는 바람에 네가 대통령과 악수도 하는 영광을 누린 거야."

"심사위원들이 제가 제시한 신물질을 교수님께 자문했던 겁니까?"

"심사위원 중에 너를 추천하는 선생 한 분이 네가 따로 이상한 암석을 내보이며 신물질도 제시했었다고 치켜세우자 도대체 신물질이란 것이 말이 되느냐고 위원끼리 갑론을박하다가 나한테 쫓아왔더라니까. 하여튼 그 자료 가지고 내일이라도 내 방으로 찾아오도록 해! 내가 한번 확인해 볼 것이 있으니까."

노 박사가 환한 미소를 지으면서 수덕의 어깨를 두드려 주고 교수실로 올라간 뒤 수덕은 지금까지 누구에게도 말하지 못했던, 고2 때 전국 학생 과학 발명품 전시회에 출품하는 데 필요한 모양 좋은 차돌을 찾으려고 부여 백마강 가 모래사장 여기저기를 정신없이 헤매다가 우연히 눈에 띈 희한한 암석을 발견한 순간을 떠올려 봤다.

배다리에서 위쪽으로 백제 대교 공사로 백사장이 움푹움푹 사정없이 패인 강가 모래 구덩이에서 쓸 만한 차돌을 찾고 있을 때, 어두운 밤도 아닌데 웅덩이 물속 깊은 곳에서 언뜻 뭔가 빛이 나오고 있는 것이 눈에 들어와 발을 멈췄다.

자세히 살펴보니 옅은 무지개 색깔을 띤 빛줄기가 강물이 가득 채워진 웅덩이 속 개펄에 묻혀 있는 무엇인가에서 간헐적으로 내뿜고 있는 것을 알 수 있었다.

처음엔 시골 사람들이 도깨비불이라고 하는 비 오는 날, 오래 묵은 고목에서 나오는 인 불이 아닌가 생각도 들어 잠시 망설이다가 옷을 벗을 겨를도 없이 한 길이나 되는 깊은 물속에 뛰어 들어갔었다.

　모래를 헤치고 매끈매끈한 돌덩이란 건 우선 확인했지만 큼지막한 돌이 너무 깊숙이 박혀 있는 바람에 손으로는 도저히 꺼낼 수가 없어서 물에서 나와 주위를 둘러봤지만, 도구로 쓸 만한 것이 보이지 않았다.

　폐허가 된 배다리 가게 자리까지 와서야 버려진 공구를 찾아 들고 달려가 다시 물속에 뛰어들어 개펄을 쓸어내고 땅속에 처박혀 있는 시커먼 암석을 천신만고 끝에 물 밖으로 건져 내는 데 성공했다.

　세심하게 살펴보니 크기는 음식점 물 주전자 크기 정도인데 물속에서는 그렇게 무겁지 않았던 것이 물 밖에 나와서는 혼자서는 도저히 감당할 수 없을 정도로 무게가 엄청났다.

　그 모양도 희한해서 땅에 박혀 있던 불쑥 튀어나온 한쪽 면은 반들반들하게 매끄러운데 반대쪽 부분은 울퉁불퉁한 것이 매우 거칠었다.

　힘이 들어 한참을 모래 언덕에 앉아 돌을 꺼낸 자리를 내려다보고 있으려니 흙탕물이 된 그 자리에서 미세한 빛이 여전히 뿜어져 나오고 있는 게 아닌가!

　부리나케 다시 물속에 들어가 암석을 캐낸 자리를 더듬어 보니 서너 개의 자그마한 돌 조각들이 만져져서 챙겨 들고나올 수가 있었다.

　돌의 무게가 보통 돌과는 비교할 수 없이 무거워 끙끙거리면서 큰 돌을 안전한 곳에 묻어 놓고 작은 돌멩이만 챙겨서 집으로 돌아왔었다.

며칠 뒤에 돌멩이의 성분을 알아보기 위해 쌓여 있는 과학 서적을 뒤져서 우선 퀴리 부인이 했던 방식대로 암석을 공구 줄톱을 이용해 조심스럽게 갈았다.

한참을 먼지 같은 돌가루를 긁어모아 우선 용해부터 시키려고 학교 과학실에서 가져온 황산 용액에 조심스럽게 집어넣고 돌가루가 풀어지는 것을 지켜보는 순간 날카로운 쇳소리가 들리는가 싶더니 이내 희뿌옇게 불빛을 내뿜으면서 담겨 있던 사발 바닥이 마치 플라스틱이 녹아내리듯 흘러내렸다.

그뿐만이 아니라 그 흘러내린 용액이 나무 재질로 된 책상에 홈을 내면서 뚫고 밑으로 떨어져서 방바닥 돌 구들까지 흠집을 내는 것이 아닌가!

수덕은 너무 놀란 나머지 어떻게 이 상황을 이해해야 좋을지 몰라서 굳은 채 한동안 그 자리에 나무토막처럼 서 있었다.

다음 날 학교 과학실에 가서 공식에 따라 질량을 계산해 보니 우라늄의 질량보다 월등히 많은 숫자가 나온 것을 보고, '뭔가 잘못된 것이 아닌가!' 난감할 수밖에 없었다.

그래서 수덕의 판단으로 이 암석의 원소는 지금까지 지구상에서 찾아보지 못한 신물질일 거란 것을 믿어 의심치 않게 된 것이다.

다만 수덕이에게 남겨진 힘든 숙제는 이 암석을 화학적으로 분석해서 우라늄이나 플루토늄과 같은 방사성 물질인가! 혹시 공기 중에서는 산화해서 석유 속에 보관해야 하는 희토류 금속을 품고 있는 것은 아닌지. 하여튼 수덕이 자신에게 암석을 화학적으로 분석하는 큰 문제가 남아 있는 셈이었다.

다음 날, 노 박사는 자기 방에서 수덕이 내놓은 시커먼 반들반들한 조그만 암석을 요리조리 살피면서 그동안 있었던 암석에 관한 수덕의 얘기를 듣고는 머리를 갸웃갸웃했다.

"이 암석이 생각보다 상당히 무거운 것 같은데, 질량이 얼마라고 했지?"

"제가 분석한 수치로는 397 정도였습니다."

수덕이 가방에서 노트를 꺼내 직접 계산했던 메모 쪽지를 내보였다.

"우라늄을 이용해서 인공적으로 만든 원소보다도 질량이 엄청나게 큰 수치인 건 확실한 것 같은데, 모든 것을 정밀하게 분석도 하고 다시 계산해 볼 필요가 있겠지만, 세계적인 석학들도 아직은 우라늄보다 양성자 수가 많은 원소를 가진 자연 상태의 물질을 확인하지 못하고 있는 현재로서는 뭐라고 단정을 지어 네게 말해 줄 수가 없구나!"

아직은 모든 게 불확실한 상태인지라 노 박사는 안타까운 표정을 지으며 수덕을 바라봤다.

"이 암석이 외계 행성에서 떨어져 나온 운석일 거란 생각이 드는데요."

"그렇게 생각할 수도 있겠지."

"우주에 있는 질량의 95%는 아직 밝혀지지 않았고, 우주의 69%는 암흑 에너지라고 하잖아요. 이것이 그중 하나가 아닐까요?"

"그렇지만 달 탐사선에서 수집한 달 표면 물질에서는 별다른 것을 찾지 못한 것 아니었나?"

"태초에 달 자체가 지구에서 떨어져 나갔기 때문에 비슷한 물질로 구성되어 있는 것이 당연하겠죠. 그래서 제 생각은 이 암석은 지구와 아주 많이 떨어진 항성에서 날아온 별똥별일 거라는 결론이 나오는 거죠."

　수덕의 설명에 노 박사는 고개를 끄덕이고, 암석의 질량을 다시 확인하기 위해 학교 실험실로 자리를 옮겼다.
　노 박사는 눈금이 정밀하게 그려진 플라스크를 세척액으로 깨끗하게 씻은 후에 증류수를 일정량을 채워서 눈금을 적고, 수덕이 들고 있는 암석을 물속에 충분히 담근 다음 불어난 눈금을 다시 적은 뒤에 암석을 꺼내 물기가 마르기를 기다렸다. 수십 개 화학 실험용 저울 중에서 대형 접시저울에 올려놓고 암석의 무게를 측정하자 암석의 부피 정량에 비례해 어느 물질에서도 볼 수 없는 엄청난 무게 비율 수치에 노 박사도 눈이 휘둥그레져 수덕을 쳐다봤다.
　"내가 지금까지 본 어떤 물질도 이런 수치가 나온 것을 본 적이 없었다."
　"그 무게만큼 어떤 놀라운 신물질이 숨겨져 있는 것은 아닐까요?"
　흥분된 수덕의 말에 노 박사는 아직도 머리를 내저으면서 손수 공구함에서 드릴을 꺼내서 조심스럽게 암석의 표면을 얇게 갈아내어 고운 가루를 모아 작은 비커에 담아서 여러 개의 시료 접시에 미량씩 나누어 붓기 시작했다.
　액체 시료들이 들어 있는 책장을 열어 여러 종류의 시료 병들을 꺼내 놓자 수덕이 다가와서 나지막하게 말했다.
　"황산은 절대로 안 돼요!"
　노 박사는 얼굴을 돌리고 수덕을 노려보면서 한마디 했다.
　"어떤 난리가 나는지 내 눈으로 확인해야 하지 않겠어?"
　"그걸 보시고 싶으시다면 접시 바닥에 철판을 깔아 놓으세요!

마룻바닥에 불이 붙을지도 모르니까요."

노 박사는 금속 자료 함에서 여러 장의 네모진 철판과 석재들을 꺼내서 시료 접시 밑에 받쳐 놓은 다음, 책상 서랍을 열어서 보안경을 꺼내 수덕에게 건네주고 자기도 안전하게 착용한 다음 시료 용액을 차례로 아주 미량씩 붓기 시작했다.

알코올에서부터 염산, 초산, 식염수, 붕소까지 따르고 나자 연구실 안이 연기가 자욱해졌다.

염소와 식염수에서 내뿜는 요란한 불꽃과 함께 오로라 같은 오색 광선이 피워 오르기 시작했다.

노 박사는 마지막 황산도 시료 접시에 붓자 수덕이 실험할 때와 똑같은 쇳소리가 나면서 유리 접시 바닥이 녹아내리고 받침대로 사용한 스테인리스강이 불꽃을 일으키며 녹는 광경을 보며 매캐한 시료 냄새에 열린 창가에 서 있던 노 교수가 고개를 끄덕였다.

그런데 놀라운 또 한 가지는 황산 용액에 녹아내린 스테인리스강 밑으로 떨어지는 것이 없어 이상하다 싶어 수덕이 찬찬히 살펴보니 두 개의 철판이 겹쳐져 있는 걸 발견할 수 있었다.

한참이 지나 주위가 잠잠해져 방열 장갑을 낀 손으로 녹아내린 접시를 치우고 스테인리스강을 들어내니 녹아내린 유리 재질이 굳어 있는 납판이 드러났다.

"강한 철판은 통과하면서 납은 뚫지 못하는구나!"

"그렇군요. 그런데 여기 좀 보세요!"

수덕이 가리키는 곳에 초산을 담았던 접시도 황산과 똑같이 흘러내렸는데 초산 접시를 받히고 있던 자연산 대리석 조각도 여지없이 구멍이 뚫려 실험대를 통과해 마룻바닥까지 흠집이 나 있었다.

"무슨 원소길래 부서트리지 않고 녹아 스며드는지 모르겠군!"

노 박사는 난감한 표정을 감추지 못했다.

원래 실험의 목적은 돌가루를 산에 넣어 용해시켜 얼리고, 끓이고, 침전시키는 정제 과정에서 방사성 반응을 보려던 것인데 산에서는 무조건 모든 걸 녹여서 빠져나가 버리고 염기에서는 용해되지 않고 알 수 없는 빛만 뿜어내고 있으니 도대체 알 수 없는 일이 아닌가!

"정제해 질량 분석기에 넣으려면 납으로 된 접시가 필요한 것 아니에요?"

수덕의 말에 그제야 노 박사는 고개를 끄덕였다.

노 박사와 함께 수덕이 실험실 여기저기를 돌아보며 납으로 된 물건을 찾았지만, 납으로 된 뚜껑이 있는 손가락 굵기의 작은 대롱만 찾았을 뿐 시료를 담을 도구가 눈에 띄지 않아서 세밀하게 질량을 분석하는 것은 다음으로 미룰 수밖에 없었다.

며칠 후, 노 박사가 수덕의 강의실까지 일부러 찾아와서 주머니에서 자기장 부채꼴 질량 분석계에서 분석한 자료를 건네주면서 의미심장한 미소를 지었다.

"천재! 너는 앞으로 나하고 많이 부딪쳐야겠다."

수덕이 건네받은 용지에는 397,0895라는 놀라운 숫자가 적혀 있었다.

우렁 각시

그들의 대학 생활이 시작되면서 새롭게 변화되어 가는 그들 자신을 피부로 느껴 가는 사이 어느새 봄이 지나고 여름으로 접어들고 있었다.

수덕은 몇 달간 현도 이모 댁에서 기숙하다가 밤늦게 들락거리는 걸 자신이 불편해했고, 현도 역시 마찬가지여서 이모 집 근처에 조그만 방을 얻어 둘이 자취를 시작했다.

그들이 자취하는 집 안에 들어오면 그들 말고 딴 누군가의 숨결을 느끼기 시작한 것은 이모 집을 나온 지 채 한 달이 못 되어서였다.

며칠 전부터 집 안이 그들의 손에 의하지 않고 정리돼 있어 그들을 당황하게 했다.

간단한 집 안 청소는 물론 그들이 등교 시간에 쫓겨서 그냥 늘어놓은 채 팽개치고 간 이부자리까지 말끔히 정돈되어 있고 부엌에는 설거지며 간단한 반찬까지 챙겨져 있어 예민한 수덕이는 긴장하는 듯 보였다.

더구나 가장 유력하게 예상이 되는 현도 이모는 둘이 자취방으로 옮길 무렵에 임지로 발령 난 이모부를 따라 프랑스로 여행을 떠난 후였고, 설령 그냥 있었다 해도 이모 집 이층에 있을 때도

총각 냄새가 난다고 그들 방에는 들어오는 것을 달가워하지 않았
었다.

은영이와 윤경이는 사인방 멤버로 늘 행동을 같이하는 사이여
서 의심의 여지가 없었다.

수업이 일찍 끝난 오후, 현도는 걱정이 되어 심각하게 수덕이
와 의논을 했다.

"집 자물통이 너무 허술해서 바꿔야겠다. 수덕이 너는 짐작되
는 것이 하나도 없어?"

현도의 물음에 어두운 표정으로 골똘하게 생각하다 얼굴이 밝
아지며 머리를 가로저었다.

"이건 분명히 살림하는 여인네 짓인 게 확실한 것 같고 우리를
해치려는 사람의 행동이 아니고 호의를 베푸는 것으로 판단할 때
우리가 크게 신경 쓸 필요가 없겠다. 그런데 혹시……."

"혹시, 뭐?"

"혹시! 우리 샘님 물건이 실한 줄 알고 혼자 흠모하는 이웃 아
줌마가 우렁각시가 되어 몰래 봉사하는 것 아닐까?"

수덕이 현도의 옆구리를 찔−벅 하며 자지러지는데 밖에서 급
한 발소리와 함께 윤경이가 뛰어 들어오면서 투정부터 했다.

"수덕이 너는 왜 그렇게 나한테 무심해! 조금만 기다려 달라고
사정하는데 그걸 못 참고 말도 없이 먼저 와 버리면 어떻게 해?
학교에서 널 찾느라고 한참을 헤맸잖아."

수덕이는 화가 잔뜩 나서 씩씩거리는 윤경이를 힐끔 한 번 볼
뿐이었다.

"나도 바쁜 일이 있어서 급한데 너 기다릴 여유가 어디 있어?"

"그럼 못 기다린다고 해야 할 것 아냐. 아무 말이 없으니 당연

히 기다리는 줄 알잖아. 너는 여자라고 우습게 보고 항상 그런 식이야. 이젠 내게도 진지하게 대해 줄 수 없어?"

윤경이는 화가 치밀어 울음이라도 터트릴 기세인데 수덕이는 전혀 의외라는 듯 멍하니 바라만 보고만 있었다.

"확실하게 말하지 않은 수덕이가 분명히 잘못한 것 같은데 아침부터 급하게 해야 할 일이 있다고 했거든. 네가 좀 참아!"

현도가 수덕이 대신 변명을 해 주자 윤경이는 좀 누그러진 듯 맥없이 의자에 걸터앉아 통통 부은 목소리로 물었다.

"도대체 그렇게 급한 게 뭔데?"

"오늘 어디 꼭 혼자 가 볼 데가 있어서 먼저 나갈게. 끝나면 음악 감상실로 갈 거니까 윤경이 너도 거기서 보자."

수덕이 금세 문을 열고 휑하니 나가자 윤경이 곧바로 쫓아나갔다.

"우리도 같이 가면 안 되는 거야?"

그녀가 소리쳤지만, 수덕이 목소리는 들려오지 않았고 도로 돌아온 윤경이가 걱정스럽게 현도에게 물었다.

"아니 수덕이 무슨 일이 있는데 저러는 거야?"

"나는 자세히 잘 몰라."

"별일이다! 수덕이 일을 샌님 네가 모르는 게 다 있고?"

윤경이는 퉁명스럽게 말하고는 시무룩해졌다.

"네가 볼 때 우리 너무 싸우지? 내가 고분고분해지려 해도 수덕이가 나를 너무 무시해!"

현도는 심하게 갈등하는 윤경이와 함께 종로 음악 감상실에 가려고 큰길로 나오는 사이 윤경이는 몇 번이나 뒤를 돌아보며 머리를 갸웃거렸다.

"뭐가 잘못됐어. 왜 그러는데?"

"글쎄, 누군가 우리 뒤를 따라오는 것 같은 예감이 들었어."

현도가 뒤돌아봤지만 아무도 보이지 않았다.

음악 감상실에는 먼저 나온 은영이 혼자 기다리고 있었고 얼마 지나지 않아서 수덕이도 침울한 표정으로 들어왔다.

그 무렵부터 현도는 수덕이의 일상사를 참견하지 않기로 마음 먹은 바 있어 물어보지 않았지만, 윤경이는 달라서 꼬치꼬치 캐 물어도 수덕이는 입을 굳게 다물어서 재차 다그쳐 물어봐도 아무 말 없이 컴컴한 감상실 안으로 들어가 한참 동안 있다 나와서 모 두를 둘러보며 털썩 주저앉았다.

"오늘은 웬일인지 음악이 귀에 들어오지 않네. 우리 술이나 마 시러 가자!"

한마디로 모두를 끌고 가까운 무교동 골목으로 들어가 그날 수 덕이는 평소보다 많은 술을 마셨다.

뒤늦게 기분이 풀어져 오랜만에 윤경이에게 관심이 있는 척하 며 학교에서의 일을 사과도 하고 희희낙락하다 저녁 늦게 자취방 에 돌아와 잠자리에 들면서 피곤한 말투로 중얼거렸다.

"나는 아마 오리엔테이션이 끝나면 곧바로 학교 연구실 기숙사 로 들어가야 할 것 같다. 오늘 주임 교수가 호출해서 갔더니 내가 제안한 과제가 채택됐다고 하면서 기숙사가 제공되는 대신에 연 구실에서 빠져나갈 생각은 꿈도 꾸지 말래! 그러면 우리 샌님하 고도 바이 바인데 어쩌면 좋아?"

"……."

수덕이는 앞으로 몇 개월 뒤의 일을 걱정하면서 현도 등을 쳤다.

"요즘 샌님이 나한테 너무 무관심한 것 같아서 너무 외로웠어."

"무관심한 것이 아니고 이제는 한 걸음 물러서서 서로를 봐야 할 성년이잖아. 사실은 그전보다 더욱 세심하게 너를 지켜보고 있으니까 방심하지 마! 이젠 네가 아무 말 안 해도 나도 네 마음 읽을 수 있어. 그래서 오늘 네가 어디 갔다 왔는지 이미 알고 있거든."

현도의 말에 수덕이는 정신이 번쩍 든 듯 현도한테서 튕겨 나오듯이 떨어지면서 술기운에선지 외치듯 소리쳤다.

"오늘 내가 불교 종단 사무실에 갔었던 것도 알았단 말야?"

현도는 그저 말없이 고개를 끄덕이며 쏘아봤다.

"너도 나하고 몇 년 있더니 도사가 다 돼서 이젠 하산해도 되겠다. 그런데 말야. 거기 가면 사부 거처나 소식을 들을 줄 알고 찾아간 건데. 모두 허사였어."

수덕이는 멍하니 한동안 천정만 응시하고 있더니 몸을 돌려 다시 현도 곁으로 왔다.

"합격자 발표 날 네가 봤던 사람이 진짜 사부였다면 종단 사무실에 가면 어떤 흔적이라도 찾을 줄 알고 갔는데 아무런 연고조차 없더라니까."

수덕은 얼굴을 잔뜩 찡그린 채 벌렁 누웠다.

"이제는 포기하는 수밖에 없는 것 같다. 홍산 절에도 반년 가까이 소식이 끊겼다니 사부 맘을 도대체 이해할 수가 없어."

술 취한 목소리로 흥얼거리더니 어느새 깊은 잠에 빠져서 현도가 잠자리를 펴고 겉옷을 벗기는 것도 모르고 곯아떨어져 버렸다.

이튿날 수덕이는 몸이 불편해 결강하겠다며 집에 남고 현도 혼자 학교 버스 정거장을 향해 아무 생각 없이 내려오는데 골목 안으로 들어오는 한 오십 정도 들어 보이는 중년 부인과 눈길이 마주쳤다.

갸름한 핏기 없는 얼굴에 근심이 서린 표정이었다.

현도가 무심히 지나치려는 순간 부인은 뒤돌아서서 현도에게 무슨 말인가 하려는 듯 다가서는데, 버스 정류장에서 윤경이 기다리고 있다가 손을 흔드는 바람에 현도가 뛰어가자 부인은 머쓱해져서 돌아서고 말았다.

현도가 아무래도 이상한 예감이 들어 뒤돌아보니 부인은 벌써 종종걸음을 쳐서 작은 골목 안으로 사라지고 있었다.

"수덕이는 뭐 하고 너 혼자만 나왔어?"

윤경이는 언제나 둘이 같이 등교하다가 혼자인 것이 이상하다는 표정이었다.

"수덕이는 술병 나서 결강한다는데."

"어제 술을 그렇게 무식하게 마셨으니 내가 탈이 날 줄 알았지. 내가 한번 가 보고 올 테니 차 오면 너 먼저 타고 가."

윤경이는 손을 흔들어 보이고 골목으로 뛰어 들어갔다.

며칠이 지난 어느 오후,

현도가 자취방으로 돌아오고 있을 때 또다시 그 부인과 마주쳤는데, 부인은 긴장한 듯하면서도 거리낌 없이 다가와 오히려 현도가 당황해 멍하니 서 버리고 말았다.

"학생한테 미안하지만 잠깐 시간 좀 낼 수 있을까?"

"누구신데, 혹시 저를 아십니까?"

"사실은 학생하고 같이 있는 수덕이를 잘 아는 사람인데, 어디 조용한 곳에 가서 얘기 좀 하지."

부인은 큰길가로 걸어가 다방 입구에서 멀찍이서 따라오는 현도를 확인하고 안으로 들어가 구석에 자리를 잡고 앉았다.

현도가 천천히 뒤따라 들어가 마주 앉으며 물었다.

"우리 친구를 어떻게 아시는 분이신데요?"

부인은 현도의 물음에 빙긋이 미소만 짓고 레지 아가씨에게 커피를 시킨 다음 천천히 입을 열었다.

"사실은 애초에 수덕이 앞에 나타날 자격이 없는 사람인데 원래 얼굴이 뻔뻔해서……!"

굳은 표정이 되어 얼굴을 좌우로 흔들더니 엽차를 마셨다.

현도는 그제야 수덕이가 어릴 적에 한 번 들려주고 좀처럼 입밖에 내지 않던 수덕이 어머니의 존재를 확인하는 순간, 커다란 충격과 함께 바짝 긴장되는 자신을 느낄 수 있었다.

"그러면 수덕이 어머니 되신다는 말씀입니까? 그래서 자취방에도 들어오셨고요."

현도의 자신도 모를 흥분된 어조에 부인은 황급히 사과했다.

"그 점은 수덕이 친구에게 미안하군! 머슴아들 사는 게 오죽할까 해서 한번 들어가 본 것이 그렇게 됐어. 그건 사과할게."

"됐습니다! 어머님이 제게 물어볼 것이 뭔데요?"

목소리가 의외로 퉁명스럽게 들려 현도의 마음을 짐작했는지 난감한 표정으로 찻잔만 이리저리 매만지고 있었다.

"자식 앞에도 나서지 못하는 죄인이라 친구한테 길게 설명할 수 없군! 혹시 수덕이한테서 내 이야기를 들어 본 적 없었나?"

수덕이 어머니 박 씨는 어렵게 띄엄띄엄 말을 이었다.

"수덕이와 처음 만난 중학교 때 언뜻 한 번 듣고 지금까지 들은 기억이 없습니다. 왜 그동안 한 번도 수덕이를 찾지 않으셨죠?"

박 씨는 한동안 말없이 고개를 숙이고 있다가 힘들게 입을 뗐다.

“사실은 작년 연말에 나왔어.”

“나오시다뇨?”

“지금까지 감옥에 있었어.”

현도는 너무 의외여서 입을 벌린 채 멍하니 바라보자 박 씨도 심히 당황한 듯 얼굴이 붉어졌다.

“수덕이가 어미 얘기를 세세히는 하지 않았던 모양이군. 오늘 바쁜 시간 내줘서 고마웠어!”

박 씨가 머쓱해져 자리를 뜨려고 해서 현도가 황급히 잡았다.

“우리가 자취하는 데를 어떻게 아셨죠?”

“대학 합격자 발표장에 같이 갔던 연선 스님이 수덕이 아빠한테서 전해 들었다고 주소를 가르쳐 줘서 알게 됐지.”

“그때 합격자 발표장에서 왜 수덕이를 찾지 않으시고 사부님과 사라지신 거죠?”

“수덕이 합격이 걱정되어 연선을 따라갔던 건데, 수석까지 하는 바람에 못된 어미 처지에서 좋은 일에 초를 치는 것 같아서 수덕이 앞에 나설 수가 없었어.”

박 씨는 한숨을 길게 내쉬고 자리에서 일어섰다.

“그럼, 지금도 사부님과 연락되시나요? 수덕이가 찾으려고 애쓰고 있는데 아시면 가르쳐 주시지요.”

“그분은 아직 일정한 거처가 없어서 알 수가 없어.”

수덕이 어머니는 급히 찻값을 치르고 나가 버려 현도가 바로 쫓아가 재차 물었지만 모른다는 같은 대답뿐이었다.

저녁에 수덕이를 음악 감상실에서 만난 현도는 당분간 자기를 만난 걸 얘기하지 말라는 수덕이 어머니의 부탁이 있었지만 개의치 않고 낮에 그의 어머니를 만난 얘기를 털어놓았다.

수덕인 놀라면서도 허탈한 얼굴로 그리 큰 충격으로 받아들이지는 않고 있었다.

　"우리 살림을 손댈 사람이 어머니일 수도 있다는 생각을 안 한 것은 아닌데 막상 네 말을 들으니 정말 어이가 없군! 사부와는 전혀 서로 알 만한 연결 고리가 없는데 연락이 되고 있었다는 것도 금시초문이야."

　"어찌 됐든지 어머니는 만나야 할 것 아냐?"

　현도의 말에는 수덕이는 가라앉은 목소리로 뇌까렸다.

　"나는 어려서부터 지금까지 어머니가 내게는 없는 것이 당연한 것처럼 살아왔어. 어릴 적 그 섬뜩했던 기억을 되살리며 살고 싶지 않아! 샌님 너는 이제 크게 신경 안 써도 돼."

　수덕은 담담히 말하며 자기 어머니를 쓸데없이 다시 만나지 말라고 부탁하고 다음 날 남대문 시장에 나가 아무도 열 수 없는 미제 자물통을 사다가 문에 걸었다.

　수덕이는 의식적으로 윤경이와 열심히 어울렸고 술을 마시는 횟수도 점차 늘어갔다.

　그런 중에 어느 날 등굣길에서 둘이는 수덕이 어머니와 정면으로 마주쳤다.

　현도가 깜짝 놀라서 꾸벅 인사를 하며 옆구리를 치자 수덕이는 정면으로 잠깐 바라보다 의식적으로 시선을 돌리고 현도의 팔을 억지로 끌고 차에 올랐다.

　버스가 정류장에서 멀어지고 수덕은 현도 어깨에 머리를 기대고 나직하게 입을 열었다.

　"샌님은 내 맘 이해하지? 아무도 이런 나를 비난하지 못할 거야."

　수덕이는 조금은 죄의식이 있는 듯 혼자 말처럼 중얼거렸다.

"걱정하지 마! 내가 너라고 해도 쉽게 받아들이지 못했을 거야."

현도의 말에 조금은 마음이 풀린 것처럼 힘없이 웃었다.

수덕이가 또 어머니와 마주친 것은 며칠 후 일요일이었다. 일요일이면 언제나 반찬을 싸 들고 현도를 만나러 오는 은영이가 문을 두드려서야 늦잠에서 깨어 겨우 일어났다.

반찬 그릇들을 찬장에 넣고 밀린 설거지를 하는 은영이가 부스스 이불을 뒤집어쓴 채 엎드려 빼꼼히 내다보고 있는 그들을 보며 의아스런 투로 말했다.

"어떤 아주머니가 밖에서 서성이고 있는 게 꼭 너희들한테 볼일이 있는 것 같았어. 누가 한번 나가 보지 그래."

"아주머니?"

현도는 덜컥하는 마음에 자기도 모르게 되물었다.

"정말이야! 혹시 전에 너희들이 말했던 우렁 각시 아닐까?"

은영이 정색이 되어 심각하게 말을 해 현도가 일어서려 하자 수덕이 팔을 잡아 앉혔다.

"모르는 아주머니가 자취방까지 찾아온 걸 보면 너희들 우리가 모르는 문제 있지?"

은영이 식사 준비를 위해 씻던 쌀바가지를 도로 놓고 눈이 동그래져 방으로 들어오려다 문지방에 걸터앉았다.

"술 좋아하는 이 몸이 외상술을 좀 먹었더니 그래서 찾아왔나! 이 수덕이 문제니까 계수씨는 신경 안 써도 돼."

실없는 농담에 은영이는 더욱 의외라는 듯 눈을 크게 떴다.

"아니! 너희들 언제 외상술까지 먹었단 말야?"

믿기지 않으면서도 알 수 없다는 표정을 하는 그녀를 시무룩한 얼굴로 건네보는 현도를 향해서 사실을 묻는 눈빛으로 다가앉았다.

"그런 일이 좀 있어. 은영이 너는 몰라도 돼."

현도가 맥없는 목소리로 말하면서 시선을 피하자, 은영이 목소리가 커졌다.

"그런 일이라니. 무슨 말이야? 나를 보고 말을 걸 것 같은 표정인데 무시하고 그냥 들어왔단 말야."

은영의 짜증스러운 말에 수덕이 이불을 걷어 올리고 벌떡 일어났다.

"샌님하고는 아무 관계가 없으니까 은영이 넌 괜히 신경 쓸 필요 없어. 내 문제는 내가 바로 해결해야겠지?"

수덕이가 잠옷 바람인 채 방문을 열고 나가려는데 현도가 뒤따라 나가려 하자 단호히 만류하는 눈빛으로 잠시 대문 앞에 서서 쏘아보곤 문을 열고 나갔다가 잠시 후, 가볍게 웃으며 바로 들어왔다.

"아무도 없구먼. 은영이 너는 쓸데없이 무슨 아줌마가 있다고 그래? 이 수덕이 체면이 있지 집에까지 술값 받으러 올 리가 없지. 안 그래?"

수덕은 부엌으로 들어가 수도꼭지를 틀고 푸푸— 소리 내어 얼굴을 씻고 방 안으로 들어왔다.

"분명히 내가 이 골목에 들어서는데, 대문 앞에 바짝 붙어 서서 문을 두드릴까, 말까 하고 집 안 동정을 살피는 것 같았는데. 이상한 아주머니가 다 있네!"

은영이는 고개를 갸웃거리며 미심쩍은 의심을 풀지 못하고 아침 준비를 계속했다.

수덕이도 주방에 나가 특유의 달걀부침을 만들어 늦은 아침 식사를 하고 휴일이면 으레 어울리는 미셸을 만나러 음악 감상실로 향했는데 버스 정류장 입구에 부인이 서성이고 있는 것이 보였다.

은영이가 먼저 알아보고 수덕이 옆구리를 찌르며 목소리를 낮춰서 속삭였다.

"야! 아까 내가 말한 사람이 저 아주머니야."

수덕이는 들은 채 만 채 마침 도착한 버스에 급히 그들과 함께 올랐고, 부인은 굳은 듯 그 자리에 서서 그들을 물끄러미 바라고만 있었다.

그날도 미리 와 있는 윤경이와 합세했고, 잠시 후에 미셸도 도착해서 함께 어울렸다.

수덕이는 미셸을 만나면 거의 혼자 대화하는 편인데, 두어 주 배운 실력으로는 자주 만나서인지 꽤 수월하게 대화가 소통되었다. 그들의 대화를 듣고 있노라면 우스운 것이 미셸은 서툰 발음으로 한국어를, 수덕이는 되도록 불어를 쓰려고 애쓴다는 것이었다.

그날 미셸은 다음 학기부터 외대에도 강사로 출강하게 됐다고 얼굴에 희색이 가득해 싱글벙글하면서 출강하기 전에 본국에 며칠 다녀올 거라고 했다.

미셸과 헤어지고 난 뒤 여기저기 쏘다니다 저녁 늦게 버스에서 내려 골목 어귀에 들어섰다.

현도는 무의식적으로 두리번거리는데 뜻밖에 부인이 아침에 그들이 나갈 때 서 있던 그 자리에 그대로 서 있는 게 아닌가!

현도는 놀란 입을 벌린 채 우뚝 서버리고 말았다.

수덕이는 힐끔, 한 번 쳐다볼 뿐 고개를 돌리고 휘적휘적 멈추지 않고 계속 걸어갔다.

부인은 표정 하나 흐트러지지 않고 수덕이의 뒤를 하염없이 바라보고 서 있었다.

자취방까지 말없이 걷기만 하던 수덕이 대문 앞에 서서 잠깐 생각에 잠긴 듯하더니 뒤미쳐 따라온 현도에게 무슨 말인가 할 듯하다가 그냥 문을 열고 들어갔다.

현도는 방 안에 들어가 내일 있을 실기 수강을 위해 간단한 화구 정리를 하는데, 수덕이는 방바닥에 그대로 누워 팔을 고인 채 천장을 뚫어져라, 바라보고 있더니 갑자기 벌떡 일어나 밖으로 휑하니 나가는 것이었다.

현도가 하던 것을 멈추고 뒤따라 나가보니 수덕이는 골목 어귀를 향해서 빨리 걸어가고 있는데 부인은 무슨 생각에서인지 그때까지도 꼼짝하지 않고 그대로 그 자리에 서 있었다.

수덕이는 씩씩거리며 다가가 어머니 앞에 똑바로 서서 말없이 쏘아 보기만 하고 현도가 도착했을 때까지도 아무 말 없이 바라보고만 있어 부인에게 다가서서 꾸벅 인사를 하자 수덕이가 현도를 밀쳐 냈다.

"넌 나설 자리가 아니니까, 비켜 줘!"

현도가 머쓱해져 물러서자 수덕이는 한 걸음 다가섰다.

"왜, 짜증 나게 이러십니까? 저는 여태껏 어머니의 좋은 기억이 전혀 없어서 지금까지도 그랬고 앞으로도 나쁜 기억을 되살리면서 살고 싶지 않습니다. 그렇게 아시고 앞으로 저를 찾지 마세요."

부인은 힘없이 고개를 떨구었다가 다시 힘들게 얼굴을 들었다.

"나도 안다. 네게 나설 수 있는 자격은 애당초 옛날에 잃어버렸고 이래서는 안 되는 줄은 알면서도 스스로 어쩌지 못하는걸! 다만 나는 그동안 한순간도 너를 잊어 본 적 없었다는 건 네가 알아

줬으면 해. 그리고 이렇게 잘 커 줘서 고맙다는 말, 꼭 하고 싶었어. 정말 대견하다! 네 마음을 알았으니 다시는 네 앞에 나타나지 않으마. 미안하다!"

부인은 불구덩이에서 나오는 듯한 말을 내뱉고 돌아서려 하자 수덕이 어머니를 불러 세웠다.

"잠깐만요."

부인이 돌아가던 걸음을 멈추고 창백한 얼굴로 아들을 돌아보는데 두 눈에 눈물이 그렁그렁 고여 있었다.

수덕이는 잠시 생각하는 듯하더니 낮은 목소리로 말했다.

"이제부터는 저를 찾아오지 마시고 시골에 계신 아버지에게 사죄하고 용서를 구하세요! 만약 아버지가 받아 주신다면 그땐 저도 어쩔 수 없죠."

수덕의 말에 부인은 힘없이 고개를 끄덕이고 어두운 골목에서 불빛이 밝게 비치는 큰길가로 천천히 사라졌다.

그 무렵, 수덕이 예상치 못한 궁지에 몰리는 일이 있었다.

학교 오리엔테이션 강의실에 학교 연구실 담당 교수인 노춘배 박사와 채성길 교수가 좋지 않은 안색으로 찾아왔다.

연구실로 수덕이를 데리고 간 노 박사는 침울한 표정으로 얘기를 시작했다.

"진 군, 자네가 제안한 프로젝트의 정보가 누출된 것이 아닌가 걱정이 돼서 찾았네. 내가 사전에 진 군에게 철저하게 당부한 바 있기는 한데 혹시라도 실수한 적 있는지 묻는 거야."

노 박사의 전혀 뜻밖의 질문에 수덕이의 눈이 커졌다.

"그것이 내 생명이나 다름없이 중요한 건데 정보 누출이라면 지금 어떤 상황이란 건지 자세히 말씀해 주세요! 제가 제안한 실제 내용은 현재는 저하고 박사님만 알고 있는 것이 아니었습니까?"

수덕이의 전혀 감이 안 잡힌다는 투의 말에 노 박사는 조금은 안심하는 표정이 되었다.

"그렇다면 진 군을 믿겠네. 나도 기관에 우리 프로젝트는 절대 안전하다고 보고 해야겠구먼."

"박사님! 이번 프로젝트는 우리 대학 자체연구로 알고 있었는데 기관이라면 어떤 기관을 말씀하시는 거예요?"

수덕이는 한 번도 언질이 없던 얘기여서 의외라는 표정으로 묻자 노 박사는 심각해져 있는 수덕이 얼굴을 바라보았다.

"내 판단에 우리 대학 자체연구로는 프로젝트를 완성하는 데 지원이 부족하기도 하고 지난번에 자네가 말한 것처럼 규모가 방대해져 국방 연구기관에 잘 아는 대학 동문이 있어 상의했더니, 모든 면에 적극적인 이 친구가 국가 최고 VIP에게까지 보고해서 흔쾌한 승낙과 함께 프로젝트 성격상 정부 기관의 정보 단속을 확고하게 받아야 한다는 거였네. 진 군이 예상했는지 몰라도 현재 생각보다 스케일 자체가 우리 상상을 초월할 만큼 국가 안보 프로젝트로 커졌네. 우리 팀이 정부 국책 연구기관으로 흡수될지도 모르니 지금처럼 보안에 철저하게 신경을 써야 해!"

노 박사는 고무되어 말하면서도 표정은 왠지 밝지 못했고, 옆에서 묵묵히 듣고만 있던 채성길 교수가 갑자기 수덕이를 향해 단도직입적으로 날카롭게 물어왔다.

"너 미셸이라는 프랑스 사람 알고 있지?"

수덕이는 뜻밖에 미셸의 이름이 나오자 사태가 심각하다는 걸 직감했다.

"네! 고등학교 때 불어 학원에서 만나서 알고 있습니다."

수덕이는 미셸과 만났던 과정을 소상히 얘기하고 나서 이번 프로젝트에 관한 내용이 빌미가 될 수 있는 얘기는 미셸을 포함해 누구에게도 말을 한 적이 없다고 분명하게 말했다.

수덕의 말을 듣고 난 노 박사가 사건의 자초지종을 설명하기 시작했다.

"나는 처음부터 진 군을 절대로 신임하고 있었네. 그런데 어제 저녁 정보기관에서 나를 찾아와서 하는 말이 모종의 산업 정보를 본국으로 밀반출하려 한 혐의가 있는 미셸이라는 프랑스인을 조사 중인데, 그 사람을 내사하다 보니 진 군이 그 사람과 만나는 현장이 여러 번 포착됐다면서 우선 나한테 하는 말인즉슨 자체 조사를 세밀히 해서 보고 하라고 해 지금 진 군을 부른 거야. 네 의중만 확실하다면 걱정할 것이 없지만, 털끝만큼이라도 미셸이라는 프랑스 사람에게 우리 프로젝트를 언급해 준 적이 있다면 정보기관에서 어떻게 나올지 몰라! 다행히 그자는 출국 직전에 잡혀서 지금 철저한 조사가 진행 중인 모양이네. 수덕이 널 기관에서 한 번쯤 부를지도 모르니 마음 준비를 단단히 하는 게 좋을 거야!"

수덕이는 그렇게 친절하고 마음씨 좋아 보인 미셸의 이면에 그런 어둠이 숨겨져 있었고 자기와 묘한 인연의 줄이 엉켜졌는지 허탈감과 함께 우선 마음을 우울하게 했다.

애초에 프로젝트를 제안하는 자리에서 노 박사가 모든 연구 과제에는 보안이 절대 생명이라면서 구멍이 뚫렸을 때는 빈 껍질밖에 남을 것이 없다고 입단속을 신신당부해 주지 않았던들 어쩌면 미셸과 나눴던 많은 대화에서 은연중 정보 누출이 됐을지도 모를 거란 생각이 들자 간담이 서늘했다.

노 박사는 너무 걱정하지 말라고 등을 토닥이며 돌려보냈지만, 며칠 후 연구팀 담당 정보관에게 끌려가 일주일 동안 심한 곤욕을 치러야 했다.

결과적으로 결백이 입증돼 별문제는 없었지만, 수덕이로서는 여러 면으로 정신적인 고통이 뒤따른 사건이었다.

사랑, 확인 중

일학년 겨울 방학이 시작되기 며칠 전, 오후에 캠퍼스에서 우연히 마주친 현도를 윤경이는 할 말이 있다면서 근처 카페에 끌고 가 마주 앉았다.

그즈음 윤경이 수덕이와 자주 토닥거려 좌불안석인 걸 알고 있었던 터라 현도는 그녀의 제안에 순순히 따라 들어가 자리에 앉자마자 윤경이는 아주 심각한 얼굴이 되었다.

"너는 수덕이 마음 잘 알지?"

"그렇지! 아마 누구보다 자세히 알걸! 그런데 왜 그래?"

"현도 너는 수덕이에 대해서 숨기지 않고 말해 줄 수 있어?"

"뭘?"

"사실 나 수덕이 너무 사랑해!"

"네가 말하지 않아도 그거야 나도 알고 있지."

"그런데 나 혼자 공연히 수덕이한테 일방통행으로 너무 독주하는 것이 아닌가 하는 생각이 요즈음 들어서 말야."

"왜! 수덕이도 옛날보다 많이 달라져서 너한테 열심이잖아?"

"아냐! 그건 네가 잘 모르는 거야. 가까이 가면 갈수록 알 수 없는 게 수덕이야. 외면상 가까워진 요즘 나는 왠지 더 외로워!"

"그건 네가 욕심이 과해서 생긴 자격지심일 거야."

"네가 볼 때 수덕이가 나를 얼마나 마음에 두고 있는 것 같아?"

"수덕이가 너 말고 딴 여자애들한테 관심 보이는 것 봤어?"

"그런 것 같지도 않고, 그런 건 생각도 안 해 봤지만, 수덕이 마음은 지금 전혀 내가 알 수 없는 곳에 가 있는 건 사실이야. 넌 그걸 못 느껴?"

"윤경이 네 마음대로 수덕이를 판단하지 마! 수덕이 요즘 연구소에 제출할 논문 정리하느라 여념이 없더라. 수덕이는 뭐 시작했다 하면 푹ー 빠져서 몰입하는 성격인 거 알면서 공연히 투정부리고 그러지 마! 그렇지 않아도 피곤한 애야. 어머니 문제도 그렇고 얼마 전에 겨우 끝난 미셸 강사 건으로 일주일이나 잡혀 들어가 좀 시달렸니. 너까지 괜히 볶지 말고 좀 편안하게 해 줘."

윤경이는 그제야 조금 마음이 풀리는 듯했다.

"사실 요즘 나 고민 많이 했어. 아무리 파고들어도 수덕이한테 비집고 들어갈 자리가 없잖아. 그래서 별아 별생각이 다 드는 거야."

윤경이는 말을 하다 말고 현도를 쏘아보며 킥킥 혼자 웃었다.

"혹시 현도, 너희들끼리 사귀는 것 아닌가 의심도 해 봤지만 너나 은영이는 서로 지극 정성인 것을 보면 그런 것 같지도 않고……."

"너 정말 의부증 말기 증세로 이제 아주 완벽히 미쳐 가는구나!"

현도가 어이가 없어서 버럭 소리를 지르자 멋쩍게 웃었다.

"너희들끼리 너무 친하고 수덕이 마음 씀씀이나 의지하는 것이 나한테보다 현도 너에게 더 기운 것 같기도 해서 말야."

윤경이는 스스로 깊은 갈등에 빠진 자기 내면을 드러내 보였다.

"괜히 너무 노심초사하지 말고 기다려 봐! 네가 성급하니까 집착하게 되고 심하면 병이 될 수도 있어. 사랑과 우정도 구분 못

하는 거 보면 너 집착이 보통은 아니다. 하여튼 내가 알기로는 너는 수덕이의 처음이자 마지막 여자야!"

"그럴까? 그럼 내가 결혼도 안 했는데 의부증에 걸렸단 말인 거니?"

윤경이 머리를 설레설레 흔들고 있는데 카페 문이 열리더니 수덕이가 어떻게 알고 들어와 엉거주춤 서서 실내를 살피자, 윤경이 기겁을 하듯 놀라며 몸을 움츠렸다.

"웬일이니? 수덕이 너 우리가 여기 있는 줄 어떻게 알고."

"너희들이 별수 있어? 부처님 손바닥 안이지. 나 혼자 나오는데 애들이 너희 둘이서 이 안에 들어갔다면서 불이 붙기 전에 빨리 가 보라고 해 들어왔지. 무슨 불륜을 저지르고 있나 하고."

수덕이는 현도 옆자리에 털썩 주저앉았다.

"요 얌전한 고양이 샌님이 매—너 없이 남의 여자를 넘겨다봐?"

목덜미를 잡고 흔들어 현도는 죽겠다는 듯 엄살을 부렸다.

"여기 의처증 환자 또 하나 나왔네."

윤경이는 새초롬하게 수덕이를 뚫어져라, 쳐다보더니 샐쭉하게 입을 열었다.

"그래. 하도 외로워서 서방질하려고 했다. 왜?"

수덕이는 윤경이 앞에 놓인 엽차를 들어 한 모금 마시고 쏘아보았다.

"했으면 했지. 하고많은 애들 놔두고 하필이면 우리 샌님이니? 은영이랑 나는 어떻게 하라고."

"불륜을 저지를 거면 충격 갈 만한 사람하고 해야지 않겠어?"

윤경은 현도를 향해 눈을 찡긋하고 나서 벌떡 일어났다.

"그런데 수덕이 너 나 좀 봐!"

수덕이를 억지로 일으켜 세우더니 이내 밖으로 끌고 나가 버렸다.

"내가 무슨 죄를 지은 것처럼 왜 그래?"

수덕이는 끌려나가면서 헤실헤실 웃었지만 조금은 곤혹스러운 표정이었다.

현도는 둘이 그렇게 나가고 나서 다시 돌아오지 않아 혼자 자취방에서 저녁 늦게까지 기다렸지만, 그날 밤에 들어오지 않았는데 최초의 그들 둘만의 외박이었다.

현도는 공연히 허전해 잠이 안 와 '지금까지 자신에게 수덕이가 차지했던 자리가 너무 컸구나!' 하는 생각이 절감되었다. 다음 날 학교에서 만났을 때 수덕이는 죄인처럼 어쩔 줄 몰라 했다.

"어제 윤경이가 막무가내로 붙잡는 바람에 명동 나이트클럽에서 올나이트 했어. 그렇다고 공연히 불결한 생각은 제발 하지 마!"

현도의 팔을 잡고 흔들었다.

"괜찮아! 이제는 성년이 된 너희들 이성에 맡기는 거지. 나랑 무슨 상관있는 일인 거니? 윤경이는 네 사랑을 확인하고 싶어서 안달이던데 뭐!"

"새삼스럽게 확인은 무슨 확인. 자신이 느껴지는 대로 받아들이면 되는 거지. 나는 정말 클럽에서 맥주만 마셨다."

수덕인 한사코 변명만 했다.

"나 혼자 자느라 외롭긴 했지만, 누가 뭐래? 그건 그렇고, 그런 곳에 갔으면 우리도 부르면 어디 덧나니?"

현도가 퉁명스럽게 말하자 수덕이 한사코 변명했다.

"내 생각도 그래서 너희들 부르자니까 오늘은 단둘이 있고 싶다고 고집을 부리는 거야. 둘만 있어 봐야 별것도 아니더구먼."

그때 윤경이 갑자기 어디선가 나타나 둘 사이에 끼어들었다.

"수덕이 너 내 흉봤지?"

수덕이 팔에 매달렸다.

"어제 클럽에 갔던 얘기만 했어. 단단히 삐져서 이번 주에 현도가 식사 당번인데 밥 제대로 얻어먹기 다 틀렸다."

윤경이 다시 현도에게 달라붙어 애교를 떨었다.

"어제 은영이하고 같이 갔어야 했는데 네가 알다시피 어제 내 기분이 그냥 그랬어. 저녁에 은영이랑 음악 감상실에서 만나면 무교동 낙지 골목에서 맛있는 파전 사 줄게. 샌님 맘 풀어. 응?"

그날 이후, 그들 둘만 어울리는 때가 자주 있어 처음에는 현도는 허전하기도 하고 배신감 비슷한 감정이 없는 것도 아니었지만 그 횟수가 늘어가면서 나중에는 그러려니 생각하게 됐다.

그래서 자연히 현도 커플도 따로 행동하게 됐지만, 수덕이네처럼 올나이트 하는 경우는 그때까지 없었다.

윤경이가 그렇게 각별하게 신경을 쓰며 곁에서 떠나지 않고 챙겼지만, 수덕이 심중의 어두운 그림자는 지워지지 않았다.

첫 겨울 방학에 시골에 내려간 수덕이와 현도는 뜻밖의 사람을 만날 수 있었다.

수덕이 어머니 박 씨가 태보 씨와 함께 기다리고 있어 수덕이는 놀라는 듯했지만 그리 큰 충격으로는 받아들이지 않고 태보 씨는 겸연쩍게 웃었다.

"그렇게 됐어야 네 어머이래 나 죽여 줍소! 하고 들어오는 데야 어쩌겠나? 성깔 이래 수덕이 너처럼 좀 급해개지구 그렇지. 속내는 더 없이 좋은 사람 아이겠니."

현도가 한 달여 동안 지켜본 수덕이는 옛날이나 조금도 변하지 않은 모습이어서 어머니 없이 살아온 습관에 길이 들여진 탓인지 수덕이의 일상사에 어머니란 존재가 끼어들 자리가 없어 보여 한편으로 너무 차갑게 느껴지기도 했었다.

방학이 끝날 무렵 수덕이와 현도가 서울로 올라오던 날은 함박눈이 정신없이 쏟아져서 찻길이 위험하다고 어른들이 극구 말렸지만 무슨 영문인지 꼭 올라가야 한다고 수덕이가 고집을 부렸다.

현도는 어머니가 챙겨 준 반찬 보퉁이를 들고 버스에 올랐는데 버스가 출발하고 얼마 지나지 않아서 수덕이가 입을 열었다.

"어젯밤에 사부님이 지금 묵고 있는 서울 거처를 알아냈어."

수덕이의 뜻밖의 말에 현도는 어이가 없었다.

"어머니가 얘기해 준 거야?"

수덕이는 빙그레 웃기만 하더니 사실을 털어놓았다.

"아냐. 어제 가게에 있는 아버지 책상에서 사부님이 보낸 편지를 우연히 보게 됐어."

수덕이는 외투 안주머니에서 편지를 꺼내 건네줬다.

"사부님이 너희 아버지에게 보낸 건데 진짜 내가 봐도 돼?"

"특별한 것은 없지만 네가 사부를 이해하는 데 조금은 도움이 될 거야."

편지는 그의 단정한 모습만큼이나 깔끔한 필체로 쓰여 있었다.

처음 시골에 내려오는 수덕이 어머니 편에 보낸 것으로 자기가 여러 차례 면회하면서 지켜본 수덕이 모친은 확실하게 개과천선한 것 같으니 용서해서 수덕이도 받아들이게 해 주시라는 것과

구도의 길에 있어서 방황하는 수덕이를 제대로 챙기지 못해 죄송하다는 세세한 심정을 적고 있었다. 그리고 지금은 서울 근교 상계동에 있는 수락산 암자에서 불당을 마련 중이라는 내용이 적혀 있었다.

"이렇게 고통스러워하며 너와 떨어져 있는 사부의 의도를 알고 있으면서 네가 고집을 부리는 이유도 도대체 뭐 때문인지 정말 이해가 안 돼."

현도의 불평에도 수덕이는 의외로 밝은 얼굴이 되었다.

"사부를 만나서 내 [온 우주론]을 보여 주고 잘못된 고정관념의 벽을 깨부술 수 있도록 확실한 검증을 받을 거야."

수덕이는 야무지게 입을 다물었다.

"지난번에 보여 줬던 논문이 어떤 내용인지 나한테는 밝힐 수 없어?"

현도의 물음에 수덕이는 엉뚱하게 말을 돌려 버렸다.

"네가 생각해도 나와 사부님이 굳이 서로 멀리할 이유가 하나도 없잖아?"

"네 말도 일리가 있어서 내게는 확실하게 풀리지 않는 미스터리야. 네가 학교 그만두고 사부를 쫓아간다고 억지를 부릴 때는 이유가 되지만 현재는 사부의 의견대로 이공계 대학에 수석으로 들어갔지. 또 어린 시절도 지나 엄연히 넌 성인이 됐는데 또 다른 이유란 것이 뭐길래 입시 발표날 코앞까지 왔다가 숨어 버린 건지. 그게 이해할 수 없어."

현도가 열을 올리자 수덕이도 덩달아 고무된 듯 빙그레 웃었다.

"샌님 말이 백번 맞고 오히려 약속을 깬 쪽은 사부라고. 안 그래? 이번에 만나기만 하면 내가 가만두지 않을 거야."

현도가 편지 내용을 곱씹어 볼 때 자기 수행에 방해가 되어 수덕이를 멀리하는 줄 알았는데 연선의 속뜻은 그것만이 아니라는 강한 암시가 내재돼 있다는 것을 느낄 수 있었다.

그 들이 눈 쌓인 험한 길을 조심조심 달려온 버스에서 내린 것은 한낮이 훨씬 지난 오후였다.

현도가 너무 늦었다고 내일 밝을 때 같이 가자고 했지만, 수덕이는 막무가내로 고집을 부리고 현도에게 짐들을 자취방에 갖다 놓고, 음악 감상실로 나와 있으라고 신신당부하고 상계동 버스에 올랐다.

현도는 자취방에 짐을 풀고 은영이에게 전화해서 음악 감상실에서 만났는데 마침 윤경이도 같이 있다가 함께 나와서 현도 혼자인 걸 보고 의외라는 표정을 지었다.

"오늘 같이 올라왔을 텐데 수덕이는 어디 두고 너만 나온 거야?"

"수덕이는 사부 만나고 바로 여기로 온다고 기다리라고 했어."

현도의 설명에 윤경이는 의자를 바싹 당겨 앉았다.

"말 나온 김에 묻겠는데, 너희들한테 수없이 듣긴 했어도 사부라는 사람이 도대체 어떤 사람이길래 한 번도 볼 수가 없는 거야. 현도 넌 봤어?"

"그런 사람이 있어."

현도가 신통찮게 말하자 윤경인 짜증스런 표정이 되었다.

"네가 볼 때 천재가 그렇게 매달릴 정도로 대단한 사람이야?"

윤경의 물음에 현도는 아는 한도에서 자세히 설명해 줬다.

"연선 스님이라고 하는 수도승으로 시골에서 나는 여러 번 만나 봤지. 인품이 아주 좋은 분인데 지금 수락산에 있는 암자에 와 있나 봐."

"수락산! 전에는 지리산 어딘가에 있다고 안 했어?"

"맞아. 백장암이란 곳에 있다가 이쪽으로 옮겨 왔다고 하는데, 자세한 건 잘 모르겠다. 수덕이가 오면 알게 될 거야."

"어떤 분인데 수덕이가 이 밤중에 거기까지 찾아간 거야? 초행이면 찾는 것도 만만치 않을 텐데."

은영이가 걱정스러운 표정으로 말하자 윤경이 어두운 표정이 되었다.

"그 애는 알 수 없는 구석이 한두 군데가 아니야!"

수덕이는 음악 감상실은 물론 자취방에도 돌아오지 않았다.

그날뿐이 아니라 그다음 날까지도 아무 연락이 없어 현도는 별의별 불길한 상상까지 하며 직접 수락산으로 찾아가려고 집을 나오는데 조카 종혁이가 달려왔다.

수덕이한테서 전화가 왔다고 알려 줘 뛰어가 전화를 받으니 의외로 수덕이의 밝은 목소리가 들렸다.

"야! 너 지금 어디 있는 건데? 무슨 애가 걱정하는 사람들 생각은 조금도 안 하는 거야?"

현도의 잔뜩 볼멘 말에도 수덕이 목소리는 여전히 조금은 흥분되어 들떠 있었다.

"여기 음악 감상실에 와 있으니까. 빨리 나와."

현도는 화가 치밀어 수화기를 놓자마자 어떻게 갔는지 모르게 음악 감상실에 올라가 안으로 들어서니 수덕이는 연선과 나란히 앉아 오렌지 주스를 마시다가 벌떡 일어났다.

"샌님, 미안해! 너 걱정 많이 했구나?"

수덕이가 흥분된 현도 얼굴을 보고 손을 잡았지만, 힘없이 손을 놓았다.

"이틀 동안이나 아무 연락도 없이 어디서 뭐 하고 있었던 거야?"

현도가 화를 내는 모습을 처음 본 연선이 빙그레 미소 띤 얼굴로 올려다보고 있는 순간, 현도의 생각에 자기도 모르게 둘이 합세해서 지금까지 자신을 조롱하는 것 같은 모멸감까지 치밀어 올라 테이블 사이를 지나서 제일 구석 자리에 가서 쓰러지듯 몸을 눕혔다.

현도의 이성으로는 도저히 이해되지 않는 수덕이의 자기중심적인 행동에 심한 거부감을 느끼고 있었다.

수덕이는 이런 반응을 예상 못 했는지 눈을 크게 뜨고 당황한 빛이 역력했다.

"사부 계신 곳이 깊은 산중이라 연락을 못 했던 건데, 나 없는 사이 무슨 일이라도 있었어?

현도 옆 빈자리로 와서 근심스럽게 내려다보며 물었지만, 그 이상 어떻게 자기 진심을 표현해야 할지 몰라 얼굴을 돌렸다.

"됐어!"

현도가 얼굴을 돌리고 자기의 시선을 피하자 수덕이 어두운 얼굴이 되어 어쩔 줄 모르고 있는 모습을 연선은 여전히 차분한 모습으로 건네보고 있었다.

한동안 무거운 침묵이 흐르고 현도는 그런 분위기조차 짜증이 나서 벌떡 일어나 감상실 안으로 들어가니 실내에서는 슈베르트의 소나타가 잔잔하게 흐르고 있었다.

현도는 자신이 왜 그러는지조차 모를 심한 흥분 상태가 이어지고 음악이 제대로 머릿속에 들어오지 않았다.

잠시 후에 수덕이가 들어와 두리번거리다 소파에 파묻혀 있는 현도 옆에 와 앉았다.

"사부가 현도 너랑 이야기할 게 있다고 기다리다가 종단에 볼 일이 급하다고 그냥 가셨어."

한동안 둘은 음악을 듣는 것처럼 말이 없었지만 서로 깊은 생각 속에 빠져 있다가 음악 전곡이 끝나고 밖으로 나왔다.

현도는 음악실에 더 앉아 있고 싶은 생각이 없어 밖으로 나오자 수덕이도 따라 나오면서 '이 상황을 어떻게 설명해야 현도가 이해해 줄까!' 고심하고 있었다.

둘이 말없이 걷다가 현도가 먼저 입을 열었다.

"내가 속이 좁아서인지 몰라도 이런 상황은 이해할 수가 없어! 네가 사부를 만나 밝은 모습이 되기를 원하는 마음이었는데 아무 연락이 없어 애태우다 막상 사부와 태평스럽게 앉아 있는 걸 보니 오히려 내 머릿속이 혼란스러워 뭐가 뭔지 모르겠다."

현도가 내뱉듯 말하며 건네보니 수덕이도 심각한 모습이 되어 가까이 다가와 손을 잡았다.

"뒤늦은 후회지만 시골에서 오던 날 네가 말한 대로 다음 날 너하고 같이 갔어야 했어. 막상 사부가 있다는 암자에 힘들게 찾아갔더니 출타 중이란 쪽지만 있어서 늦게라도 돌아올까 봐 그날은 나 혼자 거기서 밤을 새웠어.

어제 사부가 지리산 갔다 늦게 오는 바람에 오늘까지 [온 우주론]을 놓고 이 얘기 저 얘기하다 보니 정말 시간 가는 줄 몰랐어. 산중이라 연락하지 못하고 시내에 내려와서야 겨우 전화했던 거야. 다시는 절대로 이런 일로 너를 실망하게 하지 않을게. 이제 마음 풀어."

현도는 수덕이 마음이 진심처럼 느껴지면서 갑자기 약하고 의기소침해진 모습을 보니 한편으로 안돼 보여 넌지시 건네보며 말했다.

"사부님이 화가 나서 갔으면 어쩌지?"

현도가 가볍게 웃어 보이자, 수덕이는 오가는 수많은 사람의 이목도 염두에 없이 현도를 끌어안고 어린애처럼 어쩔 줄 몰라 했다.

둘은 자주 가는 비어홀에 들어가 생맥주 한 잔씩 앞에 놓고서 현도가 먼저 입을 열었다.

"너 그럼 그 논문으로 사부를 설득시켰다는 거야?"

"그래서 늦어졌어. 내 논문 내용을 일단 인정하면서도 사부가 내심으로 어느 정도 수긍했는지 모르겠어! 엄격하게 따져 보면 이론과 실제의 차이는 어쩔 수 없는 거잖아."

사부를 설득했다지만 조금은 안타까움이 남아 있는 듯했다.

"사부님이 음악 감상실까지 웬일이야?"

"내가 같이 오자고도 했고 사부도 종로에 있는 종단에 볼일도 있다고 해서 온 건데 나는 물론이고 사부도 그렇게 화난 네 모습이 처음이라 무척 당황했어! 지금까지 웬만한 것은 착한 네가 다 봐 줬었잖아."

"……."

"샌님이 오늘은 웬일인가 하고 커다란 죄를 저지른 그런 마음이었어. 사부님도 아마 나랑 같은 마음으로 돌아갔을 거야. 다음에 만나면 네 심정 그대로 얘기해 줘. 사부도 이해할 거야."

현도는 자신이 너무 과민 반응을 보인 것 같아 조금은 미안한 생각이 들어 고개를 끄덕였다.

자취방에 돌아오자 수덕이는 가방에서 그동안 심혈을 기울여

쓴 논문 뭉치에서 앞부분과 뒷부분을 뺀 가운데 부분만을 현도에게 건네주고 떼 낸 부분을 흔들어 보였다.

"이거는 내가 옛날에 들려줘서 네가 이미 알고 있는 거라 그것만 읽어 보면 될 거야. 알았지?"

수덕이가 동의를 구해 현도는 건성으로 끄덕이고 두툼한 논문 뭉치를 펼쳐 보니 대강 두 가지 문단으로 된 논문 형식의 글이었다.

첫째 주제는 세계사와 국사 그리고 종교 서적들을 기초로 자료를 분석해서 증명해 보인 윤회였다.

세계 문화사에 비춰 본 지구를 둘러싸고 돌아간 영욕의 커다란 흐름과 성경을 통해 아담의 타락 이후 인류사의 반복된 비극을 기록하고 있었다.

한국사 중에 가장 가까운 역사인 근세조선 첫 번째 왕족의 비극인 왕자의 난 이후 단종애사와 연산군 재위 시절, 각종 사화로 이어지는 역사 흐름을 윤회라는 틀에 꿰어 증명해 보인 것들이었다.

각종 사화를 근거로 해서 사오십 년을 한 축으로 계속해서 반복되는 참화를 연대별로 열거하여 증명해 보임은 실로 놀라운 추론이었다.

인간을 창조한 신이 인간에게만 부여해 준 영혼이 영원히 소멸하지 않고 윤회하면서 업보를 쌓아 가는 과정을 종교 서적 심령 과학과 일반 과학에 근거한 확인 작업을 거쳐 영혼도 하나의 극소립자와 같은 원소일 거라는 추론을 성립시키고 있었다. 그러면서 프랑스 사클레니 원자력 연구소에서 최근 발견한 빛보다 빠른 '타키온'이란 가상의 소립자가 뒷받침된다고 주장하고 있었다.

둘째 주제는 이원화된 흑백 논리의 허구성에 관한 것이었다.

사람들의 인식 속에 박혀 있는 윤리관이나 각종 이론이 흑백 논리로 굳어 있는 자체가 잘못이고 그 논리의 기초가 되는 각종 종교의 극단적으로 나누는 선과 악의 오류를 지적하고 있었다.

기존 종교관에 대한 반박 이론으로 인간의 탐욕으로 드러난 것이 악이란 기존의 논리를 뒤엎고 태초에 우주에는 선과 악이란 구분이 없이 생존이라는 하나의 화두뿐이고, 또 창조주란 존재를 인간 능력으로 절대로 정의할 수 없는 것을 억지로 상상하고 해석하다 보니 완벽해야 할 기본이 어긋나서 원래 우주 신이 의도하지 않은 방향으로 인간 세상이 변질되어 갔다는 것이었다.

한 예로 사분오열로 갈라진 종교계가 이를 증거 하는 것은 잘못된 자기 생각에 반대되면 무조건 악이라고 규정하는 것 자체 즉 무지가 악을 만들었다는 이론이었다.

인간들이 하느님이라고 믿는 온 우주 창조신과 인간의 관계는 엄마의 배 속의 아기로 설명하고 있었다.

배 속 아기가 엄마를 판단할 수 없는 것을 억지로 상상하다 보니 그 상상에 따라 원래 창조주가 의도하지 않은 여러 갈래의 기묘하고 해괴한 세상이 전개되었다는 것이다.

그래서 인간들이 떠받들고 있는 경전들이 터무니없는 공상과학 문화의 원조가 되었음은 물론이고, 수박 겉껍질 핥는 꼴이 되어 버린 잘못된 신의 해석으로 우주의 창조주 의도를 거스르면서까지 자기의 오류를 믿도록 강요하고 있다는 것이다.

더구나 그 오류로 심판의 기준을 세워 서로 무참히 살상하는 최악의 전쟁을 부른 것은 물론 그 싸움을 위해 극악한 첨단 파괴 핵무기를 경쟁적으로 만듦으로 인해 온 우주에서 지구가 스스로 급속히 도태될 수밖에 없는 현재와 미래가 되고 있다는 것이다.

모든 윤리와 인간 생활의 기본 규범의 뿌리를 이루는 철학 자체가 잘못된 종교 이념에 기초한 것이 지구가 우주에서 도태될 수밖에 근본 원인이라는 것이었다.

선과 악을 들어 서로를 대적하는 가까운 예로 우리나라의 남한과 북한의 이념 갈등을 들어 설명도 하고 있었다.

각기 다른 철학사상에 따라 모호한 판단 기준에서 남에서 볼 때 북은 피치 못하는 악이요. 북에서 볼 때 남이 악일 수밖에 없어 서로 상대를 악이라 규정하여 전쟁이 발발하여 서로 악을 응징할 때 최악의 악이 탄생할 수밖에 없으므로 애초에 남북이 이념의 옳고, 그름을 따지지 말고 오르지 한 뿌리라는 일념으로 하나가 돼야 한다는 생각으로 접근하는 것만이 옳은 선택이요 해결 방법이란 것이다.

특히 그의 이론 가운데 흑백 논리를 비판하는 것에서 눈에 띄는 것은 음양설 중에 동물의 성에 관한 것으로 성의 구분은 새로운 생명체를 생식시키는 능력 외에는 전혀 분리될 수 없이 동일시할 수밖에 없다는 논리로 동양 철학의 음양설이 너무 광범위하게 적용돼서 인간의 남녀 성차별 의식 등 윤리관에 차지하고 있는 비중을 지적하는 부분이었다.

보통 사람들의 인식과는 전혀 다른 시각의 윤리관으로 기존 고정관념을 뛰어넘으려는 생각이 깔린 논리들을 현도로서는 너무 혼란스러운 내용이었다.

더욱이 성경이나 불경 같은 종교에는 별 상식이 없어 수덕이의 논리를 받아들이거나 반론을 펼 입장이 못 되었다.

그의 희한한 이론으로 어떤 점을 연선에게 설득했는지는 가늠할 수 없었다.

2학년이 되면서 수덕이는 정부 연구소 기숙사로 들어갔다.

연구원 거의 다 박사 학위를 가진 교수팀이었고 학부 학생은 수덕이가 유일했다.

연구소에 들어가기 전날 밤에 그들 4인방은 환송회나 다름없는 술자리를 같이했었다.

수덕이는 새로운 생활에 조금은 들떠 있는 듯했지만, 윤경이와 현도는 나름대로 허전하고 착잡해 있었다.

"이제 얼굴 보기도 힘들겠네. 이제 연구소에 들어가면 언제 외출할 수 있는 거야?"

윤경이의 목소리는 더욱 침통하게 들렸다.

"가끔 공휴일에 나오지 뭐. 그런데 당분간은 외출이 안 될지도 몰라. 나도 상상 못 할 정도로 내 미션 규모가 커져서 내 몸 자체가 보안이나 마찬가지라 정보기관에서 나를 기숙사에 잡아 놓는 것 같아! 이런 말도 너희들 앞이니까 마음 놓고 하는 거야. 지난번 미셸 강사 때문에 나 달릴 뻔했었잖아. 노 박사님 아니었으면 죄 없이 치도곤이 당할 뻔했는데 내가 만든 일에 내가 당할 뻔했으니 이게 바로 아이러니가 아니겠어?"

수덕이는 짜증스러운 표정으로 생맥주잔에 입만 대고 있는 윤경이를 힐끔 보고 나서 현도를 찬찬히 바라보며 실없이 웃었다.

"샌님 혼자서 두 여성 동무 등쌀을 감당해야 하니 걱정인걸."

수덕이의 농담에 윤경이 들고 있던 잔을 내려놓으면서 조그맣게 말했다.

"걱정하지 마! 나는 샌님에게 부담 주지 않을 거야. 하긴 현도가 걱정이 되긴 하네. 외로워서 어째? 매일 붙어 다니고 잠자리까지 같이하다가."

"나는 베개 끌어안고 자면 되니까 걱정하지 마!"

윤경이 말에 장단을 맞추던 현도가 정색이 되며 발끈했다.

"이거 공연히 남의 말 따라가다 보니 외설적이네."

현도의 볼멘소리에 수덕이는 얼굴이 발그레해져 고개를 흔들었다.

"샌님! 우리가 한두 번 그런 소리 들었니? 어릴 때부터 짝짜꿍 소리는 학교 선생님들한테도 들었잖아? 그리고 나는 어렸을 때 현도가 여자면 결혼하겠다고 했었다니까."

수덕이가 재미있는 표정으로 현도의 어깨에 팔을 걸고 얘기하자 은영이는 돌아보며 맞장구를 쳤다.

"아마 잘 어울리는 부부가 됐을 거야!"

은영의 말에 윤경이도 뚱한 표정으로 고개를 끄덕였다.

한동안 떠들다 헤어질 무렵 수덕이 취한 얼굴을 주억이며 말했다.

"연구소 일이 어느 정도 골격이 잡히면 나도 자유로워질 수 있어."

수덕이가 차분한 어조로 말했지만, 윤경이는 마치 군대에 애인을 떠나보내는 것처럼 아쉬움에 침울해 있었다.

그 무렵 수덕이가 연선에 대한 집착이 어느 정도 풀려 마음이 가벼워서인지 그들은 아주 가깝게 자주 어울리고 있었다.

현도는 수덕이가 연구소로 들어가고 며칠이 되지 않은 어느 날 오후에 음악 감상실에서 만난 은영이로부터 뜻밖에 청천벽력 같은 소리를 듣고서 자기 귀를 의심했다.

윤경이가 임신해서 학교를 그만두겠다고 했다는 것이다.

현도는 윤경이의 임신 사실 자체보다 놀라운 것은 '벌써 그들이 그만큼 성숙돼 있었나!' 하는 의구심을 떨칠 수가 없었고 또 새로운 생명을 책임질 만큼 정신적으로나 육체적으로 완성된 것인지 멍한 공황 상태가 오래 계속됐다.

토요일 오후에 기숙사로 수덕이를 찾아간 현도는 먼저 입을 뗄 수 없어 망설이고 있었다.

몰라보게 핼쑥해진 수덕이는 기숙사 앞 정원 벤치에 앉아 한동안 땅만 내려다보고 있다가 맥없이 고개를 들고 피식─ 웃더니 모든 걸 포기한 듯한 모습으로 입을 열었다.

"사실은 며칠 전에 윤경이가 울고불고 전화해서 알고 있었어. 윤경이한테는 미안하고 나 자신에게도 무책임한 얘기지만 내 의도가 전혀 아니었어. 우리 둘 다 실수한 거야."

수덕이는 묘한 여운을 남기는 말을 했다.

윤경이에게 전혀 애정이 없었던 것은 아니었지만 사실 이번 문제는 윤경이의 의도적인 욕심에서 발단된 상황으로 수덕이는 그때까지 결혼이나 아기를 갖겠다는 생각은 꿈에도 갖지 못했었다.

그런 불분명한 태도 때문에 윤경이의 급하고 단호한 성격이 난감한 상황 속으로 수덕이를 끌어들인 것이었다.

"너희들이 만든 문제를 해결할 사람은 너밖에 없는 거 아냐? 윤경이는 학교도 그만둔다고 난리라는데 어떻게 하면 좋겠어?"

"자기 운명은 누구도 어쩌지 못하는 것이니 스스로 받아들일 수밖에 없는 거지. 하지만 내가 모두 책임질 거야."

수덕이는 이를 꽉 물었다.

"지금 수덕이 너 처지에서 결혼은 할 수 없잖아?"

"그건 다음 문제야. 사랑은 두 사람으로 충분히 이뤄지지만, 결혼은 우선은 양쪽 집안 부모님께 확실한 인정을 받아야 하니까 우리 마음대로 결정할 수 없는 것이 아니겠어?"

수덕이는 멍하니 허공을 응시하면서 무슨 생각인지 골똘히 하는 모습을 바라보는 현도의 마음도 난감한 상황을 공감하고 있었다.

어린 철부지 같기만 하던 지금까지의 수덕이가 아기 아빠가 될 거란 생각이 들자 제대로 상상이 되지 않았다.

그 무렵 현도는 두 가지 진로 문제로 갈등하게 하고 있었다.

얼마 후에 나올 군대 입영 문제와 어머니와 이모가 추진하는 유학을 위해 입대를 연기해야 하느냐는 것이어서 화제를 돌려 수덕이에게 의논했다.

"내 입영 문제는 노 박사님이 지금 하는 연구가 국방 사업과 연관이 있어. 충분히 고려될 거라고 해서 마음 놓고 있었더니 너는 정말 힘든 문제구나. 내 생각에는 네가 어차피 가야 하는 군대라면 군대 먼저 갔다 와서 홀가분하게 유학 가는 게 좋지 않겠어? 유학 갔다 와서 어린애들하고 군대 생활하는 것보다 나을 것 같은데. 아냐?"

"나도 그렇게 생각하는데 이모님 말씀은 이모부가 지금 프랑스 현지에 머물고 계셔서 여러 가지 도움을 받으려면 프랑스 유학은 지금이 적기라고 하거든. 사실은 그래서 유학 얘기가 나왔던 거고 이삼 년 후면 이모부가 임기가 끝나기 때문에 내게 좀 힘들게 될 거라고 하신단 말야."

"당장은 딴 사람의 도움을 받는 게 쉽고 편할지 모르지만 너의 긴 장래를 생각한다면 큰 도움이 아닌 것 같고 먼저 내가 보고 있던 책이 있으니까 그걸로 너는 불어 공부나 열심히 해 두는 게 우선인 것 같다. 이건 어디까지나 내 생각이고, 모든 결정은 샌님, 네 몫이야!"

수덕이는 발등의 불인 자기 자신의 문제를 잊은 듯 열심히 설명해 주고 현도에게 다음 주말에 외출 허락을 받겠다고 약속을 했다.

수덕이의 첫 외출 날은 그들 4인방이 만나던 그 수많은 만남 중에서도 특별해서 묘한 분위기였지만, 수덕이는 변함없이 밝은 표정으로 음악 감상실에 들어섰다.

윤경이도 크게 내색하지 않고 대범한 척했지만, 눈가에 서린 어두움은 감추지 못했다.

항상 그들이 만나면 거치는 과정대로 그날도 두어 시간 음악 감상을 한 뒤에 저녁을 먹고 나서 비어홀에 들려 생맥주잔을 기울이고 있었다.

수덕이와 현도가 두어 배씩 술잔이 도는 동안 윤경이는 술잔만 받아 놓고 굳은 듯 앉아 있고, 은영이도 처음에는 덩달아 술을 마시지 않았다.

수덕이가 술기운이 돌아 말이 많아지고 윤경이가 맞장구를 치기 시작해 분위기가 풀리면서 계속 갓길만 맴돌던 대화가 본래 길로 들어섰는데 문제의 핵심에 파고든 것은 의외로 늦게 술을 마시기 시작한 은영이였다.

"모든 것은 당사자들 몫이긴 하지만 지금까지 동고동락해 온 친구인 나도 조언쯤은 할 수 있다고 생각해서 하는 말인데, 윤경이 넌 좀 더 신중했어야 했고 앞으로 헤쳐 나갈 많은 난관에서는 윤경이 네 마음대로 판단하지 말고 수덕이와 같이 의논해서 결정하면 문제 될 게 없을 거야."

윤경이 본인은 묵묵히 듣고만 있는데, 수덕이는 벌써 붉어진 얼굴이 되어 나섰다.

"은영이 말이 백번 옳은 말이지! 나 혼자 결정할 문제라면 벌써 끝났겠지만, 책임을 회피하려는 것이 아니라 이번 일만큼은 내 소신보다 윤경이 네 판단이 중요한 것 같아서 네가 결정하면 무조건 따를 거야."

수덕이의 단호한 말에 굳은 듯 앉아 있던 윤경이는 그제야 입을 열었다.

"누구한테도 내 짐을 나누고 싶은 생각은 추호도 없어. 너를 사랑하기 때문에 내가 원해서 각오한 일이니까 수덕이 너한테도 마찬가지야."

윤경이의 비장감까지 드는 심각한 말투에 수덕이는 무얼 생각하고 있는지 고개를 숙이고 있어, 지켜만 보고 있던 현도는 술잔을 비우고 나서 윤경이를 건네보며 입을 열었다.

"윤경이 네 심정을 모르는 것은 아니지만 네가 말했듯이 모든 것이 인생에 짐으로 지워진 것처럼 학교 문제도 네 인생에 큰 비중을 차지하는 중한 건데 기분 내키는 대로 포기해 버릴 가벼운 문제가 아니지. 안 그래?"

지켜보던 은영이도 똑같은 의견이었다.

"그럼 너희들은 나보고 아기를 포기하란 말인 거니?"

윤경이의 격한 반응에 수덕이는 붉어진 얼굴을 번쩍 들었다.

"학교를 포기하는 것은 나도 찬성할 수 없어. 지금 샌님 얘기는 어느 한쪽을 포기하란 뜻이 아니고 둘 다 지킬 방법을 선택하라는 거잖아. 그 문제보다 윤경이 너는 결혼부터 하자고 하는데 지금 내 처지로 가능하다고 생각하는 거니?"

수덕이 말에 윤경이는 발끈해서 자리에서 일어섰다.

"왜 못해! 네가 복잡하게 생각하니까 그런 거지! 네 의지만 확고하면 내가 모든 것을 알아서 해결할 수 있어."

"네 능력은 인정하지만 아까 말한 것처럼 두 가정의 결정이 뒤따라야 하는데 우리 집은 내 뜻이면 얼마든지 가능하지만, 너희 집안은 네 맘대로 어떻게 할 수가 없는 것 아냐?"

"우리 집도 네가 걱정 안 해도 돼. 가장 중요한 것은 네 마음이야. 일이 벌어졌다고 말로만 책임지겠다는 것보다 행동으로 보여주길 내가 원하는 거란 말야."

윤경이의 정곡을 찌르는 말에 수덕이는 어두운 표정이 되었다.

"지금 나는 온통 혼란스러워서 뭐가 뭔지 도대체 모르겠다! 조금 생각할 여유가 필요해."

난감한 표정으로 바라보자 윤경이는 나직한 목소리로 쏘아붙였다.

"모든 걸 알아서 척척 잘 판단하고 적극적으로 결정하면서 이번엔 이렇게 소극적이야?"

윤경이 발끈해서 자리에서 다시 일어서자 은영이가 급히 붙잡아 앉혔다.

"너 왜 이렇게 성급해! 수덕이 말대로 혼자만의 문제가 아니니까 조금 여유를 줘 봐. 내가 봐도 흥분만 한다고 해결될 문제가 아닌 것 같다."

은영이는 겨우 진정시키고 지켜보고만 있던 현도가 무겁게 입을 뗐다.

"내 생각에는 결혼 문제도 중요하지만, 인생에서 학부 문제도 중요하다고 생각해서 윤경이는 다음 학기에 일단 휴학을 하기로 하고, 수덕이는 그동안에 결혼 문제를 마무리하는 수밖에 없겠다."

현도의 마지막 제안에 모두 수긍을 해 일단 마무리가 됐다.

비어홀에서 나와 헤어질 때쯤 윤경이도 마음이 좀 풀렸는지 취한 수덕이의 팔을 감싸 잡았다.

"너한테 정말 미안해! 너무 큰 부담감 같지 말고 편하게 마음먹어야 지금 하는 자기 미―션도 잘 풀릴 거 아냐?"

"너도 마찬가지지. 샌님 말대로 아무것도 포기하지 말고 힘내자."

수덕은 윤경이의 손을 잡고 힘 있게 흔들고 헤어져 자취방으로 돌아오는 동안 땅만 바라보고 말이 없었는데 방 안에 들어와서도 누워 천정만 바라볼 뿐 미동도 없이 골똘히 생각에 빠져 있는 모습을 내려다보는 현도 마음도 무겁게 가라앉았다.

"연구소 일을 잘되고 있는 거지?"

그제야 수덕이는 돌아 누어 잠자리를 펴고 있는 현도를 조용히 바라보았다.

"내가 손대서 안 되는 일이 있어? 그런데 보안 문제로 정부 기관에서 너무 예민하게 나와서 아주 피곤해. 어쩌면 오늘도 누가 우리를 지켜봤는지도 모른단 말야."

수덕이의 의외의 말에 현도는 놀라서 하던 동작에서 굳은 듯한 자세가 되었다.

"정말! 그 프로젝트가 그렇게 심각한 거야?"

수덕이는 일어나 창문을 열고 바깥 동정을 살피는 듯하더니 눈이 동그래진 현도의 귀에 대고 속삭이듯 말을 했다.

"어쩌면 지구상에서 발견하지 못한 원소를 찾아내는 프로젝트가 될 수 있는 거야. 지금까지 많은 진척이 있었는데 노 박사님 얘기는 대학 연구실이 감당할 수 있는 규모를 벗어나 정부에서 지금 홍릉에 건설 중인 국책 연구기관이나 미국 연구 시설에 들어갈지도 모른다고 했어."

"그렇게 되면 너도 그곳으로 가게 되는 거잖아?"

"물론이지. 내 머릿속에 미-션의 해답이 감춰져 있는 건데."

"그렇게 돼서 바깥출입을 못 하게 되면 진짜 보기 힘들겠네!"

"그렇지는 않을 거야. 어느 정도 큰 핵심만 완성되면 다음 단계에서는 자유로울 수 있어. 연구라는 건 머릿속 자유로운 공간에서 나와 줘야 하기에 구속해서는 올바른 결과를 기대할 수 없는 건 물론이고 나는 그런 제재 같은 것은 결코 받아드릴 수 없단 걸 노 박사가 더 잘 아니까 걱정할 것이 없지만, 내가 아기를 갖은 아빠가 된다는 생각을 하면 신기하면서도 두려운 생각마저 드는 것이 참 이상하다!"

현도는 긴 한숨을 쉬는 수덕이 옆에 누웠다.

"나도 요즈음에 철없던 때가 엊그제 같은데 어떻게 벌써 어른 흉내를 내게 됐는지 믿을 수 없다는 생각이 자꾸 들어. 그리고 네 사부가 이 사실을 알면 뭐라고 할까?"

현도가 몸을 돌려 수덕이 얼굴을 똑바로 바라보자 시선을 피해 눈을 감고 무슨 생각을 하는지 말이 없다가 푸푸- 하고 웃었다.

"아마 상상도 하지 못했던 일이라 믿지 못할 거야."

수덕이 말하고 나서 두 손으로 얼굴을 가려 부끄러워 그러는 줄 알고 현도가 짓궂게 강제로 손을 치우고 다시 얼굴을 내려다보니, 수덕이 도리질을 하는데 술 취해 벌게진 눈에 눈물이 가득 고여 있어 현도도 수덕이 가슴에 얼굴을 묻고 말았다.

수덕이는 울먹인 목소리로 깊은 탄식을 했다.

"정말 내가 지금 꿈을 꾸고 있는 것만 같고 윤경이한테는 미안한 말이지만 꼭 어떤 함정에 빠진 기분이야!"

"너 그럼 윤경이를 사랑하지 않는 거야?"

수덕은 한동안 멍하니 천정만 바라보다 나직하게 되뇌었다.

"사랑하는 마음이 없었던 것은 아니었어도 아직 결혼까지 생각할 정도는 아니었던 건 분명해. 하여튼 내 마음 나도 모르겠다."

현도를 향해 애원하는 듯한 슬픈 눈빛이 되어 바라봤다.

"내가 공연히 네 아픈 곳을 찌른 거지?"

"그건 아냐. 나한테는 이렇게 복잡한 문제만 자꾸 생기는지 도대체 모르겠어!"

"네가 어려운 문제 잘 푸는 천재니까 그런가 보지."

수덕이는 늦게까지 뒤척이다 버릇처럼 곤한 잠에 빠져 버렸다.

며칠 후 윤경이가 휴학계를 내고 잠적했다는 소문이 캠퍼스에 돌더니, 학교에서 볼 수 없다는 현도의 말을 듣고 은영이가 레스토랑에 찾아갔을 때는 집에서 나간 뒤 소식이 없다는 신 여사의 허탈해하는 말만 들을 수 있었다.

소식을 전해 들은 수덕이도 연구소에서 나와 찾아갔는데 신 여사는 원래 첫인상부터 자기를 썩 내켜 하지 않았던 걸 알고 있던 바라 어느 정도 각오했었지만 그렇게 냉담한 반응일 줄은 예상하지 못했다.

사실 윤경이가 집에서 견디지 못하고 가출하게 된 것도 어머니의 차갑게 경멸하는 눈길을 견디지 못해서인 걸 이해할 수 있었다.

수덕이가 찾아갈 때는 자기 잘못만은 아니라는 생각이었는데 막상 부딪쳐 보니 어버이 된 부모의 입장은 다르다는 걸 느낄 수가 있었다.

태어날 아기 문제는 신 여사 자기가 알아서 처리할 테니 다시는 윤경이를 만나지 말라는 상황에서 결혼이란 말은 꺼내지도 못하고 눈물이 쑥– 빠지게 야단만 맞고 나오는데 집 안에서는 볼 수 없었던 인수가 바깥까지 따라 나와서 꾸벅 인사를 했다.

"누나가 혹시 형이 찾아오면 엄마 몰래 춘천 이모 댁에 가 있다고 꼭 얘기하랬어요."

여리기만 하던 인수는 보지 못한 몇 년 사이에 몰라보게 키도 크고 제법 씩씩해져 있었다.

"그래. 잘 알았어. 누나 보게 되면 형이 아무 걱정하지 말고 건강만 잘 챙기라고 했다고 전해 줘. 알았지?"

수덕이가 머리를 쓸어 주자 인수는 수줍어 얼굴이 붉어졌다.

"그럴게요. 지금 엄마는 저렇게 난리지만 절대로 누나는 못 이겨요. 그리고 저는 누나랑 형 편이니까 힘내세요!"

인수는 큰 소리로 말하고 대꾸할 사이도 없이 가게 안으로 쏜살같이 들어가 버려 '생김새는 계집애같이 여려 보여도 용기 있는 녀석이구나!' 하는 생각이 들기도 했다.

수덕이는 그날도 현도를 만나 윤경이 집에 갔던 얘기를 하면서 괴로운 심정을 추스르지 못하고 또 흠뻑 취하고 말았다.

몇 달이 지난 어느 날 은영이는 윤경이의 전화 연락을 받았다. 지금은 명동 집에 돌아와 있다면서 부모님이 다시 수덕이를 보잖다는 말을 전해 달라는 부탁이었다.

신 여사가 그토록 반대한 이유가 수덕이의 막무가내인 첫인상도 그랬지만 우선은 정작 수덕이는 별 관심이 없는데 윤경이 혼자 일방적으로 매달리고 있다고 판단하고 있었다.

그때까지 혼자만 알고 쉬쉬하면서 우선 애를 지우게 하고 없었던 일로 수습하려고 했으나 윤경이가 사생결단으로 워낙 완강하게 대들자 남편에게도 사실을 털어놓을 수밖에 없었다.

윤경이도 아버지와 독대하여 자기 결심을 밝히자 윤경이 아버지가 수덕이를 한번 보자는 조금은 풀어진 언질을 받아 냈다는 것이었다.

현도와 은영이는 늦은 오후 마로니에 거리를 한가로이 걷고 있었다.

"윤경이의 끈질긴 고집이 완고한 부모님을 절반은 설득했으니 수덕이도 이제 조금은 걱정을 덜게 되겠다."

"어쩌면 윤경이가 벌써 연락했을지도 몰라. 수덕이는 언제나 주말에 외출할 수 있다고 안 했나? 그건 그렇고 현도 넌 이번 학기 중에 진짜로 입대할 거라고?"

"음 그래야 할 것 같다. 괜히 길게 끌어 봐야 별다른 수도 없고 수덕이 말대로 군대부터 마치고 유학을 계획하는 게 순서인 것 같아서 어머니한테 군청에 가서 알아봐 달라고 했어."

"수덕인 연구소에 붙잡힌 데다 윤경이는 집에 처박혀 버리고 너마저 군대로 달아나 버리면 나만 혼자 어떻게 해?"

현도는 어린 애처럼 발을 구르면서 몸을 흔드는 은영이 모습이 새삼 우스워 보였다.

"그러면 너는 학교 공부에 목을 매면 되겠네. 아니면 우리도 수덕이처럼 결혼부터 해서 너를 가정에 파묻히게 할까?"

"그건 좀 그렇다. 네가 군대 제대할 때까지는 기다릴 수 있어."

"어쩌면 그동안 집에서 시집가라고 난리 칠지도 모르는데 얌전히 기다릴 수 있어?"

"집에서도 신랑감은 현도 너로 점찍고 있으니까 그런 걱정 안 해도 돼."

그들은 뉘엿뉘엿 황혼이 져가는 거리를 걸으며 끝없는 대화를 나누다 보니 성북동 은영이네 집 앞까지 와 있었다.

현도는 은영이를 집에 들여보내고 언덕길을 내려와 혜화동을 거쳐 컴컴한 창경원 돌담을 돌아 돈화문 쪽을 향해 많은 생각에 골똘하며 빨리 걷고 있었다.

수덕이의 복잡한 사정을 제쳐 놓고라도 자신의 군대 입대와 유학 문제가 머릿속을 혼란스럽게 했다.

'모든 걸 혼자 결정해야 한다는 게 얼마나 답답한가!' 하는 어쩌면 외롭단 생각도 절실하게 가슴에 와닿아 그런저런 잡다한 생각으로 머리를 숙이고 환한 돈화문 앞을 막 지나치는데 뒤에서 누군가 급히 다가오는 발소리와 함께 등을 치는 사람이 있어 뒤를 돌아보았다.

"현도 아닌가?"

하는 소리와 함께 연선이 빙그레 미소를 짓고 서 있는 모습이 환하게 눈에 들어왔다.

"웬 걸음이 그렇게 빨라. 창경원 쪽에서부터 뛰어서 쫓아왔어."

"부르시지 그러셨어요. 길도 어둡고 생각하는 게 많아서 정신 없이 무조건 걷다 보니 그렇게 됐네요."

"그랬었군! 수덕이는 요즘 잘 지내고 있지?"

"수덕이한테 아주 골치 아픈 일이 생겨서 요즘 걔 마음이 말이 아니죠."

연선은 의외라는 듯 멍한 표정으로 현도를 바라봤다.

"또 무슨 일이 생겼길래 그래? 어디 찻집에라도 들어가지!"

주위를 둘러봤지만 마땅한 곳이 없어 그들은 돈화문 옆 공터에 있는 벤치에 자리를 잡고 앉았다.

"어디를 이 늦은 시간에 다녀오세요?"

"대학병원에 잘 아는 분이 입원해 계셔서 병문안하고 나와 건너편 창경원 쪽을 바라보니, 현도가 지나가고 있는 것이 보여서 부리나케 길을 건너긴 했는데 걸음이 워낙 빨라서 여기까지 정신없이 쫓아왔지!"

"생각하는 게 좀 있어 골똘하다 보니 주위를 신경 쓸 겨를이 없었어요. 죄송합니다!"

"참! 지난번 음악 감상실에서 현도하고 이야기하고 싶은 게 있었는데 기분이 몹시 상한 듯해서 그냥 나왔었지."

연선이 현도의 얼굴을 살폈다.

"그때는 제가 너무 속이 좁았어요. 죄송합니다!"

현도는 다시 고개를 숙여 사과했다.

"나는 친구를 아끼는 현도 심정으로 이해했었지! 수덕이 녀석은 그 논문 가지고 너무 흥분하고 있어서 기다리는 현도 생각을 깜빡했을 거야! 그런데 지금 수덕이에게 무슨 문제가 생겼다는 건가?"

"수덕이와 제 문제는 풀고 말 것도 없는데 사실은 여자 친구와 좀 큰 문제가 생겼어요."

"여자 친구라면 윤경이라는 학생 말인가?"

그렇다고 대답은 했지만 어떻게 설명해야 하나 망설이는데 연산은 걱정스러운 눈빛으로 물어왔다.

"둘이 무슨 다툼이라도 있었다는 말인가?"

"……."

바로 대답을 못 하는 현도의 표정을 유심히 살피던 연선은 잔뜩 궁금해하는 얼굴이 되었다.

"현도가 얼른 말을 못 하는 걸 보니 아주 심각한가 보군."

현도는 그 이상 감출 것도 없다는 생각이 들었다.

"둘이 싸운 것보다 순간적으로 실수들을 한 것 같아요."

현도의 말이 채 끝나기도 전에 연선은 금방 눈치를 채 눈이 둥그레지고 입이 벌어져 한참 동안 말을 못 하고 망연자실한 듯 눈을 내리깔았다.

"음양 지사야 그럴 수 있다지만 너무 때가 이른 탓에 모두 시달리고 더욱 여학생은 집에서 걱정이 이만저만이 아니겠군."

현도는 어쩔 수 없이 사실대로 털어놓을 수밖에 없었다.

"윤경이는 서둘러 결혼을 추진하려는 것 같은데 자기 어머니 의견과 부딪히고 있고, 수덕이 입장도 그럴 처지가 아니라서 말은 안 하지만 혼자 갈등이 아주 심합니다."

연선은 한참 동안 고개를 숙인 채 말이 없다가 긴 한숨과 함께 또다시 눈을 내리깔았다.

"수덕이는 부딪치는 곳마다 피멍이니 어쩌면 좋단 말인가. 그 애가 가는 길은 이다지도 종잡을 수가 없는 것인지. 사람은 기다릴 줄도 알아야 하는 걸 천재가 몰랐단 말야? 그래서 천재와 바보는 종이 한 장 차이라고 하는 건가 봐."

연선은 한동안 눈을 감은 채 고개를 주억이다 다시 무겁게 입을 열었다.

"이제 쏟아진 물이 되었으니 수덕이 혼자 짊어져야 하는 새로운 업보의 시작이군."

"수덕이는 자신의 실수라고 괴로워하지만 제가 지켜본 바로는 수덕이의 의도가 아니었던 것 같습니다. 그래서 갈등이 더욱 심하죠."

"자기의 의도가 어찌 됐는지 몰라도 이번 문제는 완전히 수덕이 책임일 수밖에 없네. 둘 다 번뇌 속에서 서로 감싸 안아야 현명한 길이 보일 거라고 수덕이한테 전해 줬으면 좋겠군. 부질없는 그놈의 일시적 욕망이 서로를 고통스럽게 하는군."

연선의 말은 거의 탄식조로 들렸다.

"사부님께서 제게 궁금한 게 있다고 하셨는데요?"

현도의 물음에 연선은 갑자기 정신이 든 사람처럼 고개를 번쩍 쳐들었다.

"아! 참 그랬었지. 이렇게 된 마당에는 모두 쓸데없는 일이 돼 버렸지만 현도가 옆에서 지켜본 수덕이 여자 친구 심성이 어떤지 알고 싶었던 건데. 이제는 어차피 수덕이가 다 받아들여야 하는 몫이 되고 말았군."

"윤경이는 모든 면에 적극적이고 수덕이를 사랑하는 마음은 나무랄 데 없이 충실한데 사실은 수덕이가 문제였죠. 윤경이한테는 미안한 얘기지만 수덕이 스스로 언제나 확신 없이 흔들리고 있던 상태였거든요."

"그 점이 심각한 문제야! 그렇지 않다면 수덕이가 흔쾌히 받아들일 수가 있어 괴로워할 것도 없겠지."

연선은 처음 만났을 때의 환하던 얼굴이 어두워진 채 벤치에서 일어나 조계사에 들를 일이 있다고 안국동 쪽으로 가고, 현도는 자취방으로 걸어오면서 헤어질 때, 연선이 심히 수덕의 처지를 걱정하면서 돌아선 쓸쓸한 뒷모습이 오랫동안 지워지지 않았다.

현도는 방에 들어와 아차! 하고 자기 머리를 치고 말았다.

연선에게 수덕이의 논문에 관해 물어볼 것이 있었는데 깜빡한 것이었다.

다음 날 현도는 연구소로 수덕이를 찾아갔다.

며칠 사이 눈에 띄게 더 까칠해진 초췌한 얼굴로 힘없이 웃으며 언제나처럼 헐렁한 낡은 티셔츠 차림으로 버릇처럼 현도의 어깨에 팔을 얹고 잘 다듬어진 연구소 정원을 걸었다.

"그렇지 않아도 내일은 너한테 갈려던 참이었는데."

"주말도 아닌데 어떻게 나오려고 했어?"

"홍릉에 새로 신축한 정부 연구소로 이전하는 작업 때문에 며칠 빈 시간이 있어. 너 혹시 윤경이 소식 가지고 온 거 아냐?"

어깨를 잡고 흔들어 윤경이가 춘천에서 집에 돌아온 얘기와 함께 윤경이 부모님이 자기를 한번 보잖다는 말에 금세 긴장된 표정이 되었다.

"윤경이 어머니가 그 난리를 쳐 놓고서 또 나를 보자고?"

"이번에는 어머니가 아니라 아버지가 봤으면 하신데. 두 모녀가 지금까지 모든 걸 숨기고 있다가 이번에 윤경이가 털어놓고 절반은 설득한 모양인데. 왜 자신 없는 거야?"

"윤경이네 부모님도 문제지만 우리 부모님도 무시할 수 없어. 내가 지금 결혼한다고 하면 뭐라 하시겠니? 아마 미쳤다고 펄펄 뛰실 텐데. 내가 엄청난 죄를 저지른 심정이야."

수덕이는 벤치에 털썩 주저앉아 먼 허공을 바라보며 난감해했다.

"너는 아버지한테 언제나 자신 있었잖아. 네 고집에는 너희 아버지는 늘 속수무책 아니었나?"

"그건 어렸을 때 소소한 것들이었지. 지금 이 문제는 아무래도 영 자신이 없단 말야."

현도는 고개를 떨군 수덕이의 작은 모습이 더욱 작게만 보여 안쓰러운 생각까지 들었다.

"순서는 아니지만, 내가 대신 아버님께 말씀드리면 어떨까?"

현도의 제안에는 수덕이는 완강하게 반대했다.

"네가 먼저 얘기한다고 해결되지도 않을 뿐만 아니라 언젠가 내가 넘어야 할 벽인 걸 뭐. 이번 쉬는 기회에 내려가 된통 야단맞고 와서 윤경이 아버님을 만날 거야."

현도는 그제야 사부를 만났던 얘기를 꺼냈다.

"너희 사부가 이런 힘든 고통 속에서는 서로 감싸 안아야 올바른 길이 보일 거라고 하셨어."

현도의 말에는 수덕은 아무 대꾸 없이 주머니에 두 손을 넣고 버릇처럼 땅만 툭툭— 차고 있을 뿐 별말이 없었다.

석양이 진 연구소 정원 마당의 나무 그늘 밑으로 암갈색 어둠이 젖어 들고 후덥지근한 여름밤 공기가 추적추적 늘어지고 있었다.

수덕은 현도를 보내고 한동안 정원 벤치에 굳은 듯 움직이지 않고 숨이 막혀 올 듯한 답답함에 몇 번이나 몸을 추슬러야 했다.

돌아갈 거야!

다음 날 수덕은 부모님을 만나서 담판을 짓겠다는 각오로 기숙사에서 나와, 부여행 시외버스 안에서 차분하게 눈을 내리깔고 있었지만 많은 생각 속에 빠져 흔들리고 있었다.

　지금처럼 아버지를 만나러 가는 마음이 무거워 본 적이 없고 집에 점점 가까워질수록 답답한 심정이 더욱 가슴을 조여 왔다.

　늦게 출발해서인지 부여에 도착했을 때는 이미 어둑어둑해져 읍내 도롯가에는 가로등이 환하게 밝혀져 있었다.

　수덕이는 버스에서 내려 곧바로 집으로 가지 못하고 터덜터덜 걸어서 배다리 옛집 쪽을 향하고 있다.

　여름이라 그런지 길에는 많은 사람이 오가고 있다.

　백사장에 들어서자 어렸을 적 기억들이 하나둘씩 살아나 별의별 생각들이 뇌리를 주마등처럼 스쳐 갔다.

　제일 먼저 떠오른 것은 사부와 함께 뛰고 달리며 한없이 즐거웠던 어릴 적 추억과 연선이 붙여 준 이름이 ‘눈물바다에서 건져 온 놈’일 정도로 눈물이 많아서 울며 무작정 떼를 써도 성가셔하지 않고 침착하게 마음을 풀어서 달래 주려고 무진 애를 쓰던 사부의 너그럽고 푸근했던 심성이 아직도 수덕이 마음 밑바닥에 깔려 그대로 간직되어 있다.

그런 중에도 공부나 무술 수련 그리고 특히 정신집중 훈련을 가르칠 때는 꾀를 부리느라 투정을 부리고 보채는 건 한 치 양보 없이 엄하게 다스리던 근엄함 또한 그의 머릿속에 박혀 있었다.

중학생이 될 때까지 곁에서 엄마나 형처럼 일일이 자상하게 보살펴 주었던 연선이 수행을 위해 떠난 것은 수덕이가 중학교에 입학하고 얼마 되지 않았을 때였다. 그때까지 공부며 무도와 정신수련도 꼼꼼하게 챙겨 주는 대신 수덕이가 커지면서 잠자리를 분별해서 곁에 가까이 가는 것을 꺼린 것은 그때까지도 어릴 적 버릇이 남아 있어 품에 안겨 가슴을 파고들어 볼을 비비며 짓궂게 장난친 후부터라고 생각이 들었다.

연선이 다시 출가를 위해 수덕이 곁을 떠나겠다고 선언하는 바람에 울고불고 매달리면서 몇 날 며칠 밤낮으로 무작정 떼쓰면서 학교에도 안 가고 따라나서기도 해 봤지만 연선의 결심을 결코 돌이킬 수는 없었다.

수덕이는 배다리 옛집이 있던 백제 대교 공사 현장 밑 모래 언덕에 털썩 주저앉아 강물을 바라보고 있었다.

주위는 서서히 캄캄해져 하늘엔 별들이 하나둘 돋아나기 시작하고 풀벌레 소리도 쟁쟁하게 들려와 옛날과 변함이 없는데 어린 시절과 너무 달라진 자신의 모습을 곰곰이 되짚어 보니 제일 먼저 윤경이의 모습이 떠올랐다.

술에 취해 감춰졌던 욕망이 드러나 버둥거리는 자신을 끌어안고 어쩔 줄 모르다가 전기에 감전된 것처럼 몸을 떨며 윤경이는 모든 것을 받아 줬었다.

그 후로 수덕이에게 헌신적이고 목말라 하는 애틋한 마음이 그의 가슴에 와닿았지만 어쩐지 자신의 내면 깊은 속에서 우러나는 그녀에게 줄 수 있는 정은 그리 많지 않았다.

그저 분위기에 휩쓸려서 건성으로 어울렸던 시간뿐인데 옥죄고 있는 업보의 끈만이 새파란 현실로 자기에게 남겨져 있지 않은가!

천재 소리를 수도 없이 들어왔지만, 자신이야말로 바보 같은 삶을 살 수밖에 없다는 절망감이 엄습해 와 벌떡 일어나 강가로 정신없이 걸어갔다.

어릴 때와 다름없이 검은 물결 위로 별빛들이 쏟아져 내려 반짝이고 있어 모래톱에 찰랑대는 물결을 밟으며 걷자 어릴 적 한여름 밤에 잠을 자다 말고 찌는 더위를 못 견뎌 연선과 벌거벗은 채 강물에 첨벙거리던 생각이 떠오른다.

어느새 입가에 미소가 번져 오는 것도 잠시 금세 눈망울이 더워지며 주르륵 눈물이 흐름을 주체할 수가 없고 으악- 외마디를 지르고 싶은 충동을 누르고 다시 백사장으로 올라가 걷기 시작했다.

사내답지 않게 눈물을 흘리는 자신을 책망도 해 보지만 벽에 부닥친 막막한 심정을 달리 삭일 수는 없었다.

옛날 현도와 함께 불량한 아이들과 싸웠던 자리에 다다르자 그의 서글픈 마음은 더해졌다.

그때는 지금보다 더 절망적인 심정이어서 어떻게 어릴 적부터 감히 죽음을 생각할 수 있었는지 자신의 의식이 어디서 잘못된 것인지 따져 봐도 쉽게 이해할 수 없었다.

왜 자신의 마음속 깊은 곳의 갈망은 항상 그의 곁에서 한 걸음 물러 서 있었는지 알 수 없어 안타까움이 더했다.

어릴 적부터 그가 원했던 것은 공부 잘해서 칭찬받고 부러움을 사는 것보다는 누군가 자신을 따스하게 보듬어 주고 가까이 있어 주길 원했던 게 아니었던가!

그래서 처음엔 탐탁지 않은 윤경이의 접근에 내심 거부하면서도 쉽게 받아들였던 것 아니었나!

점점 밤이 깊어 가는데 그는 모래 언덕 위에 잔뜩 웅크린 채 자기 자신의 인생에 대해 곰곰이 되씹어 봤다.

지리산 탄파 도인이나 홍산 스님 할머니의 말대로 악업이 쌓인 자신이 풀어야 할 숙제는 과연 무엇이고 진정 자신의 영혼이 갈구하는 것이 무엇인데 이렇게 흘러가는 세월의 물결에 그냥 맡겨야만 하는지!

엉킨 실타래같이 수많은 의문을 나열해 보며 끝없이 되뇌어 봤지만, 그저 주변만 맴돌 뿐, 속 시원한 해답은 없었다.

무릎 사이에 얼굴을 박고 한참을 꼼짝하지 않고 있다가 다시 일어나 걷기 시작했다.

'옛날 온 우주의 정체를 들려주었던 그 목소리를 다시 들을 수만 있다면 자기가 원하는 해답을 얻을 수 있지 않을까!' 하는 생각이 불현듯 들어서 그때의 신비스러웠던 기억을 회상하며 모래 언덕을 한참을 걷다가 털썩 그 자리에 주저앉고 말았다.

지금 자신이 온 우주의 신이 했던 경고를 까마득히 잊어버리고 그 목소리가 예상하고 걱정했던 대로 살아가고 있는 것이 아닌가!

그 신의 목소리가 또렷하게 떠올랐다.

(내가 너라는 미물을 택한 것은 네가 똑똑해서도 아니고 더욱이 내게 합당한 인간이어서도 아니며 내가 선택한 것이 바로 너이기 때문이다. 너 또한 너희 땅을 망치기에 십상인 그런 오만과 허세를 가진 인간이다.)

수덕은 무엇에 감전된 것처럼 정신이 번쩍 났다.

대학 진학 목표를 인문계 쪽으로 정했을 때만 해도 머릿속에 확고하게 자리 잡고 있었지만, 전국 학생 과학 발명품 전시회에서 대상을 받은 날부터 180도 다른 길에 들어와 자기 영혼과의 약속을 어긴 행보가 계속되어 오고 있는 것이 아닌가!

온 우주 신을 처음 만났던 중학교 때 미친놈 소리를 들을 때의 확고했던 신념이 어느 순간 흔적 없이 허물어지고 탄성과 환호만을 쫓아 이공계 대학을 택했고, 제일 먼저 불가사의하게 그의 눈에 띈 신물질 암석을 노 박사에게 제시하면서 지금까지 핵물리학의 난제였던 원자핵융합 에너지 활용을 위해 별에서 발생하는 복잡한 C-N-O 사이클이 양성자와 헬륨 그리고 전자로 변환하는 공식을 풀어 보여 노 박사를 비롯한 학계의 비상한 관심을 받으면서 우쭐한 나머지 온 우주 신의 경고를 무시한 채 자신의 영혼을 팔고 또 갉아먹고 있었다는 생각이 엄습해 왔다.

수덕은 한참 동안 모래벌판에 웅크리고 앉아 지금까지의 행로를 수정할 나름대로 새로운 좌표가 정해졌다.

잘못된 사고 의식과 거짓된 허상들을 청산하고 우주 신이 경고한 지구를 지킬 수 있는 올바른 선택과 자기 영혼이 진정으로 원하는 길로 갈 것을 결심하는 데 그리 긴 시간이 걸리지 않았다.

수덕이 백사장을 허겁지겁 벗어나 정신없이 걸어 아버지가 있는 가게에 도착했다.

태보 씨 내외는 가게 앞 비치파라솔에 앉아 동네 사람들과 부채질을 하며 며칠 전 성대한 개통식을 한 백제 대교 얘기로 한가하게 한담을 나누고 있다가 깜짝 놀라며 수덕이를 맞았다.

"연구소에서 옴짝달싹 못 한다듬서 어드레 소식도 없이 웬일이네?"

태보 씨는 뜻밖에 내려온 아들 모습에 입만 벌리고 있고 어머니 박 씨도 어안이 벙벙한 상태였다.

"연구소가 홍릉에 새로 지은 건물로 이사하는 바람에 며칠간 시간이 있어 휴가를 받았어요."

수덕이는 안으로 들어가 냉장고 진열장에서 시원한 음료수 캔을 따서 벌컥벌컥 마셨다.

"지금 내려왔으면 많이 시장하겠다."

박 씨는 가게에 딸린 주방으로 부리나케 들어갔다.

"요즘 서울은 학생들 데모 때문에 난리라믄서 현도랑 하낭 안 오고 어케 니 혼자만 왔네?"

"저만 연구소에서 받은 휴가라서 내일 바로 올라가 봐야 해요. 가게는 어떻게 잘되지요?"

"수월타! 니 오마니레 당사 수완이 보통은 아니다. 와! 용돈이레 필요해서리 왔네?"

"용돈은 필요 없고 아버지가 어머니랑 잘 사시는지 보고 싶어서 왔어요."

수덕이의 말에 태보 씨는 활짝 웃으며 목소리를 낮췄다.

"아 새끼레 싱겁긴! 그런데 니 오마니레 동네 주책들은 속도 모르고 내레 디나치는 에미나이를 냉큼 잡아들인 줄 안다 아니겠니."

태보 씨는 껄껄 웃다가 다시 서울에 한창이던 학생 데모 얘기를 물으며 현도 걱정도 했다.

수덕은 집에는 윤경이와의 결혼 이야기는 꺼내지도 않고 다음 날 서울로 올라와 수락산 연선의 불당을 찾아갔다.

수덕은 그곳에서 예상하지 못한 광경을 목격하게 됐다.

연선이 녹색 새마을 모자를 쓰고 완장을 찬 서너 명의 남자들과 승강이를 하고 있어 가까이 가 보니 국토 정화사업으로 무허가 사찰과 암자들을 철거하러 온 구청 직원들이었다.

연선이 부지런히 종단 사무실에 들락거린 것도 그 문제 때문이었는데 그때까지도 종단으로부터 별다른 해답을 듣지 못하고 있는 상태였다.

연선이 종단에서 현재 심의 중이라고 열심히 설명해도 사람들은 막무가내로 계속 옥신각신하더니 그중 선임자인 듯한 사람이 한발 물러서서 다음 주까지 해결이 안 되면 철거반을 동원한다고 으름장을 놓고 돌아가서야 한숨 돌린 연선이 수덕이를 맞았다.

"웬일이니? 연구실에서 바쁠 텐데 이렇게 정신없을 때 왔어."

수덕이는 곤경에 처한 사부 모습을 지켜보느라 좀 언짢아진 마음을 다독이고 무겁게 입을 뗐다.

"지금 시골집에 갔다가 올라오는 길이에요."

"부모님 다 잘 계시지? 참 얼마 전에 비원 앞 길거리에서 현도를 만났더니 네가 윤경이 학생과 곤란한 일에 처해 있다고 하더니. 그래서 갔던 거 아니었어?"

연선은 수덕이를 찬찬히 건네봤다.

"그런 일이란 건 현도에게 들으신 게 전부예요."

대충 얼버무리고 연선의 시선이 민망스러워 고개를 숙였다.

"잠깐 기다려라. 나도 종로 종단 사무실에 가 봐야 하니 같이 나가자."

연선은 조그만 법당 구석에 들어가 겉옷을 갈아입고 나왔다.

사찰이라야 사실 울타리도 없는 몇 평도 안 되는 법당이 전부인 암자 수준이었다.

구불구불한 산길을 내려오면서 둘은 한동안 서로 마음만 오고 갈 뿐 아무 말이 없었다.

버스 정류장에서 버스를 기다리면서도 연선은 정면을 응시하고 좀체 입을 떼지 않았다.

깊은 침묵 속에 수덕이는 마음을 차분히 가라앉힌 채로 어젯밤에 자기가 결심을 굳힌 것들을 차곡차곡 정리하고 있었다. 버스에 올라 시내에 들어와서 나란히 걸으면서도 그들은 아무런 말이 없었다. 종단 사무실에 들어갔던 연선은 일이 원만하지 않은 듯 어두운 표정으로 나왔다.

"뭐가 문젠데요?"

수덕이가 먼저 입을 열었다.

"원래 사찰 조건이 안 되는 곳인데다 전에 있던 양반이 문제를 좀 일으켜서 폐쇄하기로 종단 회의에서 결정된 곳이라 불가 판정을 번복하지 못한다는 거야."

"사찰 조건이 뭔데요?"

"종단서 말하기는 사찰 같지도 않은 오두막에 불상 하나 모신 곳이라 현판 붙이라고 하기도 뭣하다는 거야!"

"알맹이가 중한 거지 절 건물만 덩그러니 크면 뭐 한데요. 그 사람들이 사부님을 몰라도 많이 모르는군요."

수덕이가 잔뜩 마땅찮은 목소리로 말하는 것을 빙긋이 웃으며 바라보던 연선은 이내 낙담한 표정이 되었다.

"전에도 말했지만 절 현판 붙이는 것보다 내 도량을 키우는 수행을 목표로 들어온 건데 뜻대로 안 되는군. 힘이 들어도 도로 지리산으로 가는 수밖에 없을 것 같다."

연선은 어두운 표정이 되어 먼 하늘을 바라봤다.

둘은 종단 사무실에서 나와 신신 백화점 쪽으로 내려오다 예식장 골목에 있는 식당에 들어가 식사를 했다.

찻집으로 자리를 옮겨 수덕이가 차를 주문하고 나자 연선이 조용히 입을 열었다.

"시골에 갔던 일은 아버지하고 얘기가 잘됐고?"

"제 얘기는 현도한테 다 들으셨죠?"

수덕이는 그것부터 확인했다.

"네가 여자 친구 문제로 몹시 힘들어한다고 대강은 들었다."

"사실은 아버지한테 결혼 승낙받으러 갔던 건데 모두 포기하고 아무 말도 못 하고 그냥 올라왔어요."

수덕은 결단 있게 말은 했지만 연선은 어이가 없어 화들짝 놀란 표정이 되었다.

"네 생각만 하고 여자 친구나 태어날 아기는 안중에 없이 네 감정 내키는 대로 결정하면 어떻게 하겠다는 거야?"

수덕은 연선의 말을 듣는 둥 마는 둥 다시 입을 열었다

"윤경이 문제는 분명히 제가 책임지겠지만 차차 생각하기로 하고. 그보다 먼저 사부님이 저를 받아 주세요. 이제부터는 사부님 곁을 떠나지 않을 거예요. 이제 저는 갈 곳이 없어요."

연선은 날 벼락을 맞은 것처럼 기가 막혀 말을 못 하고, 꿀꺽 차를 마시고 부릅뜬 눈으로 수덕이를 쏘아보다 한참 만에 입을 열었다.

"아니 한동안 잠잠하더니 갑자기 무슨 뚱딴지같은 소리야? 지금 내 처지도 처지지만 연구소에 잔뜩 일을 시작만 해 놓은 채 마

무리도 안 하고 무책임하게 도망치겠다는 거야? 네 여자 친구 문제는 네 말대로 차차 해결한다고 하자. 그러면 학교도 지금 중도에 그만두겠다는 거야?"

연선은 보기 드물게 흥분돼서 얼굴이 붉게 상기되어 있었다.

"지금까지 모든 것이 내가 소신 없이 선택해서 잘못 든 길이라는 걸 어젯밤에 옛날 살던 배다리 백사장에서 깨달았어요. 내가 지금 가는 길을 계속 가서 영혼을 팔아 온 세상을 망치는 악마가 될 바에는 차라리 이 시점에서 이 한 몸 사라져 주는 것이 많은 사람 아니, 온 세상을 구하는 길이란 생각이 들었단 말입니다."

연선은 어쩌면 허무맹랑한 듯한 수덕이의 비장한 말에 갈피를 잡을 수가 없어 침을 꿀꺽 삼키고 말았다.

"진수덕! 공연히 흥분하지 말고 다시 한번 심사숙고해도 늦지 않아. 네가 지금까지 쌓아 놓은 공든 탑을 하루아침에 한꺼번에 모두 허무하게 무너트려도 괜찮다는 거야?"

"제가 하는 프로젝트가 얼마나 가공할 만큼 거대한 것인가 하는 것을 설명하려면 제가 어디서 아이디어를 뽑았느냐 하는 걸 밝혀야 하는데 지난번 말씀드린 온 우주 신이 한 방에 지구를 별똥별처럼 소멸시킬 수 있다는 언질에서 캐-치했고 내 무모한 상상이 그것을 찾을 거란 온 우주 신의 예상이 내게 묘하게 보이지 않는 힘이 됐으니 알 수 없는 불가사의죠. 깊이 파고 들어가지 않아도 핵폭탄이나 수소폭탄을 훨씬 뛰어넘는 엄청난 거라 대학 연구실에서 하던 것을 홍릉에 새로 들어서는 연구기관으로 오늘내일 중에 옮기기로 되어 있어요. 따라서 연구용 원자로가 들어오기로 은밀히 공사 중인데 특히 제 미-션 내용을 국내 연구진이 감수하지 못해 미 NASA에서 핵물리학자를 비밀리에 초빙한다고 노 박사님이 며칠 전에 귀띔해 줬어요. 이런 얘기는 사부님 말고 누구한테도 못 해요."

수덕이의 자칫 황당하게 들리는 얘기에 연선은 눈을 감고 생각에 잠긴 듯 말이 없었다.

"제가 원래 대학 진학을 이공계로 하지 말았어야 했는데 전시회를 마치고 잠시 들뜬 기분에 사부님 충고도 있고 해서 이렇게 됐지만, 이제는 내 영혼과의 약속을 저버리고 다시는 나 하나만의 욕망과 환호만을 위해 살지 않을 거예요."

수덕이는 이미 자신의 진로를 확고하게 결정한 뒤였으므로 다시 생각할 만한 여유가 없어 보여 연선은 어떻게 말을 해 줘야 수덕이로부터 올바른 판단을 이끌러 낼 수 있을지 좀체 가늠되지 않았다.

"네가 보여 줬던 신의 음성에 근거한 논문이란 것이 모두 알 수 없는 너의 환상에 근거한 것이 문제일 거야. 아무리 네 생각이 옳다고 해도 우리가 살아가고 있는 기존 세상이 돌아가고 있는 틀에서 이탈하게 되면 고립될 수밖에 없어. 네가 나한테 논문을 보여 준 의도를 알지만, 이 시대의 기존 상식을 벗어나서는 너나 나나 이 세상을 제대로 살 수가 없단 말이다."

연선이 진지한 눈빛으로 바라보자 수덕의 얼굴이 붉어졌다.

"저는 사부님처럼 살지 못합니다. 옳은 것은 옳은 것인 걸 알면서 어찌 세상을 망치는 길로 갑니까? 그리고 옛날에 사부님을 따라나섰을 때는 제가 어려서 짐이 될 수 있었지만, 이제는 제가 사부님을 도울 수 있는데 무엇이 문제가 돼서 받아들이지 못하는 건지 이해가 안 돼요."

연선은 수덕이의 말이 백번 옳다고 해도 학교까지 포기한다는 것은 도저히 수긍할 수도 방관해서도 안 될 일이라 생각되었다.

"그렇다면 네가 대학을 졸업할 때까지 기다려 줄 테니 그때까지 네 주변 모든 것을 정리하고 오면 그때는 너를 받아 주마."

그러나 수덕이의 생각은 완강했다.

"대학보다는 제 인생이 중요해요. 대학에 있으면 싫든 좋든 프로젝트에 참여해야만 되고 더구나 며칠 안에 홍릉 연구소로 옮기게 되면 저는 모든 것을 포기하기 위해 큰 사고를 만들 수밖에 없어요. 이 연구는 분명히 중단되어야 하니까요."

수덕이의 눈빛은 비장감으로 번뜩여 연선은 더는 피할 수 없는 막다른 골목에 이르렀다는 게 직감되고 수덕이의 당돌한 성격을 잘 알고 있는 터인지라 그 이상 거부할 수 없는 상황이어서 조용히 입을 열었다.

"나라는 사람도 사실은 외로움을 모르고 정 모르는 바윗돌은 더욱 아니다. 모든 것을 포기하고 나를 따르겠다는 너를 멀리한 것은 정말로 너를 아끼고 사랑하기 때문이다."

"나도 사부님 마음은 알아요."

"너는 내가 항상 하는 말이라고 귓등으로 들릴지 모르지만 너에 대한 내 생각은 지금도 변함이 없어."

연선은 긴 한숨을 쉬며 애잔한 눈빛으로 수덕이를 바라보자 수덕이는 자기가 매달릴 때마다 연선이 염불처럼 들은 소리였는데도 그날따라 연선의 음성에는 속마음이 담긴 듯 들려와 고개를 숙이고 그 의미를 되뇌고 있는데 연선의 목소리가 계속해서 들려왔다.

"너하고 나 사이에는 건너지 말아야 할 강이 있다. 너는 그것을 지킬 수 있겠느냐?"

연선의 목소리는 사뭇 떨리고 있어 수덕은 놀라 얼굴을 들어 보니 두 눈에 눈물이 그렁그렁 고여 있었다.

수덕의 눈과 마주치자 얼른 수건을 꺼내 눈물을 훔치고 나서 이야기를 이어 갔다.

"약속해라! 그렇지 않으면 네가 파멸하든지 상관하지 않고 다시는 네 앞에 나타나지 않을 테니까."

수덕이는 지금까지 보지 못했던 연선의 비장한 태도에 얼떨결에 고개를 끄덕이고 나서 말을 이었다.

"사부님과 저 사이에 얽혀진 전생의 인연이란 것이 지리산 탄파 도인이 말해 준 그것을 지금 얘기하신 건가요? 저는 이미 윤경이를 만나 그 업보는 씻었다고 생각하는데요. 지금 말한 건너지 말아야 할 강이 무엇을 말하는 것인지 다시 한번 자세히 설명해 주세요."

연선은 지금까지의 감정을 추스르느라 눈을 내리감고 있었는데 손끝에 경련처럼 떨리는 게 수덕이 눈으로 확실히 느낄 수가 있었다.

한동안 묵묵부답이던 연선이 조용히 입을 열었다.

"전생에 연연한다는 것은 수행자로서 그리 탐탁하지 않아서 염두에 둘 필요가 없지만, 수덕이 너와 내 마음속 갈등을 볼 때 네가 방황하고 힘들어하는 것이 사부라는 내 존재가 네 의식 속에 당연히 남아 있어서라고 생각한다.

나 또한 너 못지않게 이 모든 것이 잘못 엮어진 전생의 악연으로 인한 고통이란 걸 알기에 지금까지 너와의 연을 거두기 위해 무진 애를 쓰고 멀리했던 걸 이해가 되느냐? 이렇게 말해도 내 곁에 있고 싶어?"

연선의 말에 수덕은 홍산 노스님한테도 귀가 아프게 들었던 얘기여서 좀 짜증스러운 표정이 되어 찻잔만 매만졌다.

"건너지 말아야 할 강이란 것은 누구나 사람이라면 마음속에 나름대로 옳고 그름의 잣대가 있게 마련인데 보통 사람의 잣대가 허용하는 범위를 벗어나는 것을 의미하는 거지. 너는 나를 사부 이상도 이하로도 생각해서는 안 된다는 말이다. 알아들었어?"

수덕이는 건성으로 고개는 끄덕였지만 연선의 의중을 확실히 깨닫지는 못하고 있었다.

시간은 덧없이 흐르는데 둘은 멍하니 허공만 바라보고 있다가 종업원이 문 닫을 시간이라고 알려와서야 서둘러 밖으로 나왔다.

이제 자기 자신의 갈 길이 정해진 뒤여서일까! 수덕이 눈에 세상이 바뀐 것 같은 착각이 들 정도로 다르게 보이고 지금까지 자기 주변의 허상들이 모두 사라진 느낌이었다.

연선은 내일 다시 만나기로 하고 버스를 타기 위해 종로 쪽으로 내려가고 수덕이는 천천히 걸어 올라가 자취방에 들어가니 현도가 그때까지 자지 않고 책상에서 책을 뒤적이다가 놀란 눈으로 바라봤다.

"시골에서 이제 오는 거야?

갔던 일은 어떻게 잘됐어?

아버지가 결혼은 허락하신 거야?"

현도가 소나기처럼 물어왔지만 아무 말 없이 방바닥에 털썩 드러누웠다가 정신이 번쩍 나서 일어나 앉았다.

"참 샌님 너 군대 영장 나왔더라!"

주머니에서 영장 쪽지를 꺼내 현도에게 건네줬다.

"아침에 너희 집에 인사드리러 갔더니 어머니가 이거 꺼내 주시면서 걱정이 아주 태산 같더라!"

현도는 영장을 받아 들고 벌써 긴장되어 얼굴이 하얗게 변했다.

"어! 아직 휴학계도 못 냈는데. 예상보다 빨라서 보름도 안 남았잖아. 너도 연구소에서 아무 말이 없었으면 군대도 같이 가면 좋을 텐데."

"연구소! 나 이제 연구소랑은 바이 바이다."

"바이 바이라니?"

"이제 연구소는 그만둘 거야. 세상을 망쳐서 후세에 욕먹고 원망받는 노벨상 과학자는 사양할 거거든."

수덕이는 도로 벌렁 드러누워 버렸다.

현도는 수덕이가 술을 먹어서 실없이 헛소리하는 줄로 알고 있었다.

"너 누구하고 술 먹은 것 아냐? 나 같으면 욕먹더라도 그런 상 탈 수만 있다면 조상 만대 그런 영광이 없겠다."

현도는 영장을 눈이 빠지게 들여다보고 있었다.

다음 날 음악 감상실에서 현도는 수덕이와 함께 연선과 마주 앉아 수덕이가 연구소를 그만두겠다는 말이 빈말이 아니라는 걸 확인하고 충격으로 어쩔 줄 몰라 했다.

"윤경이 때문에 네 마음이 복잡한 줄은 알지만, 연구소 일이 애들 장난도 아니고. 교수님들이 가만있겠어?"

"본인이 못 하겠다는데 누가 뭐래?"

수덕은 태연한 척했지만 조금은 걸리는 것이 있는 듯 심각한 얼굴이 되어 앞으로의 처신에 대해서 곰곰이 생각하기 시작했다.

현도는 수덕이 괜히 투정 부리는 거라고, 생각하면서 평소처럼 감상실 안으로 들어갔다.

연선은 심각해진 수덕이를 건네보다가 나직하게 물었다.

"신중하게 다시 한번 생각해 봤어?"

"저는 이제 그 길뿐이라는 생각은 변함이 없습니다."

수덕이의 의중이 단호함을 느낀 연선은 허탈한 표정이 되었다.

"네 그 황소고집을 누가 꺾을 수 있겠니. 주변 정리 잘하고 연락해라."

연선은 종단에 간다면서 음악 감상실에서 나가고 수덕이는 한참을 고개를 숙인 채 다시 윤경이 부모를 만날 생각을 골똘히 하는데, 정장 차림의 젊은이 둘이 들어와 두리번거리더니 바로 수덕이를 알아보고 다가왔다.

"진수덕 씨 맞죠? 연구소 노춘배 박사님이 급한 일이 있다고 모셔 오라고 해서 왔습니다."

정중하게 말을 하는 두 사람을 자세히 보니 한 사람은 대학 연구실에서 본 적이 있는 보안원인데 한 사람은 전혀 안면이 없는 사람이었다.

"아니 내가 여기 있는 줄을 어떻게 알고! 그리고 지금 감상실 안에 친구가 있는데……."

수덕이가 갑작스러운 상황에 종잡을 수가 없어 머뭇거릴 때 마침 현도가 감상실에서 나와 전혀 뜻밖의 상황을 보고 흠칫해서 눈이 휘둥그레졌다.

"사부님은 어디 가신 거고 지금 이분들은 무슨 일야?"

"노 박사님이 보낸 연구소 직원들이야. 금방 갔다 올게."

수덕이는 그들을 따라 나간 뒤로 다시 현도 앞에 나타나지 않았다. 신병 입대를 위해 시골로 내려오기 며칠 전까지 대학 연구

소를 거쳐 홍릉 국책연구소에 가 봤지만 절대 면회 사절이라고
출입이 엄격히 통제되고 있어 만나는 걸 포기할 수밖에 없었다.

　수덕이는 감금되다시피 붙잡혀 있는 상태가 되어 갑작스레 내
려진 강압적인 조치에 대해서 몇 번 노 박사에게 항의도 하고 전
혀 의외의 상황에 불만을 토로하며 매달려 봤지만 모든 재량이
이미 박사 선에서 떠나 있어 별 효과가 없었다.

　수덕이의 미-션은 이미 노 박사에 의해 VIP에게까지 보고되어
산업 발전이 요구되던 시대적 정치 현실에서 당시 최대 관심사인
에너지 과학과 국방 과학이 맞물려 있는 프로젝트이다 보니 누
구도 어쩌지 못하는 형편에 수덕이가 움츠리고 뛸수록 조여 오는
압박은 더욱 가중되어 왔다.

　그래선지 가끔 듣는 학교 강의에도 두 명의 요원이 은밀하게
따라붙고 어떤 누구의 접근도 허락되지 않는 삼엄한 경계를 받아
야 했다.

　이 모든 압박의 시초가 수덕이가 이 연구에서 손을 떼겠다고
선언한 이후부터 시작됐다는 것인데 이 문제를 자신 말고 알고
있는 사람은 현도와 사부밖에 없는 상황에서 자기에게 처한 어려
움을 어떻게 이해해야 하는지 점점 원망을 넘어 증오와 같은 못
된 마음이 서리기도 했다.

　이 프로젝트를 책임지고 있는 노 박사도 난감한 것은 마찬가지
였다. 이런 비정상적인 상태에서 올바른 성과를 바랄 수 없다는
것은 연구하는 과학자의 입장으로 뻔히 알지만 그렇다고 모든 걸
포기하겠다는 수덕이를 아무 대책 없이 무작정 놓아 줄 수는 없
는 노릇이 아닌가!

노 박사가 보는 수덕이는 정말 아까운 천재 중의 천재라는 생각은 추호도 변함이 없고 지금까지 지켜본 바로는 무작정 압박해서 말을 들을 인물이 아니란 걸 알지만 이러지도 저러지도 못하는 처지였다.

시절은 말없이 흘러 벌써 쌀쌀한 겨울로 접어든 허한 정원을 내려다보는 수덕이는 이제는 모든 것을 포기한 상태에서 귀도 눈도 완전히 막힌 자신의 처지가 너무 가엽다는 생각에 눈망울이 더워졌다.

며칠 전에 강의를 받기 위해 캠퍼스에 갔다가 은영이를 우연히 마주쳐 잠시 대화할 수가 있었는데 현도는 벌써 신병 교육을 마치고 전방 철원에 자대 배치를 받아서 곧 휴가를 나올 거라 했다.

제일 궁금한 윤경이는 자기처럼 집 안에서 외부와 단절된 채 두문불출하고 있다고 했다.

잘못된 초대
(대연각 호텔 화재 사고)

완연한 겨울로 접어들어 영하의 찬바람이 옷깃을 파고드는 저녁 무렵 필동 주택가 입구에 있는 찻집에 연구소에서 퇴근한 노 박사가 들어서고 있었다.

　어둑한 찻집 안 맨 구석 자리에서 연구팀 채 교수가 일어나 손짓을 하는 곳에 뜻밖에 함께 기다리던 연선이 일어났다.

　노 박사는 인사를 주고받고 겉 코트를 벗어 소파에 걸쳐 얹으며 입을 열었다.

　"둘이 군대 동기라고 들었는데 맞죠?"

　채 교수는 웨이터를 불러 노 박사의 차를 시키면서 대답했다.

　"군대뿐만이 아니고 어려서 국민학교부터 고등학교까지 쭉―같이 다니면서 이 친구한테 많이 얻어맞으면서 컸습니다."

　노 박사는 연선을 찬찬히 건네보며 머릴 갸웃했다.

　"승복을 입어서 그런지 몰라도 그렇게 거칠어 보이지 않는데 채 교수가 괜히 오―바 하는 거 아닙니까?"

　"아닙니다! 이 친구는 중학교 때부터 십팔기 고수로 펄펄 날아서 학교 안에서는 물론 근동에서 이름을 날렸었죠. 그런데 인연이 질겨서 연구소 천재, 수덕이 부친 진태보 중사 밑에서도 함께 군대 생활할 땐 제가 도움을 많이 받았죠! 유격 훈련 중 군장 구보할 때도 낙오해 뭣 나오게 뺑뺑이 돌 뻔한 걸 이 친구가 내 군장까지 메고 달려 줘서 무사히 넘어갈 수 있었는데! 그때 생각하면 지금도 고마우면서 아찔해요!"

채 교수의 너스레를 듣던 노 박사는 좀 놀랍다는 투였다.

"그렇다면 채 교수는 천재 아버지하고 그런 인연도 있으면서 그 애하고 그렇게 사사건건 부딪칩니까?"

"수덕이 아버지가 진 중사인 건 얼마 전 진수를 만나고서야 알았지만, 박사님이 그렇게 천재, 천재 해선지 무슨 애가 박사님 말고는 아무 대꾸를 안 하니 자존심이 상해서 너희 아버지 밑에 졸병이었다는 말도 못 하겠다니까요!"

채 교수는 연신 떠들어도 조용히 미소만, 띄우고 있던 연선이 노 교수에게 다가앉았다.

"대충 친구에게 이야기는 들었는데, 수덕이 연구에 진척이 있는지 걱정이 돼서 감히 뵙자고 했습니다. 그 녀석 성품을 잘 아는 제 선택이 부질없는 줄 알면서도 그 연구를 중도에 그만둔다는 것은 말이 안 된다고 판단해서 연구소를 떠나겠다고 매달리는 걸 뿌리치고 밤늦게 귀향하려던 길에 서울역에서 우연히 진짜 운명적으로 마주친 성길이 이 친구가 요행히 수덕이와 같은 연구소에 있다고 해서 부탁했던 건데 잘한 처사였는지 모르겠군요."

노 박사는 차를 조금 마시고 나서 어두운 표정이 되었다.

"진 군은 파워 에너지 분야에는 나도 범접할 수 없는 경지까지 파고 들어가 있어서 난감한 얘기지만 그 애 머릿속에서 어느 정도 진척돼 있는지는 짐작할 수 없는데 분명한 것은 안타깝게도 대학 연구소에서 나한테 추론해서 밝혀 줬던 선에서 더 나가지 않고 멈춰진 상태로 있습니다."

"그렇다면 진 군이 여전히 고집을 부리고 있다는 거네요?"

채 교수의 말에 노 박사는 고개를 끄덕였다.

"일단은 그렇다고 할 수 있지. 정신적 갈등 역시 연구를 하는데 장애 요인의 일부라고 할 수 있어서 아주 순조롭게 풀릴 때도 있지만 장기간 슬럼프에 빠지는 경우도 다반사인데 수덕이의 갈등도 그 부류야."

노 박사의 말에 채 교수도 불평을 토로했다.

"정부 쪽 애들은 뭣도 모르면서 빵틀에서 뭘 찍어 내는 것으로 착각하는지 매일 연구소 동태를 VIP에게 보고하고 있는 모양이던데요."

노 박사는 채 교수의 말에 고개를 끄덕였다.

"그래서 괜히 외신에서 VIP가 핵 개발을 한다는 소문이 돌고 있는 거란 말이지. 허기는 수덕이 말대로라면 핵보다 몇십 배 센 것이기는 한데."

노 박사의 말을 묵묵히 듣고만 있던 연선이 심각한 어조로 제안을 했다.

"제 생각에는 우선 [온 우주론]인가 하는 과장된 이론에 빠진 수덕이의 마음을 잡아 주어야 제대로 될 것 같은데요. 그 애가 워낙 외통수라 어디로 튈지 모르니 박사님이 잘 구슬려 주셔야 합니다."

"듣기로는 기관에서 모종의 대책을 강구할 것이라는 얘기를 하던데요?"

연선의 걱정에 대해서 채 교수의 뜻밖의 말에 노 박사는 고개를 끄덕였다.

"어쩌면 천재 손에서 그 프로젝트가 떠나게 될지도 모르겠어.

지금 드러난 것만 해도 우리 수준에서 감당할 수 있는 한계를 넘어 이번 VIP 방미에서 극비리 그 문제를 의제에 포함 시키라고 내가 건의하기는 했는데 그렇게 결정이 되면 그때부터 모든 미-션이 미국 주도로 넘어갈 수도 있다는 말이지. 그러면 수덕이는 어쩌면 자유로워지겠지?"

이들 세 사람의 만남이 있고 며칠 후에 VIP 미주 순방이 있었지만, 그 프로젝트가 의제에 오르지 않고 다만 외유가 끝나자마자 노 박사는 청와대의 호출을 받았다.

VIP 의도는 힘이 모자란다고 해서 모든 주도권을 미국 측에 넘길 수는 없고 가능하다면 그쪽 유능한 학자를 극비리 초청해서 감수도 받고 개발에 참여시켜서 우리가 프로젝트를 완성시킬 방법을 찾아보라는 주문이었다.

노 박사는 미 유학 당시 룸메이트였던 핵물리학계의 쟁쟁한 석학으로 알려진 유대계 미국인 데이비드 샌더슨이 우선 떠올라서 급히 연락했다.

그 당시 그는 유럽 학회에 참석하고 나서 여행 중이라고 해서 정부 명의의 초청 의사를 밝히고 여행 마지막 길에 한국을 다녀갈 것을 부탁했다.

며칠 후 방문이 가능하다는 회신과 함께 크리스마스를 옛 절친과 보낼 수 있게 되어 기대된다는 추신이 있어 노 박사도 괜히 마음이 20년 전으로 돌아간 듯 조금은 흥분되기도 했다.

그 무렵 현도가 정기 휴가를 받아 은영이와 함께 홍릉 연구소에 여러 번 찾아갔지만 무슨 이유에서인지 수덕이를 만나 보지 못하고 헛걸음을 한 것은 그 무렵에 정부 기관의 강화된 보안 지시가 있어서였다. 면회는 물론 외출도 허락되지 않고 완전히 고립되어 있었다.

수덕이의 몸은 야윌 대로 야위어 퀭한 두 눈이 더 커져서 차가운 바닥 위에 누워 높다란 천정에 시선 박고 움직이지 않고 있을 때 문이 열리면서 노 박사가 들어왔지만, 수덕인 꼼짝도 하지 않고 눈만 내리감았다.

노 박사는 한동안 말없이 서 있다가 책상 앞 의자에 앉아 수덕이 끄적이던 종이쪽지들을 훑어보고는 의자를 끌어당겨 바로 곁에 다가가서 얼굴을 굽어보며 말했다.

"네가 제안하고 내가 받아들여서 의욕적으로 진행되어 막바지에 이르렀는데 너한테 어떤 심중에 변화가 왔길래 더는 진전이 없는 건지 네가 설명해 줄 수는 없는 거니?"

수덕이는 그제야 자리에서 일어나 노 박사 앞에 똑바로 정좌하고 앉았다.

"박사님 제발 학교 연구실로 다시 돌아가면 안 돼요?"

수덕이의 말을 실없는 투정으로 받아들인 노 박사는 팔짱을 낀 채 수덕이 코앞까지 얼굴을 디밀었다.

"지금 나도 어쩌지 못할 정도로 이렇게 규모가 커져서 여기 홍릉까지 오게 된 것은 네 역할이 컸다는 건 인정하지?"

노 박사의 말에 수덕이는 더욱 절망감이 들었다.

"하지만 이런 포로수용소 같은 분위기에서 뭐를 기대한대요?"

"지금 모든 체제가 정부 기관의 감시망에 들어가 있어서 나도 어쩔 수가 없는 걸 어떡해. 어제 네가 채 교수에게 짜증 부린 것까지도 아마 윗선에 보고됐을 거야."

"저는 그런 것은 신경 쓰지 않아요. 겁나지도 않고요. 다만 연구하는 로봇으로 여기 온 것은 아니니까 박사님이 판단해서 해결해 주세요."

수덕이는 다시 마룻바닥에 벌렁 드러누워 버렸다.

"수덕이 네가 키운 판은 자신이 책임진다는 생각으로 조금만 움직이는 시늉이라도 보이면 위에서도 어느 정도 여유를 보이겠지. 우선 며칠만 참아 봐. 무슨 대책이 있을 거야. 벌써 점심시간이니 같이 내려가자."

노 박사는 팔을 뻗어 손을 잡아 일으켜 앉혔다.

귀대 날짜를 며칠 남겨 둔 현도는 용산 시외버스 터미널에 도착한 시골서 올라온 버스에서 내려 일찍부터 나와 기다리고 있던 은영이를 만나 성탄절 분위기에 들떠 있는 시내로 향하고 있다.

전날 밤에 내린 눈이 영하의 추위로 거리가 온통 얼어붙어 미끄러운 도로를 팔짱을 끼고 조심스럽게 걸어가던 은영이가 시내버스 정류장에서 조용히 물었다.

"수덕이 부모님도 잘 지내시지?"

"수덕이네 가게가 소형 백화점 수준으로 엄청 커져서 큰 대로변으로 매장을 신축해서 옮기고 종업원까지 둘 정도로 아주 잘되는 걸 보면 수덕이 어머니 수완이 대단하신 것 같아."

"윤경이가 아기를 가진 거 수덕이 부모님이 알고들 있었어?"

"수덕이 부모 내외분 모두 나를 보고도 아무 말이 없는 것을 보면 여름에 수덕이가 내려갔을 때 정작 말을 못 하고 그냥 올라왔던 것이 아닐까!"

"그렇다면 윤경이 입장은 조금도 생각하지 않았다는 거잖아. 아무리 좋게 생각하려 해도 수덕이를 이해할 수가 없어."

은영이 입을 삐쭉일 때 버스가 도착해 둘은 급히 올라탔다.

그 시각 노 박사는 김포공항에서 샌더슨 박사를 기다리고 있었다.

정부 비공식 초청 인사라고 해도 기관에서는 차량과 보안 요원만 공항에 나와 있을 뿐 노 박사 이외엔 아무도 보이지 않았다. 보안 요원들도 평상복으로 갈아입고 티 나지 않게 구석구석에 박혀 있어 일반인들은 전혀 눈치채지 못하고 있었다.

게이트가 열리고 얼마 지나지 않아 밝은 표정의 중년은 지나 보이는 미국인이 노 박사를 보자 활짝 웃으며 달려와 두 팔을 벌려 안겨 왔다.

젊은 시절에 서로 다른 문화권에서 건너가 낯선 미국 땅에서 만나 사오 년을 한방에서 지지고 볶고 하면서 갈등을 풀어 어느 순간 인간적 동질감을 느끼기 시작하면서 캠퍼스에서 커플 소리를 들을 정도로 가깝게 지냈었다.

근래 가끔 해외 학회에서 만나면 밤이 새는 줄 모르고 곤드레만드레가 되도록 술을 마시며 지나온 서로의 세월을 확인하곤 했었다.

한참 요란한 해후를 확인한 둘은 요원의 안내로 차량에 올라 미리 준비된 충무로 초입의 이삼 년 안에 신축된, 대연각 호텔로 열층인 20층에 여장을 풀었다.

평상시 정부 초청 인사들은 대부분 반도 조선 호텔이나 최근에 신축한 워커힐 호텔로 숙소를 정하는 관례를 벗어난 것은 그만큼 기관에서 그 프로젝트가 비밀리에 추진되고 있는 반증이었다.

노 박사는 샌더슨 박사의 긴 여정을 생각해서 쉬도록 하고 내일 일정에 같이할 생각이었다. 그런 노 박사의 생각과 달리 샌더슨이 오후에 잠깐 휴식하면 되니까 저녁에 크리스마스 파티를 하자고 어린애처럼 조르는 바람에 급히 채 교수를 불러 연구소 교수들 서너 명만 차출해 오도록 하고 정부 기관을 통해 호텔 측을 설득해 대연회장 한편에 파티장을 마련해 주도록 부탁을 했다.

저녁에 파티장에 내려온 샌더슨은 자기 의도와는 다르게 파티 규모가 커진 것에 짐짓 당황하는 기색이 영력했다.

자기가 파티를 하자고 어필한 것은 자기 룸에서 친구와 오붓하게 옛날 일들을 더듬으며 느긋하게 술 한잔하고 싶었던 건데 파티란 말이 잘못 전해져서 피아노 사중주단은 물론 몇 명의 호스티스까지 동원되어 있었다.

노 박사는 달갑지 않아 하는 샌디의 기색을 눈치챘지만 이미 벌어진 일을 어쩔 수 없어 정부 쪽의 배려라고 얼버무리고 여러

사람에게 샌더슨을 소개하고 건배를 제의해 불편한 심기를 풀어
주려 왔다 갔다 하다 보니 노 박사 자신도 번거로웠다.

웬만큼 시간이 지난 뒤 채 교수를 불러 내일 일정을 지시한 뒤
서둘러 일찍 파티를 마무리하고 샌더슨과 룸으로 올라가 별도의
술자리를 또 가졌다.

다음 날 아침,

수덕이는 아무 영문도 모른 채로 채 교수의 지시로 지금까지
메모했던 연구 파일들을 정리해 가방에 꾸려 넣고 방에서 나와
엘리베이터로 천천히 걸어가면서 집요하게 자기를 감시하던 두
명의 요원을 곱지 않은 시선으로 지나쳤다.

밖으로 나와서 쌀쌀한 공기 속에 눈이 부시게 내려앉은 햇빛
아래 서서 한참을 기지개를 켜고 나서 대기하고 있는 검은 지프
에 오르니 방 앞에서 마주쳤던 요원들도 뒤따라 내려와서 같은
차에 올랐다.

수덕이가 앞자리에 앉아 기다리고 있던 채 교수에게 지금 어디
에 가는 거냐고 퉁명스럽게 물었지만 한참 동안 말이 없더니, 차
가 출발하고 조금 지나자 힐끗 뒤로 돌아보며 짓궂은 표정으로
말을 건넸다.

"수덕이 네가 예상 못 한 곳에 가는 거지만 걱정할 필요 없는
것이 어쩌면 오늘로 네 고생이 끝날지도 모른다는 거지."

수덕이는 그 말뜻을 종잡을 수가 없어 머리를 갸웃거리면서도
지금까지 그의 행동을 유추해 볼 때 다시 반문할 필요가 없다고
생각해 입을 다문 채 빠르게 지나치는 창밖만 내다보고 있었다.

고려대 앞을 지나 신설동 오거리를 지나친 차는 동대문 로터리

를 돌아 동대문 운동장을 거쳐 퇴계로를 향했다.

퇴계로에 진입해 얼마 되지 않았을 무렵 채 교수가 다시 얼굴을 뒤로 돌려서 수덕이를 똑바로 보면서 짓궂은 표정으로 말을 건넸다.

"천재! 네가 고진수 제자라면서?"

수덕이는 자기 귀를 의심하면서 바짝 다가앉았다.

"지금 뭐라고 한 겁니까? 우리 사부를 교수님이 어떻게 아는 거죠?"

말을 잇지 못하고 머릿속에서 막혔던 퍼즐이 빠르게 풀리는 순간 수덕이는 눈앞이 캄캄해져 옴과 동시에 뜨거운 혈류와 꿈틀대는 의식이 함께 거꾸로 솟구치는 것을 느끼며 자리에 주저앉고 말았다.

지금까지 수덕이 자신에게 가해져 온 압박의 시초가 사부와 채 교수의 관계에서 이뤄진 것이라는 해답이 수만 가지 추리에도 풀리지 않고 머리를 맴돌던 퍼즐 조각이 되어 튕겨 나온 것이었다.

"진수는 내가 너보다 훨씬 일찍부터 안 불알친구 사이고 또 너희 아버지 진태보 중사도 내가 잘 안단 말이다. 그 대단한 천재가 어떻게 이런 것은 예상 못 했을까?"

수덕은 아무런 말도 들리지 않고 대꾸도 할 수가 없어 고개를 숙이고 헉헉– 숨만 몰아쉬고 있는 사이 차는 신세계 백화점 앞에서 바로 우회전을 해 충무로 길로 들어서고 있었다.

바로 국제 우체국을 지나 얼마 가지 않아서 대연각 호텔 지하 주차장으로 들어섰다.

차가 멈춰 서고 사람들이 모두 내렸는데도 수덕이는 고개를 숙이고 꼼짝하지 않았다.

"교수님! 이 친구 쇼크 먹은 것 같은데요."

요원 한 명이 소리치자 채 교수가 다가와서 수덕이 어깨를 흔들었다.

"내가 말 안 했었어? 처음 만났을 때 너희 집이 부여라고 해서 내 고향도 홍산이라고 말했을 텐데."

수덕인 모든 것을 포기한 듯한 표정으로 따라가는데 예상외로 적잖은 요원들이 군데군데 모여 있는 것이 느껴졌다.

채 교수의 뒤를 따라 1층 로비에 들어서니 오전인데도 성탄절 휴일이라 그런지 많은 사람이 붐비고 있었다.

대기하고 있던 한 요원이 채 교수에게 다가오더니 손짓으로 1층 로비와 연결되어 오픈된 커피숍 라운지를 가리키자 수덕이를 데리고 로비 우편으로 계단을 따라 올라갔다.

넓은 홀에는 아침 식사를 마친 호텔 투숙객 몇 팀이 높이 매달린 휘황찬란한 샹들리에 아래 화려하게 번쩍이는 크리스마스 장식과 은은한 커피 향에 취해 있는 가운데 맨 안쪽 자리에서 노 박사가 손을 흔들고 있는 게 보였다.

커피를 마시던 샌더슨 박사는 채 교수 뒤를 따라 다가오고 있는 한동안 마음고생으로 까칠해진 수덕이를 바라보며 절친인 노 박사가 침이 마르게 설명한 천재라고 믿기지 않는 듯 머리를 갸웃했다.

수덕이는 왜소한 노 박사가 웬 머리가 금발이고 키가 장대한 외국인과 함께 있는 어울리지 않는 장면에 의외라는 표정으로 다가서서 습관대로 꾸벅 인사를 하는 순간 입에서 의외의 말이 튀어나왔다.

"이스라엘 출신 핵물리학자 데이비드 샌더슨 박사!"

수덕이의 반응에 모두 놀란 표정으로 주목하는 가운데 몇 년 전에 불어 강사 미셸로부터 처음 건네받은 서적 중에서 제일 관심을 가졌었고 영향을 많이 받은 것이 핵물리학자 샌더슨의 저서였었다.

수덕이 머릿속에서 전혀 예상하지 못했던 상황에서 새로운 퍼즐이 풀리는 순간이기도 했다.

"천재! 네가 어떻게 우리 친구 샌디를 알지?"

어이없어하는 노 박사의 음성도 들리지 않았고, 수덕이는 모든 현 상황이 자기의 미-션을 샌더슨 박사에게 검증시켜 돌아서 있는 자신을 배제해서라도 이 프로젝트를 이루겠다는 노 박사와 정부 기관의 의도를 감지하는 순간이었다.

노 박사는 주위의 시선을 의식해 너무 웅성거리는 분위기가 탐탁지 않은 것 때문인지 샌더슨 박사에게 룸에 돌아갈 것을 제안해 채 교수도 마시던 커피잔을 놓고 일어서자, 샌더슨 박사와 엘리베이터 쪽으로 가면서 말했다.

"자네들은 커피 마시고 천천히 올라오도록 하게."

노 박사의 말에 수덕이 도로 앉아 다시 커피잔을 드는데, 한 요원이 채 교수에게 다가와서 귓속말을 하고 가자, 채 교수는 씁쓸히 웃으며 수덕이를 향해 큰 소리로 말했다.

"천재! 미-션 파일만 꺼내 챙기고 네 모든 소지품은 가방에 넣어 저 카운터에 맡기고 오도록 해! 아이고, 저 녀석들이 별 걸 다 신경 쓴다."

수덕이가 아무 대꾸 없이 가방에서 파일 꾸러미를 꺼내고 자질구레한 개인 소지품을 넣은 가방을 들고 카운터 쪽으로 나갔다.

채 교수도 커피를 마저 마시고 급히 일어나 엘리베이터를 향해 걸어가고, 수덕이가 요원이 멀찍이서 지켜보고 있는 가운데 카운터 여직원에게 금방 찾아갈 거라며 가방을 벗어 건네주었다.

빨간 스카프로 모양을 잔뜩 낸 곱상한 여직원이 가방을 받아 뒤편에 어제 저녁나절 오전 중에 카운터 뒤쪽 주방에 설치할 거라며 보일러실 정 기사가 맡기고 간 프로판 가스통 위에 올려놓는 순간 수덕이의 시선이 잠깐 그 가방에 쏠리는가 싶더니 휘지직— 하는 소리가 가늘게 들리면서 새파란 불길이 내뿜는 찰나 고막을 찢는 엄청난 폭음이 터졌다.

동시에 시뻘건 불덩어리가 폭풍같이 세차게 몸 쪽을 강타하여 작은 수덕이의 몸뚱이가 10여 미터 뒤로 던져져 날아가 나뒹굴었다.

그 순간 카운터 주변의 모든 것이 눈 깜짝할 사이 산산조각으로 찢기고 바스러져 연기처럼 희뿌옇게 구름 막을 이루어 시뻘건 불꽃과 함께 높이 치솟았다.

엄청난 화염이 커피숍 전체를 집어삼킬 기세로 타오르는 중에도 채 교수와 요원들에 의해 카펫 바닥에 시커멓게 구르고 있던 수덕이는 온몸에 화상을 입은 채 밖으로 끌려 나오고 있었다.

그 당시 사회 인식 자체가 그저 빨리빨리에 빠져 있어 이 호텔도 재난 대피시설이나 소방 장비가 거의 없을 정도로 허술하게 지어졌고, 특이하게도 내부 마감재가 거의 목재로 돼 있었다.

그렇게 시작된 호텔 화재는 초반에 손 써 볼 겨를도 없이 순식간에 전 층으로 큰 화마가 빠르게 번져 가고 있었다.

수덕은 노 박사가 샌더슨 박사와 올라간 뒤 커피를 마시는 잠깐 동안, 모든 것이 자기의 생각과는 정반대로 흘러가고 있는 허탈한 상황에서 다시 한번 자신의 운명을 되짚어 보니 자연히 자신의 전생을 들려준 탄파 도인의 얘기가 생각났다.

수덕이 자신에게 숙명처럼 이미 예정된 것들은 무엇 하나도 자기 뜻대로 될 수 없다는 사실뿐이어서 지금까지 다져온 자신과의 약속을 지킬 수도 없다는 것이다.

'온 우주 신'이 질책했던 대로 이 지구를 망치는 것뿐만이 아니라 우주 순환에 역행하는 것에도 일조하여 화약을 만든 노벨이나 질량 에너지 등가 식으로 유명한 과학자로 원자폭탄의 제조에 많은 조언을 했던 아인슈타인, 직접 제조에 참여한 오펜하이머를 비롯한 많은 과학자와 똑같이 이뤄 낸 다음에 땅을 치며 후회할 것을 알면서도 시대의 흐름에 휘둘려 무작정 따라갈 수밖에 없는 자기의 무기력함과 절망감의 깊은 나락 속에 자신을 몰아넣고 있어 갈수록 조여드는 자신의 운명의 끈에 마침내 불을 댕기고 말았다.

수덕이는 활활 타오르는 불길 속에서 전생의 화려한 공주 형상을 한 자신의 모습이 불타오르는 것을 보면서 의식이 희미해지고 있었다.

그날 아침 일찍 현도는 전에 수덕이가 말했던 기억을 더듬어 수락산으로 연선을 찾아갔지만, 불당은 형체를 알아볼 수 없이 철거되어 있고 연선의 행방도 찾을 길이 없었다.

허탈한 마음으로 시내로 돌아와 음악 감상실에 들어서니, 울먹이며 매달리는 은영이에게서 수덕이의 사고 소식을 전해 듣고 그 자리에 주저앉고 말았다.

하늘이 노래지는 것을 겨우 진정하고 수덕이가 후송됐다는 대학병원에 달려가 보니, 응급실에 계속해서 환자들이 줄지어 이송되어 들어오고 환자 가족들과 보도진들이 몰려들어 북새통을 이루고 있었다.

　호텔 화재 사고 현장의 진화 작업과 인명 구조 장면이 병원 대기실 벽에 설치된 흑백 TV에서 실시간으로 고스란히 생방송되고 있어 여러 사람의 조마조마한 탄성이 여기저기서 터지고 미군 헬기에 구조되어 오르다 참변을 당하는 모습이 생중계되기도 해 많은 사람을 섬뜩하게 하고 있었다.

　현도가 마음을 다독여 진정하고 정신을 차려 시골 수덕이 아버지 가게로 전화를 해도 계속 불통이어서 집에 연락했다. 어머니가 전화를 받아 태보 씨 내외가 벌써 서울로 떠났다면서 천재 수덕이한테는 어떻게 돼서 좋은 일과 그런 안 좋은 일이 연달아 이어지는 건지 모르겠다고 걱정을 태산같이 하면서 아버지와 함께 곧 서울에 올라갈 거라고 했다.

　윤경이는 집이 호텔 근처였지만 "등잔 밑이 어둡다."라는 말처럼 그저 '큰 화재가 또 났구나!' 하고 대수롭지 않게 생각했던 건지 은영이 전화를 받고 충격을 받아 펄쩍펄쩍 뛰었다.

　얼마 지나지 않아 윤경이 하얗게 질린 얼굴로 인수를 데리고 병원에 도착해서 은영이를 잡고 한참을 흐느낀 뒤에 사고 전후 상황을 전혀 모르는 탓에 어쩔 줄 몰라 우왕좌왕했다.

　"내가 바보짓을 해서 너무 많은 부담을 준 것 같아 자꾸 마음에 걸렸는데 얼마 전까지 연구소에서 꼼짝 못 한다면서 도대체 어떻게 그 호텔에서 사고를 당한 거야?"

　윤경이는 완연하게 부른 몸으로 정신을 못 차리고 허둥대며 현도와 같이 수덕이의 상태를 알아보려 동분서주했다.

　너무 많은 환자와 사체들이 뒤섞여 들어와 선불리 접근할 수 없었지만, 사망자 명단에 수덕이의 이름이 없는 것으로 조심스럽게 생존만 확인할 수 있었다.

　오후 늦게 수덕이 부모님이 황망하게 들어왔는데 태보 씨는 숨이 턱까지 차올라 헐떡이며 현도를 잡고 흔들었다.

　"어드레 돼서 이런 말 같디도 않은 일이 일어날 수 있단 말이네! 우리 수덕이레 지금 어데 있단 말이고."

　"응급실에 워낙 많은 환자가 들어와 통제하고 있어 아직은 수덕이 상태가 어떤지 알 수가 없습니다. 조금만 기다려 보세요."

　현도는 정신없이 서두르는 대보 씨를 가까스로 진정시킬 수 있었다.

　사실 수덕이는 그때까지 사망자 명단에는 이름이 없었지만, 생의 갈림길에서 아주 힘든 곡예를 하고 있었다.

　현도는 너무 경황이 없어 윤경이를 수덕이 부모님에게 인사시키는 것을 잠시 잊고 있다가 뒤늦게 깨닫고 윤경이를 데리고 넋이 나간 듯 앉아 있는 태보 씨 내외 곁으로 갔다.

　윤경이가 너무 울어서 푸석해진 얼굴로 인사를 하자 태보 씨는 어리둥절해 인사를 받는 둥 마는 둥 하고 멍하니 올려다보기만 했다.

　"에미나이레 누구란 말이네?"

　윤경이는 아무런 말도 못 하고 울음을 참느라 손으로 입을 막은 채 서 있어 현도가 나설 수밖에 없었다.

　"수덕이 친구 장윤경입니다."

현도의 소개에 박 여사는 찬찬히 살펴보고 나서 입을 열었다.

"전에 보니까 자취방에 아가씨들이 두어 명이 자주 들락이는 걸 봤었는데! 그 아가씨 맞지?"

박 씨는 윤경이의 부른 배를 올려다보다가 예상 못 한 또 다른 상황을 감지하고 태보 씨의 얼굴을 살폈으나 아직도 아무 생각 없이 수덕이 사고 충격에서 헤어나지 못해 넋을 놓고 허공만 바라볼 뿐 아무런 반응을 못 하고 있었다.

윤경이가 돌아서서 다시 어깨를 들먹이며 눈물을 쏟자 수덕이 모친 박 씨는 그제야 곧바로 상황 파악을 하고 놀라움에 입을 다물지 못했다.

"그러면 수덕이 애기를⋯⋯!"

박 씨는 입안으로 되뇔 뿐 더는 말을 잇지 못하고 현도는 윤경이 사정을 어떻게 설명해야 좋을지 몰라 망설이다가 힘들게 입을 열었다.

"지난여름에 수덕이가 아버님과 결혼 문제 상의한다고 내려갔었는데 아무런 말도 못 들으셨습니까?"

태보 씨는 눈을 번쩍 뜨고 기가 막힐 수밖에 없는 상황을 겨우 깨달은 듯 머리를 크게 흔들면서 윤경을 바라보면서 헛기침을 했다.

"어허 이런 참."

태보 씨는 침을 꿀꺽 삼키고 힘들게 비척거리며 일어나 윤경이에게 다가서서 손을 잡았다.

"아이고 이를 어찌하면 좋단 말이네. 지금 수덕이레 살디 죽을디 모른다누만 그리고 아새끼레 어드레 돼서 아바이 오마니한테 와가지구도 일언반구 없이 이러는 데가 어드레 있단 말이네?"

태보 씨는 탄식하며 다시 의자에 털썩 주저앉자 윤경이는 흐르는 눈물을 훔치고 나서 태보 씨 내외 앞으로 다가섰다.

"일찍 찾아뵙고 인사를 드렸어야 도리인데 그러지 못해 죄송합니다. 하지만 앞으로 어떻게 되든 부모님 모시고 아기 낳아서 잘 기르겠습니다."

박 씨도 눈물이 가득한 얼굴로 일어나 윤경이를 감싸 안았다.

"말만이라도 고맙긴 하다만 이게 무슨 마른하늘에 날벼락인지 모르겠구나. 하느님 맙소사 맙소사!"

어쩔 줄 몰라 하는 모습을 지켜보는 현도나 은영이도 참담한 수덕이네 상황이 안타까워 오열을 삼키고 있었다.

한참이 지나 조금 진정이 된 후에 윤경이는 멀찍이 서서 눈물을 닦고 서 있는 인수를 불러 태보 씨 내외에게 인사를 시켰다.

박 씨도 웬만큼 진정이 되어 인수의 머리를 쓸어 주었다.

"사돈총각인가? 참 착하게도 생겼네."

그때 사색이 되어 병원 여기저기를 왔다 갔다 하던 채 교수가 태보 씨를 알아보고 부리나케 뛰어왔는데 그의 뒤에는 두 사람의 요원이 따라붙고 있었다.

"아이고 선임 하사님 아니십니까? 저는 6사단 청성 부대에서 같이 근무했던 고진수 친구 채성길 병장입니다."

태보 씨는 갑작스러운 채 교수의 출현에 까막까막하다가 연선의 친구라는 말에 금방 생각이 난 듯 얼굴을 활짝 폈다.

"아! 진수하고 같이 본부 중대 행정병이었었지? 반갑네. 그런데 여기 이 병원에 계신가?"

채 교수가 내민 손을 잡으며 일어나서 안타깝게 건네봤다.

"아닙니다. 저는 수덕이하고 같은 연구소에 있는 연구원인데 오늘도 호텔에서 수덕이와 같이 있다가 사고 현장에서 신속히 구조해서 제가 이 병원으로 보냈습니다."

채 교수는 지금까지의 사고 경위를 세세히 설명하고 수덕이의 현재 상태는 아직도 확인이 안 되고 있다면서 연구소 노 박사의 구조가 늦어지고 있다고 걱정하는데 샌더슨 박사 얘기는 입 밖에 내지 못하고 있었다.

"어떻게 이십이 층이나 되는 큰 건물이 화재 발생 몇 시간도 안 돼서 꼭대기까지 옮겨붙었는지 모르겠구먼."

박 씨의 말에 채 교수도 당시 악몽을 떠올리는지 참담한 표정이 되었다.

"어찌 된 건지 건물 내부재가 모두 불에 잘 타는 목재로 되어 있는데다가 소방 설비가 전혀 없어서 서울 시내 소방차가 총출동하고 그것도 모자라 미군 소방차와 헬기 부대까지 동원됐잖습니까! 그런데다 대통령까지 현장에 나와서 독려해도 어떻게 손쓸 수가 없는 상황이 된 거죠."

그때 응급실 안에 들어갔다 나온 요원이 황급히 달려와 채 교수에게 귓속말로 몇 마디 하자, 채 교수 얼굴이 밝아졌다.

"수덕이는 다행히 생명에는 이상이 없는 것 같습니다. 지금 바로 응급실에서 중환자실로 올라갔답니다."

"거럼! 내 새끼레 죽으면 안 돼지비. 중환자실이레 어드멘가?"

태보 씨가 자리를 박차고 일어나 정신없이 서두르자 병실에서 나온 요원이 제지하고 나섰다.

"아직은 면회는 안 되니까 조금만 더 기다려 보세요."

가까스로 태보 씨를 진정시킬 수 있었다.

현도는 휴가가 끝나 부대에 복귀하기 하루 전날에야 은영이와 같이 겨우 수덕이를 면회할 수가 있었다.

가습기에서 내뿜는 수증기가 자욱한 속에 수덕이는 온 전신을 흰 붕대로 감싼 채 죽은 듯 미동 없이 누워 있는데 살갗이 보이는 곳이란 숨을 쉬는 코언저리뿐이었다.

현도는 한동안 멍한 공황 상태에서 군데군데 약물과 핏물이 배어 있는 흰 가제로 싸진 수덕이를 내려다보고 있으려니 어찔한 기운이 들어 침상을 잡은 채 겨우 진정을 하고 서 있었다.

윙— 하는 이명 속에 수덕이의 목소리가 또렷하게 들려왔다.

(샌님 내 손 좀 잡아 줘.)

수덕이가 진짜로 하는 소리인 줄 알고 붕대로 감겨진 손을 조심스럽게 잡고 얼굴을 유심히 내려다보았다.

눈은 완전히 가려져 있고 입과 콧구멍에는 산소호흡기 연결선들인지 굵은 관이 물려 있어 말할 수 있는 상태가 아니란 걸 금방 알 수 있었다.

(샌님 나는 여기까진 가 봐.)

생각할 겨를도 없이 수덕이 목소리는 또 이어졌다.

(내 운명을 이미 알면서도 피하지 못했어.)

또다시 수덕이의 목소리가 들려오면서 현도는 자신의 눈앞에 검은 장막이 쳐지듯 깜깜해지고 머리가 몽롱해져 수덕이 손을 잡은 채 얼굴이 백지장처럼 하얘져서 엉거주춤 비척거리며 주저앉고 말았다.

옆에 있던 은영이와 떨어져 있던 간호사가 급히 뛰어와 현도를 부축해서 요원 두 사람이 지키고 있는 병실 밖으로 나오고 말았다. 등 뒤에서 수덕이의 목소리는 계속해서 들려왔다.

(샌님! 제발 나를 잊지 마!)

현도는 밖에서 한참을 진정해서야 정신을 차릴 수가 있었다.

"아니 그렇게 충격이 컸어?"

은영이가 울먹인 목소리로 말하며 걱정스럽게 바라보자 현도는 그제야 얼굴을 감싸고 오열 속에 빠져 한동안 좀처럼 진정되지 않았다.

현도는 그때 들렸던 목소리가 정말로 수덕이가 보냈던 텔레파시인지 아니면 자신의 환청이었는지 알 수 없는 일이었다.

현도는 군에 있는 동안 휴가 때마다 수덕이를 찾았지만, 아기를 낳은 윤경이와 둘이 어딘가로 잠적해 외부와 철저히 연락을 끊고 있어 결국 그때 병원에서의 만남이 현도가 수덕이를 봤던 마지막 모습이 되었다.

채 교수는 너무 참혹한 노 박사의 시신 앞에 한동안 오열을 하다가 거의 실신 상태에서 영안실을 나오고 있었다.

옥상으로 나가는 꼭대기 층의 굳게 잠긴 출입문 바로 앞 계단 위에서 아래층으로부터 올라온 연기에 질식해 쓰러진 샌더슨 박사를 비롯한 수십 명의 사망자와 함께 수습되었다.

사망 후에 화마의 불길까지 덮쳐 차마 눈을 뜨고 보지 못할 처참한 모습이었다.

영안실 밖 의자에 주저앉은 채 교수는 불이 시작된 처음 상황을 제일 먼저 또 가장 가까이에서 지켜본 자신이 다시 한번 그 정황을 꼼꼼히 되새겨 보기 시작했다.

수덕이가 연구 파일을 꺼내고 가방을 카운터에 맡기는 순간 공교롭게 화염과 함께 예상하지 못한 엄청난 폭발이 있었다는 것이 도대체 믿기지 않는 사실이 아닌가!

간추리지 않은 파일 쪽을 꺼내 대충 말아 쥔 수덕이가 점퍼 주머니에서 소지품들을 꺼내 담은 가방을 받은 카운터 여직원이 잠깐 보관할 곳은 얼마든지 있었다.

그런데 하필이면 폭발 위험이 농후한 프로판 가스통 위에 놓은 것과 그 가방과 어떤 연관이 있길래 폭발로 연결되어 있었던가 하는 것이 추리의 열쇠라는 결론을 내릴 수 있었다.

수덕이가 파일 뭉치를 꺼내고 가방을 카운터에 건네는 순간을 기억 속에서 더듬던 채 교수는 파일을 꺼낼 때와 소지품을 넣을 때 좀 어설펐던 수덕이의 손동작과 카운터 여직원과 필요 이상의 긴 대면 시간이 잠시지만 마음에 걸렸다.

현장에 가면 뭔가 찾을 수 있다고 판단되어 주위에 대기하고 있던 보안 요원과 화재 현장으로 향했다.

아직 정밀 사고 조사가 이뤄지지 않은 관계로 엄격하게 통제되어 있는 화재 발화 지점에 보안 요원의 도움으로 들어갔다.

채 교수는 생각했던 것보다 처참하게 부서지고 그을려 끄름이 날리고 소화전에서 쏟아져 나온 물이 여기저기 시커멓게 고여 질퍽거리는 가운데 2층 라운지가 반쯤 내려앉은 현장에서 도대체 한두 걸음을 떼 놓기가 힘들었다.

조심조심 둘러보고 있는 동안 보안 요원도 여기저기 돌아다니며 무너져 기울어진 라운지에서 쏟아져 내린 쓰레기들을 조심스럽게 하나하나 체크하고 있었는데 갑자기 손가락만 한 조그만 금속 통을 집어 들고 채 교수에게 뛰어왔다.

"이게 바로 진 군이 가지고 있던 겁니다."

채 교수가 조심스럽게 받아 살펴보니 언젠가 실험실에서 수덕이와 노 박사가 들고 뭔가 진지하게 얘기할 때 봤던 완전 납으로만 된 손가락만 한 통인데 역시 납으로 된 마개는 조금 틀어져 열린 상태였다.

"며칠 전 연구용 원자로가 설치된 실험실에서 두어 시간 머물다 나온 진 군이 손에 이것을 들고나오는 것을 내가 지나다가 봤거든요. 분명히 그 친구 것이 맞다니까요."

보안 요원이 열심히 설명하는 것을 들으며 여기저기 살폈지만, 그 통 외에 다른 것은 찾지 못하고 연구실에 돌아왔다. 어느 정도 화재 발생의 진실이 가늠은 되고 있었지만, 납으로 된 통 속에 들었던 물질을 증거 하지 못하는 채 교수로서는 명확한 판단은 오리무중일 수밖에 없다.

답답한 마음에 병원에 있는 수덕이를 찾았지만 심한 화농으로 한쪽 종아리까지 절단하는 대수술을 마친 피폐한 상태에 간호하고 있던 윤경이마저 출산이 가까워져 비워진 가운데 대화 자체가 불가능한 상태여서 아무것도 확인하지 못하고 돌아올 수밖에 없었다.

노 박사의 유고로 임시 소장직을 승계하게 된 채 교수는 정부기관의 압력이 상상 이상이라 자기 능력으로 감당할 수준을 넘고 있다는 것을 실감했다.

수덕이의 몸이 빨리 회복되기만을 기대하는 수밖에 없었는데 연구실 내의 모든 절차가 안보기관의 체계인 것이 어이가 없는데다가 무조건 빠른 결과만을 요구하는 군대식 발상이 기가 막혔지만, 시대적으로 거부할 수도 없는 처지였다.

탈출

윤경이는 만삭인 가운데 미혼모이기도 하고 주위 이목을 의식해 병원을 선뜻 정하지 못하고 있다가 어머니 신 여사가 주선한 산파의 도움을 받기로 했다.

출산 후에는 절대로 수덕이와의 관계를 끊을 것을 강요하고 태어날 아기는 입양기관에 맡긴다는 계획을 신 여사는 확실하게 밝혔지만, 윤경이에게 절대로 통하지 않는 얘기였다.

그때 이미 어머니의 통제에서 벗어날 계획이 머릿속에 차곡차곡 세워지고 있었다.

추운 겨울에서 봄으로 넘어가는 삼월 초하룻날 한밤중에 윤경은 긴 진통 끝에 건강한 남자 아기를 출산했다.

힘이 소진되어 기진맥진한 가운데에도 아기를 보는 순간 모든 어려움이 일순간 사라지고 새로운 힘이 솟아나는 것만 같았다.

그것을 지켜보는 신 여사도 핏덩이인 아기를 보는 순간에는 지금까지의 생각이 흔들리기도 했지만, 딸의 장래를 생각하면 독하게 마음먹지 않을 수가 없다고 다짐하고 있었다.

아기를 낳은 지 삼일이 되는 날 윤경이는 가정부 아줌마로부터 신 여사가 섭외한 입양업체 녹색 영아원에서 오늘내일 중에 방문할 거라는 충격적인 말을 듣고 신 여사가 잠자리에 들어간 한밤중에 인수의 도움을 받아 아기만 안은 채 집을 빠져나왔다.

서둘러 택시를 잡아타고 미리 정해 둔 수덕이와 현도가 자취하던 방으로 몸을 숨길 수가 있었다.

수덕이는 몸 상태가 조금 수월해졌지만, 연구소로부터 나름대로 성가신 압박을 받으며 시달리고 있는 상황에서 뜻밖에 윤경이가 보낸 인수가 찾아와 아기를 낳았다는 소식과 함께 엄마가 아기를 입양기관으로 보내려고 해, 누나와 아기가 자취방에 피해 있다는 긴박한 말을 들을 수 있었다.

만감이 교차하고 기가 막혀 한동안 말이 없다가 인수의 팔을 잡아당겨 귀에 대고 힘들게 입을 열었다.

"누나보고 매형도 여기서 빠져나가야 한다고 꼭 전해."

"네. 그럴게요. 걱정하지 마세요."

인수가 고개를 끄덕이고 병실을 나설 때 창밖에서 병실 안을 감시하던 요원이 눈을 반짝이며 불러 세웠다.

"너희 매형이 지금 네 귀에 대고 무슨 말을 한 거지? 내가 다 봤으니까 바른대로 말해. 거짓말하면 다시는 면회 못 할 줄 알아."

인수는 긴장이 된 듯 머뭇머뭇거리다가 천천히 말을 했다.

"매형이 며칠 전에 낳은 아기를 안아 보고 싶다고 누나보고 한번 데리고 오라고 했어요."

"정말이야? 너희 누나가 어쩐지 며칠 동안 볼 수가 없더니 그동안 아기를 낳은 거구나?"

"삼일 됐어요. 이제 가도 되죠?"

요원은 고개를 끄덕이고 인수는 부리나케 병원 밖으로 나가 자취방으로 달려갔다.

전문적인 요원을 용케 따돌린 인수는 엄마 신 여사가 심부름시켜 사복으로 갈아입은 레스토랑 웨이터가 병원 로비에서 종일 죽치고 있다가 뒤를 밟고 있는 것은 모르고 있었다.

인수가 빠른 걸음으로 가회동 입구 버스정류소 부근에 도착했을 때 웬일인지 아직 몸이 불편한 윤경이 큰 도로까지 나와서 서성이고 있었다.

누나를 발견한 인수도 그렇지만 조심스럽게 뒤따르던 웨이터는 기겁해서 몸을 돌렸는데 윤경이의 예리한 눈썰미는 피하지 못했다.

윤경이는 모르는 척하고 때마침 도착한 버스에 인수를 잡아끌어 올라타고 그 자리를 떠나자 웨이터는 닭 쫓던 개 신세로 멍하니 멀어지는 버스를 바라보고만 있었다.

"이 맹초야! 웨이터 백영이가 네 바로 뒤를 졸졸 따라붙어 쫓아오고 있는 것도 몰랐어?"

"와— 엄마가 웨이터 형을 시켜서 누나를 잡으려고 한 거야? 그런데 누나도 대단하다. 그걸 어떻게 알고 집에서 나와 있었지?"

"엄마 마음 정도는 이 누나가 다 읽고 있지. 그래서 오늘 너만 병원에 보냈던 거야. 우선 여기서 내려야겠다."

윤경이는 두 정거장 지나 안국동 로터리에서 내려 골목길에 몸을 숨기고 주위를 살폈다.

"인수 너 여기서 집에 찾아갈 수 있지? 참, 그런데 매형이 누나한테 아무 말도 없었어?"

"누나가 아기를 순산해서 다행이라면서. 아! 매형이 이제 병원에서 나가야 한다고 누나한테 전하라고 했는데 깜박할 뻔했네."

인수의 말을 들은 윤경이는 잠시 생각에 잠긴 듯 눈을 감았다가 다시 뜨고 나지막하게 속삭였다.

"알았어. 네 매형이 움직일 때가 됐구나! 아기가 깰 때가 된 것 같아서 빨리 가 봐야겠다. 넌 집에 들어가서 입 꼭 다물고 있어. 모든 연락은 말했던 대로 가정부 아주머니한테 할 거니까. 알았어?"

윤경이는 말을 마치자마자 좁은 골목길로 쏜살같이 사라졌다.

채 교수는 정식 소장 발령을 받고 첫 일정으로 정보기관의 연구소 관리팀장인 문 사무관을 만나고 온 한가한 오후 연구소 앞 정원을 대학 후배인 조 강사와 거닐고 있었다.

"철훈아! 아무리 급하다고 해서 다 죽어 가는 환자를 데려다가 뭐 하겠다는 건지 나는 도대체 이해할 수가 없다."

"VIP는 아직도 수덕이의 미-션에 미련을 못 버리고 있다는 거네요."

"와! 노 박사가 처음부터 어떻게 그 미-션을 브리핑했는지 진 군 사고 소식 듣고 VIP가 노발대발 난리가 나서 외부 세력에 의한 테러인지 철저한 조사 지시가 내려와서 그쪽 아이들도 지금 정신이 하나도 없더라니까."

"왜 안 그러겠어요. 외국인 핵물리학자를 초빙해 도착하자마자 사고로 사망했으니 오죽 황당하겠어. 더구나 외신까지 대대적으로 떠드는 대형 호텔 화재 참사였으니 그런 추리도 무리는 아니죠."

"그나저나 장애인을 데려다 놓고 무얼 하라는 건지. 위에서 저렇게 볶아 대니 우리도 어쩔 수가 없어. 철훈이 네가 내일 병원에 가서 회복 상태 좀 확인하고 그놈아 마음도 좀 슬며시 떠보라고. 나하고는 노 박사 있을 때 여러 번 부딪쳐서 네가 얘기하는 게 나을 거야."

그 시각 병원에는 산후조리를 제대로 하지 못해 부석부석한 얼굴로 아기를 품에 안은 윤경이가 지하 주차장을 통해 병실로 올라가고 있었다.

그녀는 안팎으로 코너에 몰린 입장이지만 스스로 각오해서 결정한 일은 절대로 뒤돌아보지 않는 성격으로 조금도 거리낄 것이 없었다.

늘 보던 요원이 지키고 있는 병실 앞에 다가가니 아기를 안고 있는 윤경이 새삼스러운지 기웃거리며 출입을 허락했다.

아기를 안고 들어오며 두 눈이 벌게지고 입이 씰룩이는 윤경이를 알아차린 수덕이는 대뜸 일어나 앉으려는 듯 버둥거렸지만 좀체 마음먹은 대로 되지 않자 포기하고 누운 채 두 팔을 뻗어 크게 허우적댔다.

윤경이는 아기를 조심스럽게 수덕이의 어깨 쪽에 내려놓고 손을 잡으며 나직하게 울음 섞인 목소리로 속삭였다.

"우리 둘이 만든 작품인데 진짜 예술이야."

뭘 모르는 아기가 꼬물꼬물 버둥거리며 얼굴을 더듬자, 수덕이는 얼굴을 바로 돌려 아기 볼에 입을 맞추는데 두 눈에는 눈물이 그득하게 흘러넘치고 있었다.

윤경이는 다시 한번 소리 없이 오열을 터트리고 말았다.

수덕이도 울음소리를 참으며 윤경이 어깨를 토닥여 줬다.

"멍청한 나 때문에 너 혼자 고생 많았지? 진짜 면목이 없다."

"면목이 없긴. 이렇게 예쁜 씨앗을 준 게 누군데 쓸데없이 그런 소리를 하는 거야?"

윤경이는 울먹이는 수덕이 입술에 입을 맞추고 가슴을 토닥였지만 북받친 감정이 그리 쉽게 가라앉지 않았다.

한참이 지나서 수덕이에게 윤경이가 아기 이름을 생각해 봤느냐는 말에 겨우 진정을 하고 아직 생각하지 못한 듯 고개를 젓자 윤경이는 나직한 목소리로 말을 했다.

"나 혼자 곰곰이 생각해 봤는데 우리 둘의 완전체라는 뜻으로 완이라고 하고 싶은데, 한마디로 완전한 완이! 어때?"

듣고 있던 수덕이 금방 고개를 끄덕이고 엄지손가락을 들어 올려서 윤경이 생각대로 그날부터 아기의 이름이 완이가 되었다.

윤경이 너무 오래 머물러 있을 수가 없어 돌아가려 하자 수덕이는 두 손으로 아기를 어렵게 안고 다시 한번 볼에 입을 맞추고 윤경이의 손을 잡았다.

"엄마 감시가 너무 심해서 자주 오지 못하고 대신 가끔 인수를 보낼 거야. 힘들어도 우리 아기를 봐서 마음 단단히 먹고 지금처럼 씩씩하게 잘 견뎌 줘. 알았지 완이 아빠!"

수덕이는 힘들게 고개를 끄덕였다.

"알았어! 이제 믿을 사람은 완이 엄마밖에 없어. 잘 지켜 주고. 조심해서 잘 가."

윤경이는 수덕이 손을 힘들게 놓으면서 다시 가슴을 도닥여주고 병실을 나와 지하 주차장으로 내려와 마침 때맞춰 도착해있는 택시에 급히 올라타고 가회동 쪽으로 가면서 불편한 수덕이의 손에서 은밀하게 건네받은 종이쪽지를 조심스럽게 펴 보았다.

"나 빨리 나가야 해. 며칠 안에 잡혀 들어갈 것 같아."

윤경인 가슴이 다시 두근거리고 머릿속은 복잡하게 돌아가기 시작하면서 새로운 궁금증이 그녀를 더욱 긴장하게 했다.

종이쪽지에 적힌 글씨는 수덕이의 필체도 아닐뿐더러 병실에 근래 들락거린 사람은 인수와 출산 전에 은영이가 다녀간 것이 전부인데 분명히 그들의 글씨가 아니었다.

윤경이 생각에 수덕이가 밝힌 잡혀 들어간다는 말은 두 가지 의미가 있었다.

하나는 연구소로 강제로 끌려갈 수도 있고 또 다른 경우는 윤경이가 병원에서 간호할 때 몇 번 마주쳤던 화재사고를 조사하는 치안부에 설치된 특별 수사부 형사들이 마음에 걸렸다.

현장이 철저히 불타 버려 증거 찾기가 힘들다는 말은 들었었는데 최초 발화 시점에 있었던 수덕이에게 불리한 새로운 뭔가가 나왔다면 그쪽도 생각할 수 있겠지만 아직도 연구소 쪽에서 24시간 요원들을 배치하고 있는 걸 보면 아무래도 연구소 쪽이 유력하다는 생각이 들었다.

윤경은 택시에서 내려 급히 공중전화 부스에 찾아 들어가 우선 가정부 아주머니에게 전화해 내일 일찍 인수를 자취방으로 오도록 하고 은영이 집에 어렵게 전화를 했다.

은영이는 집에 없어서 어머니가 받아 은영이가 들어오면 다급한 일이 있으니 오늘 중으로 음악 감상실에서 만나자는 말을 전해 달라고 부탁하고 아기를 안은 채 종로행 버스에 올랐다.

은영은 이튿날 이른 아침 자취방 안에서 곤하게 잠들어 있는 완이와 함께 누워 병원에서 수덕이를 빼내 오겠다고 인수와 함께 아직도 불편한 몸에 잔뜩 긴장된 모습으로 병원에 간 윤경이를 기다리고 있었다.

그 시각 윤경은 병실 밖에서 미리 와서 수덕이를 면담하고 있는 연구소 조철훈 강사가 나오기를 기다리고 있었다.

다른 때와 달리 항상 밖에서 지키고 있던 보안 요원도 오늘은 조 강사와 함께 병실 안에 들어가 있었다.

그때 간호사실 쪽에서 병실에 자주 들락여서 안면이 있는 평소 생글생글 잘 웃던 어린 간호사가 윤경이를 보고 다급히 손짓해 불러 다가가자, 간호사는 급히 엑스레이 촬영실로 끌고 들어가더니 나지막한 목소리로 속삭였다.

"천재 씨한테 쪽지 받았죠?"

고개를 끄덕이는 윤경이는 어제 받은 쪽지의 미스터리가 풀리며 수덕이가 언제부터인지 몰라도 간호사를 포섭했다는 것을 확인하는 순간 우선 고맙다고 고개를 숙이자, 간호사는 윤경이 손을 잡고 오히려 황송해했다.

"그러지 마세요! 저는 문화여고 45회로 선배님 1년 후배 오미영입니다. 미리 말하지 못해 제가 오히려 죄송해요. 학교 문학의 밤 연극 공연에서 문예반장으로 활약하시던 놀랍고 멋진 모습이 아직도 제겐 생생해요. 제가 카추샤 친구 쓰리였거든요."

윤경이는 그제야 안심이 되어 한시름 놓았다.

"그렇게 말하니까 안면이 있는 것 같기도 하네. 그런데 오늘 완이 아빠를 데리고 나가려고 하는데 후배 보기에 완이 아빠 몸 상태가 나가도 괜찮은지 모르겠어."

윤경이의 우려에 오 간호사는 밝은 표정이 되었다.

"다리 쪽에 두 군데 정도 있는 작은 상처를 제하면 거의 완치된 것으로 담당 의사가 판정을 내려 지금 와 있는 연구소 직원이 천재 씨를 연구소로 복귀할 것을 설득 중인데, 천재 씨도 아차 하면 강제로 끌려갈 수 있다는 생각에 오늘을 디-데이로 잡았어요."

윤경이는 이미 예상해 준비까지 하고 왔지만 새삼 긴장이 됐다.

"어떻게 저 감시 요원들 눈을 피해서 병실에서 나올 수 있을까?"

오 간호사는 빙그레 미소까지 띠면서 윤경이의 손을 잡았다.

"오늘 선배님 동생은 오지 않았나요?"

"지금 지하 주차장에서 기다리고 있지."

"그럼 바로 선배님은 지하 주차장에 내려가 지금 병실에 있는 연구소 직원 차가 나가는 걸 확인하고 동생을 2층 엘리베이터 앞에 있는 MRI 촬영실로 보내 줘요! 그러면 내가 거기 있다가 지하 주차장에 천재 씨를 내려 보낼게요."

오 간호사는 엑스레이 실 안 다른 문을 가리켰다.

"저 문을 나가면 바로 직원용 엘리베이터가 있어요."

윤경이 내려간 뒤 오 간호사는 휠체어를 밀고 천천히 병실로 향해 다가가니 마침 보안 요원의 아침 업무 교대를 하고 있는데 의외로 새로 온 요원은 전혀 보지 못했던 사람이다.

오 간호사가 휠체어를 끌고 병실에 들어서니 수덕이가 조 강사와 연구소 복귀를 놓고 얘기를 계속하다가 놀라는 표정이 되었다.

"담당 과장님이 환자분 퇴원 결정하는 데 마지막으로 다리 쪽 영상 촬영이 필요하다고 하시는데 좀 도와주시죠!"

"아니 과장님이 벌써 나오셨나?"

"아뇨! 어제 퇴근하시면서 지시하시고 나가셨어요."

오 간호사가 휠체어를 들이밀자 수덕이 힘든 표정으로 짜증을 부렸다.

"내 몸은 내가 더 잘 알아! 쓸데없이 그까짓 것 하면 뭐 해?"

"그래도 의사의 판단도 중요하지!"

수덕이를 휠체어에 옮기는 것을 도와주던 조 강사가 한마디 했다.

오 간호사가 달가워하지 않는 듯이 툴툴거리는 수덕이를 태우고 병실을 나와 천천히 엑스레이실을 향할 때 조 강사는 교체된 요원과 무슨 얘기인지 길게 설명하고 있었다.

오 간호사는 엑스레이실을 통해서 반대편 문으로 나가 엘리베이터를 타고 2층으로 내려가 이른 아침이라 담당 기사들이 아직 출근하지 않은 MRI실에 몸을 숨길 수가 있었다.

오 간호사는 미리 준비해 논 간단한 의약품과 진통제 다수가 든 종이 상자를 수덕이 앞에 실어 놓으며 씽긋이 웃는 얼굴로 아주 조심스럽게 낮은 목소리로 속삭였다.

"천재 씨가 떠나가시면 나는 심심해 어쩌죠?"

"걱정하지 마! 또 다른 천재가 올 거야."

"글쎄요! 천재 씨 같은 경험은 힘들 것 같은데요."

오 간호사는 수덕이를 처음 대했던 날부터 영적 대화라는 희한한 텔레파시 체험을 했었다.

현도와 마찬가지로 처음에는 엄청난 충격으로 멘붕에 빠졌었지만, 횟수가 잦아지면서 이제는 즐기게까지 되었다.

"멀리 떨어져 있어도 전할 말이 있으면 언제든지 좋아요."

오 간호사의 말이 떨어지기 무섭게 문이 열리며 인수가 뛰어들어왔고 잠시 뒤 윤경이도 긴장된 얼굴로 들어왔다.

"연구소 직원은 조금 전에 떠났는데 보안 요원이 여기저기 정신없이 돌아다니고 있어서 빨리 피해야 할 것 같아."

오 간호사는 잠시 생각하는 듯하더니, 조심스럽게 말을 했다.

"선배님은 그 요원이 지금 어디에 있는 걸 봤죠?"

"지하 주차장에 있다가 1층으로 올라가는 것을 보고 뒤쫓아 갔더니 여기저기 돌아다니고 있는데 처음 배치돼 나를 몰라보는 것 같았어."

"그렇다면 금방 2층으로 오겠군요. 선배님과 동생은 빨리 지하로 내려가 택시를 잡아 놓고 있어요. 어서 서둘러요!"

오 간호사는 둘이 내려가고 수덕이 탄 휠체어를 부속실에 밀어넣고 밖으로 나오자 과연 요원인 듯한 사람이 여기저기 기웃거리다 MRI 팻말을 보고 문을 열려 하자 멀리 떨어져 있던 오 간호사가 급히 뛰어와 제지했다.

"MRI실은 출입 통제 구역이라 함부로 들어가면 위험해요! 더구나 금방 시술이 있었어요."

"그래요! 그 환자 어디로 갔습니까?"

"4층인가! 5층인가. 하여튼 위로 올라간 것 같아요."

말미를 흐리기 무섭게 요원이 일반인 전용 엘리베이터로 뛰어가자 오 간호사는 부속실로 들어가 휠체어를 끌어내 옆에 있는 직원용 엘리베이터를 타고 곧바로 지하 주차장으로 내려갔으나 그때까지 택시가 한 대도 들어오지 않아 인수가 큰길까지 나가 손을 흔들고 있었다.

윤경이 휠체어를 끌고 밖으로 나가려는 찰나 4층 입원실에 올라갔던 요원이 황급히 내려와 험악한 얼굴로 길을 막는데 일순간 언제 피했는지 오 간호사의 모습은 보이지 않았다.

"누구 허락받고 나가려고 하는 거야! 빨리 병실로 돌아가지 못합니까?"

화가 머리끝까지 난 요원이 휠체어 앞을 잡고 우악스럽게 밀어붙일 때 마침 택시를 힘들게 잡은 인수가 뛰어와 요원에게 매달리자 수덕이는 조용히 요원의 팔을 잡았다.

"김태주! 나 배다리 진수덕이야."

잔뜩 일그러졌던 요원이 화들짝 놀라며 얼굴을 들었다.

"모두 천재, 천재 해서 설마 했는데 역시 배다리 천재 수덕이 너였구나."

태주는 물러서서 순순히 풀어 주며 체념한 듯 낮게 중얼거렸다.

"천호동에서 태권도장을 하고 있는데 연구소에 있는 이종사촌 성길이 형이 출세하는 거라며 바람을 넣어서 며칠 전 요원으로 들어오기는 했는데 지키고 감시하는 건 체질에 안 맞아 다시 도장으로 돌아가야겠다."

자기의 책임을 저버려야 하는 절박감도 있겠지만 어릴 적 누구보다 똘똘하던 수덕이의 참혹하게 변한 모습에 대한 애틋한 심정에서 나온 싸한 비감마저 드는 태주의 말을 들으며 수덕이와 윤경은 고맙다고 인사를 하고 급히 기다리고 있는 택시를 탈 수 있었다.

저 멀리 건물 모퉁이에서 오 간호사가 손을 흔드는 게 보였다.

택시로 자취방 앞까지 가서 내리니 칭얼대는 완이를 윤경이가 준비해 준 우유를 먹여 재우고 밖에 나와 있던 은영이가 긴장된 모습으로 그들을 맞았다.

"여기는 너희들한테 안전한 곳이 아닌 것 같다. 조금 전까지 건장한 청년 두 명이 골목마다 다니며 훑고 있었어."

사실 신 여사가 새롭게 풀어놓은 용역들이 병원에서 인수를 쫓아 왔던 웨이터 백영이가 예상해서 말한 대로 가회동 골목을 누비며 수소문하고 있었다.

처음 중앙정보부 보안 부서에 배치되어 수덕이를 맥없이 놓아 준 꼴이 된 태주는 이종사촌인 채 교수가 가까스로 손을 써서 보

름간의 정직 처리로 끝났지만, 직속상관으로부터 말로 표현 못
할 모욕적인 대우를 받고 말았다.

직접 탈출을 주도한 오 간호사는 아무런 조치가 없었는데 그
이유는 그녀는 그날 병원 근무가 아닌 휴무였기 때문에 누구도
그녀가 잠깐 한 행동을 증거 하지 못하고 있었다.

수덕이가 병원을 탈출한 이튿날부터 연구소에서는 수덕이 대책
팀이 꾸려져 활동하기 시작했다. 기존에 나와 있던 보안 요원들
과 충원된 쟁쟁한 실무진 대여섯 명이 아침부터 출근해 북적이다
가 팀장만 남기고 모두 흔적 없이 사라져 버렸다.

제일 먼저 그들이 들이닥친 곳은 윤경이네 집이자 신 여사 사
업장인 레스토랑이었다.

두 명의 보안 요원을 동행한 수사관의 방문에 신 여사는 처음
엔 섬찟했지만, 원래 윤경이 아버지가 퇴역 장성으로 당시 군부
와 밀접한 관계를 유지하며 정계에 있었기 때문에 별 동요 없이
그들을 맞았다.

그들의 요구대로 내실까지 보여 주고 매장에서 커피까지 접대
하며, 그들에게 가회동 자취방이 유일한 피신처라고 일러 주고
있었다.

그것을 지켜본 가정부 아주머니가 급히 인수 방으로 가 누나에
게 자취방이 위험하다는 말을 전하라고 해 인수가 급히 뛰어나가
택시로 도착했을 때는 벌써 다른 요원들이 윤경이와 실랑이를 하
고 있었다.

희한하게 그 어느 곳에도 수덕이는 보이지 않을 뿐만 아니라

완이마저 보이지 않았다.

수덕이가 있는 곳을 밝히지 않으면 요원들이 남산 대공 분실로 압송할 수밖에 없다고 으름장을 놓는 상황에서 멀찍이 서 있는 인수를 본 윤경이는 파랗게 질린 얼굴로 외치듯이 말했다.

"인수야! 모르는 사람들이 누나를 붙잡아 가려고 한다고, 빨리 광화문 아버지 사무실에 전화해!"

인수가 부리나케 공중전화 부스를 향해 뛰어가자, 깡마르고 작달막한 나이가 좀 든 요원이 가소롭다는 듯 윤경이를 향해 느물거리며 물었다.

"느그 아버지가 누군데?"

"장 자 재 자 훈 잔데요."

"뭐! 국회부의장이 너희 아버지라고?"

몇 분이 안 돼 벌써 큰길가에서 인수를 태운 새까만 세단이 골목에 들어오고 인수와 함께 평소 윤경이와 안면이 있는 양기중 비서실장이 내렸다.

양 실장은 우선 윤경이에게 차에 타라고 손짓을 하고 나서 요원들에게 다가가서 명함부터 제시하면서 눈을 부라리며 입을 연다.

"무슨 이유로 윤경 양을 잡고 있는 겁니까?"

"우리가 찾는 진수덕 씨 처소에 이 아가씨가 있어서 당연히 조사하고 있는 겁니다."

"윤경 양은 알다시피 진수덕이라는 사람과는 친분만 있을 뿐 아무런 연관이 없는데 무슨 연유로 불편하게 하는지 모르겠군요."

요원들은 윗선에서 내린 지시에 따를 뿐이라 별 대책이 없이 뻘쭘하게 선 채 서로 얼굴만 바라보고 있자 양 비서관은 윤경이를 차에 태우고 그 자리를 빠져나왔다.

윤경이는 차가 충무로로 향할 때 중간에 내리려고 통 사정했지만, 부의장님 지시라며 레스토랑 앞에 가서야 차를 멈춰 내리려하니 남편의 연락을 받은 신 여사가 밖에 내려와 떡 버티고 있어내리지 못하자, 먼저 내린 인수가 곧장 엄마에게 달려들어 껴안아 막으며 소리쳤다.

"지금 완이가 울면서 누나를 찾고 있단 말야."

갑작스러운 인수의 울부짖음에 신 여사가 당황해 멈칫하는 사이 윤경이는 잽싸게 차에서 내려 복잡한 명동 시내 인파 속으로순식간에 사라져 버렸다.

아직도 울먹거리는 인수를 내려다보는 신 여사는 어이없어 말문이 막혀 고개만 가로젓는다.

"엄마는 완이가 얼마나 예쁜지 몰라. 누나를 하나도 안 닮고 매형을 닮아서 아주 잘생겼단 말야."

"넌 지금 누굴 보고 매형이래?"

신 여사가 고함치듯 소리치자 인수는 한 걸음 물러서 소리쳤다.

"나는 처음부터 매형이라고 생각했단 말이야. 못된 누나가 꼼짝 못 하는 형아는 처음이었잖아."

"그렇다고 이제 완전히 폐인이 된 사람한테 네 누나를 어떻게맡긴단 말이니?"

신 여사의 말에 인수는 달려들어 엄마 품에 안기어 엄마의 가슴을 치며 외치듯 오열했다.

"그러면 아직 아파하는 완이 아빠를 어떻게 해!"

인수는 끝내 엄마 품을 파고들며 울음을 터트리고 말았다.

그 시간 수덕이는 현도 이모 집에서 종혁이와 핵물리학에 관한 이야기에 열중이었다.

사실 어제 은영이가 자취방이 위험하다고 우선 잠시라도 현도 이모 댁에 피해 보자고 해서 윤경이는 내키지 않았지만 달리 생각나는 방법이 없어 휠체어를 밀어 찾아갔다.

당시 현도 이모부는 프랑스 공관에 나가 있었고 이모도 같이 나갔다가 종혁이 교육 문제 때문에 들어와 있었다.

현도에게 수덕이의 사고 소식은 들었지만, 막상 처참한 수덕이 모습에 울먹한 얼굴로 맞았고, 종혁이도 좋아했던 형의 불행한 모습에 뭉그러진 손을 잡고 눈물을 훔쳤다.

이모는 지금도 비어 있는 방이 많고 방학이 되면 종혁이를 데리고 프랑스에 다시 나갈 거라며 언제까지라도 부담 갖지 말고 머물러도 된다고 안심시켰다.

윤경이 완이 분유와 기저귀 가방을 자취방에 빠트리고 온 걸 뒤늦게 알고 잠시 들렀다가 정보부 요원들에게 잡혀 그 고초를 겪은 것이다.

"가벼운 원자핵 두 개를 합해서 하나의 원자핵을 만드는 게 핵융합 반응이란 말입니까?"

"그렇지. 무거운 우라늄 원자핵을 열중성자로 충돌시키는 핵분열과 반대 이론인데 핵융합 반응은 우주의 뜨거운 별에서 일어나고 있단다."

"우주에 태양 말고 또 뜨거운 행성이 있습니까?"

"그럼. 있고말고. 태양과 같이 핵융합 반응이 일어나려면 1억 도 이상의 고온이 소요되는데, 그런 반응을 일으키는 질량이 태양의 두 배가 되는 별이 다른 천체 공간에 있다니까!"

"나는 해보다 더 뜨거운 별이 있다는 게 이해가 안 됩니다."

수덕이는 고개를 끄덕였고 종혁이가 다시 뜻밖의 말을 했다.

"형이 찾아낸 신물질 원소는 어떤 건가요?"

수덕은 순간적으로 당황한 얼굴이 되었다.

"아니! 너는 누구한테 그 얘기를 들었어?"

종혁이가 돌변한 수덕이의 표정에 놀라 번쩍 일어났을 때 방문
이 열리며 이모가 급하게 들어왔다.

"종혁이 너 저 아래 자취방에 좀 가 봐야겠다."

"왜요?"

"완이 엄마가 내려간 지 한 시간도 더 됐는데 도대체 무슨 일인
지 올라오지 않고 있구나."

종혁이가 일어나서 나가려 하자 수덕이가 팔을 잡았다.

"거기에 혹시 모르는 아저씨들이 있을 수도 있으니 멀찍이서
살피기만 하고 모른 척 지나쳐 빙— 돌아서 오도록 해! 알았지?"

종혁이가 집 문 앞을 나설 때 골목 어귀에 어려운 고비를 넘기
고 택시에서 내린 윤경이 창백한 얼굴로 들어서고 있는 것이 보
였다.

현도 이모의 넓은 배려로 안전한 피신처를 구한 것처럼 한 달
여 동안 탈 없이 지내던 그들이 또 한차례 난리를 치른 것은 현도
이모가 종혁이와 출국하기 며칠 전이었다.

윤경이는 가정부 아주머니와 가끔 통화해서 인수를 통해 아버
지로부터 비밀리에 생활 자금을 마련하고 있었다.

그 낌새를 눈치챈 신 여사가 다시 움직여 그들이 몸을 숨긴 현

도 이모 집을 알아내 정보기관에 제보하는 바람에 그들은 독 안의 쥐 신세가 되고 만 것이다.

일촉즉발 순간 그 사실을 가정부 아주머니한테 미리 연락받은 윤경의 말을 들은 이모는 차분한 대처로 들이닥친 요원들을 따돌리고 지하 주차장에 있던 승용차를 이용해 춘천 윤경이 이모 댁으로 가는 마장동 시외버스 터미널까지 태워다 주었다. 곧바로 내리려 할 때 그곳에 안면이 있는 요원이 지키고 있는 게 윤경이의 눈에 띄었다.

다시 차를 돌려 영동선 기차를 타기 위해 청량리역으로 가다가 그곳도 미심쩍다는 이모의 조언으로 몇 구역을 지난 성북역에서 열차에 오를 수가 있었지만, 춘천에서도 얼마 있지 못하고 황급히 야반도주해야 했다.

정보기관에서 수덕이와 윤경이가 연관된 곳은 모조리 쑤시고 다니는 것을 감지한 그들이 택한 것은 모든 연을 끊고 전혀 자신들도 잘 모르는 타관 객지를 떠도는 것이었다.

그렇게 집요한 정보 요원의 추적을 수년간 따돌릴 수 있었던 것은 수덕이의 칼날 같은 예지력과 윤경이의 대담성도 있었지만 보이지 않게 돕고 있는 세 사람의 그룹 덕분이었다.

병원에서 탈출하던 날 수덕이의 무언 지시로 숨어 버렸던 오 간호사가 수덕이를 맥없이 놓아주고 실의에 빠져 귀대하려는 보안원 태주를 만나는 것은 실로 대담한 시도였다.

수덕의 의중을 알아차린 오 간호사의 번득이는 재치가 순진한 시골 총각 태주에게 먹혀들어 카페에서 마주 앉을 수가 있었고 인수가 그들과의 연락책 노릇을 열심히 하고 있었다.

재미있는 것은 은밀한 만남이 잦아지며 태주와 오 간호사의 사랑이 은연중 싹트기 시작해 점점 영글어져 가고 있다는 것이었다.

현도가 육군 9사단 백마부대로 월남에 파병되어 근무를 마치고 귀국하자마자 제대하여 은영이와 결혼식까지 올리고 유학 준비를 하고 있을 때, 수덕이는 전라도 어느 시골 역 대합실에서 허름해진 휠체어에 기대어 퀭한 눈으로 부여 집에 완이를 맡기러 간 윤경이를 기다리고 있다.

윤경이 원래 어제 일찍 갔다가 곧바로 돌아오겠다 하고 떠났는데 밤을 새워 기다려도 오지 않았다.

하루가 지나 벌써 저녁 10시 열차가 지나갔는데도 윤경이는 나타나지 않고 있었다.

어제 열차에 오르기 전 챙겨 주고 간 빵조각으로 저녁을 때우고 아침부터 온종일 빈속이지만 마치 윤경이에게 안 좋은 일이 있는 것 같아서 속이 바싹바싹 타고 있어 식당을 찾을 여력조차 없다.

더구나 아침나절 주위 사람 도움을 받아서 힘들게 부여 집에 전화했더니 윤경이는 완이를 맡기고 어제 곧바로 떠났다는 어머니의 말을 듣고는 천 길 낭떠러지에 떨어진 것 같은 처참한 마음이 되고 말았다.

사실 윤경이는 완이를 시어머니에게 맡기고 나오자마자 24시간 감시하고 있던 중앙에서 그 지역에 파견된 요원에게 붙잡혀 경찰서에 임시로 설치된 분소로 끌려가 밤을 새우며 수덕이 있는 곳을 밝히라고 으박지르는 협박에 고초를 겪고 있었다.

윤경이는 자신이 당하는 시련보다 성치 못한 몸으로 자기가 돌아오길 뜬눈으로 기다릴 수덕이 생각에 온몸이 저려 와 펄떡펄떡 뛸 것 같은 조바심을 숨죽이고 있었다.

오후에 갑자기 경찰서장이 불러 상담을 하고 온 요원의 자세가 부드러워지더니 순순히 돌아가도 좋다고 했다.

경찰서장을 비롯한 지역의 모든 기관장이 천재 수덕이의 안타까운 처지를 알고 있는 터였다.

서장이 나서서 요원을 우회적으로 설득한 것이 우격다짐으로 다그쳐 열리지 않는 입을 기다릴 게 아니라 윤경이를 놓아 보내고 뒤쫓아 수덕이를 붙잡으라는 조언을 한 것이다.

윤경이는 우선 요원에게 고맙다고 인사하고 엄마한테서 처음으로 떨어져 아직도 칭얼대고 있는 완이한테 가서 눈물의 재상봉을 하는 자리에서 경찰서 형사에게서 미리 서장의 언질을 받은 시어머니로부터 요원이 뒤쫓을 거라는 말을 듣고 전라도로 가는 논산행 버스 대신 반대편 서울행 버스를 타고 출발했다.

그때, 잠시 후에 서울에서 도착한 버스에서 내일모레면 프랑스로 유학길에 오르는 현도가 은영이와 같이 버스에서 내리고 있었다.

현도는 무거운 마음으로 집에 가기 전에 태보 씨 가게에 먼저 들렀다. 태보 씨는 배달 나가서 자리에 없고 박 씨 부인 혼자 또한 차례 눈물의 이별을 한 완이를 등에 업고 재우다가 그들을 보고 화들짝 놀란 표정이 되었다.

"지금 서울에서 오는 건가? 조금 전에 애 엄마가 서울행 버스를 탄다고 정류장에 갔는데, 못 봤어?"

"보지 못했는데요."

현도의 말에 은영이는 안타까운 표정이 되었다.

"시내로 들어오는 입구 로터리 돌 때 서울로 가는 버스를 지나

친 것 같았어요. 어쩌면 좋아!"

"에그! 그렇게 엇갈렸구먼. 애 엄마는 어떤 일이 있어도 친구 결혼식에 참석하지 못해서 큰 죄 졌다고 땅이 꺼지게 한숨 쉬길래 너희들 부조는 내가 따로 했다고 했지만, 사실 부조가 문제인가 뭐?"

"아니, 그럼 수덕이는 서울에 있는 건가요?"

박 씨는 갑자기 바깥 동정을 찬찬히 살핀 후에 어제오늘 윤경이가 겪은 얘기를 할 때 완이는 할머니 등에서 세상모르게 잠들어 있었다.

"어쩌면 이렇게 아빠를 빼닮았을까요?"

잠든 완이의 머리를 쓸어 주는 은영이의 감탄에 현도도 고개를 끄덕였고 박 씨는 혀를 끌끌 찼다.

"그런데 애가 벌써 자기 엄마 아빠 어려운 걸 아는지 그렇게 순할 수가 없어서 마음이 괜히 짠해."

그때 가게에 손님들이 여럿이 몰려들어 와 은영이는 박 씨가 방에 완이를 눕히는 걸 거들고 있었다.